KB142908

타니오스의 바위

LE ROCHER DE TANIOS
by AMIN MAALOUF

© Editions Grasset & Fasquelle, Paris, 1993
Korean Translation Copyright © Gyoyangin Publishing Co., 2024
All rights reserved.

This Korean edition was published by arrangement with
Editions Grasset & Fasquelle (Paris)

이 책의 한국어판 저작권은 베스툰 코리아 에이전시를 통해
저작권자와 독점 계약을 맺은 교양인에 있습니다.
저작권법에 의해 한국 내에서 보호를 받는 저작물이므로
무단 전재와 무단 복제를 금합니다.

타니오스의 바위

아민 말루프 | 이원희 옮김

LE ROCHER
DE TANIOS

교양인
GYOYANGIN

날개가 부러진 남자를 회상하며

차례

이 앨러게니*와 이 꿈의 레바논은
어느 한 민족을 위해 세워졌거늘! ……
어느 좋은 팔, 어느 좋은 때가
나에게 이곳을 돌려줄까. 나의 잠과
나의 작은 움직임이 이곳에서 오거늘.

– 아르튀르 랭보 《일뤼미나시옹》**

---

* 미국 펜실베이니아주 남서쪽에 있는 카운티. 대항해 시대가 펼쳐지고 유럽의
열강들이 아메리카 대륙에 식민지를 결성하던 18세기 중엽, 프랑스군이 앨러게
니강 유역에 요새를 건설했다. 따라서 이 시에서 말하는 앨러게니를 펜실베이니
아주의 앨러게니로 추정할 수 있는 연결 고리가 있는 셈이다.
** '일뤼미나시옹'은 채색된 삽화라는 뜻이며, 동료 시인이자 연인이었던 폴 베를
렌에 의해 발간된 랭보의 유작 시집이다.

내가 태어난 고향 마을의 바위들은 이름이 있다. '군함 바위' '곰머리 바위' '매복 바위' '장벽 바위' '흡혈귀의 젖가슴 바위'라고도 불리는 '쌍둥이 바위' 그리고 특히 옛날에 군대가 반란자들을 추적할 때 거기서 망을 보았다고 해서 붙은 '염탐 바위'라는 이름도 있다. 지금은 어떤 바위도 예전처럼 숭배되지 않고 전설을 담고 있지도 않다. 그렇지만 어린 시절의 풍경을 회상하다 보니 또 하나의 바위가 떠오른다. 왕좌 형상을 한 위용이 넘치는 바위, 많은 이들의 엉덩이에 닿고 닿아서 움푹 파이고 높고 반듯한 등받이와 양쪽에 팔걸이까지 갖추고 있는 바위. 내가 기억하기로는 그 바위만 유독 '타니오스의 바위'라는 인명을 지니고 있다.

나는 오랜 세월 동안 그 왕좌 바위를 바라보기만 했을 뿐 감히 다가가지 못했다. 위험에 대한 두려움 때문이 아니었다. 고향 마을에 있는 바위들은 제일 인기 있는 놀이터여서, 어릴 적에는 나도 형들을 따라 험난한 바위들을 타곤 했다. 비록 장비를 갖추지 않은 맨발과 맨다리였을망정 미끄러지지 않고 바위를 탈 줄 알았던 우리는 아무리 거대한 바위라도 서슴없이 오르곤 했다.

그 왕좌 바위로 향하는 내 발목을 붙잡은 것은 추락할지 모른다는 두려움이 아니었다. 그것은 믿음 때문이었고, 맹세 때문이었다. 할아버지가 돌아가시기 몇 달 전에 나한테 당부하셨던 말씀이 있었다. "어떤 바위든 올라가도 괜찮지만, 그 바위만은 절대로 안 된다!" 다른 아이들도 나처럼, 전설처럼 내려오는 미신 때문에 그 바위에 가까이 가지 않았다. 그 애들도 솜털 같은 콧수염에 손을 얹고 그 바위에는 절대로 가지 않겠다는 맹세를 했을 것이고, 나와 똑같은 설명을 들었을 것이다. "그 바위를 타니오스의 바위라고 부르는 건, 타니오스 키크라는 사람이 그 바위에 가서 앉았는데 그 뒤로 다시는 그를 보지 못하게 되었기 때문이란다."

사람들은 산악 지대에 내려오는 수많은 일화의 주인공인 이 인물에 대해 자주 이야기했고, 나는 늘 그 타니오스라는 이름에 마음이 끌렸다. 내가 알기로 타오니오스는 '안토인'이라는 이름을 지방마다 다르게 부르는 방식 중 하나다. 안토운, 안토니오스, 므타니오스, 타노스, 타노우스…… 그런데 왜 '키크'라는 우스꽝스러운 별명이 붙어 있을까? 할아버지는 그것에 관해서는 대답해주려고 하지 않았다. 할아버지는 아이에게 들려줄 수 있다고 판단하는 것만 말해주었다. "타니오스는 라미아의 아들이었어. 그 여자 얘기는 너도 들어봤을 게다. 이 할아비도, 할아비의 아버지도 태어나지 않았던 아주 먼 옛날에 이집트의 파샤*가 지배국인 오스만 제국을 상대로 해서 전쟁을 벌이는 바람에 우리 조상들이 고초를 겪었는데, 총대주교가 피살된 이후에는 더욱 심해졌지. 총대주교가 마을 어귀에서 영국 영사의 엽총에 맞고 쓰러졌거든……." 할아버지는 말해주기 싫을 때는 마치 무슨 암시를 하듯 위의 이야기 중 하나를 밑도 끝도 없이 입에 담곤 하셨다. 이 이야기의 실체를 알아내기까지는 여러 해를 기다려야 했다.

그렇지만 라미아라는 이름을 알고 있는 것만으로도 나는 가장 중요한 단서를 쥐고 있는 셈이었다. 우리에게 이르기까지 200년 동안 구전으로 내려온 한 속설 덕분에 마을 사람들은 누구나 그 이름을 알고 있었다. "라미아, 라미아, 너의 아름다움을 어떻게 감출 수 있겠니?"

그리하여 오늘날에도 마을 광장에서는 숄로 얼굴을 감싼 여자가 지나가면 모여 있던 젊은이 중에서 한 명쯤은 어김없이 "라미아, 라미아……" 하며 그 속설을 중얼거린다. 그것은 진정한 찬사

---

* 1805년 오스만 제국의 술탄에게 이집트 총독(파샤)으로 승인받은 무함마드 알리(1805~1848 재위)를 가리킨다. 오스만 제국의 용병 대장이었던 그는 이집트 총독으로 임명된 후, 오스만 제국으로부터 독립은 물론 새로운 이집트 제국 건설에 뜻을 두고 부국강병을 펼치려 했다. 영토 확장에도 힘을 기울여 1831년 소아시아, 시리아에 침입하여 종주국을 위협하였으나 유럽 열강의 간섭으로 뜻을 이루지 못했다. 폭군으로 불릴 정도로 전제 군주였으나, 교육·행정·군사 개혁을 꾀하며 이집트 근대화에 큰 역할을 했다.

일 때가 더 많지만, 아주 독한 조롱일 때도 있다.

그 젊은이들 대부분은 라미아가 얼마나 대단한 여사였는지, 그 속설에 어떤 비극이 얽혀 있는지 알지 못한다. 그들은 부모나 조부모의 입을 통해 들은 얘기를 그저 되뇔 따름이다. 어른들이 하는 대로, 오늘날에는 아무도 살지 않는 마을 위쪽, 폐허가 된 웅대한 성을 이따금 손가락질하면서.

사람들이 내 앞에서 해 왔던 그 손가락질 때문에 나는 오랫동안 라미아를, 마을 사람들의 시선을 피해 높은 성벽 너머에서 자신의 아름다움을 감추고 살았던 공주쯤으로 생각했다. 불쌍한 라미아, 내가 만일 그녀가 부엌에서 일하는 모습이나 머리를 스카프로 싸매고 항아리를 들고 맨발로 종종걸음 치는 모습을 볼 수 있었다면 그렇듯 쉽게 그녀를 성의 안주인으로 잘못 아는 일은 없었으련만.

그렇다고 해서 라미아가 하녀였다는 말은 아니다. 이제 나는 라미아에 대한 아주 긴 이야기를 알게 되었다. 마을 노인들에게 끈질기게 묻고 다닌 끝에 얻은 성과였다. 그 노인들은 20년 전에 한 사람만 제외하고 모두 사망했다. 유일하게 생존해 있는 어르신의 이름은 게브라이엘이다. 그 어르신은 내 할아버지의 사촌이고, 올해로 96세이다. 내가 어르신의 이름을 밝히는 것은 그분이 생존해 있기 때문이기도 하지만, 특히 지역 역사에 열정적인 전직 교사의 증언이야말로 그 어떤 사람의 증언보다 귀중하고 신빙성이 있을 것이기 때문이다. 나는 몇 시간 동안 이야기를 나누면서 어르신을 유심히 관찰했다. 커다란 콧구멍, 두툼한 입술, 대머리, 나이를 말해

주듯 그의 얼굴에는 주름이 자글자글했다. 최근에는 어르신을 만나보지 못했지만, 사람들은 자신감 있는 목소리, 뛰어난 말솜씨는 물론 기억력도 여전하다고 말한다. 내가 이제부터 쓰려고 하는 이야기를 통해 그 어르신의 목소리를 자주 듣게 될 것이다.

타니오스가 신화를 넘어 실존 인물이었다는 확신을 품게 된 것은 게브라이엘 어르신 덕분이다. 그 증거들을 찾는 데에는 여러 해가 걸렸다. 행운이 따라준 덕분에 나는 마침내 확실한 자료들을 손에 넣을 수 있었다.

내가 자주 인용하게 될 것이 그중 세 가지 자료다. 두 가지는 타니오스를 잘 알고 있던 인물들에게서 나온 것이고, 나머지 하나는 가장 최근에 입수한 책이다. 그 책의 저자는 제1차 세계대전 직후에 운명한 크파리야브다*의 엘리아스 수도사이다. 아직 언급하지 않았는데, 크파리야브다는 내 고향 마을의 이름이며, 그 책의 제목은 다음과 같다.

'산악 지대의 연대기 혹은 크파리야브다 마을의 역사 그리고 그 마을에 속하는 촌락과 농가와 유적 그리고 그 마을에서 관찰되는 관습과 그 마을에 살던 주목할 만한 인물들 그리고 하느님이 허락하사 일어난 사건들'

감정의 기복이 느껴질 정도로 글이 들쑥날쑥해서 어리둥절하게 만드는 이상한 책이었다. 독창적인 문체에다 속세의 일들을 거침없

---

* 레바논 산악 지대에 실제로 있는 마을이다. 1560년경에 세워졌으며 말루프 가문에 역사적 의미가 있다.

이 써 나가는 대담한 필치 때문에 수도사의 글이 아닌 전문적인 작가의 글을 대하는 듯한 느낌을 주는 부분이 있었다. 그런가 하면 갑자기, 오만해서 지은 죄를 두려워하는 듯 움츠러들고 기가 죽어서 어조가 약해지는 대목도 있었다. 엘리아스 수도사는 마치 회개라도 하는 것처럼 경건한 글쓰기에 만족하는가 하면, 한편으로는 과거의 작가들과 당대의 유명 인사들이 즐기는 시구, 데카당스* 시대의 진부한 이미지와 차가운 감정으로 점철된 아랍 시구들을 자주 인용했다.

1천 쪽에 달하는, 정확히는 서문에서 관용적인 마지막 구절 "내 책을 읽을 그대여, 그대의 마음은 관대하여라……"에 이르기까지 987쪽이나 되는 그 책을 꼼꼼하게 두 번을 읽고 난 다음에야 비로소 나는 그 책의 진가를 알 수 있었다. 커다란 검은색 방패꼴 문양으로 장식된 초록색 장정의 그 책을 집어 들고 처음으로 펼쳤을 때, 내 눈에는 화폭을 가득 메운 그림처럼 마침표도, 쉼표도, 문단도, 여백도 없이 빽빽하게 들어찬 글씨, 이전 이야기를 상기시키거나 다음 이야기를 알리는 무슨 표식처럼 곳곳에 나타나는 '우부르'라는 한 낱말만 눈에 띄었다.

질려버릴 것 같은 엄청난 분량의 책, 읽기를 주저하며 대충 눈으로 훑어보며 책장을 넘기던 중에 몇 줄의 문장이 내 눈에 들어왔

---

* 19세기 프랑스와 영국에서 유행한 문예 경향. 병적인 감수성, 전통의 부정, 부도덕성 따위를 특징으로 한다. 대표적인 시인으로 샤를 보들레르, 폴 베를렌, 아르튀르 랭보, 오스카 와일드가 있다.

다. (책의 제목을 제외한 나머지 수도사의 글은 내가 옮겨 써놓았다가 나중에 번역하면서 구두점을 찍었다는 걸 밝혀 둔다.)

"타니오스 키크의 미스터리한 실종은 1840년 11월 4일로 추정된다. …… 그러나 그는 한 인간이 인생에서 기대할 수 있는 모든 것을 지니고 있었다. 과거가 해결되었으니 그의 앞날은 그야말로 탄탄대로였다. 자진해서 그 마을을 떠날 아무런 이유가 없었다. 그의 이름을 가진 바위에 저주가 걸려 있는 것이 틀림없다."

그 순간 1천 쪽에 달하는 이 책이 투명해 보였다. 나는 완전히 다른 눈으로 보기 시작했다. 이 책은 때로는 길잡이, 때로는 동반자, 어떤 때는 나를 태우고 떠나는 말이 되어주었다.

타니오스를 향한 나의 여행은 그렇게 시작되었다.

첫째 관문

유혹의 덫에 걸린
라미아

하느님, 기도를 드리고 성경을 읽어야 마땅한 축복의 시간에 제가 사는 고장 사람들의 불완전한 역사를 쓰고 있는 저를 용서해주소서. 천지 창조 이래 수천 년이란 세월이 흐르지 않았다면 오늘날의 우리는 존재할 수 없었을 것이고, 조상들에서 면면히 이어지는 세대들이 없었다면 그들의 만남, 약속, 축성된 결합, 유혹이 없었다면 우리의 심장이 뛸 수 없었으리라고 쓰고 있는 저를 용서해주소서.

- 크파리야브다의 엘리아스 수도사의 저서

《산악 지대의 연대기》서문

I

당시는 하늘이 어찌나 낮은지, 누구도 감히 허리를 펴지 못했다. 그렇지만 삶이 있었고, 욕망도 있고 축제도 있었다. 사람들은 그저 하루하루 세상에서 가장 나쁜 일만은 피해 가길 소망할 뿐 가장 좋은 일이 있길 기대한 적이 없었다.

당시는 마을* 전체가 한 봉건 영주의 소유였다. 그 영주는 조상 때부터 대대로 물려받은 세습 샤이크**였지만, 오늘날 '샤이크 시대'라고 말할 때 굳이 다른 설명을 덧붙이지 않아도 라미아가 살던 시절의 그 샤이크를 가리킨다는 것을 모르는 사람은 아무도 없다.

그렇다고 해서 그 샤이크가 고장에서 가장 권세가 높은 인물은 아니었다. 동쪽 평원과 바다 사이에는 그의 소유지보다 훨씬 넓은 영지가 수십 곳이나 있었다. 샤이크는 크파리야브다 마을과 그 주변의 몇몇 농가들을 소유하고 있는 것이 전부여서, 통틀어 300여 가구를 다스리고 있었다. 당시의 권력 서열을 정리하자면, 크파리야브다 마을의 영주인 샤이크 위로는 산간 지대를 통치하는 아미르가 있고, 아미르 위로는 트리폴리, 다마스, 사이다, 아크레 지방의 총독인 파샤들이 각각 있었다. 그리고 파샤 위로는 까마득히 높은 군주, 오스만 제국 이스탄불의 술탄이 있었다. 그러나 크파리야브다 마을 사람들은 그렇게 지체가 높은 인물은 안중에도 두지 않았다. 마을 사람들에게는 '그들의 샤이크'가 그 어떤 세력가보다 중요했다.

아침마다 수많은 마을 사람들이 서둘러 성으로 올라갔고, 침실로 통하는 복도에서 샤이크가 일어나기를 기다렸다. 샤이크가 나

---

* 여기서 말하는 마을 크파리야브다의 지리적 위치는 레바논이지만, 이 소설의 배경이 되는 시대에는 '레바논산 에미레이트'라는 자치령이었다. 당시 레바논 산악 지대를 통치하고 있던 오스만 제국은 이 지역의 마론파(동방 가톨릭교회의 한 교파)에게 부분적으로 자치권을 주었다.

** 아랍어로 부족의 원로, 수장, 숭배하는 현자, 이슬람 지식인을 의미하는 단어지만 여기서는 봉건 영주, 한 집안의 지체 높은 가장, 명문가의 가장에게 주어진 칭호이다.

타나면 그들은 걸음을 뗄 때마다 저마다 크고 낮은 목소리로 건강과 행복을 기원하는 인사로 맞이했다.

그들과 샤이크의 차림새는 거의 비슷했다. 다들 헐렁한 검은색 사르왈 바지에 흰색 줄무늬 셔츠를 입고 흙색 헝겊 모자를 쓰고, 모든 사람, 아니 대다수가 말끔하게 면도한 얼굴에 끝이 꼬부라져 올라간 짙은 콧수염을 기르고 있었다. 그렇다면 샤이크를 어떻게 구별할 수 있을까? 다른 영주들이 검은담비 조끼를 입거나 왕홀처럼 지휘봉을 들고 다니는 것처럼, 샤이크는 금실로 수놓은 선명한 초록색 조끼를 사계절 내내 입고 다녔다. 그러나 설사 그런 것이 없다고 해도 그의 손에 입을 맞추려고 사람들이 앞다투어 머리를 들이미는 광경이라든가, 그가 접견실로 들어가 자신의 자리인 소파에 앉아 '나르길레'라 불리는 수연통* 파이프의 금장 빨부리에 입술을 댈 때까지 그를 뒤따르는 행렬 때문에라도 누구든 그 마을의 주인을 알아보는 일은 그리 어렵지 않았다.

오후 늦게 집으로 돌아온 남자들은 아내에게 "오늘 아침에 샤이크의 손을 봤어" 하고 말한다. "손에 입을 맞췄어"가 아니었다. 공공연한 장소에서 손에 입을 맞춘 것은 틀림없는 사실이지만 그들은 그렇게 말하지 않는다. "샤이크를 만났어"라고 말해서도 안 되었다. 그것은 신분이 같은 사람들끼리 만났을 때나 쓰는 말이지,

---

* 튀르키예, 페르시아, 인도, 중국 사람들이 즐기는 담배 대통. 1미터가량의 유연한 긴 관이 향 달인 물을 가득 담은 유리병과 연결되어 있어서 연기가 물을 거쳐서 나오게 되어 있다.

샤이크에게는 무례한 표현이었다. 따라서 "샤이크의 손을 봤어"라고 하는 것이 관용적인 표현이 되었다.

어떤 손도 샤이크의 손만큼 중요하지 않았다. 신의 손과 술탄의 손은 천재지변에만 위력을 발휘하는 손이었고, 일상적으로 일어나는 불행과 행복은 샤이크의 손에 좌우되기 때문이었다.

마을 사람들이 쓰는 '카프'라는 말은 때때로 손과 따귀를 동시에 가리켰다. 영주들은 그것을 권위의 상징이자 지배의 도구로 삼았다. 가신들이 듣지 않는 곳에서 영주들끼리 담소할 때면 늘 그들의 입에서 속담처럼 나오는 말이 있었다. "농부라면 목덜미에 따귀 자국 하나쯤은 있어야 하느니." 가신은 모름지기 두려움 속에서 살게 하여 고개를 바짝 쳐들지 못하게 해야 한다는 뜻이었다. 게다가 '따귀'라는 말에는 '족쇄' '채찍' '부역' 따위가 생략되어 있었다.

가신을 학대했다고 벌받은 영주는 없었다. 아주 드물게 어쩌다 통치자들이 그런 영주를 용서하지 않는 일이 일어나기도 했는데, 그것은 다른 여러 이유로 그 영주를 제거하기로 결정을 내린 통치자가 영주를 제압하려는 구실에 지나지 않았다. 그러나 전제 정치가 시작된 지 수백 년이 흘렀고 지위와 신분에 구애되지 않는 공평한 시대는 전혀 없었으니, 어느 한 사람 평등에 대한 기억이 있는 이가 없었다.

사람들은 그저 다른 영주들보다 덜 탐욕스럽고 덜 난폭한 주인을 섬기게 되었을 때 특별한 은혜를 입었다고 생각했고, 마치 영주가 그 이상 더 잘할 수는 없다고 생각하는 것처럼 그들에게 좋은 주인을 보내준 신에게 감사했다.

크파리야브다 마을 사람들이 바로 그런 경우였다. 몇몇 사람들이 샤이크와 그 샤이크의 시대를 칭송하는 것에 내가 몹시 놀라서 분개했던 기억이 난다. 샤이크가 입맞춤을 받으려고 가신들에게 기꺼이 자신의 손을 내밀었다. 이따금 가신의 뺨을 매섭게 때리는 때도 있었지만 결코 이유 없는 학대는 아니었다고 말했다. 자신의 영지 안에서 형제, 이웃, 부부 간에 일어나는 모든 갈등을 해결하는 재판관 역할을 하는 샤이크는 사람들의 불평불만과 증언을 일단 경청한 다음에 타협안을 제시했다. 샤이크 앞으로 불려 나온 당사자들은 샤이크가 내리는 결정에 순순히 따르면서 관례적인 포옹으로 즉석에서 화해하는 것이 보통이지만, 만일 누군가 고집을 꺾지 않을 경우 샤이크는 귀싸대기를 날리는 것으로 다스렸다.

하지만 따귀를 맞은 이가 사흘간은 눈도 깜박이지 못할 정도로 퉁퉁 부어오른 눈두덩 위에 손자국이 뚜렷했다면서 몇 주가 지나도록 온통 그 얘기만 사람들 입에 오르내렸다는 걸 보면 그런 체벌이 그리 자주 있는 일은 아니었던 것 같다.

동네 사람들은 따귀를 맞은 사람을 찾아가서 둥그렇게 모여 앉아 초상집에 온 것처럼 침묵을 지키다가, 아버지한테 따귀를 맞아보지 않은 사람이 있느냐면서 부끄럽게 여길 일이 아니라고 위로했다.

마을 사람들에게 아버지처럼 존경받는 것이 바로 샤이크가 바라는 것이었다. 샤이크는 자신의 영지에 있는 사람들에게, 심지어 나이 많은 노인들에게 말을 건넬 때도 일단은 "야브네! 내 아들아!" 혹은 "야 빈테! 내 딸아!"라고 하면서 말문을 열었다. 샤이크는 친근하게 다가가는 협약이야말로 자신과 가신들을 결속시킨다고 확신했다. 마을 사람들, 즉 가신들은 샤이크를 존경하고 그에게 복종할 의무가 있었고, 샤이크는 어떤 상황에서든지 가신들을 보호할 의무가 있었다. 집단 내의 어떤 우월한 존재가 자기 휘하의 어른을 어린애 취급하는 온정주의적 지배 방식, 다시 말해 예로부터 행해져 왔으나 이미 퇴색된 이런 가부장적 통솔 방식이 19세기 초의 그 마을에서는 면면히 이어지고 있었다.

나 자신도 그 인물의 됨됨이를 하나하나 발견하면서 샤이크에 대한 마음이 조금씩 누그러졌음을 고백한다. '우리의 샤이크'가 자신의 특권 하나하나에 집착하면서도 많은 영주들과 마찬가지로 가신들에 대한 의무를 소홀히 하지 않았기 때문이다. 그리하여 농부들이 수확한 곡식 중 일부를 의무적으로 샤이크에게 바치면 그에 대한 답례로 그는 이렇게 말했다. "이 성에 빵과 올리브가 남아 있는 한 이 영지 안의 사람은 그도 굶지 않으리라." 마을 사람들은 그 말이 빈말이 아니었음을 수없이 확인할 수 있었다.

또한 마을 사람들은 '우리의 샤이크'를 높이 평가했는데 그 이유는 통치자들과 협상하는 방식이 탁월해서였다. 아미르나 파샤가 새로운 세금을 요구했을 때, 다른 영주들은 통치자와 맞서느니 차라리 가신들에게서 세금을 짜내는 편이 더 낫다고 생각하면서 이론을 제기하려고 하지 않았다. 그러나 '우리의 샤이크'는 달랐다.

그는 노발대발하면서 흉작, 냉해와 메뚜기 떼의 피해로 인한 식량난을 소상히 적은 탄원서를 보냈고, 뇌물을 적당히 찔러주고서라도 납세 기일을 유예하거나 세금 감면, 세금 면제를 얻으려 발 벗고 나서서 싸웠다. 그래서 당시 재무 담당관들이 모자라는 금액을 고분고분한 영주들한테서 거둬들였다는 소문까지 돌았다.

그렇다고 샤이크의 요구가 언제나 관철되는 건 아니었다. 조세 부문에서는 통치자들의 양해를 얻는 것이 그리 쉬운 일이 아니었다. 하지만 샤이크는 그런 노력을 당연하게 여겼고, 농부들은 그런 영주를 고맙게 생각했다.

전시에 샤이크는 진가를 발휘했다. 그는 가신들을 징집하여 병역에 복무시키는 대신에 마을의 오랜 풍습을 자랑하면서 자발적으로 고유의 깃발을 들고 나가 싸울 권리를 얻어냈다. 잘해야 400명을 수용할 수 있는 정도의 작은 영지치고는 대단한 특권이었다. 강제 징병과는 차이가 크기 때문에 마을 사람들에게 여러모로 중요한 의미가 있었다. 첫째, 가신들 한 사람 한 사람의 이름을 죄다 알고 있는 샤이크의 지휘하에 형제, 아들, 사촌이 함께 전쟁터로 떠나는 것이었다. 둘째, 한마을 사람들이니 많이 다쳤다고 하여 전쟁터에 버려지는 일도 없고, 생포되었을 때는 몸값을 치르고서라도 구해주려고 애쓰고, 전사했을 때는 땅에 묻어주고 애도를 표할 수 있었다. 셋째, 자신들이 어느 파렴치한 총독에게 기쁨을 안겨주기 위해 죽음의 전장으로 가는지도 알 수 있었다. 농부들은 이 특전을 자랑스럽게 생각했다. 물론 자랑으로 여길 만도 했다. 그들은 '싸우는 체하는' 것으로 만족하는 것이 아니라 어느 보병보다도 훨씬 용감하게 싸웠고 크파리야브다 마을 사람들의 용맹함은 전 산악 지대, 온 제국에서 귀감이 되어 심심치 않게 회자되고 있었으니, 용맹함이야말로 그들의 자긍심이자 명예였고 이 특권을 유지하는 유일한 방법이기도 했다.

이런 이유로 크파리야브다 마을 사람들은 '그들의 샤이크'를 거의 나무랄 데 없는 인물로 간주했다. 다만 일부 사람들의 눈에 샤이크가 자신의 고귀한 자질을 깎아내리는 도저히 참을 수 없는 몹쓸 버릇, 자신의 고귀한 품성을 깎아내리는 몹쓸 버릇만 없었다면 샤이크는 무한한 존경과 사랑을 받았을 터였다.

게브라이엘 어르신이 눈빛을 이글거리면서 말했다.

"샤이크는 여자를 밝히는 게 탈이었지. 여자란 여자는 모두 탐냈고, 밤마다 여자를 농락했으니!"

마지막 말이야 말이 그렇다는 것이겠지만, 나머지는 사실이었다. 샤이크는 조상들과 세상의 수많은 제후와 마찬가지로 영지 안에 있는 여자는 모두 자신의 소유라는 강한 확신 속에 사는 것 같았다. 집, 토지, 뽕나무밭, 포도밭…… 그리고 남자들이 모두 자신의 소유인 것처럼 여자도 취향에 맞으면 언제든 소유권을 행사할 수 있다고 생각하는 것이 틀림없었다.

그렇다고 해서 샤이크를, 몰이꾼 역할을 해줄 부하들을 데리고 사냥감을 찾으러 마을을 돌아다니는 호색한으로 생각하지는 말아야 한다. 일은 그런 식으로 일어나지 않았다. 샤이크는 억제할 수 없는 욕망에 사로잡히더라도 체면을 지킬 줄 알았고, 근엄하게 자신의 방으로 여자를 불러들이면 들였지, 남편이 없는 틈을 타서 도둑놈처럼 비밀 문으로 몰래 들어갈 생각 따위는 추호도 하지 않았다.

한 달에 한 번이 될지언정 의무적으로 '샤이크의 손을 보러' 올라가야 하는 남자들과 마찬가지로, 여자들도 성에서 하루를 보내면서 가사일 또는 계절에 따른 부엌일을 도와줘야 했는데, 이것이야말로 여자들이 충성을 표시할 수 있는 유일한 방법이었다. 밀가루 반죽을 얄팍하게 민다거나 살코기를 저미는 일에 남다른 솜씨를 과시하는 여자들이 있었다. 그리고 잔치를 준비할 때는 각 부문의 최고 실력자들이 모두 동원되었다. 요컨대 일종의 부역이긴 하지만, 마을의 여자들이 수십 명씩 조를 이루어 일을 나눠서 하는 것인 만큼 그리 고되지는 않았다.

그렇다면 남자들이 하는 일은 자칫 아침에 샤이크의 손에 입을 맞추는 것밖에 없다고 생각할지 모르겠지만, 그건 아니었다. 남자들은 샤이크의 성 곳곳에 무너지거나 부서진 부분을 수리하고 장작을 패고 전쟁에 나가는 것처럼 남자들 고유 영역의 부역을 맡았다. 그러나 평화로운 때의 성은 여자들이 일하면서 수다를 늘어놓거나 기분 전환을 하는 장소이기도 했다. 그리고 낮잠 시간이 되어 마을이 무기력에 빠지는 때면 이따금 그중 한두 여자가 복도와 침실 사이에서 사라졌다가 두어 시간쯤 후에 다시 모습을 나타내곤

했다.

　더러는 샤이크의 눈에 들기를 고대하면서 언제라도 그의 부름에 응할 채비를 하는 여자들도 있었다. 여자들은 샤이크가 멀리서 머리칼만 보고도 여자의 미모와 품성을 알아볼 만큼 안목이 높다는 것을 알고 있었다. 샤이크가 늘 하는 말 중에 아직도 마을에 회자되는 것이 있다. "암탕나귀 옆에 누우려면 진짜 수탕나귀여야 하느니!" 지칠 줄 모르는, 그러나 지나친 욕정이었다. 이것은 오늘날에 비친 샤이크의 이미지인데, 동시대인들과 그의 가신들의 눈에 비친 이미지도 다르지 않았을 것이다. 어쨌든 적지 않은 여자들이 그의 눈에 띄기를 바랐고, 그것으로 자신들의 미모를 확인했다. 단념하느냐 유혹에 몸을 맡기느냐 그도 아니면 유혹하느냐의 갈림길이었으니, 위험한 도박이라는 것에는 동의하지만 여인의 아름다움이야 피었다가 지기 마련이니, 완전히 시들기 전에 유혹하고 싶은 욕망을 어찌 포기할 수 있었으랴.

　게브라이엘 어르신의 말이 어떠하든 여자들은 대부분 내일이 없는 그런 위험한 사랑을 원치 않았다. 여자들은 상전의 유혹에 걸려들지 않으려고 노력했고, 샤이크도 '상대'가 교활한 여자라고 판단될 때는 체념할 줄 아는 것 같았다. 그래서 여자들은 우선 용의주도해야 했다. 유혹에 걸려들어 일단 샤이크와 단둘이 있게 되면 모욕을 주지 않고는 요구를 거절할 수가 없는데 감히 어떤 여자가 그런 용기를 낼 수 있겠는가. 따라서 난처한 상황에 빠지지 않으려면 미리 손을 쓰는 수밖에 없었다. 여자들은 일련의 술수를 궁리했다.

성에 올라갈 차례가 되면 자신의 아이나 이웃 여자의 아이를 안고 가는가 하면, 언니나 어머니와 함께 가는 것으로 불안에서 벗어나는 여자들도 있었다. 상전의 끈질긴 유혹에서 벗어나기 위한 또 한 가지 방법은 해질 때까지 샤이크의 젊은 아내, 즉 안주인 바로 옆에 붙어 다니는 것이었다.

샤이크는 결혼하라는 강요에 못 이겨 마흔이 되어서야 결혼했다. 여색에 빠져 있는 샤이크에 대한 불만을 수없이 들어 온 그 지역의 총대주교*가 추문을 종결하기 위해 영향력을 발휘한 것이었다. 총대주교는 샤이크보다 세력이 더 강한 큰 마을 요르드의 영주의 딸과 그를 결혼시키는 것이야말로 가장 이상적인 해결책이라고 믿었다. 혼인하면 아내를 위해서라도, 장인의 비위를 거스르지 않기 위해서라도 크파리야브다의 영주가 별수 없이 점잖아질 거라는 생각에서였다.

샤이크는 결혼한 첫해에 아내가 아들을 낳자 라드라는 이름을 지어주었다. 그러나 아내가 임신 중일 때도, 아들을 얻은 이후에도 그의 문란한 생활은 계속되었고 오히려 더 심해지고 있었다.

총대주교의 예상을 빗나간 남편의 문란한 생활로 인해 안주인은 신경 쇠약 증세를 보이기 시작했다. 그 증세는 바람기 있는 아버지

---

* 여기서 총대주교는 레바논을 중심으로 한 마론파 가톨릭교회의 수장을 가리킨다. 이 교파는 5세기에 시리아 수도사 마론에 의해 창시되었다. 독특한 그리스도론을 지닌 집단으로 오랫동안 이단시되어 왔으나 16세기 십자군 전쟁 시대에 로마가톨릭에 귀속했고, 18세기에 이르러 정식으로 가톨릭교회가 되었다.

와 남자 형제들, 그리고 체념하고 살아온 어머니를 보고 자란 그녀의 집안 내력과 관계가 있었다. 아내가 보기에 남편의 행실은 호색적인 기질과 사회적 신분 때문이었는데, 그 두 가지 다 자신이 바꿔놓을 수 없는 것이었다. 안주인은 어색한 모습을 보이지 않으려고 자기 앞에서는 누구도 샤이크의 외도에 대해 말하지 못하게 했다. 그런데도 소문은 그녀에게까지 이르렀다. 그녀는 괴로워하면서도 혼자 있을 때나 친정 나들이를 갔을 때 어머니 앞에서가 아니면 절대로 눈물을 보이지 않았다.

안주인은 자존심 때문에 무관심한 척하면서 달콤한 주전부리로 슬픔을 달랬다. 그녀는 온종일 침실에 딸린 작은 응접실의 늘 같은 자리에 꼿꼿이 앉아 있었는데, 긴 장신구를 수직으로 꽂고 높이 올린 머리 위에서 비단 베일을 내려뜨리는 원뿔형의 탄투르 머리를 하고서, 잠자리에 누울 때까지는 머리를 풀려고 하지 않았다.

게브라이엘 어르신은 이렇게 말했다. "그렇게 애를 썼는데도 남편의 관심을 끌지는 못했지. 사탕 과자 바구니를 온종일 손에 달고 다니는 통에 하녀와 마을 여자들이 바구니가 비지 않게 지켜보면서 신경을 썼다는 소문이 온 마을에 돌았어. 암퇘지처럼 그렇게 계속 먹어댔는데 비만이 안 될 수가 없지."

괴로워하는 사람은 안주인만이 아니었다. 남자들 가운데 샤이크의 무절제한 행실 때문에 원한을 품은 이들도 있었다. 다른 사람의 아내, 어머니, 누이, 딸에게만 일어나는 일인 양 내색은 하지 않았지만 남자들은 명예가 땅에 떨어질지도 모른다는 불안 속에서 살았다. 여자들의 이름이 끊이지 않고 입에 오르내리면서 질투와 복수의 말이 마을에 나돌았다. 이따금 괜한 것을 트집 잡아 싸움을 벌이는 것으로 가슴속에 품은 분노를 표출하는 남자들도 있었다.

사람들은 서로 감시하고 엿보았다. 어떤 여자가 성에 갈 때 예쁘게 차려입으면 샤이크에게 추파를 던지려는 것으로 의심받기에 충분했다. 그러면 그 여자는 대번에 샤이크보다도 더 죄를 지은 것이 되어서 '그렇게 차려입었던 것'에 대해 사람들에게 용서를 구해야 했다. 그런 구설수에 말려들고 싶지 않은 여자들이 택할 수 있는 가장 확실한 방법은 성으로 올라갈 때 추하고 보기 흉하게 옷을 입는 것이었다.

그러나 아무리 자신의 아름다움을 감추려 해도 성공하지 못하는 여자들이 있다. 어쩌면 조물주께서 아름다움을 감추는 것 자체를 못마땅하게 여기시는 것일지도. 하지만 주여! 여인들이 불러일으키는 욕정을 무엇으로 막을 수 있으오리까!

그런 여인 중 한 사람이 당시 내 고향 마을에 살고 있었다. 그 여인이 바로 라미아, 전설처럼 내려오는 속설의 주인공인 바로 그 라미아였다.

II

라미아는 아름다움을 십자가처럼 지니고 다녔다. 다른 여자라면 남의 시선을 끌지 않기 위해서 베일을 쓰거나 보기 흉한 옷차림으로 모습을 감추면 되지만, 라미아는 달랐다. 라미아에게서는 후광이 빛나는 것 같았다. 많은 사람 속에 섞여 숨어 있어도 그녀의 모습은 유난히 눈에 띄었다. 머리에 손을 얹거나 무심코 콧노래를 흥얼거리는 것처럼 아무것도 아닌 일인데도 라미아가 하는 것이면 무엇이든 돋보여서 사람들의 눈에는 그녀의 모습밖에 보이지 않았고, 맑은 물소리처럼 청아한 그녀의 목소리밖에 들리지 않았다.

샤이크는 모든 사람 앞에서 호기롭고 활기가 넘쳤지만, 라미아와 있을 때는 태도부터가 달랐다. 그는 라미아의 우아함 앞에서 위축되면서 거의 경험하지 못했던 감정을 느꼈다. 그래서 그만큼 더 그녀를 갈망하면서도 조바심치지 않았다. 이 타고난 호색한의 능란한 수완이라면 달콤한 말 한마디, 야릇한 눈빛과 위력을 살짝만 보여도 웬만한 여자들은 대개 넘어갔다. 그러나 라미아는 그런 식으로 공략하지 않았다.

샤이크가 라미아에 대해 그렇게 느긋할 수 있었던 것은 상황이 그를 안심시키면서 동시에 억누를 수밖에 없게 만들었기 때문이다. 라미아는 바로 샤이크의 집사 게리오스의 아내여서 성의 한쪽 귀퉁이, 즉 한 지붕 아래 살고 있었다.

게리오스의 직책은 집사였지만 시종이자 서기, 회계사이자 비서, 때로는 마음을 털어놓는 친구도 되어주어야 했던 만큼 엄밀히 말해 정해진 역할이 따로 없었다. 게리오스는 농작물 수확, 물 분배, 세금, 공공연한 모욕 등 영지 안에서 일어나는 자세한 사항들을 주인에게 보고해야 했다. 마을 사람들이 성으로 가져오는 선물들을 빠짐없이 아주 꼼꼼하게 장부에 기록하는 사람도 그였다. "와킴의 아들 투비야가 부활절에 커피 2온스와 비누 2분의 1오카*를 가져왔음……." 그뿐만 아니라 소작인들과 계약서를 작성하는 사람도 라미아의 남편이었다.

땅덩이가 더 크고 부유한 영지였다면 게리오스는 더 높은 벼슬 자리에 올랐을 사람이었다. 사람들은 모두 그의 팔자를 부러워했다. 그는 궁핍을 모르고 살았고, 거처는 주인의 눈에는 수수해 보였을지 몰라도 마을에서 소문난 부잣집들보다 훨씬 잘 꾸며져 있었다.

게리오스가 라미아에게 청혼을 한 것은 훌륭한 거처를 마련하고 난 이후였다. 큰딸을 사제의 아내로 줄 때는 그렇게도 선뜻 승낙했던 예비 장인은 오랫동안 망설인 끝에 게리오스와 라미아의 결혼을 승낙했다. 구혼자가 가정을 꾸리는 데 필요한 것을 완벽하게 갖추어놓았는데도 부유한 농부였던 라미아의 아버지는 사윗감이 탐탁지 않았다. 대놓고 게리오스를 비난하거나 차갑게 대하는 사람은 없었지만 그를 좋게 평가하는 사람도 몇 되지 않았다. 마을 사람들의 표현을 빌리면 그는 '막 구워낸 빵을 보고도 반길 줄 모르는 부류의 인간'이었다. 그래서 사람들은 그를 음흉하고 거만하다고 생각하면서 적개심을 품고 있었다. 하지만 게리오스는 전혀 동

---

* 무게의 단위. 1오카는 1283그램이다.

요하지 않았고, 내색도 하지 않았다. 성의 집사라면 자기를 좋아하지 않는 사람들의 생활을 힘들게 만들 수도 있는 위치였지만, 그는 그렇게 하지 않았다. 하지만 그렇다고 그걸 고마워하는 사람도 없었다. 사람들은 오히려 "그는 선한 일도 악한 일도 할 줄 모르는 사람이야"라고 말할 정도로 호의적이지 않았다.

샤이크는 거액의 돈을 착복한 전 집사를 가차 없이 성에서 쫓아내는 것으로도 모자라 아예 마을에서 추방했다. 라미아의 남편은 절대로 그런 중죄를 저지를 수 있는 위인이 못 되지만, 그를 비방하는 사람들의 말에 따르면 그것은 그가 청렴해서라기보다는 소심하기 때문이었다. 이 부분은 증언해줄 수 있는 이들이 모두 저승으로 떠나버리고 난 지금으로서는 확인할 길이 없다. 어쨌든 게리오스가 가장 공손한 농부보다도 더 주인 앞에서 부들부들 떨고 주인이 성질을 부릴 때마다 굽실거리는 걸 보면, 샤이크에게 공포심을 느끼고 있었던 것만은 확실한 것 같다. 샤이크는 아미르에게 보내는 서찰도 게리오스한테 쓰게 했고, 심지어 발을 내밀어 양말까지 벗기게 했다. 그래도 게리오스는 한 번도 거역하는 일 없이 주인에게 복종했다.

마을 노인들이 라미아의 남편을 회상할 때마다 지금도 즐겨하는 이야기가 있다. 이 사람 저 사람 입에 오르내리면서 조금씩 변질은 됐지만 골자는 같다. 앞서 말했듯이 샤이크의 짙은 콧수염과 말끔하게 면도한 턱은 언제나 이야깃거리였다. 샤이크에게 콧수염은 명예였고, 권위였다. 중요한 약속을 할 때 샤이크가 콧수염 한 올을 뽑아서 아주 엄숙하게 당사자에게 맡기면, 그 사람은 깨끗한 수건에 싸 두었다가 약속이 이행되는 날 돌려주었다. 반면에 샤이크는 턱수염에 손을 닦는 것을 보았다면서, 불결하다는 이유로 턱수염을 기르는 사람들을 경멸했다. 그래서 부트로스 사제를 제외하고는 조롱당할까 두려워서 누구도 감히 턱수염을 기르지 못했고, 모두 샤이크를 따라서 콧수염을 길렀다. 게리오스도 예외가 아니었다. 그의 콧수염은 숱이 무성한 것은 물론이고 가끔 포마드를 발라서 애교머리처럼 양 끝을 위쪽으로 말아 올린 것까지 주인의 것과 아주 똑같았다. 이전까지는 없었던 이 콧수염 따라 하기가 이 마을에서는 처음으로 주인에 대한 경의의 표시가 되었다.

그러던 어느 날, 방문객들 앞에서 콧수염에 대해 일장 연설을 이어 가던 샤이크는 집사의 콧수염이 자신의 것보다 훨씬 짙은 것을 발견하고 언짢아했다. 바로 그날 저녁, 라미아는 거울 앞에서 숱이 없어 보이게 콧수염을 뽑고 있는 남편을 보았다. 그 이상한 행동을 말없이 지켜보던 라미아는 힘이 빠지는 것을 느꼈다.

게리오스는 그런 사람이었다. 말수가 적고, 적게 먹었으며, 별로 웃지도 않았다. 그는 교육받은 사람이었지만, 근면 성실하게 주인을 섬기면서 자신의 자리를 지키는 것 말고는 다른 야심을 품지 않았다.

라미아는 좀 더 활달한 남편을 만났더라면 훨씬 즐겁게 살았을 여자였다. 그녀는 아주 명랑하고, 장난기가 있고, 다분히 충동적이었다. 재치 있는 말과 예쁜 웃음으로 마을 사람들의 주목을 받을 때마다, 노래를 흥얼거릴 때마다 눈살을 찌푸리며 걱정스러운 얼굴로 쏘아보는 게리오스 때문에 라미아는 얼른 입을 다물어야 했다. 남편은 라미아가 성으로 일하러 온 여자들과 어울려 소곤대거나 웃는 것도 용납하지 않았다. 남편은 늘 "신분을 지켜서 하녀처럼 일하지 말라"고 잔소리를 늘어놓았다. 남편의 마음에 들려면 안주인과 시간을 보내면서 함께 계속 먹어대야 했다.

어쩌면 남편이 옳았을지도 모른다. 만일 라미아가 남편의 충고를 따랐더라면 아마도 앞으로 닥치게 될 불행을 피할 수 있었을 것이다. 그랬더라면 라미아는 파문을 일으키지 않았을 것이고, 신분에 맞게 살다 늙어서 고이 잠들었을 것이다. 그랬더라면 아름다운 라미아의 경솔함에 대한 기억을 일깨우는 그런 속설도 생기지 않았을 것이다.

신부와 신랑의 나이 차가 컸다네.
여자는 열다섯 살의 봄이고,
남자는 서른 살의 겨울이네.

어느 마을의 혼삿날에 어느 유명 시인이 지은 시구였을까? 이 시구가 적혀 있는 《산악 지대의 연대기》에는 자세한 설명이 없다. 암시만 있었던들, 어느 날 이 시구가 그리고자 했던 이들이 바로 라미아와 게리오스라는 것을 알고 내가 그렇게 놀라지는 않았을 텐데.

실제로 어린 아내는 이팔청춘답게 본능이 이끄는 대로 행동하는 일이 종종 있었다. 주변에서 일어나는 기쁨과 자신이 주변에 불러 일으키는 기쁨을 누리는 것, 그것이 라미아가 사는 방식이고 낙이 었다. 마을 여자들이 라미아의 아름다움과 신분을 질투했을 것이라고 짐작할 수도 있겠지만, 전혀 그렇지 않았다. 여자들은 가식적으로 굴거나 거만을 떠는 일이 전혀 없이 순수하고 맑은 라미아와 친자매처럼 지냈다. 바람기를 버리지 못한 남편이 게리오스의 아내에게 눈독을 들이고 있다는 걸 잘 아는 안주인조차 라미아에게 호의적이었다. 물론 샤이크는 모든 여자를 "내 딸아!" 하고 불렀지만, 라미아를 부를 때의 어조 속에는 행복과 감미로움, 그리고 애정이 듬뿍 담겨 있었다. 부엌에서 여자들은 샤이크가 "야 빈테!" 하고 부를 때의 그 달콤한 어조를 흉내 내면서 라미아가 있는 앞에서 거리낌 없이 웃었다. 샤이크가 라미아를 남다르게 대하는 건 의심의 여지가 없었지만, 그 누구도 라미아가 탈선할 수 있다는 생각은 한순간도 하지 않았다.

샤이크가 라미아에게 흑심을 품었을 수도 있지만, 그렇다고 그의 미소와 애정 넘치는 말 한마디 한마디가 모두 계산된 것이었다고 볼 수는 없었다.

그들의 인생을 얽히게 한 예기치 않은 사건이 어떤 섭리에 따른 것이었다면, 그것은 엄밀히 말해 신의 섭리일 수밖에 없었다.

"작은 사건, 그저 작은 사건일 뿐, 딱 그뿐이었어" 하고 게브라이엘 어르신은 강조했다. 그렇지만 다음 말을 덧붙일 때는 그의 눈빛이 이글거렸다. "모래알처럼, 아니 불티처럼 아주 작은 사건에 불과했지."

그러고는 장황하게 이야기를 시작했다.

"마을 사람들이 싫어하는 7월의 어느 날이었지. 바람 한 점 없는 건조한 날이었어. 걸음을 뗄 때마다 흙먼지가 풀풀 일어날 정도였으니까. 창문과 대문 들은 활짝 열려 있었지만, 덧문 덜커덩거리는 소리나 돌쩌귀에서 삐걱거리는 문짝 소리 하나 들리지 않았지. 숨이 막힐 것 같은 여름 공기! 더는 말 안 해도 알겠지."

크파리야브다 사람들이 불볕더위를 못 견뎌 하는 것은 사실이다. 폭염이 시작되면 사람들은 말도 별로 하지 않고, 거의 먹지도 않았다. 온종일 물 단지를 손에 달고 다니며 목을 축이거나 머리 위로 치켜들고 물을 쏟아 얼굴과 옷을 적셨다. 무슨 일이 일어나든 사람들은 선선해지기 전에는 집 밖으로 나가려고 하지 않았다.

"그렇지만 샤이크에게는 외지 손님들이 와 있었지. 아마도 하인들이 다들 처소에서 잠을 자고 있었는지, 그날 커피를 준비해서 접견실로 가져간 사람은 라미아였어. 빈 잔을 치우러 간 사람도 라미아였지. 접견실에 가보니 샤이크는 없고, 이상하게도 금장 빨부리가 바닥에 나동그라져 있는 거야. 평상시에는 자리를 뜰 때 기계적인 몸짓으로 관은 수연통에 감아놓고, 빨부리는 뽑아서 따로 갖고 다니는 게 그의 습관이었으니 이상할 수밖에."

복도로 나가던 라미아는 가끔 밀담을 나눌 때 사용하는 작은 방에서 흘러나오는 거친 숨소리를 들었다. 어슴푸레한 빛에 잠긴 작은 방에 샤이크가 주저앉을 듯한 자세로 벽에 이마를 대고 서 있었다.

"샤이크, 어디 편찮으신지요?"

"괜찮다, 야 빈테."

그러나 그는 숨을 가쁘게 몰아쉬고 있었다.

"앉으시는 게 낫겠어요." 라미아가 샤이크의 팔을 살짝 잡아주면서 말했다.

그는 허리를 세웠고, 힘겹게 호흡을 고른 뒤에 옷매무새를 고치고는 엄지손가락으로 양쪽 관자놀이를 눌렀다.

"별일 아니다. 아마 더위 때문이겠지. 아무에게도 말하지 마라."

"맹세합니다. 메시아의 이름 앞에서 맹세하겠어요!"

라미아는 목에 걸고 있는 십자고상을 잡아 입술에 대었다가 가슴에 대고 눌렀다. 주인은 흡족한 얼굴로 라미아의 팔을 다독인 다음 손님들에게 돌아갔다.

흔히 있는 여름병이었을 뿐, 그날은 그 이외의 다른 일은 일어나지 않았다. 하지만 샤이크를 바라보는 라미아의 태도에는 분명 어떤 변화가 있었다. 그때까지 그녀는 샤이크를 공경하면서도 경계했고, 다른 여자들과 마찬가지로 그와 단둘이 있게 되는 것을 두려워하고 있었다. 하지만 그의 관자놀이에 불거지던 핏줄, 근심이 가득한 듯 잔뜩 찌푸린 이맛살을 보고 난 이후부터 라미아는 샤이크와 단둘이 있게 될 기회를 엿보았다. 그러나 그것은 단지 그가 더는 아프지 않은지 확인하기 위한 것이었다.

그때까지는 샤이크와 거리를 두고 지냈지만, 이제는 걱정을 구실 삼아 두려움과는 완전히 다른 감정이 라미아의 마음속으로 스며들고 있었다. 그녀를 정복하려는 샤이크로서는 트로이의 목마를 얻은 셈이었다. 아무 노력도 하지 않았는데 라미아가 제 발로 들어오고 있었으니 말이다. 어떤 남자들에게는 여자의 동정심을 불러일으키는 것이 사랑을 쟁취하는 수단 중의 하나라고 하지만, 샤이크는 자신의 화살통에서 그런 화살은 결코 꺼내고 싶지 않았다.

라미아가 아무도 없는 데서 샤이크를 다시 보게 된 것은 그로부터 여러 날이 지난 뒤였다. 이제는 괜찮으시냐고 물었을 때 샤이크가 '아프지 않다'는 뜻으로 혀를 끌끌 찼지만—그 마을 사람이면 누구나 무슨 뜻인지 아는 표현 방식이었다—라미아는 그가 거짓말을 하고 있다고 확신했다.

"아무에게도 말하지 마라! 내 신음 소리를 들었다는 사람이 있다면 내 손에 장을 지지겠다!"

그렇다면 아내에게도 말하지 않았단 말인가?

샤이크를 안심시키려고 라미아는 또다시 십자고상을 입술에 댔다가 가슴에 대고 누르는 것으로 무언의 맹세를 했다. 그녀가 경건한 의식을 짧게 이행하는 동안 샤이크는 마치 함께 맹세하듯이 라미아의 왼손을 꼭 한 번 잡아주고는 그대로 돌아섰다.

라미아는 측은한 미소를 짓고 있는 자신에게 깜짝 놀랐다. 샤이크는 말했다. "내 신음 소리를 들었다는 사람이 있다면 내 손에 장을 지지겠다"라고. 그는 남자답게 말한다고 그렇게 말했겠지만, 여자의 귀에는 그 말이 어린 소년의 허세로 들렸다. 라미아는 겁을 잔뜩 먹은 남동생이 부항 치료를 받던 날에 똑같은 말을 했던 걸 기억하고 있었다. 그녀는 이제 정말로 마을의 영주를 샤이크 자신이 남들에게 보이고 싶은 모습으로도, 다른 사람들이 그를 보는 모습으로도 볼 수 없게 되었다. 사람들이 샤이크에 대해 하는 말들이 라미아의 머릿속에서는 다르게 울렸다. 어떤 말은 그녀를 분노하게 했고, 또 어떤 말은 그녀를 기쁘게 하거나 불안하게 했다. 하지만 그 어떤 말도 무심히 넘길 수 없었던 라미아는 자기만이라도 심심풀이 삼아 그를 험담하지는 않기로 마음먹었다. 그리고 다시는 어쭙잖게 사람들의 입방아에 끼어들고 싶지 않았다.

이따금, 마을 여자들이 심하게 추잡한 농담을 할 때면 라미아는 입을 닥치게 하고 싶었지만 꾹 참으면서 여자들을 따라 억지로 웃기까지 했다. 만일 단 한 번이라도 라미아가 그들의 입을 닥치게 했다면, 여자들의 눈에 그녀가 수상하게 보였을 것이고 라미아의 이름은 즉시 여자들이 놀리는 입방아에 오르내렸을 것이다. 그렇게 되느니 여자들의 사랑을 받는 편이 훨씬 나았다. 그러나 라미아가 그렇게 행동한 것은 수완을 부린 것이 아니라, 성격상 늘 손에 물을 묻히고 살면서 쉰 목소리로 짓궂은 말을 일삼는 여자들 속에서는 잠자코 있을 때가 훨씬 마음이 편하기 때문이었다.

어느 날—8월 중순, 아니 중순이 조금 더 지났을 때—빵 굽는 연기가 자욱한 마당으로 들어서던 라미아는 깔깔대는 웃음소리를 들었다. 그녀는 '사제'라고 불리는 우묵한 원형 철판 바로 옆의 돌덩이에 앉았다. 철판 밑에는 금작화 가지들에 붙은 불이 탁탁 튀고 있었다. 빵을 굽던 한 처녀가 라미아에게 알려주었다.

"무슨 얘기를 하던 중이었냐 하면 그가 마음을 잡았는지 몇 주 전부터는 바람피운다는 말이 더는 들리지 않는다네요."

마을에서는 사람들이 단순히 '그'라고만 해도 누구를 가리키는지 모두 알고 있었다.

"안주인에게 꽉 잡힌 게지." 한 중년 부인이 뜨거운 철판 위의 밀가루 반죽을 뒤집개로 꾹꾹 누르면서 단언했다.

그러자 또 한 여자가 끼어들었다.

"안주인에게 잡혀서 바람을 안 피워? 무슨 소리! 어제 내가 안주인이랑 같이 있었는데 일주일 안에 아들을 데리고 큰 마을 요르드의 친정집에 가서 겨울을 날 거라고 하던데 뭐. 남편의 사랑을 되찾았다면 왜 떠나겠어?"

"그렇다면 병에 걸린 게 아닐까?" 또 다른 여자가 추측했다.

여자들의 시선이 자신을 향하자, 라미아는 태연하게 말하기 위해 호흡을 가다듬어야 했다.

"그가 병에 걸렸다면 벌써 알려졌겠지요."

라미아가 앉아 있는 돌덩이 바로 옆에서 누구도 그 대화를 듣고 있다고 생각하지 못할 정도로 조용히 있던 노파가 느닷없이 말했다.

"……그렇다면 그가 사랑에 빠진 게지."

말뜻을 이해하지 못한 다른 여자들이 물었다.

"하쩨, 그게 무슨 말이에요?"

젊은 시절에 그녀가 성탄 구유를 보러 베들레헴으로 성지 순례를 다녀왔다고 해서 사람들은 노파를 하쩨라고 불렀다.

"사랑에 빠진 게 틀림없어. 그래서 아내가 집을 비우기만을 기다리고 있는 거야."

"하지만 그는 자기가 원하는 것은 무엇이든 거리낌 없이 하는 사람인데…… 기다리고 말고가 있겠어요!" 중년 부인이 반박했다.

"난 그가 자기 어머니 무릎에 앉아 있을 때부터 보아 온 사람이야. 그가 어느 여자에게 빠져 있다면 아내가 성을 떠나기 전에는 움직이지 않을 거야……."

그러자 여자들은 선택된 여자가 누구일지 추측하기 시작했다. 물망에 오른 여자들의 이름이 하나, 둘, 셋…… 튀어나오고 있을 때, 한 남자가 지나가는 바람에 여자들은 얼른 화제를 바꾸었다.

그러나 여자들의 입방아는 라미아의 머릿속을 온종일 떠나지 않았다. 밤이 되자 그녀는 다시 생각에 잠겼다.

샤이크가 정말로 중병에 걸린 거라면? 누구에게든 알려서 다이룬에서 의사를 불러오게 해야 하지 않을까? 아니야, 그렇게 하면 그가 원망할 테니 기다리면서 지켜보는 편이 나아. 일주일 후에 그의 거처에 이르는 복도에서 예쁜 여자가 서성이는 것을 보게 된다면 안심해도 좋다는 신호니까.

하지만 라미아가 바란 것이 정말로 샤이크가 다시 바람을 피우는 모습을 보는 것이었을까?

밤이 깊어 가고 있었다. 잠자리에 든 라미아는 편안한 자세를 찾지 못하고 계속 뒤척였다. 그녀는 이제 자신이 바라야 하는 것이 무엇인지 알 수가 없었다. 라미아는 또다시 돌아누웠다. 그 남자가 어떻게 되든 무슨 상관이 있다고?

옆에는 똑바로 누운 남편이 물고기처럼 입을 벌린 채 자고 있었다.

III

안주인이 출발하기로 예정된 전날, 다들 요르드로 떠날 채비를 하느라 분주할 때 게리오스는 안주인의 친정 나들이에 따라가는 것을 허락해 달라고 어린애처럼 조르는 아내 때문에 깜짝 놀랐다.

"요르드에서 겨울을 보내고 싶단 말인가?"

"겨울 내내가 아니라 몇 주만 있다가 올게요. 안주인께서 벌써 여러 차례 같이 가자고 했거든요."

"거기서는 당신이 할 일이 아무것도 없어."

"안주인의 시녀가 되어줄 수 있잖아요."

"당신은 하녀도, 안주인의 시녀도 아니라고 내가 몇 번이나 말했건만 아직도 모른단 말인가? 당신은 내 아내야. 그러니까 내 곁에 있어야지. 아내는 몇 주씩, 몇 달씩 남편 곁을 떠나서는 안 되는 거야. 난 당신이 감히 그런 생각을 했다는 것 자체를 이해할 수가 없군."

라미아는 단념해야 했다. 전에는 안주인을 따라가는 것을 그토록 바랐던 적이 없었다. 하지만 그 바람은 그날 아침, 밤새도록 뒤척이다 잠에서 깨면서 맨 처음에 떠오른 생각이었다. 성에서, 여자들의 수군거림에서, 남자들의 시선에서, 마음속 갈등에서 멀리 떨어진 곳으로 떠나고 싶었다. 게리오스의 반응에 대해서는 아무런 기대도 하지 않았지만, 라미아는 어떤 기적이 일어나기를 바랐다. 그녀에게는 기적이 필요했다. 그런데 단념할 수밖에 없게 되자 갑자기 허무해진 라미아는 온종일 방 안에 틀어박혀서 울었다.

"라미아는 겨우 열여섯 살이었어. 울 때면 마치 눈물을 받아 두려는 듯 양쪽 볼 한복판에 볼우물이 패곤 했지."

게브라이엘 어르신은 라미아에 관한 것은 아주 사소한 것도 빠뜨리지 않고 자세하게 말했다.

"사람들이 말하는 것처럼 그녀가 정말로 그렇게 아름다웠다고 생각하세요?"

내 질문은 거의 신성 모독이나 다름없었다.

"그보다 훨씬 더 아름다웠지! 세상에서 가장 아름다운 여인! 머리끝부터 발끝까지 우아했으니까. 길고 가느다란 손, 등허리까지 흘러내리는 반들반들한 검은색 머리칼, 커다란 눈과 정겨운 목소리. 마을의 여자들처럼 라미아도 재스민 향수를 뿌렸지. 하지만 그녀에게서 풍기는 재스민 향은 어느 여자의 향과도 같지 않았어."

"그건 왜죠?" 내가 순진하게 물었다.

"왜냐하면 그 재스민 향은 라미아의 살냄새였으니까."

게브라이엘 어르신은 웃지 않았다. 그는 허공을 응시하고 있었다.

"라미아의 장밋빛 살은 모든 남자가 손끝으로라도 스쳐보길 꿈꾸는 아주 보드라운 살이었어. 그녀는 십자고상 목걸이가 훤히 보일 정도로 앞가슴이 파인 원피스를 입고 다녔지. 그 시대의 여자들은 행여 난잡하다는 소리를 들을까 봐 가슴을 가렸지만, 라미아는 가슴을 드러내고 다녔어. 밤이면 밤마다 내가 얼마나 그 젖가슴에 얼굴을 파묻고 싶었……"

내가 헛기침하면서 말했다.

"라미아를 한 번도 본 적이 없으면서 어떻게 그렇게 많은 것들을 알 수 있습니까?"

"내 말을 믿고 싶지 않으면서 왜 나한테 물어보는가?"

자신의 꿈을 깨뜨려버린 내 말 때문에 어르신은 기분이 상했다. 그러나 어르신은 나를 용서해주었다. 어르신이 일어나서 자신과 나를 위해 오디 시럽 두 잔을 준비했다.

"천천히 마시게, 이야기가 끝나려면 아직 멀었으니까."

동트기 전에 안주인을 수행하는 카라반이 출발하고 나자, 성은 텅 빈 것 같았다. 호위병과 하녀 들이 대거 안주인을 따라 떠난 데다 한창 수확기라서 크파리야브다 마을의 남자와 여자 들은 거의 다 들에 나가 있었다. 그날 아침에는 자신을 만나러 온 손님이 세 명밖에 없어서 샤이크는 제때 점심을 먹을 수 있었다. 그는 간단하게 빵, 오레가노와 올리브유, 물기를 빼서 응고시킨 우유를 가져오게 했다. 게리오스가 바쁘게 뛰어다니고 있을 때, 샤이크가 점심을 함께하자고 초대하면서 라미아는 왜 보이지 않느냐고 물었다.

라미아는 안주인을 배웅하러 잠시 나왔을 뿐 그 이후로는 줄곧 전날과 마찬가지로 자기 방 안에 틀어박혀 있었다. 게리오스가 와서 샤이크가 점심에 초대했다고 말하자, 라미아는 배고프지 않다고 대답했다. 게리오스가 한 손을 번쩍 치켜들면서 무섭게 말했다.

"숄 걸치고 냉큼 따라오지 못할까!"

샤이크는 매번 그랬듯이 라미아를 반겼고, 그녀는 애써 밝은 표정을 지어 보였다. 이내 두 사람의 대화가 시작되자, 게리오스는 두 사람을 번갈아 쳐다보는 것으로 만족해하면서 샤이크가 말할 때는 동의하는 뜻으로 연신 고개를 끄덕였다. 하지만 라미아가 입을 열면 그 순간부터 말을 짧게 줄이라는 듯이 아랫입술을 깨물었다. 아내가 아무리 재치 있는 말을 해도 그는 샤이크가 웃음을 터뜨릴 때까지 기다렸다가 웃었고, 웃음을 그칠 때까지 오로지 주인의 얼굴만 주시했다.

라미아도 남편에게 똑같이 보복했다. 그녀는 샤이크 아니면 빵

접시만 쳐다보았다. 대화가 무르익어 가면서 샤이크는 이제 게리오스에게는 눈길조차 주지 않았다. 식사가 끝날 무렵이 되자, 그제야 그가 있다는 것을 알았다는 듯이 갑자기 게리오스를 돌아보며 말했다.

"중요한 걸 깜빡 잊을 뻔했군. 자네가 가서 재단사 야쿱을 만나고 와야겠네. 오늘 저녁까지 1천 피아스터를 주겠다고 약조했으니 지켜야지. 그리고 내일 아침 일찍 나한테 오라고 하게. 동복을 맞춰야 하니까."

야쿱은 부근의 촌락 다이룬에 살고 있는데, 그곳은 크파리야브다에서 두 시간은 족히 가야 하는 거리였다.

라미아는 부엌으로 가져갈 접시들을 재빨리 챙기면서 말했다.

"커피를 준비하겠습니다."

"흐웨자 게리오스는 커피 마실 시간이 없을 것이다. 해 지기 전에 돌아오려면 즉시 떠나야 하니까."

흐웨자는 산악 지대에서 학식과 재산이 있어 자기 손으로 농사를 짓지 않아도 되는 사람들을 가리킬 때 쓰는 고대 튀르크–페르시아어인데, 샤이크는 게리오스의 기분을 좋게 해주고 싶을 때 그를 그렇게 불렀다. 집사는 꾸물거리지 않고 일어났다.

샤이크가 잠시 머뭇거리다가 말했다.

"나도 지금은 커피를 마시지 않겠다. 낮잠을 자고 나서 마시는 게 낫겠어. 하지만 아름다운 라미아가 직접 고른 과일 한 바구니를 가져다준다면 정말 고맙겠구나."

라미아는 그런 요구를 받으리라고는 전혀 예상치 못했다. 당혹스러운 표정을 지으며 그녀는 아무 말도 못 하고 있었다. 라미아의 침묵은 아주 잠깐이었지만, 그 순간이 너무 길다고 느낀 게리오스가 아내를 흘겨보면서 얼른 자신이 대신 대답했다.

"물론이지요, 샤이크! 당장 가져오지요. 라미아, 어서 준비해!"

샤이크가 태연하게 침실로 향하는 사이에 게리오스는 서둘러서 사무실로 쓰는 작은 방으로 향했다. 그 방에 장부와 펜, 잉크, 그리고 재단사에게 줄 돈이 든 금고가 있었다. 라미아가 뒤따라가서 말했다.

"잠깐만요, 할 말이 있어요."

"나중에 하지! 지체할 시간이 없다는 거 알면서!"

"샤이크에게 가져갈 과일은 내가 준비해줄 테니 당신이 가져다주면 좋겠어요. 샤이크의 침실에 들어가고 싶지 않아요. 나한테 다른 걸 요구할까 봐 그래요."

"샤이크가 당신한테 뭘 요구할 것 같은데?"

"그거야 모르지만 요구하는 게 많은 분이니까…… 과일을 깎으라고 하고, 자르라고 하고……."

라미아가 말꼬리를 흐리며 어물어물했다. 게리오스가 금고 문을 열다가 아내를 돌아보았다.

"내가 당신한테 누차 당부했던 대로 신분에 맞게 처신한다면 샤이크는 절대로 당신한테 아무것도 요구하지 않을 거야."

라미아는 이렇게 말하고 싶었다. '그러는 당신은 신분에 맞게 처신하고 있나요? 야쿱에게 내일 오라는 말이야 아무 하인을 보내도 되는 일 아닌가요?' 하지만 입씨름하고 싶은 마음이 추호도 없는 라미아는 애절한 어조로 뉘우치듯 말했다.

"그래요, 내가 잘못했고, 당신이 옳았어요. 다 지나간 일이니까 잊어버리고……."

"그래, 지난 일은 잊을 테니 앞으로는 당신의 신분을 지키도록 해. 하지만 오늘은 샤이크가 요구하는 것이 있거든 들어주구려."

그러자 라미아가 남편의 소매를 부여잡고 눈물을 글썽이면서 말했다.

"내 마음을 좀 헤아려주세요. 그 침실에 들어가는 게 무섭다고요!"

두 사람은 한동안 서로 말없이 바라보고만 있었다. 라미아는 남편이 주저하면서 갈등하고 있음을 느꼈다. 그 순간 남편이 이렇게 말할 거라고 상상했다. '당신이 그렇게 불안해하는데 내 어찌 발길이 떨어지겠나!' 그 순간에 라미아가 듣고 싶은 말은 바로 그런 말이었다. 이번 한 번만 구해준다면 그동안 남편에게 느꼈던 불만을 모두 잊고, 평생 남편을 믿고 의지하면서 궂은 일 좋은 일 마다하지 않고 남편에게 복종하리라 다짐했다.

게리오스가 아무 말도 하지 않고 있어서 라미아도 남편의 신경을 거스를까 두려워 입을 다물었다. 게리오스는 어찌해야 좋을지 고민하는 것 같았다. 그러나 그것도 아주 잠시뿐이었다. 게리오스가 라미아를 뿌리치면서 말했다.

"당신 때문에 너무 지체해서 이러다간 정말로 해 지기 전에 돌아오지 못하겠어."

게리오스는 이제 아내를 쳐다보지도 않았다. 하지만 라미아의 눈은 떠나는 남편을 좇고 있었다. 구부정한 자세로 걸어가는 그의 등짝이 곱사등처럼 보였다. 라미아는 그렇게 작아 보이는 남편은 한 번도 본 적이 없었다.

라미아는 배신당하고 버림받고 기만당한 느낌이 들었다.

라미아는 가능한 한 시간을 끌면서 과일을 준비했다. 운이 좋으면 침실에 들어갔을 때 샤이크가 이미 잠들어 있을 수도 있었다.

마지막 복도로 들어서는데 그녀는 허리 안에서 개미가 스멀스멀 기어가는 것 같은 느낌이 들었다. 두려움 때문이었을까? 욕망 때문이었을까? 아니면 두려움이 욕망을 자극했기 때문일까?

이제는 손마저 떨렸다. 라미아는 점점 더 천천히 걸었다. 만일 피조물들을 굽어살피시는 신이 있다면 절대로 자신에게 아무 일도 일어나지 않게 해주실 거라 믿으면서.

문이 살짝 열려 있어서 라미아는 과일 바구니로 문을 밀면서 방 안을 들여다보았다. 샤이크가 등을 돌린 자세로 돗자리에 누워 있었다. 그의 오른손에는 호박 묵주가 쥐어져 있었다. 샤이크는 물담배를 피우지 않을 때는 늘 그 묵주를 손가락으로 돌리는 습관이 있었다. 호박 알들이 마주치며 내는 찰그랑거리는 소리, 조약돌 사이로 흘러드는 물소리 같기도 하고 탁탁 튀는 불티 소리 같기도 한 그 소리가 마음을 평온하게 해준다고 그는 말하곤 했다.

라미아가 쳐다보고 있는 건 그 호박 목주도, 약지에 끼고 있는 인장 반지도 아니었다. 그녀는 다만 남자의 굵은 손가락이 움직이지 않는지를 살폈다. 라미아가 용기를 내어 방 안으로 두 발짝 들어가서 바구니를 내려놓으려고 무릎을 굽혔다. 다시 일어서는 순간, 그녀는 가슴이 철렁했다. 석류 한 개가 둔탁한 소리를 내며 굴러떨어진 것이다. 라미아의 귀에는 그 소리가 마치 둥둥 울리는 북소리 같았다. 그녀는 숨을 죽이고 잠자는 남자의 손 바로 앞에서 석류가 멈추게 두었다. 그러고는 잠시 더 기다렸다가 굴러간 석류를 집으려고 바구니 위로 몸을 숙였다.

그때 샤이크가 움직이더니 잠이 덜 깬 사람처럼 천천히 돌아눕기 시작했다. 그러다 완전히 돌아누운 그가 석류를 움켜잡더니 마치 라미아의 존재를 이미 느끼고 있었다는 듯 쳐다보지도 않고 말했다.

"시간이 하도 오래 걸려서 내가 그만 잠이 들어버렸구나."

샤이크가 시간을 알기 위해서인 듯 창문 쪽으로 시선을 돌렸다. 하지만 커튼이 내려져 있고, 날씨는 흐렸다. 가을 오후의 어슴푸레한 빛이 물들어 있는 시간 때쯤이었다.

"어떤 과일을 골라 왔는지 어디 볼까?"

라미아는 힘겹게 몸을 일으켰다. 그녀의 음성이 떨리고 있었다.

"포도, 무화과, 산사나무 열매, 사과, 그리고 석류예요."

"네 생각에는 이 과일 중에서 어떤 것이 제일 맛있겠느냐? 눈을 감고 깨물었을 때 입에서 꿀맛만 나는 것이 어느 과일일꼬?"

방 안이 점점 더 어두워지는 것을 보면 짙은 구름이 해를 가리고 있는 것이 틀림없었다. 이른 오후였지만 벌써 밤이 와 있는 것 같았다. 몸을 일으킨 샤이크가 가장 예쁜 포도송이에서 제일 먹음직스러운 포도 한 알을 따서 라미아의 얼굴 가까이 가져갔다. 그녀는 입술을 방긋이 벌렸다.

라미아의 입 안으로 포도알이 미끄러져 들어오는 순간에 그가 중얼거렸다.

"미소 짓는 얼굴을 보고 싶구나!"

라미아가 미소를 지었다. 그리고 샤이크는 그렇게 9월의 과일들을 라미아와 나눠 먹었다.

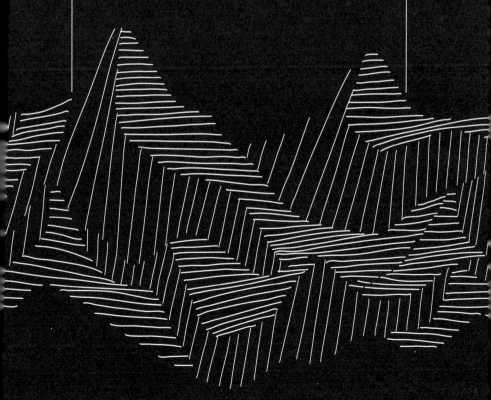

둘째 관문

메뚜기 떼가
들이닥친 여름

1821년 6월 말경, 성의 집사 게리오스의 아내 라미아가 아들을 낳았다. 처음에는 아기의 이름이 아바스로 지어졌다가 타니오스란 이름으로 불리게 되었다. 죄 없는 아기는 눈도 뜨기 전에 부당하게 마을 사람들의 악감을 샀다.

그 아이가 바로 훗날 키크라는 별명으로 불릴 우리의 주인공 타니오스다. 그의 생애는 넘어야 할 관문의 연속이었다.

– 크파리야브다의 엘리아스 수도사의
《산악 지대의 연대기》 중에서

(다음 이야기로 넘어가기에 앞서, 각 이야기의 첫머리에 쓰여 있는 해독할 수 없는 낱말 '우부르'를 내가 '관문'이라고 번역한 경위에 대해 언급하고자 한다. 엘리아스 수도사는 어느 곳에도 '우부르'에 대한 정의를 명확하게 내려놓지 않았다. 그렇지만 그 낱말은 계속 나왔고, 그 빈번한 쓰임 때문에 나는 그 의미를 파악할 수 있었다.

《산악 지대의 연대기》의 저자는 이렇게 예를 들고 있다. "가죽을 꿰매는 구두 수선공의 바늘처럼 운명은 우리의 몸속을 들락거린다." 또 한 곳에는 이렇게 쓰여 있다. "위험한 관문들이 존재의 운명을 결정짓는다……."

'관문'은 따라서 운명—가혹하거나 아이러니하거나 신의 섭리일
수도 있는 어떤 침입—의 명백한 표시이자 범상치 않은 존재가 거치
는 단계, 이정표를 뜻한다. 이런 의미에서 '유혹의 덫에 걸린 라미아'
는 타니오스의 운명에서 다른 여러 관문들을 존재하게 하는 첫째 '관
문'이었다.)

I

게리오스가 다이룬에서 돌아왔을 때는 밤이었다. 그의 아내는
이미 잠자리에 들어 있었고, 그들은 아무 말도 나누지 않았다.

그로부터 몇 주가 지난 후, 라미아에게서 입덧 증세가 나타나기
시작했다. 결혼한 지 2년이 되어 가건만 아직도 납작한 라미아의
배를 걱정하는 친지들은 용한 의원을 부르거나 임신에 좋은 약초
라도 구해 올 계획을 세우고 있었다. 그러던 차에 들려온 임신 소
식은 모두를 기쁘게 했고, 여자들은 이제 머지않아 어머니가 될 여
자를 살뜰하게 보살펴주었다. 의혹의 눈길을 보내거나 험담을 하
는 사람은 아무도 없었다. 다만 3월에 안주인이 오랜 친정 나들이
에서 돌아왔을 때, 라미아는 안주인의 태도가 갑자기 냉랭해져 있
음을 느꼈다. 사실 안주인은 마을 여자들을 멸시하는 데다 걸핏하
면 성깔을 부려서 누구한테서도 환영받지 못하고 있었다. 게다가

이번에는 초췌한 얼굴에 볼까지 움푹 꺼져서—그렇다고 해서 살까지 빠진 건 아니지만—더더욱 여자들은 안주인을 피하고 있었다.

마을 사람들은 별나게 구는 안주인을 전혀 신경 쓰지 않았다. 그들은 '그들의 샤이크'가 부리는 성질은 어떤 것도 달게 받을 마음의 준비가 되어 있지만, 샤이크의 아내에 대해서는 '심보 고약한 그 여자', '요르드 출신의 앙칼진 그 여자'라고 부르면서 그 외지 여자가 못되게 굴거나 말거나 아랑곳하지 않았고, '크파리야브다가 싫으면 자기 고향으로 돌아가면 될 것 아니냐'는 식으로 대했다.

그러나 라미아는 안주인이 마을 사람들이 아니라 자기에게 화가 나 있다고 확신하기에 이르렀다. 누군가가 안주인에게 라미아의 임신 소식을 알린 것이 틀림없는데, 뭐라고 말했을지 궁금했다.

아기는 하늘이 맑고 온화한 여름날에 태어났다. 얇은 구름이 태양을 달래고 있는 어느 날, 샤이크는 골짜기가 내려다보이는 테라스에서 점심을 들겠다면서 카펫을 깔게 했다. 마을의 사제인 부나 부트로스와 마을 유지 두 사람, 그리고 게리오스가 있었고, 탄투르 장신구로 머리를 높이 올린 안주인이 약간 떨어진 의자에 앉아서 아들을 무릎에 앉혀놓고 있었다. 아라크주 덕분에 다들 기분이 좋아 보였다. 술에 취하지는 않았지만, 흥겨운 분위기에 젖은 이들의 몸짓과 말이 자유로웠다. 거기서 그리 멀리 떨어지지 않은 라미아의 침실에서는 산모가 산파의 도움을 받아 아기를 몸 밖으로 밀어

내느라 안간힘을 쓰면서 비명을 지르고 있었다. 사제 부트로스의 아내이자 라미아의 언니인 후리예가 동생의 손을 잡고 있었다.

한 어린 소녀가 소식을 알리려고 테라스로 달려왔다. 그런데 막상 자신을 빤히 쳐다보는 남자들의 시선 앞에서 그만 수줍어진 소녀는 빨개진 얼굴로 게리오스의 귀에 뭐라고 중얼거리고는 얼른 달아났다. 그러나 소녀의 허둥대는 꼴을 보고 모두 짐작하고 있던 터라 라미아의 남편은 잠시 평소의 신중한 태도를 버리고 큰 소리로 알렸다. "사비입니다!"

다들 득남을 축하하기 위해 술잔을 가득 채우자, 샤이크가 집사에게 물었다.

"이름은 생각해놓았는가?"

게리오스는 마음속으로 생각해 둔 이름을 말하려다가 주인의 어조에서 무슨 의견이 있다는 걸 느끼고 얼른 이렇게 말했다.

"아직 이름은 생각해놓지 않았습니다. 아이가 태어나기 전이라⋯⋯."

이렇게 둘러대기는 했지만, 사실은 이유가 있었다. 그가 감히 미리 이름을 지어놓지 못했던 것은 미신 때문이었다. 아들이 아닐지도 모르고 살아서 태어날지도 확신할 수 없는 터에 미리 지어놓았다가 하늘의 축복을 받지 못하면 어쩌나 하는 불안 때문이었다.

"내가 늘 좋아하던 이름이 아바스인데, 어떤가." 샤이크가 제안했다.

주인이 말을 시작하는 순간부터 동의의 표시로 고개를 끄덕이는 습관이 있는 게리오스가 그 이름을 듣자마자 바로 결정을 내렸다.

"그럼 아바스라고 하겠습니다! 훗날 아들에게 우리의 샤이크께서 친히 이름을 지어주셨노라고 말하겠습니다!"

기쁜 얼굴로 좌중의 반응을 둘러보던 게리오스는 눈살을 찌푸리고 있는 사제, 그리고 노기 띤 얼굴로 갑자기 아들을 꼭 끌어안는 안주인을 보았다. 그녀의 안색이 어찌나 창백한지 칼에 찔려도 피한 방울 안 나올 것 같았다.

게리오스의 눈이 잠시 안주인에게 머물렀다. 그러다 불현듯 깨달았다. 도대체 그 이름을 어떻게 선뜻 받아들일 수 있었단 말인가? 그리고 특히 샤이크는 어떻게 그런 제안을 할 수 있었단 말인가? 기쁨과 아라크주 때문에 다들 정신이 나간 것 같았다.

아주 잠깐 사이에 일어난 일이었지만, 그 일은 아기와 아기의 친지들, 마을 전체를 순식간에 뒤흔들어놓았다. 《산악 지대의 연대기》의 저자는 이렇게 적고 있다. "그날, 그들의 운명은 모든 이에게 그렇게 각인되었다. 양피지 문서에 도장이 찍히고 봉인되듯이."

샤이크가 불쑥 내뱉은 말실수 때문에 순식간에 일어난 그 통탄할 일이 어찌 쉽사리 잊힐 수 있으랴?

크파리야브다에는 오랜 옛날부터 이름에 관해서만은 엄격한 관습이 내려오고 있었다. 하층 계급에서는 베드로, 바울, 게오르그, 로슈, 요한, 에프렘, 요아힘 같은 성인의 이름을 따서 부트로스, 불로스, 게리오스, 루코즈, 한나, 프렘, 와킴이라는 이름을 아들에게 주었고 이따금 욥, 모세, 토비아 같은 성경에 등장하는 이름을 따서 아이유브, 무세, 투비야라고 이름을 지어주었다.

상층 계급인 샤이크의 가문에는 다른 관습이 있었다. 아들은 권력이나 과거의 영광을 연상시키는 이름을 지녀야 했다. 사크르, 라드, 호슨이라고 이름을 짓는 것은 그것들이 각각 '바위' '천둥' '요새'를 뜻하기 때문이었다. 더러는 이슬람 역사에서 따온 이름도 있었다. 샤이크의 가문이 수세기 동안 기독교 집안이라고 해서, 조상들의 이름 중에 예언자 무함마드의 삼촌인 아바스*와 역대 칼리파들의 이름이 없는 것은 아니었다. 접견실에서 샤이크가 즐겨 앉는 의자 바로 뒷벽에 걸린 커다란 벽보판에는 메카 출신 고귀한 가문의 역대 칼리파들뿐만 아니라 이스탄불의 술탄을 포함해서 중앙아시아 대초원에서 세력을 확장하여 나라를 세웠던 역대 술탄들의 초상이 담긴 가계도가 그려져 있었다.

샤이크는 자기 아버지의 이름이었던 라드를 자기 아들에게 주었다. 샤이크의 이름은 프란시스였다. 프란시스란 이름은 물론 전사 계급에 속하는 이름도, 예언자 무함마드 가문에 속하는 이름도 아니었다. 그 이름은 오히려 마을 사람들 사이에 퍼져 있는 성인의 이름과 아주 유사했다. 그러나 성인 이름처럼 느껴지는 것일 뿐 성인 축일표에는 성 프란치스코 살레시오(프랑수아 드 살)와 아시시의 성 프란치스코에 관한 특별한 주석은 없고, 다만 프랑수아 1세가 성

---

* 아바스 이븐 압드 알 무타리브를 가리킨다. 아바스의 후손들이 훗날 아바스 왕조를 세웠다.

프란치스코의 이름을 받았다고만 되어 있었다. '샤이크 프란시스'라는 이름의 유래를 굳이 말하자면, 16세기 프랑스의 왕이 술레이만 1세*로부터 레반트**의 소수 마론파 기독교의 운명과 성지에 대한 감독권을 획득한 날부터 대대로 산악 지대에 사는 대가문의 가장들에게 프랑스의 보호를 받고 있음을 증명해주는 친서를 보냈는데,*** 그 친서를 받았던 이들 가운데 우리 샤이크의 조상 중 한 명이 있었다. 그 조상의 첫아들이 태어나는 날에 그 친서를 받았기 때문에 즉시 아기에게 프란시스란 이름을 주었다고 전해진다.

샤이크 프란시스란 이름의 유래에 대한 설명이 오늘날에는 필요할지 몰라도, 당시의 마을 사람들에게는 큰 의미가 없었을 것이다. 하지만 그들 중에서 샤이크가 라미아의 아들에게 자신의 가계도에서 가장 위대한 조상의 이름을 주는 걸 대수롭지 않게 여길 사람은 아무도 없었을 것이다. 게리오스는 벌써 크파리야브다를 뒤흔들어버릴 정도로 크게 비웃는 소리가 들리는 것만 같았다. 그 수치를 무엇으로 가릴 수 있을 것인가? 아기를 보러 가기 위해 식탁

---

* 16세기 중엽(재위 1520~1566) 오스만 제국을 통치한 10대 술탄을 가리키며, 제국의 최전성기를 이룩했다.
** 근동의 팔레스타인과 시리아, 요르단, 레바논 등이 있는 지역을 가리키는 말.
*** 마론파의 자치령에서 오스만 제국은 이들의 종교적 자유를 보장해주었으며 마론파가 이슬람의 한 종파인 드루즈파와 극심한 갈등을 겪자 드루즈파를 진압하기까지 했다. 그러나 이슬람 세력이 계속 마론파를 박해하자 프랑스는 1638년 오스만 제국 내의 기독교 집단을 보호하겠다고 선언했다. 마론파와 프랑스의 관계는 이후 레바논 독립 국가 설립으로까지 이어지게 되었다.

에서 일어서는 그는 행복하고 자랑스러운 아버지의 모습이 아니었다. 그의 콧수염은 헝클어져 있었고, 라미아가 기진맥진해 있는 침실까지 똑바로 걸어갈 수나 있을지 걱정이 될 정도였다.

침실에서는 나이 지긋한 부인 열두 명이 바쁘게 움직이고 있었다. 얼이 빠진 듯한 게리오스의 얼굴에서 벅찬 기쁨 이외의 다른 것을 보지 못하는 아낙네들은 벌써 헝겊 모자를 쓰고 잠들어 있는 아기의 요람 쪽으로 그의 등을 떠밀었다.

"아주 건강한 아들이에요. 하느님께서 보호해주실 거예요!"

사제의 아내이자 처형인 후리예만 게리오스의 표정을 읽었다.

"부담스러워하는 얼굴이군요. 왜요, 가족이 늘어서 그래요?"

그는 우두커니 서 있었다.

"아기 이름은 지었어요?"

게리오스는 자신의 혼란을 감추고 싶었지만 후리예에게만은 말해야 했다. 후리예는 샤이크를 포함한 마을의 전 주민 가운데서 아내의 유일한 혈육이었다. 그녀의 이름은 사다였지만 아무도, 남편조차 그 이름으로 부르지 않았다. 후리예는 한때 크파리야브다에서 가장 아름다운 여자였고, 10년이 지나 동생 라미아에게 미녀의 자리를 내어주었다. 여덟아홉 번이나 임신하다 보니 살이 찌고 미색을 잃었지만, 그녀의 위압적이면서 영리한 눈빛에 담긴 카리스마는 대단했다.

"함께 점심을 들고 있었는데…… 샤이크가 제안하더군요. 이름을 아바스라고 지으라고."

게리오스는 감정을 억제하려고 애를 썼지만, 마지막 말끝은 탄식하듯이 흘러나왔다. 후리예는 깜짝 놀랐지만 내색하지 않고 아주 태연하게 말했다.

"나는 샤이크를 잘 알아요. 진심에서 우러나오는 순간적인 충동을 자제할 줄 모르는 남자지요. 제부의 헌신적인 협조와 정직함을 높이 평가하기 때문에 제부를 형제처럼 생각해서 그런 제안까지 한 거예요. 제부의 아들에게 자기 가문의 이름을 주면 제부를 명예롭게 하는 것이라고 생각한 거죠. 하지만 마을 사람들은 그렇게 생각하지 않을 거예요."

게리오스는 마을 사람들이 어떻게 나올지 물으려고 입술을 떼었지만, 목구멍에서는 아무 말도 나오지 않았다. 그러자 후리예가 다시 말을 이었다.

"사람들이 수군거리겠지요. 게리오스란 작자가 성에서 산답시고 우리의 풍습을 저버렸으니 자기들에게 등을 돌린 거라고. 사람들은 제부뿐 아니라 라미아도 원망하면서 분통을 터뜨릴 거예요. 그렇지 않아도 제부의 신분을 늘 질투하는 사람들이니까⋯⋯"

"처형의 말이 옳은 것 같군요. 하지만 내가 이미 샤이크의 제안을 영광으로 여긴다고 말해버렸으니⋯⋯"

"샤이크에게 가서 말해요. 라미아가 마음속으로 생각해 둔 이름이 있더라고. 제부는 아이의 이름을 뭐라고 짓고 싶은데요?"

"타니오스."

"그럼 됐네요. 가서 말해요. 아이의 어머니가, 신께서 아이가 건

강하게 태어나게 해주신다면 타니오스라는 이름을 지어주기로 맹세했다고 하더라고."

"그래야겠어요. 내일 단둘만 있게 되었을 때 말하지요."

"내일이면 너무 늦어요. 이 길로 가서 말해야지, 그러지 않았다간 샤이크가 아바스라는 이름을 사방에 퍼뜨리고 다닐 테고, 그리되면 자기가 뱉은 말을 취소하고 싶어 하지 않을 거예요."

게리오스는 처음으로 주인의 뜻을 거역할 수밖에 없게 된 것을 난감해하면서 샤이크를 만나러 갔다. 그는 머릿속으로 상황을 상세히 설명하면서 주인의 기분이 상하지 않게 둘러댈 말을 궁리했다. 하지만 괜한 수고였다. 그가 예상했던 것보다 훨씬 간단하게 해결되었기 때문이다. 게리오스가 첫마디를 꺼내기가 무섭게 샤이크가 말했다.

"맹세했으면 지켜야지! 더 말할 것도 없이 아이의 이름은 타니오스다!"

샤이크 역시 그사이에 숙고하고 있었다. 특히 아내가 벌떡 일어서더니 아들이 놀라 울부짖을 정도로 갑작스럽게 아들을 끌어안고는 손님들에게 한마디도 하지 않고 자리를 떠버렸기 때문이다.

안주인은 자기 방으로 도망쳐버렸다. 아니, 더 정확히 말하면 자기 방의 발코니로 나가 저주를 퍼부으면서 한동안 성큼성큼 걸어다녔다. 그런 수모를 당하기는 처음이었다. 산악 지대에서 가장 큰 궁궐 같은 집에서 귀하게 자란 자신이 작은 마을의 바람둥이 남자 집으로 시집온 것이 후회스러울 따름이었다. 그녀는 모든 사람을 원망했고, 심지어 자신의 고해 사제인 총대주교마저 원망했다. 이 혼인을 주선했던 사람이 총대주교가 아닌가.

그녀는 이튿날 동이 트기 전에 아들을 데리고 저주스러운 성을 떠나기로 결심했다. 만일 누구라도 자신이 떠나는 것을 방해하는 자가 있다면 아버지와 오라비들에게 전갈을 보내 무기를 들고 그녀를 구하러 오게 해서 남편의 영지를 쑥대밭으로 만들게 하리라 마음먹었다. 이제껏 체념한 듯 모든 것을 묵묵히 감수했다. 하지만 이번에는 단순히 마을 여자를 건드린 것과는 완전히 다른 문제였다. 남편이라는 작자가 같은 지붕 밑에서 사는 여자에게 아기를 갖게 해놓고 그것도 모자라서 누가 봐도 아이의 아버지라는 것에 의심의 여지가 없도록 너무나 당당하게 자신의 가장 빛나는 조상의 이름을 주겠다고 하다니 그녀는 치가 떨렸다.

아무리 좋은 쪽으로 생각하려고 해도, 아무리 이해하려고 해도 그것만은 도저히 용납할 수가 없었다. 그런 수모를 당하면 가난한 농부의 아내라도 분개하지 않을 수 없을진대, 하물며 세도 높은 영주의 딸이 그대로 당하고만 있을까?

그녀는 높이 올린 탄투르 머리를 두 손으로 움켜잡고서 장신구를 뽑아 바닥으로 내동댕이쳤다. 검은 머리 타래가 한꺼번에 쏟아져 내렸다. 어린애처럼 통통한 그녀의 눈물 젖은 얼굴에 승리의 미소가 흘렀다.

성의 부엌에서는 아기의 탄생을 축하하기 위해 마을 여자들이 계피 껍질을 벗기고 캐러웨이*를 다듬으면서 즐거운 마음으로 메글리 간식을 만들고 있었다.

II

타니오스가 태어난 이튿날, 샤이크는 게리오스와 크파리야브다 마을의 유지들을 거느리고 새벽같이 자고새 사냥을 나갔다. 초저녁에 그가 돌아오자, 하녀 한 명이 뛰어나와 샤이크를 맞이하려고 나와 있는 사람들 앞에서 큰 소리로 알렸다. 안주인이 아들을 데리고 요르드로 황급히 떠나면서 가까운 시일 내에는 돌아오지 않을 거라고 말하는 소리를 들었다는 것이었다.

아내가 오랫동안 집을 비우는 것을 샤이크가 반갑게 여긴다는 걸 모르는 사람은 거의 없었다. 아내가 그에게 친정으로 가겠다고 말했더라도 애써 붙잡지는 않았겠지만, 공공연히 버림받은 남편의 신세가 되고 보니 그는 도저히 참을 수 없었다. 머리채라도 잡아 아내를 성으로 끌어오고 싶은 심정이었다.

샤이크는 '날아다니는 양탄자'라는 뜻의 브사테리라 불리는 밤색 암말에 안장을 얹고, 말을 가장 잘 타는 호위병 두 명을 데리고 세수도 하지 않고 즉시 길을 나섰다. 그는 가는 중에도 치밀어 오

---

* 미나리과 초본 식물에 속하며 유럽에서 빵, 케이크, 쿠키, 육류 요리 등에 향신료로 널리 쓰인다.

르는 분노 때문에 말들을 쉬게 하느라 아주 잠깐 허허벌판에 누웠다가 다시 길을 떠날 정도로 서둘렀고, 덕분에 아내의 수행원들이 미처 안장을 풀기도 전에 장인의 영지에 당도할 수 있었다.

딸이 집에 도착하자마자 대성통곡하자, 깜짝 놀란 부모가 딸의 방에 달려와 있었다. 그래서 세 사람을 한자리에서 만날 수 있게 된 샤이크가 선수를 쳤다.

"한마디만 하겠습니다. 제 아내는 제가 친아버지만큼이나 존경하는 세력가의 딸입니다. 하지만 그 딸이 나의 아내가 된 이상, 설사 그녀가 술탄의 딸이었다 해도 내 허락 없이 집을 나간다는 것은 용납할 수 없는 일입니다!"

그러자 장인이 말했다.

"그럼 나도 한마디만 하겠네. 내가 내 딸을 명망 높은 가문의 후손에게 준 것은 아내를 영예롭게 대우하라는 것이었지, 실의에 빠져서 내 집으로 돌아오게 하라는 것이 아니었네!"

"그런 대우를 못 받았다는 말은 한 번도 한 적이 없는데도 말입니까? 아내가 바라는 만큼의 하녀들이 있고, 아내의 입에서 명이 떨어지기만을 기다리는 마을 여자들이 수십 명이나 되는데도 말입니까? 아버지의 집이라고 어찌 그런 경솔한 말을 한단 말입니까?"

"자네가 내 딸에게 물질적으로 부족함 없이 해주었는지는 몰라도 수모를 주었지. 나는 궁핍을 모르게 하려고 내 딸을 혼인시킨 게 아닐세. 내가 대가문의 아들에게 딸을 준 것은 이 집에서 그랬던 것처럼 남편의 집에서도 존중받으며 살라는 것이었네. 남자 대 남자로 얘기를 좀 나누는 게 좋겠군."

장인이 아내에게 딸을 데리고 옆방에 가 있으라고 손짓을 했다. 여자들이 문을 닫기를 기다렸다가 그가 덧붙였다.

"자네가 마을의 여자들을 가만히 놔두지 않는다는 얘기는 이미 들었네만, 그래도 우리는 혼인이 자네를 이성적인 사람으로 만들어줄 거라고 기대했네. 불행하게도 죽어야 그만두는 남자들이 있다고는 하지만 다행히 이 고장에는 그 병을 다스릴 줄 아는 의원들이 수천 명은 있지."

"이 집에서 저를 죽이겠다고 위협하시는 겁니까? 그렇다면 어서 죽이십시오! 저는 무기도 없이 혼자 있고, 장인어른의 부하들은 사방에 있으니 그들을 부르시기만 하면 됩니다."

"자네를 위협하는 것이 아니라 다만 자네에게 어떤 말을 해주면 좋을지 고심하고 있는 걸세."

"저는 장인어른께서 하시지 않은 일은 아무것도 하지 않았습니다. 이 마을과 장인어른이 소유하고 계신 방대한 영지를 돌아본 적이 있었지요. 아이들의 절반은 장인어른을 닮았고, 나머지 절반은 장인어른의 형제분들과 아드님들을 닮았더군요! 저는 장인어른께서 이 마을에서 받는 평판을 제 마을에서도 받고 있습니다. 우리 아버님과 조부님들도 당대에는 똑같은 평판을 받으셨습니다. 단지 따님이 들이닥쳐 통곡했다고 해서 제가 마치 해서는 안 되는 짓이라도 저지른 듯이 저를 손가락질하지는 마십시오. 장인어른이 마을 여자들을 건드렸다고 장모님이 이 집을 나가던 적이 있었습니까?"

큰 마을 요르드의 영주가 어떤 태도를 보여야 할지 결정하지 못한 듯 한동안 생각에 잠겨 있는 것으로 보아 급소를 찌르는 말이었음이 분명했다.

장인이 다시 말을 천천히 이었는데, 목소리가 좀 전보다 훨씬 낮았다.

"우리는 서로 헐뜯는 말만 하고 있는데, 나나 자네나 성 마론*이나 시메온 스틸리테스**가 아니거늘 성인군자가 되라고 할 수는 없겠지. 그러나 나는 딴 여자에게 미쳐 있을 때도 아내를 저버린 적이 없었고, 특히 한 지붕 아래 있는 여자를 임신시킨 적은 한 번도 없었네. 그리고 만일 어느 여자가 내 아들을 낳았다 하더라도 그 아이에게 내 조상 중 가장 위대한 조상의 이름을 준다는 생각은 하지 않았을 걸세."

"그 아이는 제 자식이 아닙니다!"

"모두 그 반대로 생각하는 것 같던데!"

"사람들이 어떻게 생각하든 그게 중요한 건 아니지요. 중요한 것은 제가 그 여자와 잔 적이 없다는 겁니다!"

장인이 생각을 정리하기 위해서인 듯 다시 말을 중단했다. 그러

---

* 5세기 시리아의 한 산에서 선 채로 기도하며 고행한 성인. 이 성인을 따르는 신자들을 중심으로 하여 마론파가 형성되었다.
** 시리아의 금욕주의자(390~459). 알레포 근처의 기둥 위에서 37년을 살았으며 동방 정교회, 동방 가톨릭교회, 로마 가톨릭교회에서 성인으로 존경받고 있다.

다 문을 열고 딸을 향해 소리쳤다.

"네 남편이 그 여자하고는 아무 일도 없었다고 단언하고 있다. 그가 그렇게 말했으니 우리는 그 말을 믿어야 한다."

그때, 딸 못지않게 뚱뚱하고 수녀처럼 검은색 옷으로 휘어 감은 장모가 끼어들었다.

"나는 그 여자가 아들을 데리고 떠나기를 바라네!"

그러나 크파리야브다의 영주는 이렇게 답변했다.

"만일 그 아이가 내 아들이라면 나는 자식을 집에서 내쫓는 괴물이 되는 것입니다. 또 만일 그 아이가 내 아들이 아니라면 사람들이 나를 뭐라고 비난하겠습니까? 그 여자와 그녀의 남편, 그리고 그들의 아들은 뭐라고 비난하겠습니까? 무슨 죄가 있다고 그들에게 그런 벌을 준단 말입니까?"

그러자 딸이 어떤 타협도 하지 않겠다는 듯 단호한 어조로 외쳤다.

"난 그 여자가 집을 떠나기 전에는 절대로 성으로 돌아가지 않을 거예요."

샤이크가 그 말에 응수하려고 할 때 장인이 먼저 말했다.

"그 입 닥치지 못할까, 아버지와 남편이 말하고 있는데 어디 감히 아녀자가!"

영주의 딸과 아내가 기겁한 눈으로 영주를 쳐다보았다. 그러나 두 여자는 안중에도 두지 않고 그는 이미 사위를 향해 돌아서서 어깨에 손을 얹고 말했다.

"자네 아내는 일주일 이내에 집으로 돌아갈 것이야. 만일 고집을 피우면 내가 끌고 가겠네! 얘기는 충분히 한 것 같으니 그만 이 방에서 나가세. 내 손님들이 우리가 싸우는 줄 알겠어!

그리고 거기 아녀자들은 까마귀들처럼 거기 그렇게 서서 우리를 빤히 쳐다보고만 있지 말고 부엌에 가서 저녁상이나 차리지! 먼 길 오느라 시장할 텐데 사위를 굶기면 사람들이 우리를 뭐라고 생각하겠나? 그리고 사르키스의 딸을 불러서 아타바 노래를 부르라고 해! 페르시아에서 새로 들여온 수연통도 가져오고!

이보게, 사위, 꿀 향기가 난다고 하니 담배 맛이나 보세."

샤이크가 크파리야브다로 돌아왔을 때, 마을은 갑자기 성을 나가버린 안주인, 아내를 뒤쫓아 간 남편, 라미아와 그녀의 아들, 그리고 그 아들에게 줄 뻔했던 이름에 관한 소문으로 떠들썩했다. 그러나 샤이크는 다른 생각으로 머릿속이 꽉 차 있어서 아무 말도 귀에 들어오지 않았다. 그의 장인, 전 산악 지대에서 두려움의 대상인 그 인물이 무슨 꿍꿍이가 있어서 그의 편을 들어주었을까? 당장 죽일 것처럼 위협하던 사람이 왜 갑자기 돌변한 걸까? 그의 말이 설득력이 있어서였다고는 생각할 수 없었다. 그들은 수틀리면 주먹부터 휘두르지, 설득하거나 설득당하는 사람들이 아닌데 그런 일이 전혀 일어나지 않았으니 왠지 찜찜했다.

무사히 돌아온 것을 기뻐하며 몰려와 있는 마을 사람들에게 샤이크는 간결한 말로 답례했고, 아내나 장인과 관련해서는 훨씬 신중하게 답했다.

샤이크가 접견실로 들어온 지 몇 시간도 지나지 않아서 후리예가 등장했다. 그녀는 연보라색 비단 보자기로 싼 물건을 들고 문간에 서서 큰 소리로 말했다.

"샤이크께 사사로이 청할 것이 있습니다."

방에 있던 사람들이 모두 일어나서 나갔다. 샤이크의 지시가 떨어지지 않아도 방에서 사람들을 물러가게 할 수 있는 사람은 후리예밖에 없었다. 샤이크는 재미있다는 듯 불청객에게 말했다.

"이번에는 또 무슨 청을 하려고?"

샤이크의 말에 밖으로 나가며 흩어지던 남자들 사이에서 웃음이 터져 나왔다. 그들 중에 과거에 있었던 일화를 모르는 이는 아무도 없었다.

12년 전에 앳된 소녀가 부모도 없이 혼자 찾아와서 입회인 없이 단독으로 샤이크를 만나겠다는 청을 해서 모두를 깜짝 놀라게 했던 일이 있었다. 그 당돌했던 소녀가 바로 이 체격 좋은 여인이었다.

소녀는 이렇게 말했다.

"샤이크께 특별한 청이 있어서 왔습니다만, 저한테는 보답으로 드릴 것이 아무것도 없습니다."

그런데 그 청이라는 것이 그리 간단한 것이 아니었다. 소녀는 당시 늙은 사제의 아들 부트로스와 장래를 약속한 사이였는데, 아버지의 뒤를 잇기 위해 공부를 하러 수도원으로 떠났다. 그런데 그 수도원에서 청년을 눈여겨본 이탈리아인 사제가 독신으로 사는 것 보다 더 하늘에 충성하는 일은 없으니 유럽의 사제들처럼 혼인하지 말고 서원을 맹세하라고 설득했다. 그러면서 혼인하지 않으면 사제를 양성하는 로마 대신학교로 보내줄 것이고, 졸업해서 돌아오면 주교가 될 수 있게 도와주겠다고 약조했다는 것이었다.

"주교가 되겠다고 너처럼 예쁜 처녀를 포기하다니, 그 부트로스라는 청년은 제정신이 아닌 게 틀림없구나." 샤이크가 진지한 얼굴로 말했다.

"제 생각이 바로 그거예요." 소녀는 얼굴도 붉히지 않고 한술 더떴다.

"그래서 내가 뭘 해주기를 바라느냐?"

"샤이크께서 묘안을 찾아주세요. 부트로스가 내일 그의 아버지와 함께 이 성에 올 거거든요."

이튿날, 정말로 아들의 팔을 붙잡고 성에 나타난 늙은 사제는 샤이크에게 아들이 학업 성적이 우수하여 높은 분의 눈에 띈 나머지 한 이탈리아인 사제가 다른 곳도 아닌 루미에, 즉 교황의 도시에 데려가기로 약속했다고 자랑스럽게 설명하면서 이렇게 말을 맺었다.

"장차 우리 마을은 저보다 훨씬 찬양할 만한 사제를 갖게 될 것입니다."

늙은 사제는 샤이크가 흡족해하는 얼굴로 격려의 말을 해주리라 기대하고 있었다. 하지만 샤이크의 낯빛이 어두워지더니 난처한 듯 침묵을 지키다가 이렇게 말했다.

"이 마을에서 평생을 살아온 사제께서 우리를 떠나신다면 더는 우리에게 사제가 필요하지 않을 것이오."

"그게 무슨 말씀인지요?"

"나와 내 가족, 그리고 모든 소작인은 이미 오래전부터 무슬림이 되기로 결심하고 있었지요."

그 순간 샤이크와 그 자리에 있던 마을 사람 네댓 간에 은밀한 시선이 오가더니 곧 그들이 침울한 얼굴로 고개를 끄덕이기 시작했다.

"사실 우리는 사제께서 마음을 다칠까 염려되어 살아 계신 동안에는 그리하지 않으려 했으나, 사제께서 마을을 떠나시면 교회가 모스크로 바뀔 테니 더는 사제가 필요 없게 된다는 말이지요."

젊은 신학생은 너무 놀란 나머지 온 세상이 무너져 내리는 것 같았다. 그러나 늙은 사제는 침착해 보였다. 그는 샤이크를 잘 알고 있었다.

"샤이크 프란시스, 무슨 안 좋은 일이라도 있는 겁니까?"

"아니, 그런 일은 없소, 부나. 우리 중의 누군가가 트리폴리, 베이루트, 다마스, 알레포에 가면 그때마다 그 사람은 수모를 당해야 하오. 거기 사람들은 우리가 그들과 같은 색깔의 옷을 입지 않는다느니, 좌측 통행이 아니라 우측 통행을 한다느니 비난하니 말이오. 우리가 겪는 고초는 그것만으로도 충분한 것 아니겠소?"

"신앙을 위해 고초를 겪는 것은 주 예수께 기쁨이 되리니 어떤 희생이라도, 그것이 순교라 할지라도 달게 받을 마음을 가져야 합니다!" 혈기에 불타는 신학교 학생이 말했다.

"로마가 우리를 무시하는데 우리가 왜 교황의 종교를 위해서 죽어야 한단 말인가?"

"그게 무슨 말씀입니까?"

"그들은 우리의 전통을 전혀 존중해주지 않는다. 그들은 우리에게 기어이 독신 생활을 하는 사제들을 보낼 것이고, 사제들은 우리여자들에게 욕망을 느낄 것이다. 그리되면 우리 마을의 여자들은한 사람도 다시는 고해 성사를 드리러 갈 용기를 내지 못하게 될것이니, 죄인들만 많아질 것 아닌가."

그제야 논쟁의 요지를 이해하기 시작한 신학생은 자신의 주장을 피력할 필요가 있다고 생각했다.

"프랑스에서는 신부들이 모두 독신이고, 훌륭한 기독교 신자들입니다!"

"프랑스는 프랑스고, 여기는 여기다! 우리 마을에는 언제나 결혼한 사제들이 있었다. 우리는 마을에서 가장 아름다운 여자를 사제들에게 주어서 다른 남자의 여자를 탐하지 않게 해 왔다."

"욕망을 억제할 줄 아는 남자도 있습니다."

"아내가 곁에 있다면 훨씬 더 잘 억제할 수 있는 법!"

조상 대대로 기독교도였던 샤이크의 갑작스러운 태도 변화에 반신반의하고 있던 참석자들은 이제 그의 진정한 의도에 안심하고 모두 고개를 끄덕였다.

샤이크가 말을 이었다.

"내 아들아, 네게 단도직입적으로 말할 터이니 잘 들어라. 하지만 지금부터 내가 하는 말은 어떤 말도 번복되지 않을 것이니 그리 알라. 만일 네가 성인이 되고자 한다면 혼인을 하고, 로마에 가지 않고서도 큰 성덕을 갖춘 사제인 네 아버지를 본받아라. 만일 네가 이 마을에서 천주를 섬기며 신도들 가까이에서 함께 기도하고 싶다면 너는 네 아버지를 본받기만 하면 된다. 그러나 주교가 되는 것이 네 목적이라면, 이 마을보다 더 큰 도시에 가는 것이 너의 야망이라면 너는 로마나 이스탄불, 그 어느 곳으로든지 떠나면 그만이다. 그러나 내가 살아 있는 동안에는, 내 눈에 흙이 들어가기 전까지는 절대로 산악 지대의 이 땅에 발을 들여놓지 못한다는 것을 명심하라."

대화의 내용이 너무 격앙되게 흘러가고 있다고 판단한 늙은 사제는 해결책을 찾고 싶었다.

"원하시는 것이 무엇입니까? 우리가 오늘 샤이크를 뵈러 온 것은 조언을 구하기 위해서입니다."

"듣고 싶어 하는 사람이 없는데 조언은 해서 무슨 소용이 있겠소?"

"말씀하십시오. 샤이크께서 원하시는 대로 하겠습니다."

모든 시선이 부트로스에게 향했다. 그런 압박을 받고 누군들 굴복하지 않을 수 있으랴. 그러자 샤이크가 시종을 가까이 불러 귀에 대고 몇 마디를 했다. 시종이 잠시 나갔다가 앳된 사다와 소녀의 부모를 데리고 들어왔다.

그날 예비 사제 부트로스는 아버지의 축복 속에 정식으로 약혼한 남자로서 성을 떠났다. 로마에서 사제 수업은 물론, 주교가 되려는 꿈도 수포가 되었다. 그 때문에 그는 얼마 동안 샤이크를 원망했다. 그러나 후리예를 아내로 맞이하여 함께 살면서부터는 샤이크를 은인으로 삼고 두고두고 고마워했다.

사제의 아내가 접견실에 나타났을 때 샤이크는 그날의 일을 떠올리고 있었다. 단둘만 있게 되자 그가 먼저 물었다.

"지난번에는 부트로스와 결혼하고 싶다고 해서 네 소원대로 해주었다. 이번에는 무엇을 원하는가?"

"이번에는 샤이크의 손을 원합니다!"

샤이크가 놀라운 마음을 감추지 못하고 있을 때 후리예가 그의 손을 덥석 잡고는 들고 있던 연보라색 보자기를 풀었다. 성경책이었다. 후리예는 샤이크의 손을 성경책 위에 올려놓았다. 다른 사람이었다면 단호히 거부했을 테지만 샤이크는 가만히 있었다. 이 여자의 대담한 행동 앞에서 그는 언제나 탄복하지 않을 수 없었다.

"지금 고해실에 있다고 생각하세요, 샤이크."

"언제부터 여인에게 고해하게 되었는고?"

"오늘부텁니다."

"여자들이 비밀을 지키는 법을 터득했기 때문인가?"

"이제부터 하시는 말씀은 절대로 이 방을 넘지 않을 겁니다. 거 짓말을 해야 제 동생을 보호할 수 있다면 저는 기꺼이 거짓말을 할 것입니다. 하지만 진실을 말씀해주시기 바랍니다."

샤이크는 한동안 잠자코 있었다. 그러다가 지겨워서 어쩔 수 없 다는 듯이 불쑥 내뱉었다.

"그 아이는 내 자식이 아니다. 네가 알고 싶은 것이 그것이라면."

조금만 더 기다렸다면 그는 어쩌면 다른 말을 덧붙였을지도 몰 랐다. 하지만 후리예는 샤이크에게 시간을 주지 않았고, 자신도 아 무 말도 덧붙이지 않았다. 그녀는 성경책을 비단 보자기로 다시 싼 다음 가슴에 품고 나갔다.

성경책에 손을 올려놓고서 과연 샤이크가 거짓말을 할 수 있었 을까? 나는 그렇게 생각하지 않는다. 하지만 그렇다고 해서 후리 예가 그의 말을 진실로 받아들였다고 확증할 만한 것은 아무것도 없다. 후리예는 말할 필요가 있다고 판단되는 것만 마을 사람들에 게 말해주겠다고 다짐했다.

마을 사람들은 후리예의 말을 믿었을까? 아마 그렇지는 않았을 것이다. 그러나 그들 중 한 사람도 그녀의 말을 의심하고 싶지 않 았을 것이다.

'메뚜기 떼' 때문에…….

III

8월 초순, 성의 안주인은 친정 식구들의 호위를 받으며 크파리 야브다로 돌아왔다. 그녀의 아버지를 비롯하여 다섯 명의 오라비들, 기병 60명과 보병 300명, 그리고 시종과 시녀, 하녀와 하인 들까지 무려 600명에 달하는 큰 마을 요르드 영주의 식솔들이 대거 들이닥쳤다.

성의 경비대는 마을 사람들에게 알려 무력으로 맞서야 한다고 흥분했지만, 샤이크는 쳐들어오는 것 같은 모양새는 괘씸하나 방문에 불과한 것이니 모두 침착하고 신중하게 행동하라고 명했다. 그러고는 의연한 태도로 장인을 맞으러 현관으로 나갔다.

"약조했던 대로 내 딸을 데리고 왔네. 그런데 식구들이 나와 동행하고 싶다고 해서 내가 샤이크의 영지에 가면 편히 쉬면서 푸짐하게 먹을 수 있다고 말했네."

"장인어른의 영지에서처럼 다들 편안히 지내십시오!"

그러자 큰 마을 요르드의 영주가 식솔들을 돌아보며 말했다.

"모두 들었느냐? 너희의 집에 있듯이 편안히 지내라. 내 사위의 후한 인심에 대해서는 내 진즉에 알고 있었느니!"

그 말에 환호성이 터지면서 분위기가 화기애애해지고 불안이 느껴지지 않았다.

첫째 날에는 관례대로 환영 잔치가 있었다. 이튿날에도 그들을 모두 먹여야 했다. 그리고 사흗날, 나흗날, 닷샛날도…… 그렇게 똑같이 흘러갔다. 아직 햇곡식을 거둬들이는 시기가 아닌 데다가 날마다, 때로는 이틀에 한 번씩 벌어지는 향연 때문에 성에 비축된 식량은 어느새 동이 나고 말았다. 기름, 포도주, 아라크주, 밀가루, 커피, 설탕, 새끼 양고기 조림 등 남아나는 것이 없었다. 그해는 농사도 흉작인 데다 날마다 열두 마리씩 도살되는 송아지, 염소, 양, 그 밖의 가금류들을 보며 내 고향 사람들은 식량이 떨어져서 굶주리게 될 앞날을 걱정했다.

그런데도 마을 사람들은 왜 가만히 있었을까? 그들이 우두커니 보고만 있었던 것은 용기가 없어서도, 그 떼거리가 '건드릴 수 없는 손님들'이기 때문도 아니었다. 그 '불청객'들이 경우 없이 구는 순간부터 그들의 의도를 뻔히 알고 있던 마을 사람들은 그들을 모조리 꼬챙이에 꿰어서 죽이고 싶은 심정이었다. 하지만 부부 싸움에서 비롯된 너무 이례적인 상황인 만큼 관례대로 밀고 나갈 수가 없었다. 우스꽝스럽고 어처구니가 없지만 어쨌거나 부부 싸움이 아닌가. 큰 마을 요르드의 영주가 비위를 건드린 사위를 자기 방식대로 혼내주러 온 것이 틀림없다는 건, 마을에 일어나고 있는 일에 대해 투덜거리는 한 여자에게 안주인이 던진 말만으로도 충분했다. "귀부인의 식구를 제대로 대접할 능력이 없다면, 농사꾼 여자와 결혼하는 편이 훨씬 나았을 거라고 네 주인 나리께 가서 고하든가!" 그것이 바로 그 '불청객'들의 생각임이 확실해졌다. 그들이 온 것은 크파리야브다 사람들을 죽이기 위해, 마을에 불을 지르기 위해, 성을 약탈하기 위해서가 아니었다. 그들은 다만 샤이크가 성에 비축하고 있는 식량을 거덜 내려는 심산이었다.

　더욱이 큰 마을 요르드의 영주가 끌고 온 병사들은 용맹한 전사들이 아니라 그냥 엄청나게 먹어대는 대식가들이었다. 향연 때마다 먹보들은 일행의 환호 속에 삶은 달걀을 누가 먼저 한 방에 삼키는지, 포도주 한 항아리 또는 두 팔을 벌린 길이의 커다란 쟁반에 담긴 케베를 누가 먼저 먹는지 경쟁하듯 먹어 치웠다. 그들은 그렇게 음식을 거덜 내는 것으로 일종의 복수를 하는 것이었다.

　그렇다면 술에 취한 틈을 타서 그들을 공격할 수도 있지 않았을까? 크파리아브다 사람들은 무훈을 중히 여기는지라 그들 가운데 한두 명이 용감하게 나서서 샤이크에게 한 가지 묘안을 귀띔했다. "그들을 죽이자는 것이 아니라 좀 두들겨 팬 다음, 옷을 벗기고 알몸으로 나무에 거꾸로 매달아놓고 먹은 것을 다 토하게 하는 것으로 혼쭐내주자는 겁니다."

　그러나 샤이크의 답변은 변함이 없었다. "너희 중에서 가장 먼저 칼을 뽑는 자를 내 손으로 죽일 것이니 그리 알라. 너희가 느끼는 것을 내가 어찌 느끼지 못하겠느냐. 너희가 괴로우면 나도 괴롭고, 너희가 하고 싶어 하는 그것을 나는 너희보다 훨씬 더 하고 싶다. 너희가 용맹한 전사들이라는 걸 모르는 바가 아니나 나는 살육을 원치 않으며, 나보다 스무 배나 많은 병사를 거느리고 있는 내 장인과 끝나지 않을 복수전을 벌이고 싶지는 않다. 천박한 짓거리를 참지 못해 대대손손 싸우다 이 마을이 과부촌이 되는 건 원치 않는다. 하느님의 뜻에 맡기자. 그분께서 알아서 벌을 내리시리니!"

불만을 품고 성을 떠나는 젊은이들도 있었다. 보통 때 같으면 사제가 하느님께 구원을 빌고, 샤이크는 전투 대원을 이끌었겠지만……. 이번에는 대다수가 샤이크의 견해에 동조했고, 아무도 앞장서서 피를 흘리려 하지 않았다.

그래서 사람들은 무력이 아닌 다른 방식의 복수로 만족할 수밖에 없었다. 마을에 말을 약간 비틀어서 만든 기발한 표현이 나돌기 시작했다. 사람들은 '메마른 고지대'라는 뜻을 지닌 요르드의 영주라 부르지 않고 '야라드'의 영주라고 불렀는데, 야라드는 '메뚜기 떼'를 뜻하는 말이었으니 결국 요르드의 영주는 '메뚜기 떼의 두목'이라는 뜻이 되었다. 당시 이런 재치 있는 구절로 지은 시들이 유행했는데, 그 가운데서 하나를 들어보면 다음과 같다.

왜 운명을 한탄하고 있느냐고 누군가 나한테 묻더군,
메뚜기 떼로 인한 해를 입기 전에는 내가 한 번도 그런 적이 없었다는 듯!
작년에 메뚜기 떼가 내 밭을 휩쓸어버린 건 사실이야,
하지만 작년 메뚜기 떼는 그래도 양까지 먹어 치우지는 않았네.

마을 사람들은 밤마다 모여서 요르드 사람들의 억양과 차림새를 비웃고, 그들의 마을과 영주를 조롱하고, 생식 기능을 의심하고, 과거에 전쟁에서 세웠던 공로를 깎아내리면서 그저 게걸스럽게 처먹기나 하는 식충이들이라고 비하하는 시구들을 읊조리는 것으로 분통을 터뜨렸다. 그러나 가장 미움을 받는 사람은 샤이크의 아내였다. 마을 사람들은 아이들이 있는 데서도 개의치 않고 안주인을 추악한 여자로 묘사하면서 영원히 잊지 못할 웃음거리로 만들었다.

반면에 라미아와 그녀의 남편, 그리고 아버지가 불확실한 그녀의 아들에 대해서는 아무도 조롱한다거나 무례하게 굴지 않았다. 그 모든 일이 일어나지만 않았다면—안주인이 복수하려고만 하지 않았다면, 그녀가 그냥 악담을 퍼부으면서 떠났다면—게리오스와 그의 식구들은 틀림없이 사람들의 수군거림과 흘겨보는 시선을 견디지 못해 마을을 떠날 수밖에 없었을 것이다. 그러나 요르드의 영주가 크파리야브다 마을에 쳐들어와 식량을 거덜 내서 굶겨 죽이려는 만행을 저지르는 바람에 그와는 반대의 결과를 초래하게 된 것이었다. 이때부터는 라미아의 정절과 그 아들의 친부가 누구인지 의심한다는 건 '메뚜기 떼'의 만행을 합당한 것으로 인정하는 것이고 그들의 강탈 행위를 정당한 것으로 받아들인다는 뜻이 되었다. 그래서 누구라도 그런 태도를 보이면 크파리야브다 마을과 주민들의 적으로 간주하기 때문에 아무도 그들을 조롱하려는 사람이 없었다.

아들의 이름 때문에 한바탕 소란이 벌어지고 난 이후로 마을의 조롱거리가 되었다고 느끼던 게리오스조차 이제는 마을 사람들이 다가와서 뜨거운 포옹으로 축하해주는 것을 실감하고 있었다. 무엇을 축하해주는 것일까? 표면적으로는 득남을 축하하는 것이지만, 진짜 이유는 다른 데 있었다. 정확히 설명할 수는 없지만, 사람들의 마음속에는 무언의 합의가 이루어져 있었다. 설사 그들 부부가 정말로 부정한 아내였고 배신당한 남편이었다 하더라도, 그리고 그들이 저지른 죄 때문에 곤욕을 치르고 있다고 하더라도 이제부터는 그들의 죄를 사해주고 보호해주는 것으로 요르드의 불청객들에게 대항하자는 일종의 오기가 발동하고 있었다.

'메뚜기 떼'가 들이닥친 이후 그들이 떠나기를 기다리는 사이, 게리오스는 아내와 생후 40일이 된 아기를 데리고 조심스럽게 성을 나와서 교회에 딸린 사제관, 즉 동서의 집으로 거처를 옮겼다. 얼마 안 되는 기간이었으나 그 사이에 게리오스 부부는 성에서 살던 2년 동안보다 훨씬 더 많은 손님을 받았다. 심지어 아기에게 젖을 물려주려고 찾아오는 어머니들까지 있을 정도로 사람들은 그들 부부를 따뜻하게 대해주었다.

그들 부부에 대한 그 극진한 호의가 과연 '메뚜기 떼'가 떠나간 뒤에도 계속될는지는 의문이었다.

《산악 지대의 연대기》의 저자는 이렇게 적고 있다.

"……그 해로운 '메뚜기 떼'가 결국에는 큰 마을 요르드의 메마른 고지대를 향해 날아갈 것이기 때문이다."

축복의 날이 오기 전날, '메뚜기 떼'가 떠날 거라는 소문이 나돌고 있었지만 마을 사람들은 믿지 않았다. 6주 동안 날마다 그런 소문이 돌았지만, 밤이 되면 헛소문으로 끝나곤 했기 때문이다. 더구나 대부분의 소문이 샤이크의 입에서 나온 것이지만, 사람들은 그런 거짓말을 하는 샤이크의 마음을 이해해주고 있었다. "산악 지대에서는 봄에도 개울을 만나면 미끄러운 돌이라도 있어야 그 돌들을 딛고 기슭에 다다를 수 있듯이, 어두운 시대에는 거짓의 빛들을 딛고 건너간다고 하지 않던가?"

그렇지만 이번에 샤이크는 정말로 그 '불청객들'이 떠나려 하고 있음을 느꼈다. 그는 자신의 성에 갇혀 있는 것이나 다름없이 지내면서도 자중하려고 노력했고, 아침마다 골짜기 쪽으로 나 있는 이완—발코니처럼 앞면에 벽이 없는 개방된 응접실—으로 장인을 초대해서 함께 커피를 마셨다. 불청객들이 무질서하게 세운 수십 개의 텐트 때문에 유목민의 야영지처럼 변해버린 성 주변 모습이 보이지 않는 유일한 장소가 그 응접실이었다.

장인과 사위가 겉만 번지르르할 뿐 독기 서린 말을 나누고 있을 때, 안주인이 들어와 친정어머니에게 맡기고 온 아들이 보고 싶어서 미칠 지경이라고 아버지에게 말했다. '메뚜기 떼의 두목'이 몹시 화를 내는 척하면서 말했다.

"뭐라고? 네 남편이 있는데 떠난다는 허락을 왜 나한테서 받으려고 하는 게냐?"

그 순간 샤이크는 마침내 족쇄가 풀리면서 응징에 가까운 방문이 끝났음을 느꼈다. 그는 기쁘면서도 불안했다. 도적 떼가 물러가는 순간에 추억을 남긴답시고 약탈이나 방화로 피날레를 장식할까 봐 두려웠다. 마을 사람들도 대부분 똑같은 두려움에 떨고 있었다. 그 때문에 그들의 출발일이 가까워질수록 차라리 평화로운 약탈의 세월이 연장되기를 바랄 정도였다.

하지만 두려워할 필요가 없게 되었다. 그들의 예상과 달리 '메뚜기 떼'는 질서정연하게 물러갔다. 하지만 때가 9월 말이니 만큼 그들이 지나가고 나면 포도밭과 과수원들은 무사하지 못할 걸 각오하고 있었다. 그런데 이번에도 파괴나 약탈 같은 행위는 전연 없었다. 그들 역시 복수의 악순환이 거듭되는 걸 원치 않았다. 요르드의 장인은 다만 사위에게 모욕에 대한 값비싼 대가를 치르게 하고 싶었던 것뿐이었다. 사위와 장인은 가식적인 환호 속에 도착할 때와 똑같이 현관에서 포옹했다.

안주인의 입에서 나온 마지막 말은 이러했다. "겨울을 나고 돌아오겠어요." 또다시 그 많은 사람의 호위를 받으며 올 것인지에 대해서는 아무런 언급이 없었다.

그해 겨울은 온 나라가 식량난에 시달렸고, 우리 마을은 다른 어느 마을보다도 고생해야 했다. 식량이 부족할수록 사람들은 '메뚜기 떼'를 저주했다. 만일 그들이 다시 올 거란 생각을 했다면 아무도, 샤이크라도 살육을 막을 수 없었을 터였다.

여러 해 동안 사람들은 그 떼거리를 기다렸다. 도로와 산꼭대기에 감시병들을 배치해놓고 그들을 몰살할 계획을 세웠다. 그들이 다시 오지 않을 것이라고 예견한 사람도 더러 있었지만, 대다수는 그들이 쳐들어오기만을 바라면서 잔뜩 벼르고 있었다.

요르드 사람들은 다시 오지 않았다. 어쩌면 그들은 그런 생각을 아예 하지 않았을지도 모른다. 그러나 어쩌면 샤이크의 아내가 폐병에 걸렸기 때문이었는지도 모른다. 내 고향 사람들은 그 소식을 듣고 천벌을 받은 것이라고 말했다. 큰 마을 요르드를 다녀온 사람들은 그녀가 어찌나 야위고 쇠약하고 늙었는지 알아볼 수 없을 정도였고, 죽을 날이 그리 멀지 않아 보였다고 말했다…….

위험이 차츰차츰 멀어져 갈수록, 여전히 타니오스의 출생에 관해 의혹을 품고 있던 사람들의 입에서 샤이크의 바람기 때문에 너무 비싼 대가를 치렀다고 비판하는 목소리가 커지기 시작했다.

처음에 라미아의 아들은 어떤 소문도 듣지 못했고, 아무도 그 아이가 있는 데서는 출생에 대한 말을 입에 담지 않았다. 만일 타니오스가 '메뚜기 떼' 때문에 곤욕을 치렀던 마을 사람들의 자식들처럼 형편이 어려운 가정에서 성장했다면, 고향이 그런 불행을 당했던 것이 자신의 출생 때문이었음을 당장에 눈치챘을 것이다. 하지만 타니오스는 행복하고 평온하게, 그리고 잘 먹으면서 유복한 어린 시절을 보냈을 뿐 아니라 마을의 귀염둥이로 티 없이 자라고 있었다.

그로부터 여러 해가 지나, 아무것도 모르거나 혹은 짓궂은 방문객이 좋은 옷을 입고 성에서 마음껏 뛰노는 아이를 보고 샤이크의 아들이냐고 물어보는 일이 가끔 있었다. 타니오스는 웃으면서 "아니요, 저는 게리오스의 아들입니다" 하고 대답했다. 아이는 거리낌이라고는 전혀 없이 그렇게 대꾸했다.

　한 아이가 그의 면전에서 "타니오스 키크! 타니오스 키크! 타니오스 키크!" 하고 세 번씩이나 고함을 내지른 그 저주의 날이 오기 전까지 타니오스는 자신의 출생에 대해 조금도 의심을 해본 적이 없었다.

셋째 관문

미치광이 입에서
흘러나온 비밀

현자의 말은 광명 속으로 흘러든다. 그러나 사람들은 예로부터 언제나 가장 어두운 동굴에서 솟아나는 물을 마시고 싶어 했다.

　　　　　　　　　　　　　　　　－《보부상 나데르의 잠언집》

I

나는 그 일이 일어났을 때 타니오스가 서 있던 곳을 정확하게 가리킬 수 있을 것 같다. 그 광장은 예전의 모습을 그대로 보존하고 있고, '포석(鋪石)'을 뜻하는 '블라타'라고 불리는 것까지 옛날과 똑같다. '광장에서' 만난다고 하지 않고 '블라타에서' 만난다고 하는 것도 옛날과 똑같다. 광장 바로 옆에 300년의 역사를 지닌 교구 학교*가 있는데, 어느 누구도 그 역사를 자랑할 생각을 하지 않는다. 학교 마당에 600년 수령의 떡갈나무가 있고, 그 고목보다 두 배나 나이를 더 먹은, 돌로 지어진 교회가 아직도 건재하기 때문이다.

　학교 바로 뒤에는 사제관이 있다. 사제의 이름이 타니오스가 살

---

* 유럽에서는 교구마다 학교를 설립하여 그 교구에 속하는 가정의 아이들을 가르쳤다.

던 시절의 사제와 이름이 같은 부나 부트로스여서, 나는 그 후손이 아닌지 묻고 싶었다. 하지만 그 동명은 우연일 뿐, 4대를 거슬러 올라간 조상 때부터는 마을 사람들이 모두 서로 사촌 사이가 된다는 걸 고려하면 사실상 그 둘은 혈연관계가 아니었다.

크파리야브다의 소년들은 늘 교회 앞과 떡갈나무 아래서 놀았다. 옛날에는 아이들이 등 뒤에 단추가 달린 앞치마 쿰바즈를 걸치고 헝겊 모자를 쓰고 다녔다. 혹시라도 어떤 아이가 헝겊 모자를 쓰지 않고 맨머리를 뜻하는 키치프 상태로 밖으로 나갔다간 가난뱅이나 정신 나간 놈이라는 놀림을 받아야 했다.

광장의 다른 한쪽에는 언덕 중턱을 지나 동굴을 거쳐서 흘러내리는 샘물이 있다. 샤이크 프란시스가 살던 성이 바로 이 언덕 꼭대기에 우뚝 세워져 있었다. 오늘날에도 사람들이 걸음을 멈추고 그 유적들에 감탄을 금치 못하니 그 옛날의 경관은 위압적이었을 게 틀림없다. 아주 최근에 나는, 지난 세기에 한 영국인 여행가가 새기고 고향의 한 화가가 색을 입혔다는 판화 한 점을 보았다. 절벽 위의 성이 마을을 내려다보고 있는데, 크파리야브다의 돌이라 불리는, 보랏빛 광택이 나는 단단하고 하얀 절벽은 인간의 손으로 깎아서 세운 것 같았다.

마을 사람들은 영주가 사는 거처에 많은 이름을 붙였다. '궁' '언덕 위의 집' '윗집' 심지어 '바늘귀'—이런 이름으로 불린 이유는 나중에야 알아차렸다—라고 부르는 이들도 있었다. 하지만 가장 많이 부르는 이름은 '성' 또는 '높은 집'이었다. 사람들이 '샤이크의 손을 보러' 성으로 올라가려면 블라타 광장에서부터 성까지 이어지는 들쭉날쭉한 돌층계를 거쳐야 했다.

샘을 중심으로 하여 마을이 세워지면서 동굴 입구에는 그리스 문자를 새긴 반구형 천장이 소중한 샘을 보호하고 있었다. 사계절 내내 얼음처럼 차가운 샘물은 깔때기 모양으로 움푹 파인 바위를 타고 울퉁불퉁한 지형을 따라 연못으로 흘러들었다. 연못은 주변의 밭에 물을 대주기도 하지만, 오랜 옛날부터 마을의 젊은이들이 누가 더 오래 그 물속에 손을 담글 수 있는지 인내력을 겨루는 곳이기도 했다.

나도 몇 번 해보았다. 크파리야브다의 남자들은 누구나 15초를 견딜 수 있다. 물속에 손을 집어넣고 30초가 지나면 짜릿한 통증이 손에서 팔뚝, 어깨로 순식간에 번지면서 마비된 듯이 무감각해지고, 1분이 지나면서부터는 팔이 잘리고 끊어져 나가는 듯한 통증과 함께 의식마저 혼미해진다. 여기서 더 버틴다는 것은 영웅이 되는 길이거나 자살행위였다.

타니오스가 살던 시절에는 특히 그것으로 힘을 겨루었다. 두 소년이 물속에 손을 동시에 넣고 먼저 손을 빼는 쪽이 지는 시합인데, 진 사람은 깽깽이걸음으로 광장을 한 바퀴 돌아야 했다. 마을의 한량들은 광장의 유일한 카페에 앉아서 타울레라 불리는 주사위 게임에 빠져 있거나 아니면 깽깽이걸음으로 뛰는 패자의 주위를 쫓아다니면서 손뼉을 쳐주며 용기를 북돋기도 하고 야유를 보내기도 했다.

그날, 타니오스는 부트로스 사제의 아들 중 한 명에게 도전장을 냈다. 학교가 파하자 두 소년은 결전지로 향했고, 그 뒤를 학교 동무들이 떼를 지어 몰려갔다. 해골처럼 마른 애늙은이 샬리타도 죽마를 걸터타고 비칠비칠 따라가고 있었다. 맨머리와 맨발로 다니는 마을의 미치광이 샬리타는 늘 그렇게 아이들 주변을 맴돌면서 이유도 모르면서 아이들을 따라 웃었고, 놀이에 열중해 있는 아이들보다 더 재미있어하고, 자신의 존재를 아무도 신경 쓰지 않는데도 아이들의 대화를 열심히 들었다. 아이들을 해치는 일은 거의 없었지만, 가끔 공격적일 때가 있었다.

결전지에 이르자 두 소년은 연못의 양쪽 땅바닥에 엎드리고 손을 든 채로 신호가 울리기를 기다렸다. 그 순간, 바로 뒤에 서 있던 샬리타가 타니오스를 물속으로 떠밀었다. 균형을 잃은 타니오스가 연못에 빠지자 아이들이 재빨리 끌어냈다. 홀딱 젖은 몸으로 일어난 타니오스가 물 한 바가지를 퍼서 미치광이의 누더기를 움켜잡고 머리에 퍼부으려는 순간이었다. 그때까지 히죽거리고 있던 샬리타가 괴성을 질러대는 통에 타니오스는 얼떨결에 그를 놓아주게 되었고, 그 바람에 땅바닥으로 고꾸라지게 된 샬리타가 느닷없이 복수의 표시로 왼 주먹을 오른 손바닥에 대고 치면서 크고 분명한 목소리로 내뱉었다. "타니오스-키크! 타니오스-키크! 타니오스-키크!"

그 복수의 효과는 엄청났다. 타니오스보다는 주위에 있던 아이들의 눈에서 명확하게 읽을 수 있었다. 낄낄거리고 웃던 아이 몇 명이 경악해 있는 무리를 보면서 웃음을 뚝 그쳤다. 타니오스는 방금 들은 말을 이해하는 데 시간이 좀 걸렸다. 그의 머릿속에서 그동안 수수께끼처럼 이해할 수 없었던 퍼즐이 하나하나 천천히 맞춰지기 시작했다.

'키크'라는 말은 별명으로 쓰일 만한 단어가 전혀 아니었다. 키크는 주성분인 응고시킨 우유와 밀을 걸쭉하게 끓인 시큼한 맛이 나는 수프인데, 크파리야브다 마을의 오랜 전통 음식이었다. 오늘날에도 크파리야브다에 가면 백 년 전, 천 년 전, 7천 년 전과 똑같은 방식으로 만드는 그 음식을 대접받을 수 있다. 엘리아스 수도사는 《산악 지대의 연대기》 중 지역 풍습을 소개하는 장에서 밀을 찧는 방식과 테린이라는 단지에 우유를 넣어 두어야 하는 기간 등 키크를 만드는 법에 관해 상세하게 설명하고 있다. "크파리야브다 마을의 아낙들은 아이들이 미친 듯이 좋아하는 푸른색 키크 반죽을 무두질한 양가죽 위에 펼쳐놓고 테라스에서 말린 다음 손으로 잘게 부수고 체로 쳐서 받은 하얀 가루를 겨우내 자루에 담아 보관했다. …… 수프를 만들려면 끓는 물에 이 가루를 몇 국자 듬뿍 넣어 섞으면 된다."

그 맛은 처음 먹어보는 이들에게는 이상하지만, 산악 지대 사람들이 겨울의 혹한을 이기는 데에는 그 이상 가는 음식이 없다. 키크는 오랜 세월 동안 마을 사람들의 저녁 식탁에 빠뜨리지 않고 오르는 음식이었다.

샤이크 정도 되면 분명 가난한 농민들의 식사와는 다른 걸 먹을 수도 있지만, 취향 때문일지, 어쩌면 정치적 수완 때문일지도 모르지만 그는 손님들에게 만드는 방식에 따라 맛이 천차만별이라면서 늘 키크를 전통 음식 가운데 최고라고 치켜세웠다. 키크는 콧수염과 더불어 그가 즐겨 입에 올리는 화제였다.

샬리타가 외치는 소리를 들으면서 타니오스는 문득 2주 전에 성에서 열렸던 연회에서 샤이크가 마을에서 키크를 가장 완벽하게 만들 줄 아는 사람이 라미아라고 했던 말이 기억났다. 라미아는 그 자리에 없었지만, 그녀의 아들과 남편은 참석해 있는지라 샤이크는 그 말을 듣고 자랑스러워하고 있는지 보려고 게리오스를 돌아보았다. 그러나 게리오스는 우쭐하기는커녕 오히려 당혹스러워하면서 시선을 내리깔았는데 안색이 창백했다. 타니오스는 그 반응을 예의상 쑥스러워하는 것으로 봤다. 상전의 찬사 앞에서 민망해하는 모습을 보이는 것은 당연한 것 아닌가?

하지만 이제는 몹시 당혹스러워하던 게리오스의 모습을 다르게 해석하게 되었다. 타니오스는 사실 마을의 아이들과 청년들이 하는 소리를 듣고 샤이크가 어떤 음식을 만들라는 구실로 여자들을 '불러들이는' 습관이 있으며, 그것과 아이들의 출생이 무관하지 않다는 걸 알고 있었다. 왜냐하면 아이들의 별명이 그들의 어머니가 만든 음식과 관련된 한나-우제, 불로스-감메…… 같은 것들이었기 때문이다. 이런 별명들은 대단히 모욕적이어서, 누구도 당사자가 있는 앞에서는 절대로 입에 담지 않았다. 그래서 타니오스는 키크라는 별명을 듣는 순간 얼굴이 빨개지면서 수치심을 느꼈다.

타니오스는 꿈속에서도 자신이 그런 아이리라고는 의심해본 적이 없었다. 마을의 귀염둥이인 자신이 그렇게 태어난 아이일 거라고는, 자신의 어머니가 그런 여자 중 하나일 거라고는 단 한 번도 생각해본 적이 없었다.

그 순간에 타니오스가 받았을 충격을 어떻게 묘사할 수 있을까? 그는 온 세상을, 두 명의 '아버지'인 샤이크와 게리오스를, 라미아를, 그리고 그에 대한 모든 것을 알고 있기에 조롱 혹은 동정의 시선으로 자신을 바라보았을 마을 사람들 모두가 원망스러웠다. 샬리타의 조롱을 목격했던 동무들 속에서 당황해하던 아이들, 그들의 태도에서 마을의 미치광이가 분노의 순간에 폭로한 비밀을 그들도 진작부터 알고 있었음이 역력히 보였기 때문이다.

엘리아스 수도사는 그 부분에 대해 이렇게 주석을 달고 있다. "크파리야브다 사람들 가운데는 시대마다 미치광이가 꼭 한 명씩 있었다. 한 사람이 사라지고 나면 마치 영원히 꺼지지 않으려는 듯 잿더미 속에 살아 있는 불씨처럼 또 다른 미치광이가 그 뒤를 이었다. 하느님께서는 인간들의 지혜가 짜놓은 베일을 찢기 위해 손가락을 놀려줄 그런 꼭두각시들이 필요하셨나 보다."

망연자실한 타니오스가 눈 둘 바를 모른 채 그 자리에 멍하니 서 있자, 사제의 아들이 샬리타를 손가락으로 가리키면서 이제부터 마을에서 눈에 띄었다가는 교회에 매달아놓을 거라고 경고했다. 겁에 질린 미치광이는 다시는 아이들을 따라다니지 않았고, 블라타 광장 근처에는 얼씬도 하지 않게 되었다.

그 이후로 샬리타는 마을 밖, 단단히 박혀 있지 않아서 앉으면 흔들거리는 바위투성이의 땅이어서 '토사 더미'라고 불리는 넓은 경사지에서 살게 되었다. 샬리타는 바위 땅에서 흙을 털어내고, 덤불을 걷어내고, 바위들을 친구로 삼아 이런저런 설교를 늘어놓으며 지냈다. 그는 밤이 되면 바위들이 자리를 이동하며, 신음과 기침 소리를 낼 뿐 아니라 새끼도 친다고 주장했다.

이 괴이한 주장은 마을 사람들의 기억 속에 흔적을 남겼다. 아이들이 뛰어놀다가 한 명이 쭈그리고 앉아서 바위 밑을 살피면, 다른 아이들이 합창으로 이렇게 외쳤다. "샬리타, 왜 그래. 그 바위가 새끼 치고 있어?"

그 이후로는 타니오스도 자기 나름대로 마을과 적당한 거리를 두었다. 매일 아침 눈을 뜨기가 무섭게 오랜 시간 걸으면서 어릴 적의 일화들을 하나하나 떠올렸고, 이제야 알게 된 것들과 맞춰보기 시작했다.

연못에서 일어난 일이 두 시간도 안 되어 마을을 한 바퀴 돌았을 텐데 길에서 타니오스와 마주쳐도 아무도 그 일에 대해 아예 언급도 하지 않았고, 당사자들인 라미아, 게리오스, 샤이크는 그 소문을 듣지 못하고 있었다. 라미아는 아들이 전과 달라졌음을 느꼈지만, 열세 살이 넘어 이제 남자로 탈바꿈하는 열넷의 나이로 접어드는 만큼 아들의 조용한 태도가 조숙해 가는 성징이라고만 생각했다. 더구나 그 모자 사이에서는 말다툼은커녕 언성을 높이는 일조차 없을 정도로 타니오스는 어머니에게 깍듯이 예의를 지키고 있었다. 하지만 그것은 자신을 이방인으로 느끼는 사람의 예의였다.

사제의 학교에서도 마찬가지였다. 타니오스는 정신을 집중해서 서예와 교리를 공부했고, 부나 부트로스가 질문을 하면 정확하게 답변했다. 그러나 끝나는 종이 울리기가 무섭게 제일 먼저 교실을 빠져나온 타니오스는 블라타 광장을 피해 일부러 인적이 없는 오솔길을 골라서 해가 질 때까지 걷고 또 걸었다.

그러던 어느 날 다이룬 촌락 어귀까지 걸어가고 있을 때, 타니오스는 좀 떨어진 거리에서 다가오는 한 무리의 사람들을 보았다. 말에 올라탄 남자와 그 말의 고삐를 잡고 걸어오는 하인, 호위하는 것으로 보이는 기병 열 명이 그들을 에워싸고 있었다. 모두 소총을 소지하고 있었고, 긴 턱수염이 멀리서도 뚜렷이 보였다.

II

타니오스는 이전에도 다이룬 촌락 부근에서 그 남자와 두세 번 마주친 적이 있었지만, 그에게 인사는 한 번도 하지 않았다. 마을에서는 추방된 인물에게 말을 건네는 걸 금기시했다.

그 남자는 성의 전 집사였던 루코즈였다. 15년 전 게리오스가 집사가 되기 직전에 집사로 있던 자가 바로 루코즈였다. 샤이크는 루코즈가 농작물 판매로 얻은 수익금을 착복했다는 죄를 물어 성에서 쫓아냈다. 소작인들이 영주에게 바쳐야 하는 농작물이었으니 어떤 의미에서는 영주의 재산이었지만, 그 일로 그해에는 모든 마을 사람들이 미리*라고 하는 소작료를 추가로 더 내야 했으니 엄밀히 말하면 농부들의 돈이기도 했다. 그 때문에 전 집사에 대해 마을 사람들이 품고 있는 적대감은 샤이크의 분노 못지않았다.

게다가 루코즈는 몇 년 동안 추방되었다. 샤이크는 크파리야브디뿐만 아니라 이웃 마을이나 산악 지대 어디라도 발을 들여놓았다간 당장 잡아들이겠다고 으름장을 놓았다. 따라서 루코즈는 이집트까지 도망을 쳐야 했다. 타니오스가 루코즈와 마주친 그날은 그가 돌아온 지 3년쯤 되는 때였다. 루코즈는 돌아오자마자 샤이크의 영지와 경계를 이루는 일대의 방대한 땅을 사들여서 뽕나무를 심었고, 누에 농장과 집을 지었다. 마을에서 그자가 나일강 유역에서 벌어들인 재산의 밑천이 된 게 바로 자신들의 돈이었다는 걸 의심하는 사람은 아무도 없었다.

그러나 루코즈의 착복 사건에 대해서는 두 가지 설이 있었다. 타니오스도 마을의 교구 학교에서 이미 들은 적이 있는 얘기였는데, 그 착복 사건은 사실 전 집사의 평판을 떨어뜨려서 크파리야브디에 발을 들여놓지 못하게 하려고 샤이크가 꾸며낸 구실에 불과하

---

* 일종의 소작 농경지. 오스만 제국에서는 봉건적 토지 소유제를 시행하여 국유지에 일정률의 소작료를 징수했다.

다는 것이 루코즈의 주장이었다. 그들 사이에 불화가 일어난 진짜 이유는, 샤이크가 루코즈의 아내를 범하려고 해서 루코즈가 명예를 지키기 위해 성을 떠나기로 결심했기 때문이었다는 것이다.

누구의 말이 진실이었을까? 샤이크의 말이라면 무조건 믿고 따라 왔던 만큼 타니오스는 추방된 자를 호의적으로 대하는 것으로 배신자가 될 생각은 추호도 없었다. 그러나 이제는 그 모든 사실을 완전히 달리 보게 되지 않았나! 샤이크가 루코즈의 아내를 농락하려 했다는 것을 믿지 못할 때와는 상황이 다르지 않은가! 마을 사람들이 집사를 두둔하지 못하게 하려고 샤이크가 착복이라는 누명을 씌워서 집사를 도망치지 않을 수 없게 만들었으리라고는 의심조차 못 하던 때와는 다르지 않은가!

루코즈 일행과 거리가 가까워질수록 타니오스는, 죽는 날까지 굽실거리며 충성을 다할 그의 후임자 게리오스와는 정반대로 명예를 지키기 위해 용감하게 성을 박차고 떠났던 남자, 기꺼이 추방당했다가 영지와 경계를 이루는 땅을 사들이는 것으로 샤이크에게 도전장을 내밀고 있는 남자를 향해 가슴이 뛰는 걸 느꼈다.

전 집사가 돌아왔음을 알게 된 크파리야브다의 영주는 부하들에게 그를 당장 잡아들이라고 명했다. 그러나 루코즈는 산간 지방을 통치하는 아미르, 이집트의 파샤, 총대주교의 보호를 받고 있음을 증명해주는 친서를 세 장이나 소지하고 있었기 때문에 세 명의 권력자들에 맞설 상대가 안 되는 샤이크로서는 화를 삼키고 자존심을 죽여야 했다.

한편, 세 권력자의 보호를 받고 있다는 증서만으로는 안심이 되지 않았던 전 집사는 샤이크의 기습 공격에 대비해서 보수를 많이 주어야 하는 호위병 서른 명을 고용했고 총포도 갖추었다. 그 서른 명의 무리는 주인이 집 밖으로 발을 내딛는 순간부터 그를 호위하면서 철통같이 경호했다.

이제 그 무리를 기쁜 마음으로 바라보게 된 타니오스는 부와 힘을 과시하는 그들을 만나게 된 것을 즐거워하며 그들이 바로 앞까지 오자 반갑게 인사했다.

"안녕하세요, 흐웨자 루코즈!"

크파리야브다의 소년이 활짝 웃으면서 자신에게 그렇게 정중하게 말을 건네다니! 전 집사는 부하들에게 멈추라고 지시했다.

"자네는 누군가?"

"저는 게리오스의 아들 타니오스입니다."

"성의 집사 게리오스의 아들이란 말이냐?"

소년은 고개를 끄덕였고, 루코즈는 믿기지 않는다는 얼굴로 고개를 여러 번 끄덕였다. 만감이 교차하는 듯, 회색 턱수염과 곰보투성이의 얼굴이 파르르 떨리고 있었다. 얼마 만에 들어보는 다정한 인사말이던가.

"어디 가는 길인가?"

"그저 발길 닿는 대로 걷는 중입니다. 학교에서 나와 생각할 것이 있어 무작정 걷다 보니 여기까지 오게 되었습니다."

'생각할 것이 있다'고 하는 말에 호위병들은 웃지 않을 수가 없었다. 하지만 루코즈는 그들에게 조용히 하라 이르고 소년에게 말했다.

"딱히 가야 할 목적지가 없다면 나한테 자네를 초대할 영광을 주겠나?"

"초대해주시면 제가 영광이지요." 타니오스가 예를 갖추어 대답했다.

전 집사는 의아해하는 호위병들에게 돌아가자 이르고, 한 부하에게는 방문하기로 했던 유지에게 가서 이렇게 전하라고 말했다.

"갑자기 일이 생겨서 내일 방문하겠다고 전하라."

루코즈의 부하들은 초대에 응하겠다는 소년의 말 한마디에 그렇듯 간단하게 계획을 변경하는 주인의 마음을 이해할 수 없었다. 마을에서 추방된 일을 주인이 얼마나 힘들어하는지 알지 못하는 부하들은 크파리야브다의 주민, 그것도 한낱 소년에 불과한 아이에게 자기 집 문간을 넘어서게 해서 극진히 대접하는 주인을 이해할 수 없었다. 루코즈는 소년을 상석에 앉히고 커피와 과자를 권했다. 그러고는 샤이크가 자기 아내에게 저지른 추행과 그 아내가 불쌍하게도 외동딸 아스마를 낳고 얼마 되지 않아 꽃다운 나이에 죽었다는 얘기를 꺼내면서 과거에 샤이크와 있었던 불화에 대해 말했다. 그리고 말끝에 나중에 딸을 소개해주겠다고 하자 타니오스는 어른이 아이를 포용하듯이 그를 부둥켜안았다.

루코즈는 한 손을 타니오스의 어깨에 얹고, 신이 난 듯 다른 한 손을 연신 휘저으면서 일장 연설을 이어 갔다.

"네 아버지가 샤이크의 손에 입을 맞추며 산다고 너까지 아침마다 그의 아들 라드의 손에 입을 맞추며 사는 그런 인생 따위를 목표로 삼아서는 안 돼. 너 자신을 위해서 살고 싶으면, 배워야 하고 부자가 되어야 해. 공부가 먼저고 그다음이 돈이다. 순서가 바뀌면 안 돼. 돈을 먼저 갖게 되면 인내심을 잃어서 공부할 시기를 놓치는 법이지. 먼저 공부부터 하되 그 사제의 학교에서 배우는 공부뿐만 아니라 진짜 공부도 해야 한다. 그러고 나서 나한테 와서 일을 도와다오. 산악 지대에서 제일 큰 양잠업을 일으키는 중인데 나한테는 뒤를 이어 갈 아들도, 조카도 없구나. 내 나이 이제 쉰을 넘었으니 설사 재혼해서 아들을 얻은들 어느 세월에 그 아이를 키워 일을 물려주겠느냐. 타니오스, 하늘이 너를 내게 보내주신 거야……."

마을로 돌아가는 타니오스의 머릿속에서 루코즈의 말이 계속 울리고 있었다. 그래서인지 얼굴이 밝았다. 그 한나절 타니오스는 복수의 맛을 보았다. 추방된 자와 손을 잡았으니 고향 사람들을 배신한 것이 틀림없지만, 배신했다는 느낌이 오히려 위안이 되었다. 열네 살이 되면서부터 타니오스는 자신만 모르는, 자신에게만 관계된 어떤 저주스러운 비밀을 온 마을이 공유하고 있음을 피부로 느끼고 있었다. 하지만 이제는 상황이 역전되어 온 마을이 생각지도 못하는 비밀을 쥐고 있는 사람은 바로 그 자신이었다.

타니오스는 이번에는 블라타 광장을 피하기는커녕 발을 쾅쾅 굴러 발소리를 내면서 당당하게 광장 한복판을 가로질러 가다 마주치는 사람들에게 손까지 흔들면서 인사했다.

그러고는 샘물을 지나 성으로 이르는 돌층계를 오르다가 뒤돌아서서 광장을 둘러보다 평소보다 훨씬 많은 사람이 모여서 열띤 토론을 벌이고 있다는 걸 알아차렸다.

타니오스는 한순간 자신의 '배신'이 벌써 알려진 걸까 가슴이 철렁했지만, 사람들이 모여 있는 건 다른 이유 때문이었다. 친정에 가 있던 안주인이 오랜 병고 끝에 사망했다는 전갈이 와서 샤이크가 그날 저녁 장례식에 참석하기 위해 지역 유지들과 함께 큰 마을 요르드로 떠날 채비를 하고 있었다.

마을에는 슬퍼하는 척이라도 하는 사람이 한 명도 없었다. 그 여자가 남편에게 버림받고 우롱당한 것도 틀림없는 사실이고 결혼 생활이 치욕스러운 시련일 뿐이었던 것도 틀림없는 사실이지만, '불청객들'의 난입이 있고 난 뒤로는 아무도 그녀를 동정하지 않았다. 그 짧은 결혼 생활 동안 남편이 그토록 모멸감을 안겨주었는데도 크파리야브다 사람들은 '메뚜기 떼 두목의 딸'은 그런 벌을 받아 마땅하다고 여겼고, 안주인이 땅속에 묻히게 된 상황이건만 듣기에도 끔찍한 저주의 말을 입에 담는 마을 여자들도 더러 있었다. "하느님께서 그 여자를 땅속 깊숙이 처박아주시기를!"

물론, 샤이크가 심한 말로 증오심을 드러내는 걸 좋게 보지 않기 때문에 이런 말을 대놓고 떠들어대지는 않았다. 샤이크는 어느 때보다 관대해 보였고, 어느 때보다 의연하게 행동했다. 전령이 부음을 전했을 때, 샤이크는 지역 유지들을 불러들이고 이렇게 말했다.

"내 안사람이 운명했다는 전갈이 왔소이다. 고인의 일가가 우리에게 저질렀던 만행을 생각하면 지금도 치가 떨리지만, 죽음 앞이니 지난 일들은 모두 잊도록 합시다. 나는 여러분이 나와 함께 장례에 참석해주기를 바라며, 만일 그곳에서 누군가가 무례한 말을 하더라도 아무것도 듣지 못한 듯이, 귀가 먹은 듯이 우리의 의무를 행하고 돌아오도록 합시다."

큰 마을 요르드의 군중은 샤이크 일행을 냉담하게 맞이했지만, 일행 가운데 누구도 폭행당하는 일은 없었다.

요르드에서 돌아온 샤이크는 이번에는 크파리야브다의 성에서 사흘간 애도 기간을 보내기로 하고 남자들은 접견실에서, 여자들은 안주인이 쓰던 응접실에서 문상받는다고 알렸다. 안주인이 샤이크의 눈을 피해 피신해 오는 마을 여자들에게 둘러싸여 있던 그 응접실, 그녀가 늘 앉던 파란색 천을 씌운 낮고 긴 의자 말고 다른 가구라고는 없는 바로 그 커다란 방이었다.

그럼 응접실에서는 누가 문상객들을 맞이할 것인가?《산악 지대의 연대기》의 저자는 이렇게 설명하고 있다. "그 마을에는 어머니도, 여동생도, 딸도, 시누이도 없는 고인이었기에 손님을 맞는 안주인의 역할을 맡은 사람은 집사의 아내 라미아였다." 정직한 수도사는 한 장면을 통해 당시의 분위기를 다음과 같이 간단하게 전달하고 있을 뿐이다. "죽음을 애도하는 마음이라곤 없이 순전히 사회적 체면 때문에 검은색 또는 흰색 베일을 드리운 마을 여자들이 그 방에 들어서서 예전에 안주인이 차지하고 있던 자리에 앉아 있는 라미아를 발견하고는 다가가서 허리를 굽히며 '하느님께서 당신에게 이 불행을 견뎌낼 힘을 주시기를!' 혹은 '우리는 당신이 얼마나 고통스러워하고 있는지 알아요!' 하고 말했다." 그래도 그 여자들 가운데 몇 명만이라도 문상객답게 엄숙하게 애도를 표할 수도 있지 않았을까? 하지만 엘리아스 수도사는 그 점에 대해서는 전혀 언급하지 않았다.

남자들의 경우는 아주 달랐다. 남자들도 슬픈 척 가장하는 것은 여자들과 다를 바 없었지만, 체면을 지키기 위해서는 아니었다. 샤이크를 존중하는 뜻에서, 그리고 특히 샤이크가 큰 마을 요르드에서 데리고 온, 유일하게 깊은 슬픔에 잠겨 있는 열다섯 살 된 아들 라드 때문이었다. 마을 사람들은 물론이고 친아버지조차 라드를 이방인으로 바라보고 있었다. 사실 그 아이는 첫돌이 지나고부터는 마을에 발을 들여놓은 적이 없었고, 외가에서 겁쟁이로 자랐기 때문에 샤이크는 장인이 혹시라도 자기 방식대로 아이를 경호하겠다고 나올까 봐 오히려 두려울 정도였다.

크파리야브다에서 라드를 마주하는 것 자체가 마을 사람들에게는 시련이었다. 그 아이가 요르드의 억양, 즉 '메뚜기 떼'의 그 듣기 싫은 억양으로 말하는 소리를 들을 때마다 그때의 악몽이 되살아나곤 했다. 그곳에서만 살았기 때문에 아이는 요르드 억양이 강했다. 그 억양 뒤에 무슨 생각이 숨어 있을지, 아이의 어머니가 크파리야브다 마을에 대해 아들의 머릿속에 무슨 생각을 주입했을지 아무도 모르지 않는가. 마을 사람들은 라드가 멀리 있을 때는 그를 전혀 생각하지 않았지만, 이제 예순 살로 접어든 그들의 주인이 내일이라도 영지와 주민들을 적들의 손에 남기고 사라질 수도 있음을 생각하지 않을 수 없었다.

샤이크 역시 그런 고민이 있었지만 전혀 내색하지 않고 아들을 성인으로, 그리고 후계자로 대했다. 그래서 아들을 자신의 왼편에 서게 하고 문상객을 맞게 하면서 들어오는 사람들의 이름을 일일이 말해주고 자신의 뒤를 이을 자질이 있는지를 살피기 위해 아들의 일거일동을 주시하고 있었다.

왜냐하면 문상객들을 서열에 따라 맞이하는 것만으로는 부족한 만큼 그때그때 신분에 맞게 정중하게 대할 필요가 있었기 때문이다. 예전에 수확량을 속이려고 술책을 부렸던 소작인 부나시프를 대할 때는 허리를 굽히고 샤이크의 손에 오래 입을 맞추게 놔두었다가 일어나게 해야 했다. 영주 가문을 정직하게 섬겨 온 소작인 투비야에게는 일단 입을 맞추고 나면 팔꿈치를 잡아 일어나는 것을 도와주는 시늉이라도 해야 했다.

전쟁터든 사냥터든 가리지 않고 오랜 세월 샤이크와 동행해 온 소작인 찰룹을 맞을 때는 함께 몸을 숙이고 샤이크가 그의 손을 놓을 때까지 기다렸다가 일어나게 도와주고 짧게 포옹해주어야 했다. 찰룹이 콧수염을 가다듬으면서 자리에 앉자, 이번에는 부자가되어 다이룬 촌락에 큰 집을 지은 소작인 아이웁이 등장했다. 그역시 샤이크의 손가락에 입술을 대고 난 이후에 일어나는 것을 도와주고 짧은 포옹을 해야 했다.

지금까지는 소작인들의 경우였지만 사제, 지역 유지들, 전우들, 비슷한 신분의 지인들, 성의 하인들 등 농민들과 다르게 대해야 하는 사람들도 있었다. 이름을 불러주어야 하는 사람도 있고 위로의 말을 건넬 경우 그에 맞는 답례 인사를 건네야 하는 사람들도 있었는데, 모든 이에게 똑같은 표현을 써서도 안 되었고 어조도 각기 달라야 했다.

그런가 하면 4년 전에 성에서 쫓겨났으나 용서받을 수 있는 절호의 기회라고 생각하고 찾아온, 노새를 몰고 다니며 행상하는 나데르처럼 특별한 경우도 더러 있었다. 나데르는 필요 이상으로 슬픈 표정을 지으며 군중 속에 섞여 있었다. 그를 알아본 샤이크가 아들의 귀에 뭐라고 속삭이고 있을 때 그 보부상이 다가와 허리를 굽히고 샤이크의 손을 잡아 입술에 한참 동안 대고 있었다.

상중만 아니었다면 그런 화해를 원치 않았을 샤이크는 바로 뒤에 있는 게리오스에게 말하는 체하면서 고개를 돌렸을 것이고, 그자가 물러갈 때까지 혹은 누군가 그를 쫓아내줄 때까지 계속해서 그자를 무시했을 터였다. 그러나 샤이크는 자신이 도둑놈 또는 배신자라고 선언하면서 추방한 루코즈 같은 자가 뻔뻔하게 찾아온 것이라면 몰라도, 나데르를 그렇게 심하게 대할 수는 없었다. 마을 사람들의 말에 따르면 나데르가 저질렀던 잘못은 그런 종류가 아니었다. 샤이크는 몇 초 동안 자기 손을 그대로 내맡기고 있다가 마침내 더는 참을 수 없다는 듯 한숨을 내쉬면서 보부상의 어깨를 톡톡 치면서 내뱉었다.

"나데르, 너의 세 치 혀가 아직 온전한 것을 보니 하느님께서 네 놈을 용서해주신 게로구나!"

"태어날 때부터 이놈의 혀가 늘 말썽이었지요!"

샤이크의 눈에 보부상은 몹시 무례한 짓을 저지른 자였다. 그는 정기적으로 성을 찾아오는 장사꾼이었는데, 샤이크는 나데르의 행동거지나 직업에 석연치 않은 구석이 있기는 해도 산악 지대에서 많이 배웠다고 하는 사람 중 하나였기 때문에 그의 말이나 지식을 높이 평가하고 있었다. 늘 소문이나 새로운 소식이 없나 살폈기 때문에 샤이크는 유식한 손님들의 말에 기꺼이 귀를 기울였다. 설사 자기에게 별로 중요하지 않은 내용이라 해도 샤이크는 이야기 듣는 것을 무척 좋아했다.

한편 나데르는 노새의 등에 올라타서 이리저리 돌아다니면서도 그 짐승의 목덜미에 고정해놓고 읽을 정도로 책을 좋아했다. 마음에 드는 책─그가 술술 읽을 수 있는 언어인 아랍어나 튀르크어로 쓰인─이 있으면 그는 아무리 비싸도 손에 넣어야 했다. 그는 돈을 버는 족족 책 사는 데 몽땅 써버리는 남자를 어느 여자가 좋아하겠느냐면서, 자신이 결혼하지 못한 것은 바로 그 때문이라고 말하곤 했다. 나데르가 미소년들을 좋아한다는 소문도 있었지만, 그런 현장을 목격한 사람은 아무도 없었다. 아무튼 샤이크가 그를 혐오했던 것은 남자를 좋아한다는 평판 때문이 아니라 프랑스대혁명에 대한 그의 말 때문이었다.

나데르는 어릴 적부터 대혁명을 무조건 찬양했지만, 혁명을 가증스러운 짓으로 보는 샤이크와 다른 마을의 영주들은 '우리의' 프랑스인들이 정신이 나가서 일시적으로 탈선했으나 하느님께서 곧 그들을 옳은 길로 인도하실 것이라고 말했다. 보부상이 특권이 폐지될 것이라고 한두 차례 암시했지만, 샤이크는 우스갯소리 혹은 협박조의 모호한 답변으로 그의 말을 무시해버렸다. 그러던 어느 날, 프랑스 영사의 통역관 집으로 잡동사니를 팔러 갔던 나데르는 혼자만 알고 있을 수가 없는 아주 놀라운 소식을 듣게 되었다. 그때가 1831년이었으니 그 전해, 그러니까 1830년에 프랑스 왕국의 정치 체제가 바뀌면서 루이 필리프를 왕으로 세웠다는 소식이었다.*

"지난주에 한 프랑스인이 저한테 무슨 얘기를 해줬는지 샤이크께서는 상상도 못 하실 겁니다."

"나데르, 그렇게 뜸 들이지 말고 어서 이야기보따리를 풀어보아라!"

"새 왕의 아버지는 대혁명파였고, 루이 16세의 처형에 표를 던졌던 인물이랍니다!"

나데르는 끝없는 논쟁에서 마침내 자신이 승기를 잡았다고 확신하고 있었다. 수염 없는 그의 포동포동한 얼굴에 만족스러운 빛이 번졌다. 그러나 샤이크는 몹시 언짢게 받아들였고, 벌떡 일어나서 고함쳤다.

---

* 1830년 7월 혁명이 일어나 절대 왕정을 추구하는 샤를 10세를 퇴위시키고, 루이 필리프를 프랑스 국민의 왕으로 세운 7월 왕정이 수립되면서 귀족제와 세습제의 폐지 등 귀족의 전통적 특권이 폐지되었다.

"내 집에서는 그 누구도 그런 말을 입에 담는 걸 용서치 않겠다. 여기서 당장 나가고, 다시는 이곳에 발을 들여놓지 말라!"

샤이크가 왜 그렇게 예민한 반응을 보였느냐는 내 질문에, 이 일화를 얘기해주던 게브라이엘 어르신도 난처한 표정을 지었다. 샤이크가 나데르의 말을 무례하고 건방지다고 판단했던 것은 불온한 사상이 엿보이는 얘기를 마을 사람들 앞에서 했기 때문이었을까? 아니면 그 소식 자체가 그에게 충격을 주었기 때문이었을까? 프랑스의 새 왕을 비방한다고 생각했기 때문이었을까? 그것도 아니면 나데르의 말투가 그의 기분을 상하게 했기 때문이었을까? 아무도 감히 샤이크에게 이유를 묻지 못했다. 나데르는 샤이크가 인심 좋은 고객 중 한 명이었기 때문에 후회하면서 집과 애써 모아 온 책들을 모두 두고 고향을 떠나야만 했다. 그러던 차에 상을 당했다는 소식을 듣고 용서받으러 온 것이었다.

이 남자에 대해 나는 아직 가장 중요한 것을 말하지 않았다. 사실, 나데르는 유일하게 타니오스 키크의 실종에 관해 가장 그럴듯한 설명이 담겨 있는 책의 저자다.

나데르는 수첩에 자신이 관찰한 것들과 자신이 만들어낸 잠언들을 때로는 길게, 때로는 간결하게, 때로는 명료하게, 때로는 수수께끼같이, 운문 혹은 지나치게 꾸민 것 같은 산문으로 기록해놓는 습관이 있었다.

나데르는 문장의 첫 부분을 대개 "나는 타니오스에게 이렇게 말했다" 혹은 "타니오스는 나에게 이렇게 말했다"로 시작했다. 그것이 단순히 문장을 시작하는 그만의 기술 방식이었는지, 아니면 실제 나누었던 대화를 그대로 옮긴 것이었는지 확인할 길은 없다.

하지만 이 글들이 출판을 목적으로 쓴 것이 아닌 것만은 틀림없다. 어쨌든 이 글은 나데르가 죽은 후에 한 대학 교수가 발견해서 간행해놓은 것을 내가 '보부상 나데르의 잠언집'이라는 제목으로 번역해놓은 것이고, 내가 자주 인용하게 될 귀중한 증언이다.

III

간신히 용서받은 나데르는 타니오스 옆자리에 와서 앉고는 귀에 대고 속삭였다.

"아이고, 내 팔자야! 밥벌이 잃지 않겠다고 손에 입 맞추며 살게 생겼으니!"

타니오스는 은근슬쩍 고개를 끄덕였다. 샤이크와 그의 아들, 그리고 그들 바로 뒤에 있는 게리오스에게 시선을 고정한 채 타니오스도 보부상과 같은 생각을 하고 있었고, 머지않아 라드의 지시에 복종하고 비굴하게 아첨하면서 집사 노릇을 할 자기 모습을 상상하자 울화가 치밀고 입술이 파르르 떨려서 속으로 다짐했다. '그렇게 되느니 차라리 죽고 말지.'

나데르가 다시 몸을 바짝 붙이고 말했다.

"프랑스대혁명 같은 뭔가가 일어나야 저놈의 영주들을 싹 쓸어 버리는데!"

타니오스는 아무 반응을 보이지 않았다. 나데르는 마치 노새 등에 앉아서 빨리 가자고 재촉하는 듯 자신이 앉은 의자를 흔들고 있었다. 이어서 그는 주위를 자세히 살펴보려는 듯이 도마뱀처럼 목을 비틀면서 바닥에 깔린 카펫과 아치형 천장을 훑어보다 주인과 지나가는 문상객들에게 몸짓과 눈짓을 보냈다. 그러다 타니오스 쪽으로 몸을 숙이면서 속삭였다.

"샤이크의 아들은 어째 좀 불량스러워 보이는구나."

타니오스는 미소를 짓다가 얼른 말조심하라고 주의시켰다.

"그러다가 또 쫓겨나겠어요!"

바로 그 순간에 타니오스의 눈이 게리오스의 눈과 마주쳤다. 아버지가 아들에게 오라는 손짓을 했다.

"니데르 옆에 있지 말고 가서 네 어머니나 좀 도와주든가!"

타니오스가 아버지에게 복종할지 아니면 반항적으로 자리로 돌아갈지 생각하고 있을 때, 밖에서 웅성대는 소리가 들렸다. 시종이 들어와서 주인에게 뭐라고 속삭이자 샤이크가 라드에게 따라오라는 손짓을 하면서 밖으로 나갔다. 게리오스도 그들을 따라 나갔다.

귀한 손님이 도착했으니 샤이크가 맞으러 나가는 것이 관례였다. 찾아온 이는 사흘라인 마을의 드루즈파* 영주 사이드 베이크였다. 어깨에서 장딴지까지 내려오는 단색 줄무늬 아바야를 걸친 사이드 베이크의 얼굴은 금빛 콧수염 덕분에 한층 위엄 있어 보였다.

관습에 따라 손님이 먼저 입을 열었다.

"항간에 떠도는 소문이 사실이 아니었으면 좋으련만!"

샤이크는 의례적으로 답변했다.

"하늘이 우리에게 시련을 주시고자 한 것이지요."

"그 시련을 이웃사촌이 함께하고 있음을 잊지 마시오."

"사이드 베이크, 이제껏 들어 온 형제라는 말보다 그 이웃사촌이라는 말이 훨씬 기분 좋게 들립니다."

이 대화는 그저 의례적으로 나누는 말만은 아니었다. 샤이크는 처가 쪽과는 늘 불화를 빚으며 지내는 반면에 이웃 마을과는 20년 동안 아무런 말썽 없이 지내고 있었다. 두 남자가 팔짱을 끼고 같이 들어왔다.

샤이크가 손님을 자신의 오른편에 있게 하고 라드를 인사시켰다.

"내가 죽어도 너를 보살펴주실 또 한 분의 아버지가 계심을 명심해라!"

"하느님께서 보살펴주실 터인데 무슨 그런 말씀을, 샤이크 프란시스!"

또다시 의례적인 말이었다. 그런데 사이드 베이크를 뒤따라 들

---

* 이슬람교 이스마일파에서 분파하여 성립한 소수 종파. 11세기 초 파티마 왕조의 제6대 칼리파 하킴을 신격화했다. 경전인 쿠란을 배척하고 독자적인 경전을 가지고 있으며 하킴의 재림, 인간의 윤회전생 등을 믿어 다른 이슬람 종파로부터 이단시되며 박해받았다. 드루즈파는 시리아, 레바논의 산악 지대로 도피하여 그곳 주민들로부터 열렬한 지지를 받았다.

어온 외국인이 있었다. 방 안에 모여 있던 문상객들의 시선은 온통 옆에 서 있는 그 외국인에게 쏠려 있었다. 그 소식이 여자들의 방에도 전해지면서 외국인을 보러 달려가는 이들도 있었다. 그는 턱수염도 콧수염도 없었고, 귀와 목덜미를 덮는 납작한 모자를 쓰고 있었다. 모자 밖으로 흰머리가 삐져나와 있었다.

사이드 베이크가 외국인에게 가까이 오라는 손짓을 했다.

"나와 함께 온 이분은 영국인 목사인데, 문상을 오시겠다고 하여 이렇게 모시고 왔소."

"어서 오십시오!"

"목사는 덕망이 높은 부인과 함께 사흘라인에 거주하고 있는데, 목사 부부가 우리 마을에 있는 것에 다들 기뻐하고 있지요."

"그렇게 말씀해주시니 고맙습니다, 사이드 베이크." 목사가 약간 부자연스러운 아랍어로 말했다.

샤이크의 감탄 어린 눈길을 알아본 사이드 베이크가 설명했다.

"알레포에서 7년을 살았는데, 그 아름다운 대도시에 살았으면서도 이스탄불이나 런던을 마다하고 우리 가난한 마을로 오기를 자청하셨으니 하느님께서 그 희생에 보상해주실 것이오!"

목사가 그에 대한 답례의 말을 하려 할 때 샤이크가 한 의자를 가리키며 앉으라고 권했다. 샤이크와 그리 가까운 자리가 아닌 것은 갑작스러운 방문이라는 걸 고려하면 그리 놀라운 일은 아니지만, 아무튼 생각보다는 샤이크의 자리와 좀 떨어진 자리였다. 사실 방금 들은 얘기는 샤이크도 이미 알고 있는 것이었다. 사흘라인 마을에서 일어나는 일은 아무리 사소한 것이라도 해 지기 전에는 빠짐없이 크파리야브다 마을에 전해지는 판인데, 하물며 한 영국인이, 그것도 목사가 사흘라인을 거주지로 택했다는 그 예사롭지 않은 일을 샤이크가 아직 모르고 있을 리 만무했다. 샤이크가 그렇게 목사를 좀 떨어진 자리에 앉힌 것은 몇 가지 그에 대해 알고 싶은 것이 있기 때문이었다. 샤이크의 머리와 사이드 베이크의 머리가 서로에게 기울어졌고 둘만의 대화가 시작되었다.

"저 사람이 학교를 열 생각이라고 하더군요."

"그래서 내가 장소를 내주었지요. 우리 마을에는 학교가 없어서 예전부터 하나 있었으면 하던 참이었는데 마침 잘되었다고 생각했지요. 내 아들도 보낼 생각인데 목사가 영어와 튀르크어, 아랍 시와 수사학도 가르치겠다고 약속했어요. 목사를 대신해서 말하고 싶지는 않지만 내 생각에는 샤이크의 아들도 학교에 보내주기를 몹시 바라는 것 같소."

"혹시 우리 아이들을 개종시키려는 것은 아닐까요?"

"아니, 그건 아닐 거요. 그 점에 대해서는 나한테 단단히 약속했으니까."

"저 사람을 신뢰하시는군요."

"저 사람의 지성을 신뢰하지요. 만일 우리 아이들을 개종시키려 한다면 당장에 마을에서 쫓겨날 터인데 무엇 때문에 그런 짓을 하겠소?"

"물론 우리 자식들에게는 감히 그럴 수 없겠지요. 하지만 우리 농부들을 개종시키려고 하면 어쩌지요?"

"아니, 그것도 나한테 약속했소."

"그렇다면 누구를 개종시킬까요?"

"그건 나도 모르지만, 상인들의 자식이나 몇몇 정교회 신도들…… 아니면 유대인 야쿱과 그의 가족 정도가 아니겠소?"

"만일 목사가 내 재단사를 개종시키는 데 성공한다면 대단한 일이지요. 하지만 부나 부트로스가 좋아하지 않을 거요. 사제로서는 유대인이 이단보다는 더 나을 테니까요!"

사제는 오전 내내 접견실에 있다가 한 시간 전에 물러갔다. 그러나 양 우리 안에 늑대가 들어왔다는 기별을 듣고 서둘러 돌아온 사제는 우스꽝스러운 모자를 쓰고 있는 목사를 노골적으로 쏘아보고 있었다.

"사실 나는 목사가 사람들을 개종시킬 거란 생각은 안 들어요." 사이드 베이크가 말을 계속했다.

"아, 그래요?" 샤이크가 의외라는 표정으로 대꾸했다.

"우리가 자기에게 반감을 품지 않기를 바라는 사람이니까 내 생각에는 우리를 곤혹스럽게 하지는 않을 것 같소."

샤이크가 몸을 좀 더 숙이면서 말했다.

"혹시 첩자는 아닐까요?"

"나도 처음에는 그렇게 생각했지요. 하지만 우리 사흘라인은 술탄의 비밀을 쥐고 있는 곳도 아니니 꼭 그렇게만 보기도 어렵지요. 그렇다고 할렘의 암소가 송아지 쌍둥이를 낳았다는 소식을 영사에게 전할 리도 만무한 일이고!"

두 사람이 껄껄대고 웃다가 슬픈 얼굴을 하고 있어야 할 상중임을 깨닫고서 재빨리 웃음을 그쳤다. 그 순간 그들의 시선과 목사의 시선이 마주쳤고, 목사가 공손하게 미소를 보내자 그들도 호의적인 얼굴로 고개를 끄덕여주었다.

한 시간 후에 사이드 베이크가 일어나서 떠나려고 하자 샤이크가 말했다.

"목사의 계획이 마음에 안 드는 것은 아니니 잘 생각해보겠소. 오늘이 화요일이니까…… 금요일 오전 중에 오면 답을 주겠소."

"샤이크, 천천히 결정해도 됩니다. 내가 훨씬 나중에 오라고 그에게 말하리다."

"아니, 그럴 필요 없습니다. 목요일 저녁이면 내 결정은 나 있을 것이니 그 이튿날에는 차질 없이 대답을 줄 수 있소이다."

현관까지 귀빈들을 배웅하고 돌아온 샤이크가 자리에 앉자 사제가 바로 옆의 상석에 앉으면서 말했다.

"영국인 목사가 우리 마을에 오다니, 오래 살다 보면 별의별 일을 다 본다는 속담이 꼭 이런 경우를 두고 하는 말인가 봅니다! 또다른 불행이 닥치기 전에 성을 정화할 성수를 갖고 와야겠습니다."

"부나, 성수를 그런 식으로 낭비하지는 말게. 목사는 금요일에 나를 보러 다시 올 것이니 두 번씩이나 왔다 갔다 하지 말고 그때 히숍* 가지를 갖고 와도 될 것이네."

"오늘 왔는데 사흘 후에 또 오다니요!"

"그거야 우리 마을의 공기가 마음에 들었던 게지."

사제가 보란 듯이 킁킁거리며 냄새를 맡기 시작했다.

"우리 마을의 공기에 유황이라도 섞여 있나 보죠?"

"부나, 잘못 짚었어. 그 사람은 성인군자로 보이던데."

"성인군자가 이곳에는 무슨 일로 온 겁니까?"

"다른 사람들처럼 조의를 표하러 왔지."

"그럼 금요일에는 무슨 일로 다시 오는 겁니까? 또 문상을 오는 겁니까? 그 사람이 또 다른 상이라도 예고하던가요? 혹시 저의 장례식인가요?"

"그 무슨 말도 안 되는 소리! 사흘라인에 학교를 열려고 한다더 군⋯⋯."

"그건 알고 있습니다."

"⋯⋯ 그래서 단순히 내 아들을 그 학교에 보내 달라는 말을 하려고 왔던 것이네!"

"오로지 그것뿐이란 말씀이군요! 그렇다면 샤이크의 대답은 무엇입니까?"

"목요일 저녁까지 생각해보고 금요일에 답을 주겠다고 했네."

"왜 목요일 저녁까지입니까?"

그때까지 조소를 띠면서 사제를 짓궂게 놀리던 샤이크가 갑자기

* 중동과 카스피해 주변의 건조하고 바위가 많은 땅에서 자라는 다년생 식물. 여러 종교에서 신성한 식물로 여겨 정화 의식에 사용했다.

엄숙한 얼굴로 말했다.

"부나, 자네한테 말미도 주지 않았다는 비난을 받지 않기 위해서라도 다 설명해줄 테니 잘 듣게. 만일 목요일 해 질 녘까지도 자네의 총대주교가 문상을 오지 않는다면 나는 내 아들을 영국인의 학교에 보낼 것이야."

총대주교가 마을에 발걸음도 하지 않은 지가 타니오스가 태어나면서부터니까 벌써 14년이 되었다. 참담한 결과로 끝나버린 그 혼인이 자신의 책임이라고 생각한 것인지, 아니면 자신을 그런 곤경에 빠뜨린 샤이크를 원망한 것인지 총대주교는 끝까지 안주인의 편을 들었다. 큰 마을 요르드의 사람들이 떼거리로 크파리야브다에 몰려갈 때도 마을 사람들의 고통에는 아랑곳없이 아주 편향적으로 그쪽 편만 들어주었다. 그뿐만 아니라 자신이 한 일에 대해서는 전혀 생각지 않고 사람들이 '메뚜기 떼의 총대주교'라는 별명을 자신에게 붙였다는 것만 괘씸하게 여기며 다시는 크파리야브다에 발을 들여놓지 않겠다고 선언했다.

사람들은 총대주교의 부재를 감수하고 있었다. 그것은 총대주교 없이도 잘 지내고 있음을 뜻했다. 십자가 현양 축일이나 견진성사를 받는 날, 그날을 기억하라는 의미로 총대주교가 청년들의 얼굴에 날리는 따귀를 부나 부트로스가 대신하고 있었다. 그렇기는 하지만 총대주교의 저주가 신도들의 어깨를 무겁게 짓누르고 있는 것만은 부정할 수 없었다. 누군가가 죽거나 중병에 걸리거나 혹은 흉년이 들 때마다 불쌍한 농민들은 "제가 도대체 무슨 죄를 저질렀다고 이러십니까?" 하고 하늘에 물을 뿐이었다. 그런데 갑자기 총대주교에게 문상을 오라고 조건을 내건다는 것은 오래된 상처에 녹슨 칼을 들이대는 격이었다. 총대주교와의 대립은 이제 끝낼 때가 되지 않았을까? 애도 기간이 화해를 위한 절호의 기회가 될 수는 없는 걸까?

안주인의 장례식이 큰 마을 요르드에서 거행되었을 때 의식을 주관한 총대주교는 지하 묘소 앞에서 유족 한 사람 한사람에게 위로의 말을 해주면서도 샤이크만 빼놓았다. 크파리야브다에 와서 저지른 '메뚜기 떼'의 만행과 총대주교에 대한 불만을 잊으려고 애쓰면서 고인의 남편이었기에 참석한 자리였다.

크파리야브다의 유지들과 처가 식구들이 보는 앞에서 받은 멸시였기에 더 큰 모멸감을 느낀 샤이크는 곧바로 총대주교의 교구 관리인에게 가서 거의 위협에 가까운 어조로 크파리야브다 성에서 사흘간 애도 기간을 보낼 것이니 사이예드나* 총대주교의 참석을 기다리겠다는 통보를 하고 돌아왔다.

첫째 날 문상객들이 줄을 잇는 동안에도 샤이크의 머릿속은 온통 '그가 올까?' 하는 의문밖에 없었다. 그래서 그는 사제에게 종전의 입장을 되풀이했다.

"자네의 총대주교가 오지 않는다면 내가 내리는 결정을 비난할 생각은 하지 말게."

---

* 고위 성직자나 지도자에게 쓰는 칭호.

그 이후로 부나 부트로스는 이틀간 마을에서 사라졌다가 아무런 소득 없이 돌아왔다. 사제는 사이예드나 총대주교가 큰 마을 요르드를 순회 중이어서 만나지 못했다고 말했다. 하지만 어쩌면 총대주교를 만났지만 끝내 그를 설득하는 데 실패한 것일 수도 있었다. 목요일 저녁 샤이크가 마지막 문상객들로 둘러싸인 방을 떠날 때까지도 총대주교의 뾰족한 주교관은 보이지 않았다.

사제는 그날 밤 거의 잠을 이루지 못했다. 노새 등에 실린 채 이틀을 헤매고 다니느라 지칠 대로 지친 몸이었는데도 밤새도록 뒤척였다는 건 고뇌에 차 있다는 것이었다.

부트로스가 아내 후리예에게 말했다.

"노새가 가는 대로 내맡겼는데도 녀석조차 벼랑으로 갈 생각이 없는 것 같더군. 샤이크와 총대주교, 그 두 사람의 등에 기독교도를 모두 업혀서 염소처럼 뛰어다니게 하면 좋겠소."

사제의 아내가 말했다.

"교회에 가서 기도를 드리세요. 하느님께서 우리와 함께하신다면 내일은 성과 총대주교의 교구에 각각 노새 한 마리를 보내실 거예요."

넷째 관문

영국 목사의
아랍인 제자

사흘라인의 학교 첫 학생들 가운데 크파리야브다 출신의 타니오스 게리오스란 이름을 가진 학생이 실제로 있었음을 답장으로 알려드릴 수 있어서 기쁩니다.

우리 학교의 설립자이신 제러미 스톨튼 목사님은 1830년대 초에 부인과 함께 산간 지방에 정착하셨습니다. 우리 학교 도서관에 그분들에 대한 기록과 여러 가지 주석을 달아놓은 일지, 편지들이 보관된 작은 상자가 있습니다. 만일 그 자료들을 조회하고 싶으시다면 언제든지 환영하지만, 그것들을 밖으로 갖고 나갈 수는 없다는 걸 이해해주시기 바랍니다…….

– 사흘라인 영국 학교의 현 교장
이삭 목사의 서한 중에서

I

부나 부트로스의 기도가 충분하지 못했던 것일까. 그 이튿날 사제가 푸석푸석한 수염에 초췌한 얼굴로 접견실에 들어갔을 때 샤이크는 이미 와 있었다. 갑옷을 착용한 것도 아닌데 모자를 눌러쓰고 있었고, 길게 자란 하얀 콧수염 때문에 입술과 턱이 짧아 보였다.

샤이크는 오래전부터 깨어 있었던 것이 분명했다. 아니, 여러 고뇌 때문에 뜬눈으로 밤을 지새운 것 같기도 했다. 그의 곁에는 이미 게리오스와 마을 사람들이 있었다. 사제는 그들 모두에게 인사를 하고 떨떠름한 얼굴로 입구 가까이에 앉았다.

샤이크가 쾌활한 어조로 거의 고함을 지르듯 말했다.

"부나 부트로스, 이리 가까이 오게. 적어도 그를 함께 맞이하는 것이 우리의 도리니까."

사제는 한순간 희망을 품었다. 그 많은 기도 중에서 적어도 한 가지는 들어주셨을지 모르는 일 아닌가!

"그럼 그분이 오시는군요!"

"물론이지. 저렇게 들어오고 있잖은가!"

헛된 희망이었다. 접견실로 들어서고 있는 사람은 총대주교가 아니라 영국인 목사였다. 샤이크에게 아랍어로 유창하게 인사말을 하는 목사를 마을 사람들이 경탄 어린 시선으로 바라보았다. 목사는 샤이크가 가리키는 자리에 앉았다.

"부나, 하늘의 너그러움이 있어 자네가 방금 앉았다가 일어난 바로 그 자리에 목사가 앉았군."

그러나 사제는 그런 농담을 즐겁게 듣고 있을 기분이 아니었다. 그는 샤이크에게 이완에 가서 이야기하게 잠시만 시간을 내 달라고 청했다.

"이미 결정을 내리셨군요."

"자네의 총대주교가 나로 하여금 결정을 내리게 해준 덕분이네. 나는 할 수 있는 최선을 다했으니 양심에 거리낄 것이 없네. 나를 잘 보게, 내 눈이 잠을 못 잔 사람의 눈으로 보이는가?"

"사이예드나에 대해서는 무엇이든 하실 수 있겠지요. 하지만 아드님에 대해서는, 아버지로서의 본분이 시키는 대로 하고 계신 겁니까? 날조된 복음서를 읽게 하고 성모 마리아도, 성인들도 존중하지 않는 사람들의 학교로 아드님을 보내면서 정말로 양심에 거리낌이 없으십니까?"

"만일 하느님께서 내가 이런 결정을 내리는 걸 원치 않으셨다면, 총대주교에게 명을 내려 문상 가서 그 수염을 보이라고 하셨을 것이야!"

부나 부트로스는 샤이크가 수염 운운하면서 감히 하느님에 대해 말하다니 너무 무례해서 몹시 언짢았다. 그래서 그도 당당하게 한마디 내뱉었다.

"하느님은 당신의 피조물들을 파멸의 길로 인도하실 때도 있습니다."

"설마 하느님이 총대주교한테 그럴 리가 있겠나?" 샤이크가 놀라는 척하면서 말했다.

"총대주교만 두고 하는 말은 아니지요!"

그들의 밀담은 끝났고, 사제와 샤이크는 목사가 초조하게 기다리고 있는 접견실로 돌아왔다. 하지만 샤이크가 대번에 목사를 안심시켜주었다.

"심사숙고 끝에 내 아들을 목사의 학교에 보내기로 했소이다."

"이 영광을 누릴 자격이 있다는 걸 보여드리겠습니다."

"내 아들을 다른 학생들과 똑같이 대하셔야 하오. 어떤 특혜도 주지 말고, 잘못하면 주저치 말고 매로 다스려야 하오. 하지만 두 가지 조건이 있는데, 증인들이 있는 바로 이 자리에서 약조해주어야겠소. 첫째는 종교에 대해 말하지 않는다는 것이오. 그 아이는 아버지인 나의 종교에 따라 일요일마다 여기 있는 부나 부트로스에게 가서 교리 공부를 할 것이오."

"사이드 베이크 영주께도 말씀드렸다시피 약조하겠습니다." 목사가 대답했다.

"둘째, 내 이름이 프란시스라는 것만 봐도 아시겠지만, 그 학교에서 프랑스어를 가르쳐주길 바라오."

"그것도 약속하겠습니다, 샤이크 프란시스. 수사학, 시학, 서도(書道), 과학, 튀르크어, 프랑스어, 영어를 가르칠 것이고, 각자 자신의 종교를 그대로 믿게 할 것입니다."

"그런 조건이라면 됐소. 부나 부트로스가 지금은 그의 아들들을 목사의 학교에 보낼 생각이 없으리라고 생각하오만……."

"무화과가 익는 1월이 오면 그때 생각해보지요." 사제가 이를 악문 채 중얼거리고는 자리에서 일어나 모자를 눌러쓰면서 물러갔다.

"그 무화과를 기다리는 사이에 내 아들과 함께 기꺼이 그 학교에 동행할 소년을 적어도 한 명은 알고 있는데, 안 그런가, 게리오스?"

집사는 물론 늘 그랬던 것처럼 동의했고, 자신과 가족에게 변함없이 호의를 보이는 주인을 고마워했다. 하지만 집사는 누구보다도 신중하게 결정해야 할 사람이었다. 영국인 목사의 학교에 보내려면 자신의 동서인 사제의 학교에서 타니오스를 빼내야 하는데 그것은 교회의 분노를 사는 일이니 만큼 흔쾌히 수락할 일이 아니었다. 그렇다고 주인의 뜻을 거역할 수도 없었고, 주인이 그에게 베푸는 은혜에 싫은 내색을 할 수도 없는 일이었다.

집사는 아들의 반응에 대해서는 전혀 생각지 않고 있었다. 그가 샤이크의 제안을 전했을 때, 아들의 얼굴이 환해지자 라미아는 이때가 가정의 화목을 다질 절호의 기회라고 판단하고 말했다.

"이런 기쁜 소식을 주셨는데도 너는 그러고만 있을 거니?"

그래서 타니오스는 아버지를 포옹하고 나서 어머니도 끌어안았다. 사실 타니오스는 연못에서 그 일이 있고 난 뒤로 부모에게 애정 표현을 전혀 하지 않고 있었다.

그렇다고 해서 타니오스가 다시는 반항하지 않았다고 할 수는 없다. 미치광이의 말 때문에 부모에 대한 불신이 생긴 타니오스는 추방당했다 돌아온 루코즈의 집을 방문한 것을 계기로 하여 굴레를 벗어나 자유로운 느낌이 들었고, 마치 하늘이 길을 열어주려고 자신의 소신 있는 행동을 기다리고 있는 것 같았다. 타니오스가 가는 곳은 단순히 목사의 학교가 아니라 거대한 세계의 문턱이었고,

그는 머지않아 여러 언어를 배워 그 신비를 꿰뚫어 볼 터였다.

라미아와 게리오스가 함께 있는 자리였지만, 타니오스는 그들에게서 멀리 떨어져 나와 마치 추억을 들춰내듯이 벌써 자신이 살아갈 모습을 그리고 있었다. 장소를 초월하고, 애착과 원망을 초월하고, 가슴 아픈 의혹을 초월해서 멀리멀리 날아가고 있었다.

한편, 그곳에서 멀지 않은 성의 본체에서는 샤이크가 아들을 설득하느라 진땀을 빼고 있었다. 그는 아들에게, 나이가 열다섯이나 되었으니 이제는 무기 다루는 것이나 말 타는 것 이외의 다른 것도 배워야 할 때며, 영국인 목사의 학교에 다니는 것을 결코 수치로 여겨서는 안 된다고 설명했다.

"너도 언젠가는 우리 조상님들처럼 프랑스 왕의 친서를 받게 될 텐데……"

"비서에게 번역시키면 되지요."

"그 내용이 네 비서가 절대로 알아서는 안 될 극비 사항이라면 어쩌겠느냐?"

스톨튼 목사는 아침마다 크파리야브다에서 솔숲을 가로지르는 지름길로 한 시간을 걸어서 오는 두 학생의 차이를 대번에 알아보았다. 1835년 목사의 일지에서 두 학생에 대한 다음과 같은 평가를 읽을 수 있다. "타니오스. 지식에 대한 엄청난 욕구와 명석한 두뇌, 어떤 번뇌 때문에 자기의 평판을 위태롭게 만들기도 한다." "라드의 관심은 오직 자신의 신분을 드러내서 남들에게 그에 합당한 대우를 받는 것이다. 하루 중 아무 때나 교사 또는 학우가 그 아이에게 '샤이크'라는 말을 달지 않고 이름을 부르면, 라드는 아무 소리도 듣지 못한 체하거나 혹은 누군가 평민에게나 할 수 있는 말인양 뒤를 돌아보며 다른 사람이 있는지를 찾는다. '할 수만 있다면나를 건드려보시지!'를 좌우명으로 삼고 있는 양 행동하는 그 아이가 전교생 중에서 가장 형편없는 학생이 될까 봐 걱정스럽다. 그러나 학생들을 가르치는 것이 나의 주된 목적이었다면 그 아이를계속 학교에 나오게 하려고 사투를 벌일 생각은 하지 않았을 것이다."

이 마지막 문장은 거의 자백에 가까운 말이다. 왜냐하면 목사가진심으로 어린 학생들의 교육에만 전력을 기울였다면, 영국 국왕의동방 정책과는 관계없이 교육자로서의 본분으로만 라드를 대했을것이기 때문이다.

어쨌거나 산간 지방의 한 마을에 들어선 청소년 교육 시설이 유럽 강대국에게 과연 조금도 중요하지 않을 수 있었을까? 어깨를으쓱 올리며 웃어넘긴다고 해도 나는 이해한다. 나 자신도 그 기록을 조회하기 전까지는 오랫동안 확신하지 못했으니까. 하지만 그것은 사실로 드러났다. 스톨튼 목사의 학교에 등록된 소년들의 신상 명세서는 오스만 궁정에 주재하는 영국 대사 폰슨비 경의 사무실에 전달되었고, 프랑스 외교관 알퐁스 드 라마르틴*을 통해 파리의 하원에도 전달되었다.

게브라이엘 '교사'는 분개하면서 이렇게 말했다.

"그 멍청한 라드는 동시대인인 라마르틴에 대해 들어본 적도 없었을 테지만, 라마르틴은 라드에 대한 얘기를 듣고 있었으니!"

어떻게 그런 기막힌 일이……? 당시 유럽 열강의 대사관들은 특별한 한 사건 때문에 고심하고 있었다. 이집트의 파샤 무함마드 알리가 종주국 오스만 제국을 위협하면서 발칸반도에서 나일강 수원에 이르는 방대한 영토와 인도로 가는 육로를 장악하는 새로운 제국을 동방에 세울 채비를 하고 있었기 때문이다.

영국인들은 어떤 대가를 치르고라도 그러한 사태를 막으려고 열을 올리고 있었다. 반면에 프랑스인들은 무함마드 알리를, 무기력 상태에 빠져 있는 동방을 구하고 프랑스를 표본으로 삼아 새로운 이집트를 세우라고 하늘이 내려준 인물로 보았다. 무함마드 알리는 프랑스인 의사와 기술자 들을 불러들였고, 나폴레옹 수하의 옛 장교를 군의 수뇌로 임명했다. 프랑스 이상주의자들은 최초의 사회주의 사회를 세우리라는 희망을 품고 이집트로 향했다. 이들은 지중해에서 홍해로 이어지는 대운하를 건설하려는 전대미문의 계획을 세우고 있었다. 무함마드 알리는 프랑스인들의 마음에 드는 일만 골라서 하고 있었다. 그 때문에 프랑스로서는 영국의 미움을 사게 된 그를 런던이 제거하도록 내버려 둘 수 없었다.

---

* 프랑스의 시인이자 정치가(1790~1869). 《명상 시집》《시와 종교의 조화》등을 발표했고, 1820년부터 1830년까지 피렌체 주재 프랑스 대사관에서 외교관으로 근무하다 2월 혁명 때 임시 정부의 외무장관으로 취임했다. 시작 활동을 왕성하게 하면서도 정치에 관심을 두어 국민의회 의원에 선출되었고, 보통 선거와 언론의 자유, 무상 의무 교육, 국가와 교회의 분리 등을 주장했다.

이 강대국들의 싸움에서 우리 마을 사람들과 특히 영국인 목사의 두 학생이 차지하는 비중이 얼마나 됐을까?

그 비중은 상상 이상이었다. 폰슨비 경은 땅따먹기 놀이라도 하듯 지도를 펼쳐놓고 손가락으로 정확한 지점들을 찍으면서 여기는 무함마드 알리 제국의 영토가 될 것이다, 아닐 것이다, 여기는 전투가 벌어질 곳이다, 하고 말했다.

무함마드 알리가 건설하려는 제국은 북쪽으로는 발칸반도와 소아시아, 남쪽으로는 이집트와 속국들을 양 날개로 달고 있었다. 그양 날개를 연결하는 통로는 가자에서 알렉산드레타*로 이어지는 연안 항로를 따라 하이파, 아크레, 사이다, 베이루트, 트리폴리, 라타키아를 경유하는 바다와 산맥 사이에 끼어 있는 띠 모양의 땅, 즉 지중해와 레바논산맥 사이의 연안 지대였다. 그런데 만일 이집트의 파샤가 산악 지대를 점령하지 못한다면 이곳은 통행 불가능한 길이 될 것이고, 그렇게 되면 이집트 군대가 후방이 잘리게 되어 새 제국은 두 토막으로 나뉠 판이었다. 그것은 곧 제국 건설의 실패를 뜻했다.

이리하여 하루아침에 열강의 관심이 산악 지대의 그 구석진 마을에 쏠렸다. 선교사, 중개상, 화가, 시인, 의사, 고석 수집가 등 많은 사람이 몰려오기 시작했다. 산악 지대 주민들은 기만당하고 있었다. 나중에 영국과 프랑스가 자기들끼리의 직접적인 싸움을 피

* 튀르키예 남부 도시 이스켄데룬의 옛 지명.

하려고 산악 지대를 전쟁터로 이용하고 있음을 알아차렸을 때, 그들은 분노에 치를 떨어야 했다. 유린당하는 특혜, 어쨌든 그것도 특혜는 특혜였다.

영국은 산악 지대 사람들을 선동해서 이집트인들에게 반기를 들게 하는 것을 목표로 삼았고, 이집트의 파샤는 프랑스의 지원을 받아 어떻게 해서든 뜻을 이루려고 혈안이 되어 있었다.

《산악 지대의 연대기》는 그 점에 대해 이렇게 언급하고 있다.

"내 나라 부근에 당도하자, 이집트군의 총사령관은 서둘러서 아미르에게 합류하라는 전갈을 보냈다." 하지만 이집트와 오스만 제국이 벌이는 싸움에 끼어들어 어느 한쪽 편을 드는 건 힘없는 공국으로서는 도저히 감당할 수 없다고 판단한 아미르는 시간을 끌면서 눈치를 보고 있었다. 그러자 총사령관은 다음과 같은 내용의 두 번째 전갈을 아미르에게 보냈다. "군대를 이끌고 나에게 합류하라. 아니면 내가 가서 너의 궁전을 무너뜨리고 그 자리에 무화과나무를 심을 것이다!"

그 가련한 인간이 순순히 항복했음은 물론이어서, 산악 지대는 이집트의 지배를 받게 되었다. 농민과 영주들 앞에서는 가공할 만한 위세를 떨치던 아미르가 이집트 파샤와 수뇌부 앞에서는 벌벌 떨고 있었으니, 정말 한심하기 이를 데 없었다.

무함마드 알리는 그렇게 아미르를 자신의 편으로 만들면 자기가 산악 지대의 주인이 되리라 생각하고 있었다. 그러나 다른 지방에서라면 가능했을 테지만, 산악 지대에서는 아니었다. 아미르의 권세와 영향력이 대단했던 것은 사실이지만, 산악 지대는 한 사람에 의해 좌지우지되는 곳이 아니었다. 산악 지대에는 교주, 성직자, 유력 인사들로 이루어진 여러 종교 공동체들이 있고, 대가문의 지주들과 영주들이 있었다. 마을마다 광장에서 집회를 열고 열띤 논쟁을 벌이기도 했다. 그리고 라미아에게 아이를 갖게 했으면서도 여전히 그 여자를 성에서 살게 하는 상황에서는 성에 발을 들여놓지 않겠다고 선언한 총대주교에 대한 도전장으로 보란 듯이 아들을 영국인 목사의 학교로 보낸, 크파리야브다의 샤이크 프란시스란 인물도 있었다.

폰슨비 경은 지도를 펼쳐놓고 열심히 머리를 굴렸지만, 외교관들은 산악 지대에 대한 자세한 사항들을 아직 대사에게 보고하지 않고 있었다. 그들은 다만 아미르가 드루즈파의 한 수장을 죽인 뒤로 드루즈파 공동체가 아미르와 이집트와 동맹을 맺은 마을들에 대해 반란을 일으킬 만반의 채비를 하고 있지만, 인구 대다수를 이루는 기독교도들이 참여하지 않아서 아직은 폭동이 일어나지 않고 있다는 것만 말했다.

"그 기독교 공동체에 대해 우리 영국인들이 아직 아무것도 하지 못했다는 거요?" 대사가 힐책했다.

그러자 외교관들은 대다수가 가톨릭교도로 구성된 산악 지대 사람들에게 영국인은 이단자에 불과하다는 사실을 상기시켰다.

"우리 영국인 중에는 단 한 명도 의미 있는 접촉을 하지 못하고 있는 형편입니다. 한 마을에 학교를 연 목사를 제외하고는."

"가톨릭 마을에 영국인 목사의 학교가 있단 말이오?"

"머지않아 그 목사가 쫓겨나거나, 아니면 학교가 불타버릴지도 모르지요. 하지만 어쨌든 그 목사는 사이드 베이크라는 드루즈파 늙은 영주가 다스리는 영지에 정착해서 학교를 세웠고, 크파리야브다 영주의 친아들을 포함해서 가톨릭교 학생 두 명을 등록시켰다고 합니다."

"크파르, 뭐요?

폰슨비 경은 더 세밀한 지도를 가져와서 돋보기를 대고 크파리야브다와 사흘라인이란 이름을 찾았다.

"그거 흥미롭군." 폰슨비 경이 중얼거렸다.

대사는 외무부에 보내는 보고서에 크파리야브다라고 마을의 이름을 명시하지는 않았지만, 목사의 학교 설립은 상당히 '고무적인 일'이라고 기록했다. 3세기 동안 프랑스와의 관계를 자랑해 오던 한 가톨릭 가문의 후손이 영국인 목사의 학교에 다니고 있다는 사실은 쾌거였고 경이로웠다.

따라서 불량하다는 이유로 샤이크 라드를 퇴학시킨다는 것은 어림도 없는 일이었다.

II

다른 진영에서는 아무도 폰슨비 경만큼 영국인 목사의 학교 설립을 중요하게 받아들이려고 하지 않았다. 더 큰 권력 쟁탈에만 신경을 곤두세우고 있는 아미르, 프랑스 영사 기, 이집트의 무함마드 알리가 베이루트에 임명한 술레이만 총독, 일명 옥타브 조제프 드 세브는 작은 마을에서 일어나고 있는 일에 관심을 두려 하지 않았다. 다만 총대주교만 목사의 학교에 두 아이가 다니고 있다는 사실을 소홀히 여겨서는 절대로 안 된다고 목이 쉴 정도로 열변을 쏟고 있었다. 그 때문에 총대주교의 비위를 건드리지 않기 위해 오만한 샤이크를 벌하자는 결정이 마침내 내려졌고, 아미르가 파견한 세금 징수원이 체납된 세금 명세서를 갖고 샤이크 앞에 나타났다.

샤이크가 그때까지 온갖 수완을 부려서 많은 세금을 면제받고 있었던 것은 사실이었다. 이제 그 세금이 모두 소급되는 것은 물론이었고, 이집트 점령군이 새로이 부과하는 페르데라는 세금까지 추가되어 있었다. 이집트에 바치는 세금이라고는 하나 그것은 핑계일 뿐, 사실은 그동안의 무력 충돌 때문에 바닥난 아미르의 금고를 채우겠다는 속셈이었다. 그걸 모르는 사람은 아무도 없었다. 그래서 누군가가 그 점에 의혹을 품고 이의를 제기해 올 경우를 대비해서, 총대주교는 사제를 불러 샤이크가 이단적인 학교에서 두 소년을 나오게 한다면 자신이 나서서 아미르에게 세금에 대한 선처를 부탁하겠노라고 말했다.

크파리야브다의 영주는 진퇴양난이었다. 그해의 작황은 최악이어서, 아미르가 요구하는 총세금액 15만 피아스터는 전 주민의 돈을 억지로 끌어모은다 해도 턱없이 모자라는 액수였다.

세금 납부는 도저히 불가능했고, 또다시 굴욕을 당하는 것밖에는 해결책이 없었다. 두 소년을 영국인 목사의 학교에 가지 못하게 조처하고 나서 '메뚜기 떼의 총대주교' 앞에 무릎을 꿇고 아미르에게 선처를 부탁해 달라고 애걸하는 것 말고는 다른 도리가 없었다.

세금 징수원은 호위대와 함께 마을을 떠나면서, 세금을 다음 달 안에 내지 않으면 샤이크의 토지는 모두 몰수되어 아미르의 영지로 넘어갈 것이라고 으름장을 놓았다. 그렇게 되면 장차 악덕하기로 이름난 주인을 섬기게 될 판이니, 크파리야브다의 주민들에게는 조금도 달갑지 않은 소식이었다.

가장 특이한 것은, 이 세금 문제로 인해 타니오스의 태도에 변화가 일어났다는 사실이었다. 타니오스는 마을에 대한 반감을 일단 접어 둔 것 같았고, 사생아라는 추정에 대해서도 초연해진 것 같았다. 타니오스의 눈에는 사실 이 문제가 예전에 자신의 출생 문제로 일어났던 싸움, '메뚜기 떼'의 난입과 똑같은 싸움의 연장전으로밖에 보이지 않았기 때문이다. 타니오스는 이제 모든 사실을 분명하게 알았고, 총대주교가 왜 그렇게 처신했는지도 이해했고 샤이크와 마을 사람들의 태도도 이해했다. 그리고 이번에는 학교가 문제라는 것도 알고 있었다. 하지만 학교는 자신에게 가장 중요했다. 타니오스는 열심히 공부했고, 마른 스펀지처럼 지식을 빨아들였다. 그는 자신과 세계를 이어주는 구름다리 이외의 다른 것은 아무것도 보고 싶지 않았다. 바로 그 때문에 타니오스는 다시 마을 사람들과 샤이크의 편에 서서 그들의 입장을 지지하면서 마을의 모든 적, 아미르, 총대주교에게 반기를 들고 있었다.

그리고 루코즈와도 거리를 두었다. 어느 날 루코즈가 "샤이크의 영지가 몰수되는 것을 내가 왜 통탄해야 하느냐? 그럼 너는 봉건 영주들의 특권이 폐지되기를 바라지 않는단 말이냐?" 하고 말했기 때문이었다. 소년은 그 물음에 이렇게 답했다. "그것은 내가 가장 바라는 바이지만, 이런 식으로 되는 것은 원치 않습니다!" 그러자 전 집사가 일장 연설을 이어 갔다. "네게 행복을 안겨줄 소원이 실현되기를 진심으로 바란다면, 너는 하느님께 소원이 이뤄지게 해 달라고 기도는 할 수 있어. 하지만 하느님께 어떻게 해야 하는지 그 방법까지 말할 수는 없어. 나는 크파리아브다의 영주에게 벌을 내려 달라고 하늘에 빌었다. 어떤 천재지변이든 '메뚜기 떼'의 난입이든 이집트 군대의 침입이든 사용할 도구를 결정하는 것은 그분이시다!"

루코즈의 논리는 타니오스의 마음을 불편하게 했다. 타니오스는 샤이크의 특권이 폐지되기를 진심으로 바랐고, 15년 후에 라드의 구두를 벗겨주는 사람이 되고 싶은 마음도 없었다. 하지만 지금 벌어지고 있는 힘의 대결에서는 자신이 어느 편에 서야 하는지, 어떤 소원이 실현되기를 바라야 하는지 분명히 알고 있었다.

목사는 1836년 3월 12일 일지에 이렇게 쓰고 있다.

"점심때 타니오스가 나를 찾아와 마을이 처해 있는 심각한 상황을 설명하면서, 덫에 걸려서 모피 사냥꾼의 칼을 기다리고 있는 족제비에 비유했다……. 나는 타니오스에게 기도하라고 당부하고,

내가 할 수 있는 데까지 도와주겠노라고 약속했다."

"나는 즉시, 내일이라도 베이루트로 떠나는 여행객 편에 보낼 수 있기를 바라면서 우리 영사 앞으로 자세한 내용을 담은 편지를 썼다."

며칠 후, 성에 한 외국인이 도착한 것을 보면 그 편지가 영사에게 바로 전달된 것이 분명했다. 크파리야브다 사람들은 오늘날에도 영국 영사의 방문에 대해 말하곤 한다. 정확히 말하면, 리처드 우드는 그 당시에는 영사가 아니라—그는 2년 후에 영사가 된다—폰슨비 대사가 파견한 비공식 특사였고, 진짜 영국 영사의 아내인 자기 누이동생 덕분에 몇 주 전부터 베이루트에 거주하고 있었다. 그러나 목사가 그 사건을 그들에게 어떤 식으로 보고했는지에 대한 자세한 기록은 남아 있지 않다.

《산악 지대의 연대기》에는 이렇게 적혀 있다. "그해에 우리 마을은 영국 영사의 방문을 받았는데, 그는 크고 작은 귀중한 선물 보따리를 들고 왔다. 영사는 이전에 어떤 손님도 받아본 적 없는 환대를 받았고, 미사에도 참석했으며, 마을에서는 사흘 밤낮 잔치가 벌어졌다."

아직 영사가 되지도 않은 사람의 방문에 그런 환대는 지나친 것이 아니었을까? 하지만 그 '귀중한 선물들'의 내용을 알고 나면 그 환대는 지나친 것이 아니었다. 엘리아스 수도사는 더 언급하지 않았지만, 우드가 그 방문에 관해 스톨튼 목사에게 쓴 편지가 사흘라인의 학교에 있는 목사의 문서함 속에 보관되어 있었다. 우드 특사는 자신의 임무가 무엇인지 확실히 알지 못했고, 특사의 편지를 받은 쪽도 그와 마찬가지였던 것이 분명했다. 하지만 우드는 자신이 가져갔던 선물의 내용과 자신이 받았던 환대에 대해 상세히 설명해놓았다. 목사는 영사 앞으로 보내는 편지에 아미르의 세금 징수원이 요구한 금액을 정확하게 적어놓은 것이 분명했다. 왜냐하면 우드가 성의 접견실로 들어가서 정확하게 15만 피아스터가 들어 있는 가방을 샤이크의 수연통 바로 뒤에 내려놨기 때문이다. 샤이크는 거절한다는 표정을 지었지만, 특사는 틈을 주지 않고 말했다.

"방금 발치에 내려놓은 것은 샤이크 개인을 위한 것이 아니라, 세금 때문에 시달릴 필요 없이 아미르의 요구에 당당히 응하라고 드리는 선물입니다."

크파리야브다의 영주는 의연하게 행동하려고 했지만, 너무 좋아서 아이처럼 가슴이 뛰었다.

리처드 우드가 목사에게 보낸 편지에는 또 다른 '진짜' 선물 세 개의 목록이 적혀 있었다. "샤이크에게는 베이루트에서부터 낙타에 싣고 온, 하노버 왕가*의 문장이 새겨진 기념 괘종시계 한 개." 그런데 가령 순종 말이나 그 밖의 다른 것도 많을 텐데 왜 하필이면 괘종시계였을까? 지속적인 우정의 상징으로 보아야 하는 것이었을까?

---

* 당시(1714~1901) 영국 왕실의 명칭.

다른 선물 두 개는 목사의 학생들에게 보내는 것들이었다. "타니오스에게는 자개를 박아 예쁘게 꾸민 나전 필통, 아이는 즉시 허리띠에 필통을 매달았다." 그리고 라드에게는—사실 라드는 금장 필통을 이미 갖고 있지만, 사치스럽다는 소문 때문에 샤이크의 평판이 떨어질까 봐 학교에서 나올 때는 숨기고 다녔다—엽총 한 자루와 왕실의 사냥 전용 타악기 한 개. 총은 라드의 아버지가 얼른 낚아채서 손으로 무게를 가늠하고 어루만졌을 정도로 탐나는 진짜 엽총이었다. 믿을 만한 사람이 소지하고 있어야 하는 무기인 만큼, 아들보다는 아버지에게 주었더라면 아주 좋아했을 터였다."

이 마지막 문장에 예언적인 요소는 전혀 없었으나, 훗날 그 엽총 때문에 일어날 불행을 알고 나서 읽는다면 깊은 뜻이 담겨 있었다.

리처드 우드 '영사'는 토요일 오후에 도착했고, 샤이크는 그에게 수행원들과 함께 성에서 지내라고 제안했다. 우드가 '베르가못 소스를 곁들인 양고기 케베'를 너무나 먹고 싶다고 하는 바람에 마을 여자들은 그 진귀한 요리를 준비하느라 진땀을 빼야 했다. 그럴 수밖에 없는 것이, 쌉쌀한 맛의 오렌지를 곁들인 양고기 케베는 산악지대에도 존재하는 음식이지만 베르가못은 처음 들어보는 이름이었기 때문이다. 하지만 사실 베르가못은 오렌지의 일종이어서 그렇게 당황할 일은 아니었다. 특사는 샤이크 프란시스가 포도주에 물을 타는 자신을 보면서 즐거운 미소를 지었다고 당시의 광경을 상세하게 묘사하고 있다.

이튿날, 크파리야브다의 영주는 골짜기가 내다보이는 이완에서 커피와 건과일을 놓고 '영사'와 짧은 대화를 나누고 나서 한 시간 동안 자리를 비우는 것을 양해해 달라고 말했다.

"이제 곧 미사가 시작될 거라서요. 이렇게 손님 곁을 떠나서는 안 되는 줄 알지만, 요 며칠 동안 하느님께서 거의 기적에 가까운 은혜를 베풀어주셨으니 저도 그분께 감사 기도를 드리고 싶군요."

"저도 따라가겠습니다. 불편하지 않으시다면……."

샤이크는 그저 미소를 지었다. 자신은 불편할 게 없지만, 영국인을 데리고 교회로 들어가면 부나 부트로스가 대놓고 싸움을 걸어올까 봐 불안했다.

교회 문 앞에서 그들을 기다리고 있던 사제가 정중하지만 단호한 어조로 말했다.

"우리 마을은 영사께서 해주신 일을 고마워하고 있습니다. 그래서 누추하지만, 저 뒤편에 있는 저의 집에서 아내가 커피를 대접하려고 하니 초대에 응해주시면 영광이겠습니다. 제가 미사를 끝낼 때까지 제 아내와 큰아들이 접대해드릴 겁니다. 그럼 나중에 뵙겠습니다."

샤이크를 쳐다보는 사제의 표정은 이렇게 말하는 듯했다. '당신의 영국인 친구에게 이 이상으로 예의를 갖출 수는 없습니다!'

그러나 '영사'는 아랍어로 이렇게 응수했다.

"신부님, 저를 위해 그런 특별한 대접을 하실 필요는 없습니다.

저도 가톨릭 신자이니 다른 신도들과 함께 미사를 드리겠습니다."

"영국인 가톨릭 신자라, 영사님은 세계 8대 불가사의이십니다."
부나 부트로스는 그렇게 말하면서 가톨릭 신자라고 하는 사람을
교회 안으로 들여놓지 않을 수 없었다.

폰슨비 경이 가톨릭 마을에 아일랜드인* 특사를 파견한 것은 산
악 지대 주민들이 두고두고 탄복할 만한 신의 한 수였다.

III

그날 밤 총대주교는 크파리야브다 마을 사람들의 표현으로 '편
치 못한' 잠을 잤고, 그가 중얼거렸던 기도는 관용과 사랑을 베푸
는 고위 성직자의 기도와는 거리가 아주 멀었다. 그 수많은 영혼
과 육신을 지옥에 바치고 있었으니, 과연 그가 어떤 왕국을 섬기려
고 하는 건지 의문이 들 정도였다. 고위 성직자의 꿈속에 샤이크의
콧수염이 엉겅퀴처럼 나타나서, 아무리 몸을 뒤척여도 그 콧수염에
휘감길 뿐이었다.

그렇지만 총대주교의 권세는 절정에 달해 있었다. 그는 아미르,
이집트 총사령관, 프랑스 외교관들, 산악 지대 대영주들 사이를 중
재하는 공인된 중개인이자 그들을 결탁시키는 주축 인물이며, 골

---

* 아일랜드의 종교는 전통적으로 가톨릭이 지배적이다.

절된 관계를 계속 수리하는 접골사 역할까지 하고 있었다. 프랑스 영사는 '선량한 유럽인들을 농락하기 위해 개혁가를 자처하는 동방의 폭군' 무함마드 알리*를 좋지 않게 생각하고 있었다. 그래서 누군가가 무함마드 알리가 베이루트에 임명한 프랑스인 총독 세브가 어떤 사람인지 물어보자, 영사는 "술레이만 총독 말이오? 그는 새 주인들에게 충성을 다하는 사람이지요" 하고 시큰둥하게 대꾸하면서 콧수염을 말아 올렸다. 한편, 오랜 세월 오스만 제국의 자치령이었으나 이집트군에 점령당한 산악 지대의 통치자 아미르는 보호자를 자처하는 점령군이 처하게 된 곤경**을 내심 기뻐하는 데 반해, 이집트군은 그들의 군대가 아미르의 궁전 창문 아래 진을 치고 있는 한 아미르는 가장 믿을 수 있는 동맹으로 남을 사람이라고 자신만만해하고 있었다.

총대주교는 그 불확실한 결탁 관계를 자기 혼자 힘으로 유지하고 있다고 생각하고 있었다. 전 산악 지대에서 존경받고 때로는 숭배까지 받고 있어서 어느 대문이나 열려 있을 정도로 예우받는 그

---

* 무함마드 알리는 산업 혁명의 중요성을 포착한 최초의 비서구 통치자였다. 근대화된 군대에 지급할 제복과 막사를 생산하기 위한 직물 공장과 군수품 이동을 위한 운하와 조선소 건설의 필요성을 인식했고, 프랑스 고문들을 기용하여 기술을 배우고 군사 훈련을 받았다.

** 무함마드 알리는 군사력을 이용해 세력을 확장하고자 본국인 오스만 제국의 술탄에게 도전하여 1832년 레반트 지역을 장악했다. 이집트 개혁 정책의 성공을 발판 삼아 새로 점령한 지역에서도 서구화된 개혁 정책을 시도했으나 오히려 산악 지대의 반란으로 곤경에 처했다. 오스만 제국은 이를 기회로 삼아 1839년 이집트를 공격했다.

였지만, 나의 고향에서만은 아니었다. 크파리야브다에서는 사제조차 총대주교에게 등을 돌리고 있었다.

총대주교의 밤이 편안치 않았던 것은 바로 그 때문이었다. 그러나 아침에 일어난 그는 간밤보다 한결 자신에 차 있었다.

그는 옷을 입혀주는 교구 관리인에게 장담했다.

"그들을 회개하게 만들겠어. 헌금함 안으로 떨어지는 은전처럼 그들은 내 발밑에 와서 쓰러질 것이야. 모든 병에는 치료법이 있듯이, 나에게는 악을 뿌리 뽑는 방법이 있지."

며칠 후, 큰 마을 요르드에서 전령이 와서 라드의 외할머니가 사경을 헤매고 있으며 손자를 보고 싶어 한다고 알렸다. 샤이크는 아들의 외가 방문을 반대하기는커녕, 처가 식구들과 화해할 기회라고 생각하면서 게리오스에게 쓰게 한, 쾌차를 비는 편지와 선물 꾸러미를 아들에게 들려 보냈다.

할머니가 죽어 간다는데 손자를 서둘러 보내는 것은 당연한 일이었다. 하지만 《산악 지대의 연대기》는 할머니가 죽은 지 17년이 지나고 나서야 그녀가 일흔넷의 나이에 사망했다고 언급하고 있을 뿐이다. 그렇다면 할머니가 죽기 전에 손자를 보고 싶어 하는 것이야 사실이었겠지만, 라드가 급히 불려 간 데에는 더 중요한 다른 의도가 있었음을 암시했다. 사실 라드를 급히 요르드로 불러들인 사람은 총대주교였다.

그들의 대화는 아이들의 교리 교육을 위한 문답식으로 시작되었다.

"네가 메시아의 기사인데 갑자기 사탄의 거처에 포로로 잡히게 된다면 어찌하겠느냐?"

"빠져나오려고 노력할 것입니다. 하지만 돌 하나도 남기지 않고 완전히 부수기 전에는 나오지 않을 것입니다!"

"진짜 기사다운 훌륭한 대답이로구나!"

"그리고 저는 사탄과 그의 일당들을 모조리 때려눕힐 것입니다!"

"너무 무리하지 마라, 샤이크 라드. 어떤 사람도 사탄을 죽일 수는 없다. 하지만 사탄의 집을 혼란에 빠뜨릴 수는 있지. 사탄이 우리의 집을 혼란에 빠뜨렸던 것처럼. 네 열정이 그렇듯 대단하니 안심이 되는구나. 네 말을 들어보니 네가 너의 믿음에 걸맞게, 고귀한 혈통의 자손답게 행동하리라는 확신이 생기는구나."

총대주교는 소년의 두 손을 꼭 잡고서 눈을 감고 오랫동안 기도했다. 라드는 한마디도 이해하지 못했지만, 콧구멍 속으로 향냄새가 들어오는 것 같았다. 창문이 없는 그 방은 어둠에 잠겨 있어서 총대주교의 하얀 수염만 빛나고 있었다.

"너는 지금 사탄의 집에 있는 것이다!"

어린 샤이크는 이해하지 못하고 겁에 질린 얼굴로 주위를 둘러보기 시작했다.

"네 할아버지의 집을 말하는 게 아니야."

"그럼 성······"

"네 아버지의 집을 말하는 것도 아니다. 나는 이단과 퇴폐의 온상인 영국인 목사의 학교를 말하는 것이다. 넌 아침마다 사탄의 집으로 가면서도 그걸 모르고 있어."

총대주교의 표정이 굳어 있었다. 그러나 차츰 미소를 지으면서 말했다.

"하지만 그들도 네가 누구인지 모르고 있지. 그들은 너를 다만 샤이크 프란시스의 아들 샤이크 라드로 알고 있을 뿐이야. 그들은 네 안에 숨어 있는 무서운 힘을 모르고 있어."

며칠 후 크파리야브다 마을로 돌아온 라드와 함께 평소대로 솔숲을 가로지르는 지름길로 학교에 갈 때, 타니오스는 라드의 턱에 나기 시작한 수염과 전에 보지 못했던 묘한 눈빛을 보았다.

스톨튼 목사의 학교에서는 그 건물에서 가장 오래된 곳이라서 카부라고 불리는 두 개의 방을 교실로 사용했다. 사실 반구형 천장으로 보나, 길쭉한 모양으로 보나 햇빛이 잘 들어오지 않는 어두컴컴한 그 방들은 교실로 쓰기에 적당한 곳이 아니었다. 나중에는 교실이 많이 늘어났지만, 타니오스가 다니던 시절에는 학생이 서른 명을 넘지 않아서 그 방 두 개만 교실로 사용했고, 또 하나의 방을 서재와 교무실로 사용했다. 위층에 목사 부부의 살림집이 있었다. 그 집은 크지는 않았지만, 피라미드형으로 올린 기와지붕, 대칭형 구도의 발코니, 아치형 창문들과 담쟁이덩굴이 벽을 덮고 있어서 견고하면서도 부드러운 인상을 주었다. 그리고 집 앞에는 학생들이 뛰어놀 수 있는 넓은 공터가 있었는데, 유감스럽게도 몇 년 후 그 땅에는 1천여 명의 학생을 수용할 수 있는 기숙사를 짓는다는 이유로 보기 흉한 건물들이 들어섰다. 하지만 문제는 그게 아니다.

바로 그 땅 한 귀퉁이에 목사 부인이 정성을 다해 가꾸는 정원이 있었다. 작은 채소밭도 있고, 황수선화와 패랭이 꽃밭, 라벤더 화단과 장미 화단도 있었다. 학생들은 절대 그쪽으로 가지 않았다. 부인이 손수 낮은 담장을 세웠는데, 비록 돌멩이들을 쌓아 올린 것이긴 해도 그것은 상징적인 울타리였다.

그런데 라드는 학교에 다시 나온 날에 그 담을 뛰어넘었다. 4월이라 꽃이 피기 시작한 장미 화단을 향해 곧장 걸어간 라드가 허리춤에서 칼을 꺼내더니 마치 참수를 하듯 제일 예쁘게 핀 꽃송이부터 싹둑싹둑 베어버리기 시작했다.

목사 부인은 거기서 멀지 않은 채소밭에 있었다. 자신이 쳐다보고 있는데도 소년이 어찌나 대담하고 뻔뻔스럽게 행동하는지 한동안 말문이 막혀 있던 부인이 알아들을 수 없는 말로 고함을 질렀다. 라드는 너무나 태연하게 계속해서 장미꽃을 베어버리다가, 자기가 펼쳐놓은 수건 위로 마지막 꽃송이가 떨어지고 나서야 칼을 허리춤에 다시 집어넣고는 유유하게 담장을 넘어 아이들에게 노획품을 보여주러 갔다.

헐레벌떡 달려온 목사가 울고 있는 아내를 발견했고, 문제의 학생을 교무실로 불렀다. 목사는 한동안 소년을 뚫어지게 쳐다보면서 반성의 기미가 있는지 살폈다. 이윽고 목사가 말했다.

"네가 방금 무슨 짓을 저질렀는지를 알고 있니? 오늘 아침에 학교에 올 때의 너는 존경받는 샤이크의 아들이었는데, 지금은 도둑이 되었구나!"

"저는 도둑질을 한 적이 없습니다."

"네가 장미꽃을 훔치는 걸 내 아내가 보았는데 어떻게 부인할 수가 있지?"

"부인은 저를 보았고, 부인이 저를 보고 있는 걸 나도 분명히 봤거든요. 그러니까 그건 도둑질이 아니라 약탈입니다!"

"그게 무슨 차이가 있느냐?"

"도둑질은 천한 것들이 하는 짓이지만, 약탈은 전쟁이 났을 때 귀족이나 기사들이 늘 해 오던 정당한 행위지요."

"네가 아닌 다른 사람의 입에서 나오는 말처럼 들리는데, 누가 그렇게 대답하라고 가르쳐주더냐?"

"이런 일을 제가 왜 다른 사람한테서 배운단 말입니까? 저는 태어날 때부터 알고 있었습니다!"

목사는 한숨을 쉬면서 생각에 잠겼다. 그는 샤이크를 생각했고, 리처드 우드 영사, 폰슨비 경, 심지어 국왕 폐하까지 생각했다. 목사는 또다시 한숨을 내쉬었다. 그러고는 체념 섞인 어조로 훈계했다.

"어쨌든 약탈은 전쟁이 일어나 영토를 점령했거나 강제로 성문을 부수고 들어가는 상황에서나 승자가 패자에게 취할 수 있는 행위이지, 친구로 받아들이는 집에서는 해서는 안 되는 짓임을 알아야 한다."

라드가 깊이 생각하는 표정을 짓고 있는지라 목사는 부득이 그 태도를 뉘우치는 것으로 간주할 수밖에 없었다. 그는 소년에게 앞으로 다시는 학교를 전쟁터로 여기지 말라 이르고 용서해주었다.

국왕의 이익을 위해서 그렇듯 교육자로서의 소명감을 저버려도 되는 것이었을까? 일지에 적힌 글 속에서 스톨튼 목사가 그 점을 부끄러워하고 있음을 엿볼 수 있었다.

그 후 며칠간 라드는 얌전해진 듯이 보였다. 그러나 가슴속에 자리 잡은 사탄이 그를 놓아줄 리 없었다.

이번에는 다이룬에 사는 한 도매상인의 아들이 학교에 가져온, 귀한 나무로 만든 묵주가 화근이었다. 손가락으로 알을 돌리거나 손에 움켜쥐고 알끼리 부딪치게 비비면 사향 냄새가 나는 특이한 묵주였다. 라드가 기어이 그 묵주를 갖겠다고 하자 한 친구가 팔아버리라고 말했다. 하지만 상인의 아들은 거절했다. 샤이크의 아들임을 내세워 빼앗아버리면 간단한 일이었지만, 라드는 그 순간 한 가지 묘안을 생각해냈다. 그는 학생들 사이에 널리 퍼져 있는 놀이, '도전'이라는 뜻의 아아시 놀이로 내기하자고 제안했다.

샤이크 라드가 "아아시!" 하고 말하자 재미있는 놀이를 하게 되는 것이 즐거운 동급생들도 덩달아 "아아시! 아아시!" 하고 외치는 통에 묵주의 주인은 하는 수 없이 내기에 응하기로 했다.

"스톨튼 부인 옆으로 가서 뭔가를 찾는 척하면서 부인의 드레스 자락을 두 손으로 자기 머리 높이까지 들추어 올리고 '묵주가 어디로 간 거야? 여기도 없네!' 하고 먼저 외치는 사람이 이기는 거야. 알았지?"

상인의 아들은 그런 뜻밖의 내기를 하게 되어 몹시 즐거우면서도 너무 무모한 내기라서 아무도 나서지 않으리라고 확신하고 있었다. 그 순간 라드가 먼저 표적을 향해 출발했다. 멀찌감치 떨어져서 그 뒤를 따라가던 일곱 명의 아이들은 라드가 곧 생각을 바꾸고 돌아설 것으로 생각했다. 목사 부인은 허리를 숙인 채 화단을 가꾸느라 여념이 없었고, 너무 긴 드레스 끝자락은 진흙이 시커멓게 묻어 있었다. 라드가 대담하게 두 손으로 드레스 자락을 움켜잡고 갑자기 들추는 바람에 부인은 꽃밭 속으로 머리를 처박으며 고꾸라지고 말았다.

"대체 묵주가 어디로 간 거야? 여기도 없네!" 라드가 의기양양하게 외쳤다.

하지만 아무도 웃지 않았다.

이번에는 목사가 조국의 이익이고 뭐고 생각하지 않고 불량소년에게 영어로 고함을 질렀다.

"썩 나가! 당장 이 학교에서 나가고 다시는 발도 들여놓지 마! 네가 여기 있는 건 우리 모두에게 불행이야. 윌리엄 국왕께서 친히 사흘라인에 납시어 너를 다시 붙들라고 명하신다고 해도 나는 대답할 것이다. 절대로, 절대로, 절대로, 절대로 안 된다고!"

목사가 어떻게 달리 할 수 있었겠는가? 자기 자신과 자신의 사명, 어떻게 그 둘을 다 지킬 수 있었겠는가? 그렇지만 시간이 흐를수록 그는 점점 후회가 막심해지면서, 자신이 세운 학교를 제 손으로 파괴해버렸다는 자괴감이 들었다. 그는 자신의 후원자인 사이드 베이크를 찾아가서 해명해야겠다고 생각했다.

하지만 그 사건을 이미 들어서 알고 있던 사홀라인의 영주는 목사를 전혀 안심시켜주지 않았다.

"목사, 하느님께서는 누구에게도 모든 자질을 다 주지는 않으셨군요. 지성, 학식, 미덕, 덕성, 헌신 등 많은 자질을 갖추었으나 목사에게는 단 한 가지 인내심이 부족하군요."

인내심? 목사는 한숨을 길게 내쉬고 나서 애써 미소를 지으며 말했다.

"그 말씀이 옳을지도 모르지요, 사이드 베이크. 하지만 샤이크 라드를 감당하려면 아주 특별한 종류의 인내심이 필요합니다. 이 일의 여파가 영국에까지 미칠까 그것이 걱정입니다."

"우리 산악 지대도 마찬가지요. 목사는 무례한 학생 한 명을 벌주었다고 생각하겠지만, 실제로는 목사에 대한 우정 때문에 세계의 절반과 맞서야 했던 그 학생의 아버지를 욕보인 것이지요."

"제가 진심으로 후회하는 것도 바로 그 점입니다. 샤이크에게 저지른 잘못을 만회할 수만 있다면……. 아무래도 샤이크를 만나러 가야겠습니다."

"너무 늦었소. 샤이크에게 목사의 우정을 증명해 보이는 유일한 방법은, 샤이크가 곤경에서 벗어나기 위해 어떤 말을 하든 그를 원망하지 않는 것이오."

IV

다음은 《산악 지대의 연대기》에서 발췌한 것이다.

"부활절 축제가 시작된 직후인 4월 말, 크파리야브다의 주인, 샤이크 프란시스는 아들 라드에게 이단자 영국인들의 학교를 그만두게 했다. 며칠 전 샤이크의 아들이 목사 부인에게 저지른 짓으로 인해 목사가 진노한 사건 때문이라는 소문이 돌았다."

"부활절 축제 사흘째 되는 금요일, 사이예드나 총대주교가 다수의 수행원을 거느리고 마을에 나타났다. 15년 동안 발걸음도 하지 않던 총대주교가 마을에 오자 온 마을이 기뻐했다. 안주인의 고해 사제였던 총대주교는 샤이크 라드에게도 고해 성사를 들어주러 왔다고 말했다."

"샤이크 프란시스와 총대주교는 블라타 광장에 모인 사람들 앞에서 포옹했다. 사이예드나는 설교하면서 용서와 화해에 대해 말했고, 신도들 간 불화와 분열의 원인이 되는 이단과 퇴폐를 저주했다."

"마을에서는 새벽녘까지 잔치가 벌어졌다. 그리고 그 이튿날, 총 대주교와 샤이크는 산악 지대를 통치하는 아미르에 대한 충성을 새로이 다지고, 그들의 화해를 알리기 위해 베이테딘 궁전으로 함 께 떠났다. 아미르는 두 사람을 극진하게 환대했다."

"그 축제 분위기 속에서 타니오스는 자신이 이방인인 것 같은 느 낌이 들었으니!"

타니오스의 감정이 또다시 분노와 경멸로 흔들리고 있었다. 그 는 우울한 생각에서 벗어나려고 때로는 라드의 못된 장난 때문에 경악을 금치 못하던 목사 부인을 떠올렸고, 때로는 죄를 용서받겠 다고 고위 성직자의 열렬한 찬사를 받으며 고해 성사를 하는 라드 를 상상했다. 라미아의 아들은 큰 소리로 비웃고 있는 자신에게 놀 라면서 얼른 분노를 삼켰다.

그러고는 분노가 치밀어 오를 때마다 늘 그랬듯 걷고 또 걸었다.

"타니오스, 너는 생각을 발로 하느냐?"

소년은 그런 식으로 자신을 불러 세우는 것에 응할 기분이 아니 었지만, 그 목소리가 귀에 익은 데다 산더미같이 등짐을 실은 노새 가 낯설지 않아서 걸음을 멈추었다.

타니오스는 반가운 마음에 두 팔을 벌리며 보부상을 맞으러 가 다가 나데르에 대한 평판이 기억나서 한 걸음 물러섰다. 하지만 나 데르는 계속 말을 이었다.

"나도 생각을 발로 하지. 그래서 길을 누비고 다니는 것이고. 아무튼 네가 걸으면서 만드는 그 생각들, 머리로 올라가는 생각은 네게 용기를 주고 너를 격려해주지만, 머리에서 발로 내려가는 생각은 네 마음을 무겁게 하고, 낙담하게 하지. 웃지 말고 내 말을 진중하게 들어야 해……. 그러고 나서도 아니라고 생각되면 그때는 다른 사람들처럼 웃어도 좋다. 아무도 나의 지혜를 원하지 않으니 잡동사니를 팔러 다니는 수밖에. 옛날 아랍인들은 지혜의 말 한마디에 낙타로 보답했다고 하던데……."

"아, 그러면 말을 팔면 되겠네요."

"그래 알아, 내가 말이 많다는 거. 하지만 너는 나를 이해해야해. 이 마을 저 마을을 다니다 보면 누군가에게 말해주지 않고는배길 수 없는 중요한 일들이 머릿속으로 들어오거든. 그래서 마을에 오면 그 얘기를 하지 않을 수가 없는 거야."

"그러니까 쫓겨나지요……."

"어쩌다가 그랬지. 하지만 이제 다시는 그러지 않을 거야. 그러니까 내가 광장으로 가서 떠들어댈 거란 기대는 하지 마. 나는 샤이크 라드가 장미꽃들을 싹둑싹둑 베어버리는 것으로도 모자라서불량하게도 목사 부인의 드레스 자락을 들추는 몹쓸 짓을 했기 때문에 학교에서 쫓겨났다는 얘기는 안 할 거니까. 그리고 그 아버지가 아들의 귀싸대기를 연달아 갈기긴 했지만, 곧바로 무슨 개선장군이라도 되는 듯 만세를 외치는 마을 사람들 속으로 라드를 행진하게 했다는 얘기도 안 할 거니까."

타니오스가 돌아서서 혀끝으로 침을 세 번 내뱉자 나데르가 꾸

짖었다.

"사람들을 원망하는 것은 잘못이야! 그들도 너나 나처럼 무슨 일이 일어났는지 알고 있고, 너나 내가 판단하는 것과 마찬가지로 라드를 판단하고 있어. 하지만 총대주교와 아미르에게 맞서는 것은 엄청난 희생이 따르는 위험한 일이고, 영국인들과 결탁하는 것은 중대한 과실을 범하는 것이기 때문에 거기서 벗어나려고 고도의 술수를 썼던 거야……."

"술수라니요?"

"여자를 욕보이는 짓은 비난받을 수는 있어도 절대로 경멸받지는 않아. 그래서 그의 아버지가 아들이 저지른 짓을 대수롭지 않게 여길 수 있는 거야."

"나는 그럴 마음 전혀 없어요. 라드가 개선장군처럼 행진했다는 얘기가 스톨튼 부인의 귀에 들어갈 걸 생각하면 얼굴이 화끈거릴 따름이니까요."

"목사 부인 때문에 그럴 필요는 없어. 영국 여자니까."

"뭐라고요?"

"영국 여자라고 했다. 그 여자에게 일어날 수 있는 최악의 일은 이 나라를 떠나야 하는 거야. 반면에 너와 나한테는 이 나라를 떠나는 것이 우리에게 일어날 수 있는 최상의 것이지."

"그만 갈 길 가세요, 나데르. 나는 이미 견딜 수 없을 만큼 서글 퍼서 그따위 궤변은 더는 못 듣겠네요!"

분노, 수치, 서글픔, 마을의 축제가 가슴에 불러일으키는 이런 감정을 느꼈는데도 타니오스는 다른 사람들이 모두 비굴하게도 그 불량한 짓거리를 눈감아주고 있을 때 자신만은 두 눈을 크게 뜨고 이성적으로 생각하고 있다는 것에서 그나마 위안을 얻고 있었다. 그는 월요일 아침에 학교에 가는 즉시 스톨튼 부인을 만나서 영국 소설에 등장하는 신사들이 하는 대로 부인의 손에 입을 맞추면서 '깊은 존경심과 애정'을 표하고, 일어난 일에 대한 진실을 온 마을이 알고 있다는 걸 전하리라 다짐했다.

　타니오스는 내일 아침이면 성을 벗어나서 교실의 서늘한 평온을 되찾을 거란 희망 때문에 자기가 눈을 감고 있다는 걸 알아차리지 못하고 있었다. 그래서 이제는 학교에 갈 수 없게 되었다는 걸 꿈에도 생각 못하고 있었다. 샤이크는 총대주교와 팔짱을 끼고 아미르의 궁전으로 떠나기에 앞서 게리오스에게 이제부터 마을의 아들은 누구라도 영국인 목사의 학교에 갈 수 없다고 분명하게 말했다.

　그 말을 들은 이후, 집사는 타니오스의 반응이 두려워서 하루하루 미루면서 그 일을 알리지 못하고 있었다. 아들이 스스로 그렇게 된 걸 이해하고 체념할지도 모르는 일 아닌가……. 아니, 그것은 불가능한 일이었다. 그 아이로서는 생각할 수 없는 일이었다. 그 학교는 미래에 대한 아들의 희망이었고, 기쁨이었고, 아들은 학교에 모든 것을 걸고 있었다. 목사의 학교가 아들을 가족, 성, 마을, 그 자신, 그의 출생과 화해시켜주고 있는 것이었다.

　일요일 저녁, 온 가족이 키크가 담긴 접시를 앞에 놓고 둘러앉아 걸쭉한 수프에 빵을 찍어 먹고 있었다. 게리오스는 이집트의 파샤와 오스만 궁정 간의 충돌에 관해 말하면서 유프라테스강 기슭에서 전쟁 준비가 한창이라는 소문이 자자하다고 말했다.

라미아는 이따금 몇 가지 질문을 하면서 음식 시중을 드는 딸에게 이런저런 일을 시켰다. 타니오스는 고개만 끄덕이고 있을 뿐 머릿속으로는 내일, 사건이 있고 나서 처음 만나게 될 목사 부부에게 뭐라고 말할지 생각하고 있었다.

"타니오스에게 말해줘야지요." 개입할 때가 되었다고 판단한 어머니가 말했다.

게리오스가 고개를 끄덕이며 말했다.

"전해주려고 했지만, 영리한 아이라 길게 설명할 필요가 없다는 생각이 들어 알려주지 않았지. 스스로 알아차렸을 거라고 확신하기에."

"무슨 말씀을 하시는 거예요?"

"영국인의 학교 말이다. 이제는 거기 못 간다는 걸 굳이 말하지 않아도 알고 있지?"

타니오스는 마치 차가운 급류가 방 안으로 밀려들어 오기라도 한 듯 갑자기 부르르 떨기 시작했다. 잠시 후 타니오스는 힘겹게 말문을 열었다.

"왜요?"

"그 일이 있고 난 이후로 우리 마을은 이제 더는 그 학교와는 연을 맺을 수 없게 되었다. 샤이크께서 떠나시기 전에 나한테 분명히 말씀하셨다. 총대주교가 계신 앞에서."

"그 결정은 멍청한 자기 아들에게 내린 거니까 저와는 상관없어요."

"우리가 그분과 한 지붕 아래 사는 한 그런 식으로 말하는 것은 용납할 수 없다."

"라드는 아무것도 배우고 싶어 하지 않았어요. 아버지가 가라고 하니까 마지못해 다닌 거라서, 학교에 가지 않아도 된 걸 좋아하고 있다고요. 하지만 저는 공부하기 위해서 학교에 갔고, 많은 걸 배웠어요. 그리고 계속 배우고 싶어요."

"지금까지 배운 것으로도 충분하다. 네가 너무 많이 배우면 식구들과 어울려 사는 걸 참지 못하게 될 거야. 네 분수에 맞을 만큼만 배워야 해. 그게 현명한 길이다. 이제는 내 일을 도와줄 때가 되었으니 모든 걸 가르쳐주마. 너는 이제 다 컸어. 네 밥값은 네 손으로 벌 때가 되었다."

타니오스가 새파랗게 질린 얼굴로 일어났다.

"이제부터는 먹지 않겠습니다."

타니오스는 곧장 침실로 사용하는 다락방으로 올라가서 누웠고, 그 방에서 꼼짝도 하지 않았다.

처음에는 어린아이의 투정이라고 생각했다. 그러나 이튿날 해가 뜨고 다시 질 때까지도 이를 악문 채 말도 하지 않고, 먹지도 않고, 물 한 방울 마시려고 하지 않는 타니오스를 보면서 라미아는 어찌

할 바를 몰랐다. 게리오스는 장부를 정리한다는 핑계로 서재에 틀어박혔지만, 실은 불안을 감추기 위해서였다. 그 소식은 곧 마을에 퍼졌다.

단식 투쟁을 시작한 지 나흘째 되는 수요일 저녁, 타니오스는 혀가 까칠까칠해졌고, 두 눈이 푹 꺼져 있었다. 타니오스가 걱정이 된 사람들이 줄을 이어 찾아왔고, 그중에는 설득하려고 애를 쓰는 이들도 있었지만 타니오스는 누구의 말도 들으려고 하지 않았다. 사람들은 안타깝게도 죽음의 절벽으로 천천히 미끄러지고 있는 한 젊은이의 모습을 그저 바라보고 있을 수밖에는 없었다.

사람들은 할 수 있는 최선을 다했다. 지옥의 사자가 자살자를 기다리고 있으며, 자살자한테는 묘지가 금지되어 있다는 둥 온갖 얘기를 꺼내보았지만…… 타니오스는 아무것도 믿지 않았고, 마치 호화 선박에 승선하기를 고대하는 사람처럼 죽음을 기다리고 있는 것 같았다.

게리오스조차 눈물을 글썽이면서 우유 한 잔만 마셔준다면 목사의 학교에 다시 다니게 해주겠다고 약속했지만, 타니오스는 눈길도 주지 않고 대답했다.

"내 아버지가 아니세요! 나는 내 아버지가 누군지 모릅니다!"

그 말을 들은 몇몇 사람이 얼른 "세상에나 불쌍한 것, 헛소리를 다 하네!" 하고 말했다. 이번에는 타니오스뿐 아니라 게리오스마저 상심과 수치심으로 자살이라도 할까 두려웠기 때문이었다.

단식 투쟁이 시작된 지 벌써 닷새째가 되는 목요일, 사람들이 찾아와서 강제로라도 타니오스의 입을 벌려 먹여야 한다고 제안했지만, 질식사할 우려가 있다고 반대하는 이들도 있었다.

사람들의 발길이 점차 끊기면서 부트로스 사제마저 오지 않게 되었다. 하지만 후리예만은 아니었다. 동생 라미아가 울면서 어릴 때처럼 언니 품에 안기자 그녀가 일어나서 말했다.

"한 가지 방법밖에는 없어. 그 일은 내가 알아서 할 테니, 라미아, 네 아들을 나한테 맡겨!"

그러고는 대답도 기다리지 않고 하인들에게 외쳤다.

"마차를 준비해주게."

하인들이 거의 의식이 없는 타니오스를 뒷자리에 눕혔다. 후리예는 직접 말의 고삐를 잡고 성의 언덕을 우회하는 차도를 따라 마차를 몰았다.

아무도 감히 그녀를 따라나서지 못한 채 마차가 언덕길을 달려 내려가면서 일으킨 흙먼지가 다시 내려앉을 때까지 그저 바라보고만 있었다.

그날 오후는 건조했고, 피스타치오 나무들에 붉은색 꽃이 만발했다.

사제의 아내 후리예는 영국인 목사의 학교 철책 울타리 앞에서 마차를 세웠다. 그러고는 동생의 아들을 등에 업고 건물을 향해 걸어갔다. 스톨튼 목사 부부가 그녀를 맞으러 나왔다.

"우리 손에 있다가는 아이가 죽게 생겨서 데려왔습니다. 이곳에서 두 분과 함께 지내면 다시 먹을 겁니다."

그녀는 목사 부부의 품에 아이를 맡기고는 집의 문간을 넘지 않은 채 돌아섰다.

백발의 소년

갑작스럽게 타니오스를 맡게 된 지 며칠 후, 아내와 나는 아주 이상한 현상을 보게 되었다. 타니오스의 적갈색 광택이 도는 검은색 머리가 겁이 날 정도로 빠르게 하얗게 변하기 시작했다. 우리는 아이를 보살피기 위해 자주 머리맡을 지켰는데, 때로는 시시각각으로 흰머리가 늘어나는 것 같았다. 한 달도 되지 않아 열다섯 살 된 소년의 머리가 노인의 머리처럼 백발이 되었다.

그 예사롭지 않은 현상을 그 아이가 스스로 결행한 단식 때문으로 보아야 하는지, 아니면 어떤 선천적인 이유 때문으로 보아야 하는지 나는 알지 못한다. 하지만 그 지역 사람들은 그 현상을 타니오스 자신과 나아가서는 그 고장 전체와 관련된 어떤 전조로 보았다. 길조일까, 흉조일까? 그 점에 관해서는 의견이 분분했다. 그들의 미신은 너무나 모순되어서 나는 한 귀로 듣고 흘려버리고 싶었다.

그렇기는 하지만 산악 지대의 이 벽촌에 오랜 옛날부터 내려오는 전설까지 무시해버릴 수는 없었다. 젊은 나이에 조숙하게 머리가 하얗게 센 백발의 인물이 혼란기에 나타났다가 어느 날 갑자기 홀연히 사라지고 만다는 전설이었다. 사람들은 그런 인물을 '백발의 젊은이' 혹은 '반미치광이 현자'라고 불렀다. 한 인물이 끊임없이 반복해서 환생하는 것이라고 말하는 이들도 있었다. 드루즈파 지역에서 윤회가 절대적인 믿음인 것은 사실이다.

– 1836년 제러미 스톨튼 목사의 일지 중에서

I

천국이 죽어 가는 신자들에게 약속된 곳이라면, 죽음의 문턱에서 있던 타니오스는 천국의 출입증을 받은 것이 틀림없고 신께서도 자살을 감행한 죄를 저지른 그를 용서한 것이 분명했다. 샤이크의 성은 물론 넓지만, 높은 담이 둘러싸고 있는 그 세계에서는 남의 눈을 의식하며 살아야 했다. 장난감은 당당히 꺼내놓아도 필기도구는 숨겨 두어야 했다. 반면에 목사의 집은 존중의 미덕이 있고 학식을 쌓을 수도 있었다. 타니오스는 사다리로 치면 아직 맨 아래 단에 있지만, 꼭대기까지 차례대로 올라갈 수 있을 것 같았다. 이제는 귀한 가죽으로 장정한 책들이 숨 쉬고 있는 서재를 마음대로 드나들 수 있었다. 몇 년 전에 이해도 못 할 걸 알면서도 책장을 넘기면서 사각거리는 소리라도 듣고 싶어 했고, 언젠가는 모두 읽으리라고 확신하던 책들이었다.

그러나 타니오스의 새로운 생활은 서재, 목사의 교무실, 반구형 천장의 교실에 국한되는 것이 아니었다. 이제는 이층에 그의 방이 있었다. 원래 미국과 영국에서 오는 손님들에게 내주는 방이었지만, 스톨튼 부부는 그 방을 느닷없이 떠맡게 된 학생의 방으로 정했다. 방에는 닫집이 달린 침대가 있었다. 타니오스는 침대에서 자 본 적이 없었다.

처음 며칠 동안은 너무 쇠약해 있었던 탓에 침대의 푹신함을 느 끼지 못하고 보냈다. 그러나 뱀, 전갈, 도마뱀, 그리고 잠자는 사람 의 귓속으로 들어가서 뇌에 들러붙는다고 해서 어릴 적부터 가장 무서워했던 노래기나 지네 같은 것이 두려워서라도 과연 앞으로 맨바닥에서 다시 잠을 잘 수 있을까 싶을 정도로 어느새 침대 생활 에 익숙해져 있었다.

스톨튼 부부의 집에 있는 그의 평온한 방에는 작은 책꽂이, 붙박 이장, 장작 난로가 있었고 유리 창문은 목사 부인의 화단 쪽으로 나 있었다.

타니오스는 침대에서 눈을 뜨면서, 자신에게 찻잔을 내미는 목 사 부인을 본 바로 그 순간부터 단식 투쟁을 중단했다. 이튿날 그 의 어머니가 왔지만, 방으로 들어가지 않고 복도에서 아들을 살펴 보고는 안도하면서 돌아갔다. 사흘 후, 라미아와 후리예가 다시 목 사의 집 대문을 두드렸을 때 문을 열어준 사람은 타니오스였다. 라 미아가 아들을 끌어안고 입맞춤을 퍼붓고 나자, 후리예는 이단자 들의 문턱을 넘지 않으려고 타니오스를 밖으로 잡아끌면서 말했 다.

"너는 그렇게 하면 네가 원하는 것을 얻을 줄 알고 있었던 거 야!"

소년은 '지금 내 꼴을 보고서도 어찌 그런 말씀을!' 하고 말하는 것처럼 어깨를 으쓱하면서 두 손을 벌리는 것으로 힘이 없다는 표시를 했다.

후리예가 말했다.

"누구든 내 기분을 상하게 하면 나는 소리를 버럭 질러서 다른 사람은 입도 벙긋 못하게 하지. 부나 부트로스도 예외는 아니야."

"저는 기분이 상하면 목소리를 낮추지요."

타니오스는 의뭉스러운 미소를 지었고, 그의 이모는 실망스럽다는 듯이 고개를 설레설레 저으면서 말했다.

"불쌍한 라미아, 넌 자식 키우는 법을 몰라! 네 아들이 형 넷에 동생이 넷이나 있는 내 집에서 컸다면, 소리도 지르고 싸움질도 하고, 먹으라고 애걸하지 않아도 먹을 걸 달라고 성화를 부렸을 거야! 하지만 어쨌거나 이렇게 아이가 살아 있는 걸 보면 자기 나름 대로 살아가는 방법을 알고 있다는 것이니 됐다. 그게 가장 중요한 거니까."

타니오스의 얼굴에 미소가 번지자, 말할 때가 되었다고 판단한 라미아가 말했다.

"내일 아버지하고 다시 오마."

"누구하고요?"

타니오스는 그렇게 차갑게 내뱉고는 돌아서서 목사의 집, 어두운 복도 안으로 사라졌고 두 여자는 돌아섰다.

타니오스가 다시 학교에 나오자 학생들이 몰려와서 마치 '그 집의 아들'인 것처럼 이것저것 물었다. 얼마 후, 목사는 타니오스에게 수업료와 숙박비를 내는 대신에 성적이 부진하거나 결석으로 수업을 받지 못한 학생들에게 부족한 교과를 보충해주는 일을 맡겼다고 일지에 밝히고 있다. 그렇게 해서 타니오스는 자기보다 나이가 많은 학생들을 가르치는 교사 역할을 하기에 이르렀다.

타니오스가 볼에서 턱에 이르는 반원형 수염을 기르기로 한 것은 바로 그 새로운 역할을 이행하는 데 나이가 들어 보이기 위해서였다. 그리고 자신이 샤이크와 마을 전체와 거리를 두고 자립의 길을 걷고 있다는 걸 확실하게 보여주려는 의도였을 수도 있다. 아직은 듬성듬성하고 솜털 같은 수염이지만, 타니오스는 멋진 모양으로 만들기 위해 깎고 다듬으면서 마치 영혼의 보금자리라도 되는 듯이 수염에 정성을 기울였다.

"하지만 타니오스의 이목구비, 눈빛, 손에는 여성스러운 부드러움이 있었지. 그 아이는 마치 어머니의 피만 받고 태어난 아이처럼 라미아를 쏙 빼닮았지." 게브라이엘 어르신이 내게 말했다.

타니오스의 어머니는 네댓새마다 대개는 언니와 함께 아들을 만나러 가곤 했다. 마을에서는 아무도 두 여자와 동행하려고 하지 않았다. 몇 달간 두 여자가 그렇게 정기적으로 타니오스를 만나러 가게 된 것은 사실 목사가 중재해준 덕분이었다. 스톨튼 목사가 제자들 가운데서 가장 뛰어난 학생을 기꺼이 집에 받아들인 것은, 그리고 아이에게서 자식으로서의 효심을 은근히 기대하는 것은 타니오스가 장차 그의 가족, 샤이크, 마을과 화해를 해야 자신이 그 고장에서 환영받으면서 임무를 제대로 실현할 수 있으리라는 것을 알고 있었기 때문이다.

"이제는 건강을 회복했으니 크파리야브다에 가서 아버지와 식구들을 만나거라. 그런 다음 돌아와서 이 집에서 살면 피신해서 사는 사람이 아니라 떳떳한 기숙생으로 머무르게 될 거다. 라드의 사건도 반쯤 잊힌 지난 일이 되었으니 상황이 훨씬 편안해질 테지."

당나귀를 타고 블라타 광장에 도착한 타니오스는 마을 사람들이 자신을 죽었다 살아난 사람을 대하듯 두려워하면서 조심스럽게 말을 건네고 있음을 느꼈다. 다들 그의 백발을 못 본 듯이 딴청을 피웠다.

타니오스가 샘에 허리를 숙이고 두 손을 모아 차가운 물을 떠서 마셨지만, 누구 한 사람 가까이 오는 이가 없었다. 이어서 그는 당나귀를 끌고 홀로 성으로 올라갔다.

라미아는 현관문 앞에서 기다리고 있다가 아들을 게리오스에게 데려가면서 아버지를 다정하게 대하고 공손하게 손에 입을 맞추라고 간청했다. 괴로운 순간을 기다리면서 술을 마시기 시작했던 게리오스는 잔뜩 취해 있었다. 아버지가 아라크주에 취해 있는 모습을 보면서 타니오스는 이런 상황에서 샤이크가 얼마나 더 오랫동안 게리오스에게 집사 일을 맡길지 의문이 들었다. 알코올도 용기를 주지 않았는지, 게리오스는 집 나갔던 아들에게 아무 말도 하지 못했다. 그는 전에 없이 위축되어 보였고, 괴로워하는 모습이었다. 침묵의 시간이 길어지자 타니오스는 숨이 막히는 것 같아 돌아온 것도, 떠났던 것도, 심지어 다시 음식을 먹은 것조차 후회가 되면서 만감이 교차했다.

딱 한 가지 샤이크의 아들만은 만나고 싶지 않았는데, 사냥을 나갔는지 아니면 외갓집에 갔는지 다행히 마을에 없었다. 라드와 마주치지 않은 것만으로도 기분이 좋은 타니오스에게 사람들은 샤이크와 아들 사이가 대단히 좋지 않으며, 라드가 아직 샤이크가 건재한데 벌써부터 관례상 후계자에게 주어지는 영지의 상속분을 요구할 생각까지 하고 있다고 알려주었다.

이어서 라미아의 성화에 못 이겨 타니오스는 샤이크에게 인사하러 갔다. 샤이크는 타니오스가 어렸을 때처럼 두 팔을 벌려 품에 안아준 뒤, 다시 보는 것에 감격한 듯 뚫어져라 쳐다보다 깜짝 놀란 표정으로 말했다.

"그 수염은 깎아야 하느니, 야브네. 턱수염은 불결한 것이다!"

그런 말이 나올 걸 예상한 타니오스는 절대로 기분 나쁜 내색을 하지 않으리라 다짐했다. 그는 무슨 말을 듣든 잠자코 있을 생각이었다. 목사의 학교에 대해서보다는 차라리 그렇게 자신의 용모에 대해 잔소리를 듣는 편이 나았다. 샤이크도 학교에서 있었던 일을 굳이 꺼낼 생각이 없는 것이 틀림없고, 영국인들과의 인연을 유지하는 편이 낫다고 생각하는 것이 분명했다. 게다가 아무도 골치 아픈 문제를 새삼 들춰내고 싶지 않은 것 같았다. 심지어 부나 부트로스도 조카를 따로 불러내어 절대로 이단자에게 넘어가지 않겠다는 맹세를 시켰을 뿐 그 이상은 건드리려고 하지 않았다.

타니오스가 성으로 돌아온 이튿날은 일요일이어서 그는 미사에 참석했다. 사람들은 타니오스가 여전히 아기 예수를 안은 성모상 앞에서 성호를 긋는지 유심히 살폈다. 아직은 영국인에게 물들지 않았음을 확인하고 나서야 사람들은 안심했다.

타니오스는 교회를 나오다, 광장 쪽에서 등짐을 잔뜩 실은 노새를 잡아끌면서 오는 보부상을 보았다.

"어쩌면 이렇게 매번 미사가 끝나는 시간에 맞춰서 오는지 정말 불경스럽기 그지없군요, 나데르." 사제의 아내가 쏘아붙였다. "양심에 거리끼는 것이 하도 많아서 하느님의 집으로는 감히 들어올 용기가 없는 것이 틀림없군요."

"잘못 생각하신 겁니다, 후리예. 전 언제나 제시간에 오려고 애를 쓰는데, 이놈의 노새가 말을 들어야 말이지요. 이놈은 멀리서 종소리만 들렸다 하면 꿈쩍도 하지 않으려고 하거든요. 그러니까 양심에 거리끼는 죄를 많이 지은 건 바로 이놈이지요."

"그렇다면 노새가 끔찍한 광경을 너무 많이 보았다는 거로군요. 이 불쌍한 짐승이 말을 할 줄 안다면 당신은 벌써 감옥에 갔을 거예요. 아니면 연옥으로 갔거나……."

"연옥이라면 벌써 가봤지요. 설마 여기가 천국이라서 제가 오는 것으로 생각하는 건 아니시죠?"

신도들은 일요일마다 힘센 농부들이 쳐대는 교회 종소리만큼이나 이 두 사람의 입씨름에 익숙해져 있었다. 보부상이 어쩌다 크파리야브다에서 멀리 떨어진 고장을 돌아다니고 있을 때는 사람들이 미사에 뭔가가 빠져 있는 것처럼 섭섭해할 정도였다.

나데르는 그 입씨름을, 손님을 부르는 종소리로 이용하고 있던 터라, 혹시라도 후리예가 그에게 야유하는 것을 잊으면 그녀를 불러 세우고는 시비를 걸어 끝내 응수하게 만들고야 말았다. 신도들은 그제야 입가에 미소를 흘리면서 돈주머니를 풀었다.

그러나 질이 안 좋은 남자를 상대하면서 시시덕거리는 사제의 아내가 못마땅해서 가족을 데리고 얼른 그 자리를 뜨는 사람들도 있었다. 하지만 라미아의 언니는 그 나름대로 확고한 철학이 있었다. "어느 마을이나 미치광이와 무신론자는 있는 법이니까!"

손님들이 몰려드는 사이, 나데르는 타니오스에게 기다리라는 손짓을 하고는 노새의 배를 톡톡 치면서 그에게 줄 선물이 있다는 표시를 했다.

타니오스는 난처했지만, 보부상이 마지막으로 남은 머플러와 마지막 구리 합금 한 줌을 다 팔 때까지 기다렸다. 나데르는 귀중한 물건이 들어 있는 것이 분명한 반들반들한 목제 상자를 들고 다가왔다.

"여기서 열어보면 안 되니까 날 따라오너라."

그들은 마을의 광장을 가로질러서 골짜기가 내려다보이는 절벽 쪽으로 향하다 왕좌 형상의 바위 쪽으로 걸어갔다. 그 시절에도 분명 그 바위에 어떤 이름이 붙어 있을 법하건만, '타니오스의 바위'라고 부르기 이전의 이름에 대해 기억하는 사람은 아무도 없다.

타니오스가 앞장서서 올라갔고, 나데르는 상자를 겨드랑이에 끼고 따라갔다. 나데르는 두 사람이 등을 맞대고 앉은 다음에야 비로소 상자를 열었다. 망원경이었다. 팔뚝만 한 길이에 어린아이 주먹만 한 굵기의 망원경이었다.

절벽 가장자리에 약간 기울어져 있는 그 '왕좌'에서 서쪽을 바라보니 산맥과 검푸른 골짜기가 만나는 지점에서 바다가 보였다.

"저길 봐, 좋은 징조야. 오로지 네 눈에 띄기 위해서 지나가는 것 같구나!"

망원경을 들고 조준하던 타니오스는 바다 위에서 돛을 펼친 세 대박이 범선 한 척을 볼 수 있었다.

《보부상 나데르의 잠언집》 중에서 다음 글은 그날의 장면을 암시하는 것이 분명하다.

"그 바위에 함께 앉았을 때 나는 타니오스에게 이렇게 말했다. '네 앞에서 또다시 문들이 닫히거든 네 인생은 거기서 끝나는 것이 아니라 이제부터가 시작이라고, 그리고 또 다른 인생이 이미 시작되고 있다고 생각해라. 그리고 배에 올라서 너를 기다리는 도시를 향해 떠나거라.'"

"하지만 타니오스는 죽을 거란 말을 더는 하지 않았고, 미소를 지으면서 한 여자의 이름을 입에 올렸다."

"아스마." 타니오스가 중얼거렸다. 잠시 후, 타니오스는 후회했
다. 산악 지대와 연안 지대에서 가장 입이 가벼운 사람인 나데르에
게 그 이름을 말했기 때문일까?

타니오스와 아스마.

풋풋한 그들의 사랑은 오랫동안 비밀로 남지 못할 운명이었다.
하지만 보부상의 혀와는 아무런 상관이 없었다.

II

타니오스가 아스마와의 사랑을 비밀에 부치고 싶었던 것은 단순
히 부끄러워서가 아니었다. 샤이크와 게리오스, 마을 사람들과 이
제 막 화해했는데 어떻게 마을에서 추방되었던 '도둑놈'의 딸을 사
랑한다고 말할 수 있단 말인가?

2년 전, 타니오스가 호위병들을 거느린 루코즈를 거리에서 우연
히 만나 인사하게 된 그날부터 두 사람은 가깝게 지내는 사이였으
나 한동안 왕래가 끊겼다. 타니오스가 마을과 거리를 두고 싶고,
어느 쪽도 지지하고 싶지 않은 두 '아버지'에게서 도망치고 싶었을
때는 전 집사에게 친근감을 느꼈다. 그러나 영국인의 학교에 관한
문제로 총대주교와 불화가 있을 무렵, 마을과 샤이크에 연대감을

느끼고 있던 소년에게 루코즈가 했던 말이, 더는 그의 집을 드나들지 않겠다는 결심을 하게 만든 계기가 되고 말았다. 목사의 집에서 살게 된 처음 몇 달 동안, 타니오스는 그를 찾아갈 생각을 단 한 번도 하지 않았다.

그러나 어느 날 오후, 타니오스는 방과 후에 사흘라인에서 다이룬으로 가는 길목에 이르렀을 때 멀리서 여느 때처럼 호위병들에게 둘러싸여서 오는 루코즈를 보게 되었다. 타니오스는 일단 숲속의 아무 오솔길로라도 몸을 피할 생각이었다. 그러다 '내가 뭐가 무서워서 도망치는데?' 하는 생각에, 그는 공손히 대하되 바쁜 것처럼 발걸음을 재촉하기로 했다.

그렇지만 타니오스를 발견한 루코즈가 말에서 뛰어내려 두 팔을 활짝 벌리며 그에게 뛰어왔다.

"타니오스, 야브네, 너를 만나지 못해 절망하고 있었는데, 우연이 그간에 우리가 서먹하게 지내던 걸 나무라는 듯 이렇게 다시 만나게 해주니 얼마나 다행인지 모르겠구나."

루코즈는 거의 강제로 타니오스를 집으로 데려가서는 새로 들여온 기름 짜는 착유기, 두 개로 늘어난 누에 농장과 뽕나무밭을 얘기하면서 누에에서 최고의 비단을 얻으려면 언제 뽕잎을 따야 하는지에 대해서도 상세히 설명했다. 타니오스는 그칠 줄 모르고 쏟아지는 그의 말을 끊고 빠져나오기 위해 돌아오는 일요일에 점심을 먹으러 올 것이고, 함께 산책도 하겠다는 약속을 해야 했다.

루코즈가 손님들에게 자기 재산을 과시하는 걸 그다지 좋아하지 않는 사람이라는 것은 누구나 알고 있었다. 그런데 타니오스와 함께 있으면 그는 자신의 부를 자랑하지 않고서는 배길 수 없는 사람처럼 행동했다. 처음에는 부에 대한 자랑이었지만, 그다음부터는 누에 농장 주변에서 풍기는 부패한 누에의 악취 등 안 좋은 일까지 미주알고주알 설명했다. 그것은 결코 허세나 과시는 아니었기에 타니오스는 자신을 믿어주는 든든한 보호자를 새로 얻은 느낌이 들었다.

그들이 산책하러 나갈 때 아스마도 자주 동행했다. 타니오스는 이따금 소녀의 손을 잡아 가시덤불이나 물웅덩이를 건너뛰게 도와주었다. 경작지가 그리 높지 않을 때는 간혹 아스마가 혼자서 남자처럼 뛰어넘기도 했으나 어느새 아버지의 품이나 타니오스의 어깨에 기대 오곤 해서, 따지고 보면 소녀는 자기 두 다리로 서 있는 순간이 거의 없는 것이나 다름없었다.

타니오스는 그 산책에 기꺼이 동행해서 행복한 시간을 보냈지만 자기 집, 즉 스톨튼 부부의 집으로 돌아가서는 더는 아스마를 생각하지 않았다. 어쩌다 소녀에게 말을 건넬 때도 목사의 신뢰를 저버린다는 느낌 때문이었는지 눈길을 주지 않으려고 노력했다. 소년의 이런 태도가 과연 목사가 관찰한 대로 "눈이 마주치지 않게 피해주는 것이 여자들을 대하는 최고의 예의로 생각하는 한 사회의 풍습과 관련된 문제" 때문이었을까? 내가 보기에는 특히 타니오스가 나이가 어렸고 숫기가 없었기 때문인 것 같다.

타니오스가 아스마에게 딴마음을 품게 된 것은, 마을로 돌아와서 나데르와 그 바위에 앉기 전 일요일에 일어난 일 때문이었다. 그 일요일에 타니오스가 루코즈의 집에 갔는데, 루코즈는 보이지 않았다. 하지만 이미 그 집에 익숙해져 있던 타니오스는 집 안으로 들어가서 이 방 저 방을 둘러보다 공사 중인 접견실을 구경하고 있었다. 루코즈가 궁전의 알현실에 버금가면서 자신의 야망에 걸맞은 웅장한 접견실로 꾸미려고 하는 이유는 샤이크에 대한 경쟁 심리가 발동해 있었기 때문이다. 접견실은 아직 완성되지 않은 상태였다. 목재 벽은 상감 세공이 되어 있었지만 바닥에는 아직 타일이 깔려 있지 않았고, 한복판에 만들기로 예정된 분수대도 팔각형으로 표시해놓은 분필 자국만 있을 뿐 아직 만들어지지 않았다.

타니오스가 접견실을 구경하고 있을 때 아스마가 그를 맞으러 왔다. 그들은 나전 세공 장인들의 놀라운 솜씨를 칭찬하기 시작했다. 바닥에는 양동이며 대걸레, 쌓아놓은 대리석 타일, 날카로운 연장통 따위가 잔뜩 널려 있어서 아스마는 여러 번 발이 걸려 넘어질 뻔했다. 그래서 타니오스는 장애물들을 피할 수 있도록 손을 잡아주고는 아스마가 비틀거릴 때마다 더 꼭 잡고 이끌었다.

그들이 그렇게 한동안 꼭 붙어서 돌아다니고 있을 때 복도에서 발소리가 들렸다.

아스마가 얼른 타니오스의 손을 놓으면서 말했다.

"누가 있나봐!"

타니오스가 소녀 쪽으로 고개를 돌렸다.

열두 살의 아스마는 그려놓은 듯 또렷한 입술에 야생 히아신스

향을 풍기는 것이 벌써 여인의 분위기를 내고 있었다.

둘은 공사 중인 방을 다시 천천히 거닐기 시작했지만, 좀 전까지만 해도 감탄을 금치 못했던 세공 장식이 이제는 타니오스의 눈에도 아스마의 눈에도 들어오지 않았다. 복도에서 나던 발소리가 멀어지자 둘의 손이 다시 가까워졌다. 다시 잡은 두 손은 이제 이전과 같은 손이 아니었다. 타니오스는 아스마의 손이 파르르 떨고 있는 새의 따뜻한 몸뚱이처럼 느껴졌다. 언젠가 둥지에서 떨어진 아기 새를 발견하고 손바닥에 올려놓았던 적이 있었는데, 그때 낯선 손이 무서워 떨면서도 다시는 버려지지 않을 것에 안도하는 듯하던 바로 그 아기 새 같았다.

그들은 동시에 문을 바라보고 나서 서로를 쳐다보았다. 생글거리는 두 눈이 마주쳤다. 한동안 서로의 눈을 응시하다 눈꺼풀이 닫혔다. 그들의 숨결이 어둠 속을 더듬고 있었다.

> 너희의 입술은 가볍게 스쳤다가, 이내 떨어졌네,
> 마치 너희에게 주어진 행복은 다 누렸다는 듯,
> 다른 이들의 행복을 침해하는 것일까 두렵다는 듯,
> 너희가 순결했다고? 무엇으로부터 순결을 지켜야 하는데?
> 조물주조차 우리의 축제를 위해 어린 양을 제물로 바치는 걸
> 허락하되, 늑대는 절대로 안 된다고 이르셨거늘…….

불경한 나데르가 지은 이 구절을 타니오스가 그 시절에 읽었다면 또다시 보부상의 궤변을 저주했을 것이다. 타니오스는 아스마의 집에 있을 때 행복이라는 걸 알게 되었기 때문이다. 일시적인 행복이라고? 둘 다 행복했고, 일주일, 아니 30년이 흘러 최후의 날이 왔을 때도 똑같이 눈물을 흘릴 것이고, 함께 있을 권리를 얻기 위해서라면 지옥에라도 갈 만큼 서로를 사랑할 것이었다.

타니오스는 아스마를 사랑하고 있었고, 아스마도 타니오스를 사랑하고 있었다. 소녀의 아버지 역시 기꺼이 찬성하는 것이 분명했다. 그때부터는 루코즈가 건네는 말들이 하나하나 의미 있게 들리기 시작했다. 이를테면 루코즈가 "내 아들아!" 하고 그를 부르면 그 말은 단순히 '아들'이 아니라 '사위' '예비 사위'라는 말로 들렸다. 왜 좀 더 일찍 알아차리지 못했을까? 전 집사가 그렇게 양잠 사업에 끌어들이려고 한 것은 분명히 타니오스를 외동딸의 남편감으로 보고 있었기 때문인데. 일 년 후에는 아스마가 열세 살이 되고, 타니오스는 열일곱 살이 될 것이니 둘은 약혼할 수 있을 것이고, 이 년 후에는 혼인해서 잠자리를 같이할 수 있을 터였다.

그 뒤로 몇 주 동안 루코즈의 집을 방문할 때마다 그 느낌은 점점 더 강해졌다. 루코즈는 타니오스에게 "이 사업을 네가 하게 될 때는……" 또는 훨씬 직설적인 표현으로 "네가 이 집에서 살게 되면……" 하고 당연한 일인 것처럼 아무렇지도 않은 표정으로 말했다.

타니오스는 자신에게 사랑, 방대한 지식, 그리고 덤으로 재산까지 약속하는 관대한 손에 의해 그려지는 자신의 미래가 갑자기 눈앞에 펼쳐지는 것 같았다.

그 길에 또 어떤 장애물이 있을까? 게리오스와 라미아? 타니오스는 그들의 승낙을 받을 수 있으리라 생각했고, 설사 반대가 있더라도 무시하고 그대로 밀고 나갈 생각이었다. 그럼 샤이크는? 원수의 딸과 혼인하는데 그의 총애를 기대할 수 없을 것은 분명했다. 하지만 왜 그의 총애가 필요하지? 루코즈의 집은 샤이크의 땅이 아니고, 게다가 전 집사가 이미 수년 전부터 샤이크의 적수가 될 정도로 당당히 맞서고 있는데 왜 두려워한단 말인가?

타니오스는 불안이 엄습할 때마다 '예비 장인'을 자세히 관찰하면서 자신감을 얻었다.

루코즈의 재산, 계속 확장되는 땅, 호화로운 거처, 통치자들의 보호를 받고 있음을 증명해주는 친서들, 그리고 특히 봉건 영주들에게 반기를 드는 강력한 주장에 감동한 타니오스에게 아스마의 아버지는 이제 명예 회복을 바라는 일개 추방된 자가 아니라 샤이크와 대등한 관계에 있는 적수라는 확신이 들었다.

루코즈가 복수의 날을 기다리면서 품고 있던 야심이 바로 샤이크와 대등한 신분으로 상승하는 것이었다. 루코즈는 이미 부를 누리고 있었지만, 샤이크에게는 부가 따르지 않았다. 수년에 걸쳐 돈보다는 쾌락을 더 탐했던 크파리야브다의 주인은 서서히 가난해지면서 금고는 비어 가고 있었다. 영국인 특사가 제때 도와주어 간신히 위기는 모면했지만, 최근 몇 년간의 전쟁으로 인해 내야 하는 세금은 점점 불어나기만 했다. 성의 접견실에 있는 기둥 몇 개는 지붕으로 스며든 물 때문에 곰팡이가 슬어 있었다. 반면에 루코즈는 날로 번창하는 양잠업 덕분에 파샤의 알현실, 마즐리스를 짓는 최고 기술자들을 불러들여서 120명이 편안히 앉을 수 있을 만큼 거대한 접견실을 지을 수 있었다.

그렇게 많은 손님이 그곳에 올는지는 의문이지만……. 아무튼 루코즈의 접견실은 커질수록 공간이 더 비어 보이고, 많이 치장할수록 너무 과해서 불필요해 보였다. 그러던 어느 날 루코즈가 마침내 마음을 털어놓았을 때 타니오스는 그가 여전히 쫓겨난 자의 불안한 마음으로 살고 있음을 알았다.

"나를 샤이크로부터 보호해주던 총대주교가 이제 샤이크와 화해했어. 그들이 함께 아미르를 찾아갔다는 것은 나의 두 번째 보호자를 나한테서 빼앗기 위한 것으로 볼 수 있지. 그때부터 나는 밤마다 오늘이 내 마지막 밤이 될지도 모른다고 생각하면서 잠자리에 든다."

"경호원들이 있잖아요?"

"지난주에 그들의 급료를 두 배로 올려주었어. 그런데 알고 보니 그 열두 사도 중에 유다가 있더라니까……. 신이 생명을 보호해주고 제국을 확장해주는 이집트의 파샤를 내가 더는 믿을 수가 없게 되었다는 얘기지! 파샤에게는 나라는 인간 말고도 다른 걱정거리가 많으니까……."

"이집트 군대가 200명에 이르는 군사령부 병력을 다이룬에 주둔시키기 위해 정원이 딸린 저택 세 채를 징발하고, 장교들은 집안에 머물고 병사들은 텐트를 치고 거주하게 된 것은 성의 전 집사 흐웨자 루코즈의 간청에 따른 것이었다. 산악 지대의 큰 촌락들에는 이미 이집트군이 숙영하고는 있었지만, 지금까지는 파샤의 군대가 기습해 온 일은 있어도 그렇게 노골적으로 우리 이웃 마을에 들어와서 주둔한 적은 없었다."

"그때부터 이집트 척후병들이 아침저녁으로 다이룬, 사흘라인, 그리고 크파리야브다의 거리를 쏘다니며 정찰하기 시작했다."

엘리아스 수도사가 내린 이 해석, 오늘날에도 그렇게 알고 있는 이 부분을 나는 전적으로 믿을 수가 없다. 물론 루코즈가 여러 해 동안 이집트에서 살았고, 그 나라의 방언을 잘 아는 덕분에 온갖 아첨을 떨어서 그 유명한 통치자들의 친서를 돈으로 사들였다는 것이 사실일 수도 있지만, 그렇다고 파샤의 군대까지 끌어들였다고는…… 그렇게 볼 수는 없었다. 이집트 군대가 우리 마을 가까이에 주둔하고 있었던 것은, 자기들의 세력을 강화하기 위해 산악 지대의 가장 구석진 마을들에서도 위력을 떨치고 있음을 과시하려는 것으로 볼 수 있었다.

어쨌거나 아스마의 아버지는 이집트군의 주둔을, 자신이 간절히 바라던 기도가 결실을 거두어 은총과 구원을 받은 것으로 생각했을 수는 있다. 어쩌면 그보다 좀 더 큰 것을 바랐을지도 모르지만……

III

12월의 어느 날, 아스마의 아버지 집에 있던 타니오스는 다이룬에 주둔한 이집트 군사령관 아델 에펜디가 초록색 펠트 모자에 짙은 수염을 기른 장교 둘을 거느리고 오는 것을 보았다. 타니오스가 경계하면서 불안해하자 루코즈가 미소를 지으며 말했다.

"내 친구들이야. 나를 만나지 않고는 사흘도 못 견디는 막역한 사이니까 걱정할 것 없다."

그러면서도 군인들에게 딸을 보여주어서는 절대로 안 된다는 듯, 아스마에게는 어서 방에 들어가 있으라고 눈짓을 보냈다.

그런 신중함을 보이면서도 루코즈는 방문객들을 따뜻하게 맞이했다. 그는 타니오스에게 그 장교들을 '형제 이상의 형제들'이라고 말하고, 그들에게는 타니오스를 '친아들이나 진배없이 진심으로 아끼는 아이'라고 소개했다.

스톨튼 목사가 타니오스에 관해 쓴 일지에서 "가족 모임이나 다름없다"고 꼬집은 이 만남은 곧 이해하게 될 이유로 인해, 타니오스가 사흘라인에 돌아오는 즉시 목사에게 보고되었다.

타니오스는 그 이집트 장교 셋이 다 이집트인이 아니라는 걸 대번에 알아보았다. 아델 에펜디는 크레타섬 출신이고, 두 부관 가운데 한 명은 오스트리아 사람이고, 다른 한 명은 시르카시아* 사람

---

* 흑해 북동쪽 해안을 따라 북캅카스에 있었던 나라. 19세기에 러시아에 정복되었다.

이었다. 그 점에 대해서는 전혀 놀라울 게 없는 것이, 무함마드 알리 파샤 역시 알바니아인 부모를 둔 마케도니아 태생의 용병 출신이었기 때문이다. 그러나 그들 셋은 모두 이집트 억양이 섞인 아랍어로 얘기했고, 파샤와 무함마드 알리 왕조에 충성하면서 자신들의 이상에 열정을 쏟는 것 같았다.

장교들은 정복 전쟁을 하는 것이 아니라 동방의 부흥을 위해 싸우고 있다면서 근대화, 공평, 질서, 존엄성에 대해 말했다. 타니오스는 호기심을 품고 그들의 얘기에 귀를 기울이면서 이따금 동의의 표시로 고개를 끄덕였다. 호기로운 남자들이 오스만 제국의 태만을 맹렬히 비판하면서 곳곳에 학교를 세우고 의사와 기술자를 양성하겠다고 말하는데 어떻게 동조하지 않을 수 있었겠는가.

타니오스는 사령관이 종교 공동체 간의 모든 차별을 종식하고, 모든 특권을 폐지하겠다고 약속했을 때 깊은 감명을 받았다. 그때, 루코즈가 장교들의 건강과 파샤의 승리를 위하여 술잔을 들면서 특권 폐지에 협력하는 의미에서 샤이크의 콧수염을 뽑겠다고 맹세했다. 타니오스는 루코즈가 말한 장면을 상상하면서 주저 없이 아라크주 한 잔을 홀짝 마셨다. 그는 샤이크의 콧수염에 라드의 수염을 추가하고 싶은 심정이었으리라. 이어서 아델 에펜디가 여세를 몰아서 '외국인들이 누리는 특권'도 폐지하겠다고 약속했을 때 타니오스는 술을 한 잔 더 단숨에 삼켰다.

사령관은 몹시 신경에 거슬렸던지 구체적인 예를 들면서 비난했다.

"어제 마을들을 순회하던 중에 내 말이 이끄는 대로 여기저기를 다녔는데, 꼭 내 나라에 있는 것 같은 느낌이 들더군요. 나는 아무 집이나 들어갈 수 있었고, 어느 집에서도 나를 박대하지 않았소. 그러다 영국인 목사의 거주지 앞에 이르게 되었는데, 철책에 영국 국왕의 깃발이 꽂혀 있더군요. 그 순간 모욕당하는 느낌이 들었소."

타니오스는 이제 더는 아라크주를 마실 수가 없었고, 속내가 드러날까 걱정되어 감히 고개를 들 수조차 없었다. 그 장교는 아무것도 모르는 것이 분명했고, 외국 국기 때문에 출입이 금지되었던 집이 타니오스가 사는 집이리라고는 상상도 못 하고 있었다.

아델 에펜디가 흥분을 감추지 못하고 소리쳤다.

"이 나라의 자손들보다 외국인들에게 더 특별 대우를 해주고, 그들을 더 존경하고 더 두려워하는 것이 말이나 됩니까?"

그 말에 아무도 뭐라고 하지 않았건만, 그 자신 역시 이 나라의 아들도, 이집트의 아들도, 특히 자기가 점령하고 있는 이 산악 지대의 아들도 아닌 것이 문득 기억났는지 사령관이 얼른 말했다.

"물론 나도 여기 사람은 아니지요. 하지만 나는 이 영광스러운 왕조에 봉사하고 있고, 이곳의 언어와 이곳의 종교를 따르고, 이곳의 군복을 택했고, 이 지방을 위해 싸우고 있소. 반면에 영국인들은 이 고장에 살면서도 영국의 정책만 섬기면서 영국 국기만을 존중하고 자기들이 우리의 법 위에 군림하고 있는 걸로 착각하고 있으니 얼마나 오만불손하냔 말이오."

루코즈가 재빨리 큰 소리로 아델 에펜디는 그런 외국인들과 절

대로 비교할 수 없다면서 그 영국인들은 오만한 족속이지만 사령
관은 외국인이 아니라 형제라고 말했다. 타니오스는 아무 말도 하
지 않았다.

스톨튼 목사는 이 대목에 대해 이렇게 기록해놓았다.

"그러나 내 학생은 그날 들은 것에 대해 나에게 전하고 싶지 않
을 정도로 몹시 곤혹스러워했다."

"한편으로, 타니오스는 나와 아내를 진심으로 좋아하고 우리의
교육 활동을 응원하고 있었지만, 다른 한편으로는 외국인들이 그
나라의 사람들은 누릴 수 없는 특권을 지니고 있다는 사실에는 예
민하게 반응하지 않을 수 없었다. 자신이 생각하는 공평이란 개념
에 반한다는 걸 부정할 수 없기에 곤혹스러워하는 것이었다."

"타니오스의 마음을 이해하는 나는 이렇게 설명해주었다. 원칙
적으로 법치 사회에서 특권이란 있어서는 안 되는 것이다. 하지만
전제 군주제에서 특권은 때로는 독재를 저지하는 바리케이드가 되
어주고, 역설적이지만 정당한 권리와 공정의 오아시스가 되어주기
도 한다. 오스만 제국이나 이집트 제국을 보아도, 오늘날 동방 사
회에서 특권이 독재를 저지하고 있는 것은 틀림없다. 하지만 군인
들이 사홀라인의 우리 교회나 영국인의 거처를 자유롭게 들어오지
못한다고 비난하는 것이야말로 파렴치한 짓이다. 자기들에게는 이
고장의 어느 학교든 어느 집이든 멋대로 드나들 권리가 있는 듯이
행세하는 것이야말로 파렴치한 짓이다. 그들이 영국의 일개 신민을

걸고넘어지면서 구세주의 은혜를 받지 못하고 있는 이 지역 주민들을 자기들 멋대로 이용하는 것이야말로 파렴치한 짓이다……."

"그 사람들이 진정으로 특권 폐지를 바란다면, 외국인들을 그 지역 주민들이 부러워하지 않는 신세로 살도록 강요할 것이 아니라, 외국인들을 대하는 것과 같은 방식으로 모든 사람을 대하는 것이 올바른 것이다. 왜냐하면 외국인들은 모든 인간이 마땅히 받아야 하는 대우를 받는 것이기 때문이다. 나는 이렇게 말을 맺었다."

"나는 좀 감정적인 답변이었을까 봐 걱정되었고, 아내도 내게 그 점을 책망했지만 내 학생은 나의 견해에 깊은 관심을 보이는 것 같았다."

타니오스의 심중을 제대로 헤아리지 못한 목사는 앞으로는 이집트 군인들이 드나드는 집에 가는 걸 삼가라고 충고했다. 지혜로운 조언인 건 틀림없지만, 그 집에는 아스마의 미소와 그 미소를 빛나게 할 미래의 길이 있었다. 타니오스는 그 길을 포기할 생각은 추호도 없었을 터였다.

더구나 장교들과 처음 만났을 때 그의 마음을 어둡게 했던 민감한 화제는 다시는 거론되지 않았다. 타니오스는 루코즈의 집에서 두세 번 더 그들과 마주쳤다. 그들은 특히 전쟁의 급변, 오스만 제국의 술탄에 대한 이집트 파샤의 필연적인 승리, 그리고 특권 폐지에 대해서도 얘기했지만, 봉건 영주들의 특권 중에서도 특히 샤이크 프란시스의 특권과 그의 콧수염에 예정된 운명에 대한 것이 화제의 전부였다.

그래서 타니오스는 부담 없이 술을 마셨다. 그는 특권 문제에 대해서 자기 자신과 일종의 타협을 하고 있었다. 외국 거류민들의 특권은 그대로 유지하고, 영주들의 특권은 폐지한다는 것이 그의 생각이었다. 그러면 목사의 불안과 루코즈의 열망을 동시에 해결할 수 있었다.

하지만 그 두 종류의 특권 사이에 다른 차이는 없는 걸까? 전제 군주제를 저지하는 바리케이드 역할을 하는 영국인들에게 주어지는 특권과, 체념하고 받아들이는 마을 사람들에게 대대로 영향력을 행사하는 세습 영주들이 누리는 과도한 특권은 본질적으로 달랐다.

가슴과 지성을 총동원하여 고심한 끝에 이러한 결론을 얻자, 타니오스는 한결 마음이 진정되었다. 그러나 너무 마음을 놓은 나머지 타니오스는 두 가지 특권의 차이, 불 보듯 뻔한 또 하나의 차이점을 보지 못했다. 이집트 파샤 수하의 장교들은 그저 술을 마시며 비난을 퍼붓거나 욕지거리를 하는 따위의 하찮은 짓거리를 하면서 샤이크 정도나 대적할 수 있을 뿐, 유럽 열강들의 맞수가 될 수는 없다는 것을. 그리고 샤이크의 콧수염은 영국 사자의 갈기보다는 훨씬 쉽게 뽑을 수 있다는 것을.

여섯째 관문

키프로스의
두 도망자

우리 마을에 닥친 재앙은 저주를 불러일으키는 험악한 행위로 귀결될 거라고 기록되어 있었다. 숭앙받던 총대주교 살해. 그러나 그건 살해 의도가 전혀 없어 보이는 손에 의해 저질러진 일이었다.

– 엘리아스 수도사의
《산악 지대의 연대기》 중에서

I

1838년은 재앙이 많은 해였다. 1월 1일부터 지진이 일어났다. 그 흔적이 바위에 남아 있고, 사람들의 기억 속에 남아 있다.

마을은 몇 주 전부터 내린 눈 속에 파묻혀 있었다. 학교 운동장에도 아이들의 장딴지가 푹푹 빠질 정도로 눈이 쌓였고, 소나무들도 머리에 인 눈의 무게를 못 견디고 있었다. 그러나 그날 아침은 날씨가 맑았다. 구름 한 점 없이 화창하지만, 따뜻하지는 않은 이상한 날씨라고 하여 '곰의 태양'이 떠 있다고 하는 날이었다.

정오경, 아니 정오가 되기 조금 전에 천둥소리 같은 것이 울렸다. 땅속 깊은 곳에서 올라오는 소리 같았는데, 마을 사람들이 하늘을 살펴보기 시작하더니, 먼 데서 치는 천둥이라고 말하는 이가 있는가 하면 어디선가 눈사태가 일어나고 있는 거라고 말하는 이도 있었다.

몇 초 후, 우르릉 쾅쾅 하는 훨씬 더 격렬한 소리가 또 한 번 울렸다. 벽이 흔들리자 사람들이 모두 집 밖으로 뛰쳐나오며 소리쳤다. "하쩨! 하쩨!" 교회로 달려가는 이들도 있고, 그 자리에 무릎을 꿇고 큰 소리로 기도를 드리는 이들도 있었다. 그러나 이미 무너진 잔해에 깔려 죽어 가는 이들도 있었다. 그제야 사람들은 새벽부터 개들이 미친 듯이 짖어대고 보통은 해가 질 때까지 조용하던 자칼들의 울부짖음도 골짜기에서 들려왔던 것이 기억났다.

《산악 지대의 연대기》의 저자는 이렇게 쓰고 있다.

"샘 가까이 모여 있던 사람들은 그 순간 끔찍한 광경을 목격했다. 눈앞에서 성의 정면이 마치 거대한 가위에 잘리듯 쩍쩍 갈라지고 있었다. 사람들은 하느님의 분노를 지켜보면 소금 기둥으로 굳어버린다는 성경 구절*을 떠올리면서 얼른 눈길을 돌렸다."

성은 무너지지 않았다. 그해에는 벽에 균열이 가는 정도의 손상을 입었을 뿐이다. 더욱 놀라운 것은, 쩍쩍 갈라졌는데도 그 벽이 오늘날에도 여전히 서 있다는 사실이다. 더 오래된 것이든 아니든 성의 다른 벽들은 무너져 내렸지만, 균열이 일어난 벽은 무성한 잡초 속에 끄떡없이 서 있다. 마치 지진이 일어났었다는 걸 알리려는

---

* 〈창세기〉 19장의 구절. 소돔과 고모라 성이 무너질 때 뒤를 돌아온 롯의 아내가 소금 기둥으로 변했다는 내용이다.

듯이, 혹은 그 계시는 아직 완료된 것이 아니라는 듯이.

마을에서는 서른 명의 희생자가 있었다.

게브라이엘 어르신은 이렇게 말했다.

"더 심각한 것은 보부상의 집이 무너졌다는 거야. 그가 수집해놓은 수많은 서적과 온갖 종류의 예술품으로 가득한 낡은 건물이었지. 우리 산악 지대의 역사나 다름없는 보물을 몽땅 잃어버렸으니! 나데르는 크파리야브다에서 멀리 떨어진 지방을 돌고 있었지. 일주일 뒤에 그가 돌아왔을 때는 눈이 녹아 그의 책들이 몽땅 진흙 범벅이 되고 난 뒤였어. 그 책더미 속에서 그는 마치……"

나는 어느 순간부턴가 어르신의 말을 듣지 않고, 그의 첫마디에 머물러 있었다.

"그게 왜 더 심각하다는 겁니까? 서른 명의 희생자보다 책이 더 중요하다는 뜻인가요?"

어르신의 눈빛이 이글거렸다.

"물론 둘 다 중요하지. 재난이 닥치면 당연히 나도 고통을 겪는 사람들을 걱정해. 하지만 그것 못지않게 과거의 유물이 소실될까 걱정하지."

"유물과 인간이 똑같다는 말씀이세요?"

"하지만 결국 무늬를 넣어 가공한 보석, 작가나 필경사의 글이 담긴 서적, 그림, 모자이크 벽화…… 그것들 역시 인류의 일부분이고, 영원불멸하기를 바라는 우리의 한 부분이지. 어떤 화가가 자신의 그림보다 더 오래 살아남길 바라겠나?"

책에 대한 게브라이엘의 특별한 편애에도 불구하고, 그해가 재앙의 해로 불렸던 것은 보부상의 서적들이 소실되었다거나 지진이 일어났기 때문만은 아니었다. 지진은 대재난을 알리는 전조에 불과했다. 총대주교의 피살 때문만도 아니었다.

《산악 지대의 연대기》에는 이렇게 적혀 있다.

"그해에는 일 년 내내 재앙이 꼬리를 물고 이어졌다. 괴질, 기형아 출산, 산사태, 기근, 부당 징세가 잇따랐다. 2월에 이어 11월에 다시 세금을 거둬들이고도 그것으로는 아직 부족하다는 듯 인두세는 물론 염소, 방앗간, 비누, 창문에까지 세금을 부과했다. 사람들은 이제 돈도, 비축 식량도, 가축도 없었다."

"이집트 군대가 가축을 모조리 몰수할 계획을 세우고 있음을 알았을 때, 크파리야브다 마을 사람들은 당나귀와 노새를 끌고 나가 절벽 위에서 떨어뜨리는 것 외에 다른 선택의 여지가 없었다."

하지만 그것은 가축을 빼앗기는 것이 분통이 터져서도, 저항하려는 것도 아니었다. 다만 예방 조치일 뿐이었다고 연대기의 저자는 설명한다. 왜냐하면 아델 에펜디 사령관 부하들이 점찍어 둔 가축은 주인이 직접 끌고 사령관 앞에 대령해야 했기 때문이다. "가장 나쁜 통치자는 백성에게 몽둥이질하는 자가 아니라 백성이 자해할 수밖에 없게 만드는 자다"라고 《산악 지대의 연대기》의 저자는 결론짓는다.

엘리아스 수도사는 아울러 크파리야브다의 주민들은 어떤 시간에는 집 밖으로 나가지 않는 것을 원칙으로 삼았다고 전한다. 이집트 파샤의 병사들은 낮에는 이발관, 식료품 가게, 타울레 주사위 게임이 한창인 블라타 광장의 카페 등 여기저기를 휘젓고 다녔고, 저녁에는 술에 취해서 떼거리로 몰려다니면서 광장과 거리에서 노래를 부르고 고함을 질러댔다. 그러고는 날마다 지나가는 사람을 불러 세워 무슨 트집이든 잡아 모욕을 주는 행패를 일삼았기 때문에 아무도 이집트 군인들이 다니는 장소에는 얼씬도 하지 않았다.

2월 중순이 되면서는 샤이크도 성에 틀어박혀서 문밖출입을 삼갔다. 사흘라인의 영주 사이드 베이크가 자기 영지를 산책하는 중에 한 순찰병이 신원을 밝히라는 무례한 요구를 했다는 소식을 들었기 때문이다.

그 사건은 크파리야브다의 주인을 몹시 우울하게 만들었다. 이집트 사령관에게 좋게 말해 달라는 청을 하거나 하소연하기 위해 찾아온 가신들에게 샤이크는 말로는 그렇게 하리라 언약하며 그들을 달래주기는 했지만, 행동을 취하지는 않고 있었다. 샤이크가 너무 무력하고 둔감하게 보일 지경이었다. "수모당한 사람이 대가문의 자식일 경우에는 샤이크 자신이 모욕당한 것으로 생각하지만, 고통을 겪는 이들이 우리 같은 소작인일 경우에는……" 하면서 비난하는 목소리가 점점 커지고 있었다.

사제도 질책하지 않을 수 없었다.

"샤이크께서 이집트인들을 거만하게 대하시기 때문에 저들이 자기들을 경멸하는 것으로 생각하고 날로 포악해지는 것입니다."

"부나, 그럼 나더러 어떻게 하라는 말인가?"

"아델 에펜디를 성으로 초대해서 그를 무시하지 않는다는 걸 보여주셔야 합니다."

"그자가 우리에게 한 짓거리를 고마워하기라도 하란 말인가? 하지만 그것이 마을 사람들이 원하는 것이라면 내가 반대할 이유가 없겠지. 오늘 당장 흐웨자 게리오스에게 내가 사령관을 초대하니 왕림해주시면 영광으로 알겠다는 서찰을 쓰게 하겠네. 그러면 되겠나?"

이튿날 정오경, 한 병사가 서찰을 가지고 왔다. 주인의 지시에 따라 서찰을 뜯은 게리오스가 재빨리 훑어봤다. 접견실에 심각한 분위기가 감돌았다. 갑자기 벌겋게 상기되는 집사의 얼굴을 모두 지켜보고 있었다. 이번에는 아라크주 때문만은 아니었다.

"아델 에펜디는 오지 않겠다고 합니다, 샤이크."

"그렇다면 나더러 직접 자기 숙영지로 오라는 거로군⋯⋯."

"그게 아니라, 사령관은 샤이크가 오늘 오후에⋯⋯ 루코즈의 집으로 자기를 만나러 오기를 원하고 있습니다."

모든 시선이 샤이크의 손으로 쏠리자 그가 묵주를 움켜쥐었다.

"나는 가지 않겠다. 그자가 다이룬으로 오라고 했다면 기꺼이 그러겠다고 했을 것이다. 위신은 서는 거니까. 하지만 그자의 집이라면 가지 않겠다. 그자는 화해를 원하는 것이 아니라 나를 모욕하겠다는 것이야."

마을 사람들이 침묵을 지키며 시선을 교환하자, 사제가 그들을 대신해서 말했다.

"만일 그 만남으로 오해가 풀려서 우리가 앞으로 시달리지 않게 된다면……."

"부나, 무슨 말을 해도 나한테서 훔친 돈으로 지은 그 집에는 절대 발을 들여놓지 않겠다."

"마을과 성을 구하는 일인데도 말입니까?"

그렇게 물은 사람은 라드였다. 죽음 같은 정적이 흐르는 가운데 아버지가 아들을 응시했다. 샤이크의 눈빛이 매서워지는가 싶더니 배신당한 눈빛에서 경멸하는 눈초리로 변했다. 이윽고 샤이크가 사제 쪽으로 고개를 돌렸고, 잠시 후 낮은 음성으로 말했다.

"나도 알아, 부나. 이게 쓸데없는 자존심이라는 것을. 하지만 나는 달리 행동할 수가 없다. 성과 마을을 빼앗긴다면 목숨을 부지할 필요가 없지. 하지만 도둑놈의 집 문간을 넘지 않고 죽게 되는 것이니 마지막 자존심만은 지키는 것 아닌가. 내 태도로 인해 마을이 곤경에 처한다면, 차라리 나를 죽이고 내 조끼를 벗겨 내 아들에게 입히고 내 자리에 앉히게. 그 아이는 루코즈의 집으로 갈 것이니."

샤이크의 이마에 핏줄이 불거지고 눈빛이 험악해져서, 아무도 말을 붙일 엄두를 내지 못했다.

그때, 온종일 마신 알코올 덕분인지 게리오스가 대담하게 말했다.

"왜 그런 절망적인 말씀을 하십니까? 하느님께서 우리 샤이크를 보호해주시고 지켜주시는데요. 하지만 우리 샤이크께서 후계자인 아들에게 사령관을 대신 만나러 가게 하는 것은 아무도 막을 수 없습니다."

라드의 개입으로 깊은 상처를 입은 샤이크는 아무 말도 안 하는 것으로 동의를 표시하고는 묵주를 움켜쥔 채 침실로 물러갔다.

루코즈 집에서의 회동은 짧게 끝났다. 그 회동은 오직 샤이크의 기를 죽이려는 의도 외에 다른 목적이 있었던 것이 아니어서, 그의 아들이 온 것만으로도 충분히 모욕을 주었다고 볼 수 있었다. 라드는 온갖 격식을 차려서 정중하게, 온 마을이 이집트 파샤와 그의 충직한 동맹인 아미르에게 충성을 다하고 있다고 말했다. 소년의 정중한 말에 사령관은 앞으로는 부하들이 마을 사람들을 괴롭히는 일이 없을 거라고 약속했다. 그러고는 다른 약속이 있다는 핑계를 대면서 30분 만에 급히 떠났다.

그러나 아버지에게 서둘러 돌아갈 생각이 없었던 라드는 아버지가 '도둑놈' '악당' '추방된 자'라고 부르는 루코즈가 자기 땅을 돌아보자는 제의를 기꺼이 수락했다.

두 남자 사이에 우정이라고 할 수는 없지만, 적어도 어떤 결탁 관계가 형성되고 있었다. 산책하는 중에 라드는 그때까지 쌓여 있던 아버지와의 갈등이 폭발하면서, 몇 주 전부터는 성이 샤이크의 자리를 놓고 싸우는 각축장이 되었으며 하마터면 큰 싸움이 벌어질 뻔했다는 얘기까지 하기에 이르렀다.

그러나 샤이크 후계자 문제는 곧 없었던 일로 수습되었다. 이집

트인들에 대해서는 아버지보다 아들이 훨씬 더 현명하게 대처할 것
이라는 희망 속에 라드를 지지했던 사람들은 곧 기대를 버려야 했
다. 젊은 후계자의 줏대도 없고 경박하기 이를 데 없는 성정이 대번
에 드러났기 때문이다. 얼마 가지도 않아 젊은 후계자 쪽에는 마을
사람들 대부분이 경멸하는 행실이 나쁜 난봉꾼 대여섯 명밖에 남
지 않았다. 게다가 무능함이나 일관성 없는 행동뿐만 아니라 라드
가 도저히 고치지 못하는, 요르드의 '메뚜기 떼'가 쓰는 그 끔찍스
러운 억양으로 인해 마을 사람들과 라드 사이에는 벽이 있었다.

타니오스는 루코즈와 라드의 교분을 좋게 보지 않았다. 그는 루
코즈가 샤이크와 싸우는 데 라드를 이용할 생각임을 대번에 알아
차렸다. 그러나 그것을 라드에게 말해주고 싶지 않았다. 타니오스
는 라드를 경멸하는 마음에는 변함이 없어서, 아스마의 아버지가
라드에게 품고 있는 저의를 알려주고 싶은 마음이 전혀 들지 않았
다. 그래서 목사의 학교에서 루코즈의 집으로 오다 라드의 말과 호
위병들이 보이면, 일주일 후에나 아스마를 보게 되는데도 그 길로
되돌아서곤 했다.

타니오스는 딱 한 번 불시에 라드를 맞닥뜨린 적이 있었다. 아침
나절에 그 집을 찾아갔는데 접견실에는 아스마만 있었고, 둘이서
잠시 대화를 나누다 막 나가려고 할 때 루코즈와 라드를 한꺼번에
마주치게 되었다. 두 남자의 옷에는 진흙이 묻어 있었다. 라드가
피범벅이 된 여우를 자랑스레 흔들어댔다.

"사냥이 즐거웠나 봐요."

타니오스는 말투로 보나 걸음을 멈추지 않고 말하는 태도로 보나 경멸하고 있음을 노골적으로 드러냈지만, 두 남자는 전혀 불쾌해하는 기색이 없었다. 루코즈는 아주 다정한 어조로 함께 과일을 먹자는 말까지 했다. 타니오스는 만날 사람이 있어서 마을에 가야 한다는 핑계를 대면서 사양했다. 그러자 뜻밖에도 라드가 다가와 어깨에 손을 올려놓으며 말했다.

"나도 성으로 돌아갈 거야. 어서 씻고 쉬어야 하거든. 같이 가자."

타니오스는 차마 그것마저 거절할 수는 없었다. 라드가 친절하게 말을 내어주는 바람에 타니오스는 라드와 건달 호위병 두 명과 나란히 말을 몰았다.

"너한테 할 말이 있어." 라드가 부드러운 음성으로 말했다.

타니오스는 긴장했고, 라드는 입가에 미소를 지으며 말했다.

"네가 흐웨자 루코즈의 친구라는 거 알아. 이제는 나도 그의 친구가 되었으니 우리가 어릴 때 가졌던 좋지 않은 감정들은 모두 잊어버릴 때가 되었어. 너는 열심히 공부했고, 나는 건들거리고 다녔지. 하지만 우리는 이제 다 컸어."

열일곱 살인 타니오스의 얼굴에는 볼에서 턱에 이르는 반원형 수염이 보송보송하게 나 있고, 열여덟 살인 라드는 총대주교의 것과 흡사한, 시커멓고 뻣뻣한 염소수염이 나 있었다. 타니오스의 눈이 그 염소수염을 뚫어져라 쳐다보다 도로 쪽으로 고개를 돌렸다.

"루코즈가 너를 대단히 신뢰한다면서 네 의견을 경청하고 있으

니 나한테도 너와 대화하고 네 말에 귀를 기울여야 한다고 하더
군."

라드의 목소리는 이제 다정한 친구의 어조였지만, 라드를 호위
하는 두 사내가 그들의 대화에 귀를 세우고 있었다. 라미아의 아들
은 체념한 듯이 말했다.

"물론 우리가 기탄없이 말하지 못할 이유는 없지……."

"우리가 다시 친구가 되어서 정말 좋다!"

친구라고? 다시 친구가 되었다고? 몇 달 동안 아침마다 같은 길
로 같은 학교에 가면서도 한 번도 말을 주고받은 적이 없었던 그들
이었다. 게다가 그때도 타니오스는 라드가 친구라는 생각이 전혀
없었다. '불쾌한 얼굴을 해도 화를 낼 것이고, 유쾌한 얼굴을 해도
화를 내기는 마찬가지일 거면서' 하고 타니오스는 생각했다. 그러
나 라드는 만족스러운 얼굴로 미소를 짓고 있었다.

"이제 우리는 친구니까 나한테 솔직하게 말해줄래? 네가 루코즈
의 딸에게 눈독 들이고 있다는 게 사실이야?"

그렇듯 다정하게 굴었던 이유가 바로 그 때문이었다. 라드의 호
위병들이 염탐하는 개처럼 귀를 바짝 세우고 있는데, 타니오스는
진심을 털어놓을 마음이 없었다.

"아니, 나는 그 딸에게 눈독 들이고 있지 않아. 다른 얘기 하면
안 될까?"

라드가 고삐를 잡아당기자 말이 앞발을 들고 섰다.

"그래, 다른 얘기 할 거야. 근데 아스마에 대한 네 생각을 확인할

필요가 있었단 말이지. 내가 좀 전에 아스마의 아버지에게 딸을 달라고 청혼했거든."

II

타니오스의 첫 반응은 경멸과 환멸이었다. 눈에 담아 두었던 아스마의 시선, 손가락에서 전해지던 감촉이 아직 생생했다. 타니오스는 루코즈가 라드에게 품고 있는 속내가 무엇인지도 알고 있었다. 샤이크의 입지를 떨어뜨리는 꼭두각시로 이용하기 위해 라드를 죽을 때까지 자기에게 묶어 두려는 것이 전 집사의 속셈이었다.

그렇지만 라드가 옆에서 다시 말을 몰았을 때, 타니오스는 애써 태연한 어조로 물었다.

"그의 대답은?"

"루코즈? 영예로운 청혼이 들어왔을 때 보통 아버지들이 하는 대로 대답했지."

역겹게 구는 라드에게 더는 할 말이 없는 타니오스는 말에서 펄쩍 뛰어내려서는 돌아서서 곧장 루코즈의 집으로 향했다. 루코즈는 공사가 끝난 새 접견실에 홀로 웅크리고 있었다. 손님도, 경호원도, 하인도 없이 담배 연기만 자욱한 곳에서 커피 한 잔을 앞에 놓고 생각에 잠겨 있는데 약간 허망해 보이는 얼굴이었다. 헤어진 지 45분밖에 안 되었는데도 루코즈는 타니오스를 보고는 몹시 기뻐하면서 포옹으로 맞았다.

"돌아왔구나! 하느님께서 늦게나마 나한테 보내주신 아들과도 같은 너와 조용히 얘기하고 싶었는데 라드가 너를 강제로 데려가서 얼마나 섭섭했는지 모른다."

루코즈가 타니오스의 손을 잡으며 말했다.

"너한테 알려줄 큰 소식이 있어. 네 동생 아스마를 혼인시키려고 한다."

타니오스는 손을 빼고 뒷걸음질하다 하마터면 몸이 벽에 쾅 부딪혀서 으스러질 뻔했다. 게다가 루코즈가 뿜어내는 담배 연기 때문에 숨이 막힐 것 같았다.

"알잖아, 너도 그렇지만 나도 영주라면 아주 질색이라는 거. 하지만 라드는 자기 아버지와는 달라. 아버지라는 작자는 고집불통이지만, 그 아이는 마을의 이익을 위해 기꺼이 이 집에 발을 들여놓은 것만 봐도 알 수 있지. 일단 후계자를 우리 쪽으로 끌어들이면 우리에게 미래가 있는 거니까, 늙은 영주쯤이야 어떻게 나오든 신경 쓸 필요 없어."

타니오스는 마음을 가다듬으려고 노력하면서 나약해 보이는 루코즈의 퀭한 눈을 응시했다.

"영주들이 사라져야 아저씨의 미래가 펼쳐지는 줄 알았는데……."

"그래, 그 확신에는 변함이 없다. 봉건 영주들은 없어져야 하고, 내가 기필코 없애고야 말 거야. 하지만 요새를 점령하는 데 내부에 믿을 만한 우군을 만들어놓는 것보다 더 확실한 방법이 어디 있겠니?"

루코즈의 얼굴에서 벌레가 파먹은 것처럼 얽은 곰보 자국이 유난히 두드러져 보였다.

한동안 침묵이 흘렀다. 루코즈가 담뱃대를 한 모금 깊이 빨아들이고 나서 짙은 연기를 내뿜었다. 타니오스는 빨갛게 불이 붙었다 사그라지는 숯불을 쳐다보며 말했다.

"아스마와 저는 서로 사랑하고 있습니다."

"그런 바보 같은 소리를 하다니! 너는 내 아들이고 아스마는 내 딸인데, 어떻게 딸과 아들을 혼인시킬 수 있단 말이냐?"

타니오스에게는 너무 가혹하고 너무 위선적인 말이었다.

"전 아저씨의 아들이 아닙니다. 아스마와 얘기하고 싶습니다."

"목욕 중이라서 지금은 만날 수 없어. 내일이면 사람들이 소식을 듣고 우리를 축하하러 올 테니 몸단장해야지."

그 순간 타니오스가 벌떡 일어나서 접견실을 뛰쳐나갔다. 복도를 지나 아스마의 침실로 알고 있는 방문 앞으로 뛰어간 타니오스는 문을 열어젖히고 거침없이 들어갔다. 아스마는 구리 욕조 안에 벌거벗은 몸으로 앉아 있었고, 하녀가 김이 무럭무럭 나는 물을 머리에 부어주고 있었다. 두 여자가 동시에 비명을 질렀다. 아스마는 두 팔로 가슴을 가렸고, 하녀가 얼른 수건으로 그 위를 덮어주었다.

사랑하는 여자의 몸에 홀린 타니오스는 옴짝달싹 못 하고 있었다. 뒤따라 달려온 루코즈와 부하들이 붙잡아서 밖으로 끌어내자 타니오스는 아무 저항도 하지 않고 보란 듯이 태연한 체하면서 말했다.

"왜 이렇게들 당황하는 겁니까? 우리는 오누이 사이인데, 내가 동생의 벗은 몸을 보는 것이 무슨 죄라도 됩니까? 오늘 밤부터라도 이 지방의 오누이들처럼 우리는 한방에서 매일 밤 함께 잘 겁니다."

아스마의 아버지는 타니오스의 백발을 움켜잡았다.

"내 아들이라 부르면서 내가 너를 너무 존중해줬구나. 네가 누구의 자식인지 아는 사람이 아무도 없어. 나는 사생아를 아들로 삼고 싶지도 않고 사위로 삼고 싶지도 않다. 당장 여기서 나가!" 루코즈가 부하들을 보면서 명했다. "타니오스에게 손대지 마라. 하지만 또다시 내 집 근처에 얼씬거리면 그때는 목을 부러뜨려도 좋다!"

마치 아스마의 벗은 몸이 눈을 뜨게 해준 것처럼 타니오스는 냉철해져 있었다. 자기 자신에게 분노하고 스스로 자책하면서 냉정해지려고 노력했다.

타니오스는 이런 배신의 순간이 올 것을 예상하지 못한 자신이 한심스러웠다. 오직 사회적 신분 상승에만 정신이 팔린 루코즈는 영주 가문의 아들과 혼인시킬 수 있는 기회를 마다하고 집사의 아들, 더군다나 사생아에게 외동딸을 주는 것은 성에 차지 않을 게 틀림없었다. 그리고 파산 위기에 처해 있는 가난한 샤이크의 아들인 라드의 입장에서는 아스마와 혼인하게 된다면 그녀가 물려받을 재산을 손에 넣게 되는 것이니 마다할 이유가 없었다.

타니오스는 크파리야브다 마을로 돌아가면서 우선 자신의 무분별함을 자책했다. 그러고는 곰곰이 생각하면서 어린아이 같은 복수가 아니라, 그 혼인을 막을 수 있는 구체적인 방법을 궁리하기 시작했다.

전혀 불가능한 일로 보이지 않았다. 루코즈가 부르주아나 부유한 소작인들처럼 졸지에 벼락부자가 된 사람이었다면, 늙은 샤이크는 신분이 낮은 집안과의 혼사를 체념하고 받아들일 것이다. 그런데 루코즈는 그런 경우가 아니었다. 비굴하게 '도둑놈'의 집에는 결코 발을 들여놓지 않겠다고 고집했던 샤이크가 어떻게 그런 혼인을 승낙할 수 있겠는가? 타니오스는 샤이크가 자신의 편이 되어 수완을 발휘해줄 거라고 믿었다.

타니오스는 점점 더 빨리 걷기 시작했고, 걸음을 뗄 때마다 다리에서 시작된 통증이 옆구리를 타고 어깨, 정수리까지 올라오는 걸 느꼈다. 그러나 그는 통증을 생각하지 않고 오로지 한 가지 생각, 아스마는 내 여자이니 루코즈가 그녀의 아버지라는 혈연의 벽을 뛰어넘어야 한다는 생각에 골몰했다.

마을 어귀에 다다르자, 타니오스는 블라타 광장을 피하려고 오른쪽 오솔길로 접어들었고 들판을 가로질러 솔숲 기슭을 따라 성으로 올라갔다.

성에 도착한 그는 샤이크를 만나러 가지 않고 먼저 부모님에게 갔다. 그는 부모님에게, 자신이 영원히 떠나는 것을 보고 싶지 않으면 얘기를 듣기 전에 우선 자신의 청을 들어주겠다는 약속부터 해 달라고 말했다.

이어서 타니오스가 부모에게 한 말은 엘리아스 수도사의 《산악 지대의 연대기》에 언급되어 있고 스톨튼 목사가 기록한 1838년의 일지 속에서도 발견되었는데, 한 장의 종이에 따로 적혀 있는 것으로 보아 나중에 기록해서 끼워 둔 것 같았다. 내가 스톨튼 목사가 쓴 것을 여기에 실은 이유는, 그 종이에 적혀 있는 내용이 타니오스가 한 말을 그대로 옮겨놓은 것이기 때문이다.

"'나는 그 소녀를 사랑하고, 그 소녀도 나를 사랑하고, 소녀의 아버지 역시 나에게 딸을 줄 것으로 믿게 했다는 걸 아셔야 합니다. 하지만 루코즈와 라드에게 농락당하는 바람에 나는 완전히 절망에 빠졌습니다. 이번 주말이 가기 전에 아스마의 약혼자가 되지 못하면 나는 라드를 죽이든가 아니면 목숨을 끊겠습니다. 내가 한번 마음먹으면 반드시 하고야 마는 성격이라는 걸 두 분께서는 잘 아실 겁니다.' 그 말에, 그의 어머니가 2년 전 아들의 끔찍한 단식 투쟁을 떠올리면서 '두 가지 다 해서는 안 된다' 하고 말했다. 그러고는 애원하듯 남편의 손을 잡자 아연실색한 아버지가 타니오스에게 말했다. '네가 불안해하는 그 혼인은 없을 것이다. 내가 그걸 막지 못한다면 네 아버지가 아니다!'"

그런 식의 과장된 맹세는 그 고장 사람들에게는 예사로 있는 일이었지만, 타니오스의 출생으로 인해 참담한 아픔을 겪고 있는 사람의 입에서는 차마 쉽게 나올 수 없는 비장한 발언이었다.

《산악 지대의 연대기》에는 이렇게 기록되어 있다. "운명이 매듭을 쥐니, 죽음의 그림자가 어슬렁거리고 있었다."

타니오스는 죽음이 자신의 주위를 어슬렁거리고 있다는 느낌이 드는데 죽음을 피하고 싶은 건지 확신이 서지 않았다. 그렇지만 평소에는 그리도 무기력하던 게리오스는 신의 섭리에 맞서 싸우기로 작정한 사람처럼 보였다.

게리오스에게 조금도 동정심이 없던 마을 사람들은—게브라이엘 어르신도 포함해서—만일 타니오스의 열망이 샤이크와 일치하지 않는다면, 그래서 타니오스가 샤이크와 충돌하게 된다면 성의 집사는 결국 자신의 주장을 관철하지 못할 것이라 확신했다. 하지만 그것은 실패를 되풀이한 인생의 황혼기에 접어든 게리오스의 가슴속에서 일어나고 있는 심경의 변화를 알아채지 못한 사람들의 생각일 뿐이었다. 게리오스는 구조해야 한다는 사명감을 느끼고 있었다. 아들을 구하는 것일 뿐만 아니라 너무 오랫동안 무시당해 온 자신의 남편, 아버지, 인간으로서의 존엄성을 구조하는 일이기도 했다.

바로 그날 저녁, 타니오스와 대화를 나누고 나서 얼마 후에 게리오스는 샤이크를 만나러 갔다. 접견실 안에서 모자를 쓰지 않은 샤이크가 백발을 드러낸 채 홀로 서성거리고 있었다. 손놀림에 따라 부딪치며 나는 묵주 소리가 마치 그가 내뱉는 한숨 소리 같았다.

집사는 문 가까이에 붙박인 듯이 서 있었다. 아무 말도 하지 않고 있는 게 마치 램프 불빛에 그의 존재가 드러나기만을 기다리고 있는 것 같았다.

"호웨자 게리오스, 무슨 일인가? 자네도 나만큼이나 넋이 나가 있군."

"제 아들 녀석 때문입니다, 주인님."

"우리의 아들이자 우리의 희망이고 우리의 믿음인 그 아이가 왜?"

나란히 앉은 두 남자는 지친 모습이었다.

"자네 아들도 대하기 쉬운 아이는 아니지. 그래도 그 아이는 자네가 무슨 말을 하면 알아듣기는 하는 것 같던데." 샤이크가 말했다.

"알아들으면 뭐 합니까, 제 고집대로만 하는데. 그리고 자기 생각대로 되지 않으면 그때마다 죽어버리겠다고 하니……"

"이번에는 또 뭐 때문에?"

"루코즈의 딸과 사랑에 빠졌는데, 그자가 자기 딸과 혼인시킬 것처럼 믿게 했답니다. 그런데 그자가 라드에게도 똑같은 약속을 했다는 걸 알고는……"

"단지 그뿐인가? 그렇다면 타니오스를 진정시킬 수 있지. 내가 살아 있는 한 그 혼인은 없을 것이고, 만일 내 아들이 고집을 피우면 내가 상속권을 박탈한다더라고 타니오스에게 전하게. 내 아들

놈이 루코즈의 재산이 탐나서 그러는 걸까? 루코즈의 사위가 되려고 하다니! 하지만 나는 그놈을 받아들일 수 없어. 그 도둑놈은 절대로 이 성에 발을 들여놓지 못해. 그놈도, 그놈의 딸도! 자네 아들에게 가서 내 말을 전하게. 그러면 식욕을 찾을 테니."

"아닙니다. 샤이크. 저는 그 말씀을 전하지 않을 겁니다."

샤이크는 소스라치게 놀랐다. 충성스러운 집사는 한 번도 그런 식으로 대꾸한 적이 없었다. 평소에는 샤이크의 말이 끝나기도 전에 무조건 동의하던 사람의 입에서 절대 나오지 않는 대답이었다. 샤이크는 당혹스러우면서도 한편으로는 약간 재미있다고 생각하면서 게리오스를 유심히 살폈다. 그러고는 의아하다는 표정으로 말했다.

"이해가 안 되는군……."

게리오스는 시선을 내리깔고 있었다. 샤이크의 말을 거역하는 것만으로도 이미 괴로운 게리오스는 차마 시선을 마주할 수가 없었다.

"저는 샤이크의 말씀을 타니오스에게 전하지 않을 겁니다. 그 아이가 어떻게 나올지 알기 때문입니다. 그 아이는 이렇게 말할 겁니다. '라드는 아버지의 바람과는 관계없이 언제나 목적을 달성했어요. 라드는 영국인의 학교를 그만두고 싶어서 그런 나쁜 짓을 저질렀던 것인데, 아무도 그를 나무라지 않았지요. 그리고 장교를 만나려고 루코즈의 집으로 가고 싶어 했던 것인데, 아무도 막지 않았지요. 그 혼인도 마찬가지로 그렇게 되고 말 겁니다. 라드가 그 소녀를 원하면 결국 갖게 되겠지요. 그리고 머지않아 우리 샤이크께서는 당신의 손자이자 루코즈의 외손자이기도 한 아기에게 프란시스란 이름을 주고 무릎에서 뛰어놀게 하실 겁니다.'"

그렇게 말하고 게리오스는 입을 다물었다. 그는 자신이 한 말에 놀라고 있었다. 주인에게 어떻게 그런 말을 할 수 있었는지 자신도 믿기 어려웠다. 그래서 바닥에 시선을 둔 채 샤이크의 말을 기다리는데 목덜미가 땀에 젖어 있었다.

샤이크도 침묵을 지키면서 어떡할지 망설이고 있었다. 이 반항적인 발언에 그저 핀잔을 주고 말지, 아니면 화를 벌컥 내면서 경멸조로 일축해버려야 할지 고심하는 걸까? 아니, 샤이크는 불안해하는 집사의 어깨에 손을 얹으며 말했다.

"하예 게리오스, 내가 어떻게 해주면 좋겠나?"

하예? '내 동생'이라고 한 거야? 감격한 집사는 눈물을 글썽이면서도 이번에는 물러서지 않겠다는 듯 당당히 말했다.

"총대주교께서 일요일마다 성에 오시겠다고 하지 않았는지요? 라드에게 했던 대로 그분만이 루코즈를 설복할 수 있습니다."

"그래, 총대주교만 그럴 수 있지. 하지만 루코즈를 만나겠다고 할지……."

"우리 샤이크께서는 그분을 설득하실 수 있을 겁니다."

샤이크가 고개를 끄덕이고 나서 거처로 가기 위해 일어났다. 늦은 시각이었다. 게리오스도 일어나서 물러가기 위해, 그리고 고마운 마음을 표하기 위해 주인의 손에 입을 맞추었다. 집사가 자신의 거처로 이르는 복도 쪽으로 가고 있을 때, 샤이크가 잊고 있던 것이 생각난 듯이 그를 불러 세우더니 램프를 들고 침실로 따라오라고 말했다. 샤이크는 솜이불 속에서 엽총을 꺼냈다. 예전에 리처드 우드가 라드에게 선물로 준 엽총이었다. 램프 불빛을 받아 엽총이 기괴한 보석처럼 반짝였다.

"오늘 아침에 내 아들과 자주 어울려 다니는 건달 중 하나가 이걸 가지고 있는 것을 보았지. 라드가 내기에 져서 자기한테 주었다고 하더군. 내가 이것은 성의 재산이며, 영국 영사의 선물이라고 하면서 압수했지. 자네가 이걸 우리 금고 안에 보관해 두게. 조심해야 하네, 실탄이 장전되어 있으니."

게리오스는 무기를 받아 가슴에 품었다. 무기에서 따뜻한 송진 냄새가 났다.

III

내 고향 사람들은 총대주교의 높고 뾰족한 주교관을 불신하기도 했고 숭배하기도 했다. 총대주교가 교회에서 설교하는 중에 산악 지대를 다스리는 아미르와 이집트의 파샤를 위해 기도하라고 일장 연설을 이어 가자, 사람들의 입술이 기도를 읊조리기 시작했다. 그러나 그 웅얼거림 속에 어떤 말과 어떤 소망이 숨어 있는지는 하느님만 알고 있었다.

간밤의 일로 심기가 불편해진 샤이크는 미사가 진행되는 동안 내내 안락의자에 앉아 있었고, 영성체할 때 포도주에 적신 빵을 혀로 받기 위해서 딱 한 번 일어났을 뿐이었다. 바로 그 뒤를 이어 라드가 경건한 마음이라고는 조금도 없는 태도로 영성체를 받는 시늉만 하고 돌아와 앉아서 핏줄이 툭 불거진 아버지의 이마를 무례하게 쳐다보았다.

미사가 끝난 뒤 샤이크와 총대주교는 접견실로 들어갔다. 게리오스는 두 사람만 있게 하려고 커다란 문을 천천히 닫으면서 총대주교가 하는 소리를 들었다.

"한 가지 청이 있는데, 이렇듯 고귀한 가문을 만나면서 실망을 안고 돌아가지는 않을 줄로 압니다."

게리오스는 손을 비비며 기도했다. '하느님, 저희를 도와주소서! 만일 사이예드나가 우리에게 특별한 청을 하러 왔다면, 총대주교도 우리의 청을 거절하지 못하게 해주소서!' 그러고는 타니오스에게 희망이 있음을 알려주기 위해 눈으로 아들을 찾았다.

한편, 샤이크도 접견실에서 집사와 같은 생각을 하면서 두 손으로 콧수염을 가다듬고 있었다. 총대주교가 말을 이었다.

"베이테딘 궁전에서 우리 아미르와 한나절을 보내고 오는 길인데, 아미르의 근심이 이만저만이 아니었소. 영국과 오스만 궁정의 첩자들이 전 산악 지대에서 활동하는 탓에 많은 사람이 부패하고 있다면서 이렇게 말하더군요. '이런 상황에서는 충신과 배신자를 구별해야 하는데.' 그래서 충신에 대해 말하는 순간, 제일 먼저 언급된 이름이 바로 샤이크 프란시스였지요."

"하느님께서 보호해주시기를, 사이예드나!"

"그래서 숨김없이 전하겠는데, 아미르는 이 마을이 영국인들에게 넘어가서 변심한 것이 아닌지 의구심을 품고 있었소. 하여 내가 그가의 일은 다 지난 일이고, 지금은 우리가 형제이며 앞으로도 영원히 그럴 것이라고 안심시키고 왔지요."

샤이크는 고개를 끄덕였지만, 눈빛에는 불안이 가득했다. 통고 반 찬사 반으로 애매하게 서두를 꺼내는 교활한 성직자에게 어떻게 부탁을 할 수가 있단 말인가?

총대주교가 말을 이었다.

"예로부터 이 마을은 어려운 시기를 꿋꿋하게 넘길 줄 알았고, 이 마을 사람들의 용맹은 속담이 될 정도로 모범이 되어 왔지요. 지금은 중대한 사건들이 일어나려는 때인 만큼 아미르에게 다시 병사들이 필요하게 되었소. 산악 지대의 다른 마을에서는 강제로 남자들을 징병하고 있는 형편이오. 하지만 이 마을은 대대로 내려오는 전통도 있고 해서, 내가 아미르에게 크파리야브다는 강제로 징병할 수 있는 것보다 훨씬 많은 지원병을 모집하여 보내줄 것이라고 했지요. 내가 잘못 얘기한 건가요?"

샤이크는 총대주교의 말을 기분 좋게 받아들일 수는 없었지만, 그럴 수 없다고 어깃장 놓을 입장도 아니었다.

"아미르께 내가 예전처럼 남자들을 모집할 것이고, 그들이 가장 용맹한 병사들이 될 거라고 전하셔도 됩니다."

"우리 샤이크의 입에서 바로 이런 말씀이 나올 줄 알고 있었지요. 그럼 그 수가 얼마나 되겠소?"

"건장한 사내들을 골라서 내가 직접 이끌고 나갈 것입니다."

총대주교가 샤이크의 안색을 살피면서 의자에서 일어났다. 샤이크는 건강하고 젊은이처럼 혈기 왕성해 보이기는 하나 결코 군대를 이끌고 전쟁터에 나갈 만한 나이는 아니었다.

"하느님께서 영원히 샤이크를 원기 넘치게 해주시기를……." 총대주교가 이렇게 말하면서 엄지손가락으로 샤이크의 이마에 성호를 그었다.

"떠나시기 전에 사이예드나께 한 가지 특별한 청을 드리려 합니다. 마을에서 일어나는 일들이 다 그렇듯 그리 대단한 일은 아니지만, 나한테는 신경이 쓰이는 일인지라 전쟁터로 떠나기 전에 해결하고 싶어서 말입니다……."

샤이크와 얘기를 끝내고 나오면서 총대주교가 호위대에 '흐웨자 루코즈의 집 앞을 지나가자'고 한 말은 게리오스의 입장에서는 손에 입이라도 맞추고 싶을 만한 것이었으나, 영문을 모르는 사람들에게는 의아한 것이었다.

'집 앞을 지나가자'. 이 표현은 그냥 말이 그렇다는 것이었다. 실제로 총대주교는 전 집사의 집으로 들어가서 화려한 접견실에 앉아 아스마의 인사를 받고 소녀와 오랫동안 대화를 나누었고, 이어서 집주인이 안내하는 대로 기꺼이 루코즈 소유의 방대한 땅을 두

루 둘러보았다. 그 방문은 성에 머물렀던 시간보다 길어 한 시간 이상이 걸렸고, 총대주교는 밝은 얼굴로 루코즈의 집을 나섰다.

한편 타니오스와 라미아, 게리오스에게는 너무나 길게 느껴지는 시간이었고, 게리오스는 초조한 마음을 달래기 위해 아라크주를 몇 모금 마시지 않을 수 없었다.

돌아온 총대주교는 샤이크에게 그 일은 해결되었으니 안심하라 말하고 라드와 단둘이 얘기하겠다며 데리고 나갔다. 라드가 비밀의 문으로 사라진 후 혼자 돌아온 총대주교는 장담했다.

"이제부터는 아스마와의 혼인 생각은 하지 않을 것이오."

그러고 나서 총대주교는 앉지도 않고 접견실 기둥 중 하나에 어깨를 기대고 선 채로 샤이크에게 자신이 찾아낸 기발한 해결책에 대해 나직한 소리로 설명했다.

라미아는 숯불에 끓인 뜨거운 커피를 마시고 있었다. 반쯤 열린 문을 통해 이런 저런 소리가 들렸지만, 라미아는 게리오스의 발소리만 기다리면서 남편의 얼굴에서 좋은 소식을 읽게 되길 고대하고 있었다. 시간이 갈수록 그녀는 성모 마리아에게 드리는 짧은 기도를 중얼거리면서 십자가를 쥐고 있는 손에 힘을 주었다.

"라미아는 젊었고, 여전히 아름다웠지. 암양의 목청처럼 목소리가 낭랑했어." 게브라이엘 어르신이 한마디 덧붙였다.

타니오스는 마치 선고를 기다리는 심정으로 어릴 적에 그토록 평온함을 느끼던 다락방으로 올라갔다. 그러고는 얇은 매트를 펴고 그 위에 누워 다리에 담요를 덮었다. 중재가 실패로 끝나는 경우 그대로 움직이지 않고 단식 투쟁을 재개할 생각이었을까? 아니면 그저 초조한 마음을 달래기 위해 헛된 공상에라도 잠기고 싶었을까? 타니오스는 언제나 그랬던 것처럼 이내 잠이 들었다.

총대주교는 접견실에서 루코즈의 집에서 지체하게 된 이유에 대해 우회적으로 설명하고는 곧바로 일어섰다.

샤이크는 현관까지 따라 나왔지만 총대주교와 함께 계단을 내려가지는 않았다. 총대주교는 뒤도 돌아보지 않고 호위대의 도움을 받아 말에 오르는 즉시 출발했다.

게리오스는 한 발은 현관문 안쪽에 두고, 또 다른 한 발은 바깥쪽을 내딛고 있었다. 점점 더 혼란스러워지고 있었다. 기다리면서 마신 술 때문이기도 하고, 총대주교의 설명 때문이기도 했다. 그리고 주인이 방금 그의 귀에 대고 한 말 때문이기도 했다.

"웃어야 하는 건지, 아니면 목이라도 졸라야 하는 건지 모르겠군." 샤이크는 퉁명스럽게 내뱉었다.

오늘날에도 그 잊지 못할 일화를 애기할 때면 사람들은 타니오스와 아스마의 혼인이 성사되도록 애쓰겠다며 루코즈의 집으로 갔던 그 존엄한 고위 성직자가 엄청난 지참금을 갖고 올 소녀를 보고는…… 자기 조카와 혼인시키기로 생각을 바꾸었다고 조롱 섞인 말투로 말하곤 한다.

그 성직자의 설명인즉, 샤이크는 라드의 배필로 그 소녀를 원치 않았고 루코즈는 타니오스에 대해서는 들으려고도 하지 않아서 결국 자기 조카와 혼인시키기로 했다는 것이었다.

크파리야브다의 영주는 농락당했다고 생각했다. 비난받아 마땅한 '도둑놈'을 공동체의 최고 지도자인 총대주교가 가족으로 맞아들이다니!

한편, 게리오스는 득과 실을 따지고 있을 심정이 아니었다. 그의 시선은 천천히 움직이는 총대주교의 회색 말에 고정되어 있었고, 머릿속에는 한 가지 생각밖에 없었다. 그 말이 가슴에서 튀어나왔다.

"타니오스가 죽게 생겼단 말입니다!"

그 소리가 불평으로 들렸는지 샤이크가 집사를 아래위로 훑어보기 시작했다.

"게리오스, 술내가 진동하는구나! 썩 물러가라! 그리고 술내가 완전히 없어지고 맨정신이 되기 전까지는 내 눈앞에 나타나지 마라!"

샤이크는 어깨를 으쓱하면서 침실로 향했다. 머리가 핑 도는 게 어지러워서 잠시 누워야 할 것 같았다.

그 시각, 라미아는 울고 있었다. 눈물이 나는 이유를 명확하게 말할 수는 없지만, 그녀는 창문에 기대어 총대주교를 수행하는 행렬이 나무 사이로 멀어져 가는 것을 보면서 하염없이 흐르는 눈물을 주체할 수 없었다.

사실 라미아는 상황을 알아보기 위해 몇 번이나 접견실로 뛰어가고 싶었지만 그럴 수가 없었다. 총대주교가 성에 와 있는 한 라미아는 모습을 드러내서는 안 되었다. 총대주교가 자신에게 반감을 품고 있으며, 자기 때문에 샤이크에게 원한을 품고 있다는 걸 잘 알고 있었다. 그리고 총대주교가 자기를 보고 기분이 상해서 그 화가 타니오스에게 미칠까 봐 두려웠다.

《산악 지대의 연대기》 저자는 이것을 쓸데없는 신중함이라고 평한다. "타니오스의 출생은 떠도는 소문 때문에라도 어차피 영원히 총대주교의 비위에 거슬릴 일이었다. 그런데 어떻게 총대주교가 타니오스와 소녀의 혼인을 지지해줄 수 있겠는가?"

라미아는 집사의 거처에서 성의 중앙 부분으로 가는 복도를 지나가면서 이상한 그림자를 보았다. 좁은 통로 끝에서 총을 들고 뛰어가는 그림자는 게리오스가 분명했다. 라미아는 걸음을 재촉했지만 남편은 보이지 않았다. 어둠 속에서 얼핏 본 그림자를 남편이라고 장담할 수는 없지만, 한편으로는 남편이 분명히 맞다고 말하고 있었다. 그 증거를 대라면 꼭 집어 말할 수는 없었지만, 라미아는 남편을 알아보았다. 20년 가까이 함께 살아왔는데 어떻게 남편을 몰라볼 수 있단 말인가? 하지만 또 다른 한편으로는 뛰어간다는 것 자체가 남편과 별로 닮은 데가 없다고 말하고 있었다. 남편은 성의 집사라는 직책에 맞게 엄숙하고 지나치게 예의를 지켜 온 사람이었고, 체신이 떨어질까 봐 웃지도 않는 사람이었다. 그런 사람이, 바삐 걸어갈 수는 있겠지만 어떻게 뛰어갈 수 있단 말인가? 게다가 총까지 들고서?

접견실에 가보았지만 텅 비어 있었다. 몇 분 전까지만 해도 손님들로 웅성거렸건만 바깥뜰에도 아무도 없었다.

라미아는 현관으로 나왔다가 나무들 사이로 사라지는 게리오스를 발견했다. 조금 전보다도 훨씬 짧고 더 희미했다.

남편을 쫓아가야 하나? 생각을 바꾼 라미아는 치맛자락을 부여잡고 서둘러 거처로 돌아갔다. 그녀는 타니오스를 부르면서 작은 사다리를 타고 올라가 잠들어 있는 아들을 흔들어 깨웠다.

"어서 일어나! 네 아버지가 총을 들고 미친 사람처럼 뛰어가는 걸 봤어. 아버지를 붙잡아야 해!"

"총대주교께서 뭐라고 했는데요?"

"그건 나도 모른다. 아직 아무도 말해주지 않았어. 빨리 아버지부터 붙잡아. 아버지는 알고 계실 테니 말씀해주시겠지."

그 이상 무슨 말이 더 필요하겠는가? 라미아는 사태를 짐작하고 있었다. 그 정적, 텅 빈 성, 뛰어가는 남편…….

게리오스가 뛰어갔다고 하는 방향은 성에서 마을로 통하는 길 중에서 사람들이 거의 지나다니지 않는 길이었다. 성으로 올라가는 길은 세 갈래가 있었다. 크파리야브다 사람들은 주로 블라타 광장 샘물 뒤쪽의 돌층계를 이용해서 성으로 올라갔고, 수레를 끌거나 말을 탄 이들은 성을 둘러싼 언덕을 따라 구불구불하게 이어지는 넓은 도로―오늘날에는 군데군데 지면이 꺼져 있다―를 이용했다. 그리고 남서 방향으로 나 있는 오솔길이 있었다. 그 길은 몹시 가파른 돌투성이 길이지만 광장에서 마을 어귀로 이어지는 큰길로 가장 빨리 나갈 수 있는 지름길이었다. 나무와 바위가 많아 다니기 힘든 그 길을 게리오스가 뛰어가고 있다면 크게 다칠 위험이 있었다.

부리나케 뛰쳐나간 타니오스는 사방을 두리번거리며 게리오스를 찾아다녔다. 그러나 타니오스가 아버지를 발견했을 때는 이미 아무것도 막을 수 없는 상황이었다. 타니오스의 시야에 수행원들과 말, 호위대의 동작이며 표정까지 모든 것이 들어왔다. 선두에서 말을 타고 가는 총대주교, 말을 탄 열 명의 호위대와 걸어서 가는 수행원들. 그리고 바위 뒤에 몸을 숨기고 총을 겨누고 있는 게리오스.

발사. 총성이 산과 골짜기를 흔들며 메아리쳤다. 양미간에 총을 맞은 총대주교는 나무토막처럼 고꾸라졌고, 질겁한 말은 주인을 매단 채 전속력으로 질주하다 총대주교를 떨어뜨렸다.

납작한 수직 바위 뒤에 숨어 있던 게리오스가 나왔다. 커다란 유리판처럼 수직으로 땅에 박혀 있는 이 바위는 이날부터 '매복 바위'로 불리게 된다. 그는 항복하기 위해 총을 머리 위로 쳐들고 있었다. 그러나 매복한 반역자들의 습격을 받았다고 판단한 총대주교의 수행원들은 발길을 돌려 성 쪽으로 줄행랑쳤다.

게리오스는 여전히 영국 '영사'의 선물인 불그스름한 광채가 나는 엽총을 머리 위로 쳐든 채 길 한복판에 서 있었다.

그때 타니오스가 다가가서 게리오스의 팔을 잡았다.

"바예!"

'아버지!' 여러 해 동안 타니오스는 그렇게 부르지 않았다. 게리오스는 고마워하는 표정으로 아들을 쳐다보았다. 마치 그 소리를 다시 들을 자격을 얻기 위해 살인도 마다하지 않았다는 듯, 바예! 하는 소리를 듣는 순간 그는 아무것도 후회되지 않았고 더는 아무것도 바라지 않았다. 그는 자신의 자리, 자신의 명예를 되찾았다. 죄를 저지르고 인생을 되찾았으니 이제 속죄할 일만 남아 있었다. 돌아가 자수해서 벌을 받는 길밖에 없었다.

게리오스는 방아쇠를 건드릴까 두려운 듯 조심스럽게 엽총을 땅에 내려놓았다. 그러고는 타니오스를 쳐다보며 총대주교를 왜 죽여야 했는지 이유를 말하려 했지만 말문이 막혔다. 그의 목구멍에서는 아무 말도 나오지 않았다.

게리오스가 아들을 잠시 부둥켜안았다. 그러고는 성으로 가려고 돌아섰다. 그러나 타니오스가 팔을 잡아당기며 말했다.

"바예! 저하고 같이 떠나요. 아버지가 제 편을 들어주다 이리되셨으니 이번에는 제가 아버지를 샤이크에게 돌아가게 둘 수가 없습니다!"

게리오스는 아들의 손에 순순히 이끌려 갔다. 그들은 도로를 벗어나 골짜기 깊숙한 곳으로 이르는 가파른 오솔길로 들어섰다. 그들의 등 뒤로 마을은 발칵 뒤집혀 있었다. 그러나 숲속을 헤매다 바위를 타기도 하고 가시덤불을 헤쳐 가면서 산비탈을 내려가는 그들의 귀에는 이제 아무 소리도 들리지 않았다.

IV

"중죄를 저지른 집사 게리오스는 아들과 함께 가파른 고개를 서둘러 내려갔다. 그들은 사람들의 시선을 피해 도망쳤고, 샤이크는 그들을 쫓는 걸 포기해야 했다."

"골짜기에 다다른 그들은 해 질 녘까지 걸었고 밤새도록 또 걷다가 급류 부근에서 바다로 향했다."

"동이 틀 무렵, 그들은 베이루트 항구로 가기 위해 '개의 강'이란 뜻의 나흐르 엘 칼브강에 걸쳐 있는 다리를 건넜다. 그곳의 부두에는 선박 두 척이 출항할 채비를 하고 있었다. 알렉산드리아행 배가 먼저 출항하지만 그들은 그 배에 오르지 않았다. 가증할 죄를 짓고 도망치는 그들을 발견하는 즉시 아미르에게 넘기라는 이집트 파샤의 명이 떨어졌을지도 모른다는 생각 때문이었다. 그들은 키프로스섬으로 향하는 배에 올랐고, 하루하고 한나절을 바다에서 보냈다."

"키프로스섬에 이른 그들은 비단 상인 행세를 하면서 파마구스타 항구에서 알레포 출신의 남자가 운영하는 여인숙에 묵었다."

엘리아스 수도사의 《산악 지대의 연대기》에서 발췌한 이 간결한 글에는 내 고향 사람들의 불안이나 샤이크가 처한 곤경에 대해서는 별로 언급되어 있지 않았다.

하지만 그 당시 '매복 바위' 부근의 길에는 저주가 내려져 있었다. 총대주교의 유해가 조종 소리에 맞춰 교회로 운구될 때, 신자들은 길바닥의 핏자국을 보면서, 고인을 싫어했고 또 여전히 싫어하고 있다는 가책 때문에 죄지은 사람처럼 울었다.

샤이크도 가책을 느꼈다. 총대주교가 살해되기 불과 몇 분 전에 목이라도 졸라서 죽이고 싶다는 말을 내뱉을 정도로 '메뚜기 떼의 총대주교'를 증오했기 때문이다. 설사 게리오스가 듣는 데서 경솔하게 내뱉은 그 말을 굳이 문제 삼지 않더라도 영지 안에서 자신이 가장 신뢰하던 사람의 손에 의해, 그것도 자신이 맡긴 무기로 저지른 범죄에 대한 책임에서 어떻게 자유로울 수 있단 말인가? 다시 상기하자면 영국 '영사' 리처드 우드가 선물했던 엽총, 바로 그 무기가 영국 정치를 통렬히 비판하던 사람 중 한 명을 살해하는 데 사용되었으니 말이다.

우연의 일치일 수도 있었다. 하지만 그 모든 일을 우연의 일치라고만 할 수 있을까? 많은 특권 중에서도 종종 재판관의 역할도 맡는 크파리야브다의 영주는 추정할 수 있는 여러 혐의를 한 사람에게 묻는다고 해도 그 자신 역시 살인 교사죄 혹은 공범죄를 면할 수 없을 거란 생각이 들었다. 하지만 결코 그 살해를 원치 않았으며, 그런 생각을 하고 있다는 걸 알았다면 자기 손으로 게리오스를 때려눕혀서라도 절대로 못 하게 막았으리라는 것을 어떻게 증명한단 말인가.

총대주교의 수행원들이 샤이크에게 돌아와서 방금 그들의 눈앞에서 일어난 비극에 대해 알렸을 때, 샤이크는 앞으로 꼬리를 물고 일어날 온갖 불행한 일들이 한눈에 보이는 듯 어찌할 바를 몰라 하면서 절망했다. 그러나 그는 영주로서 지켜야 할 의무를 저버릴 사람이 아니었다. 얼른 정신을 차리고 수색대를 조직하기 위해 사람들을 모집했다.

그것이 영주의 의무고 현명하게 처신하는 법이었다. 당국과 총대주교의 수행원들에게 살인범들을 잡아들이기 위해 최선을 다하고 있다는 걸 보여주어야 했기 때문이다. 살인범들? 게리오스는 물론이고 살인이 일어난 원인을 생각하면 타니오스도 그 책임에서 완전히 자유로울 수 없었다. 설사 타니오스가 무고하다고 해도, 그 날 밤 붙잡혔다면 샤이크는 그를 아미르의 법정으로 넘길 수밖에 없었을 것이고 정황상 타니오스는 교수형을 당했을 터였다.

크파리야브다의 영주는 자신의 영역을 벗어나 아미르의 영역마저 뛰어넘는 중대한 사건이니 만큼 마음대로 처리할 수는 없지만, 가책 때문에라도 그런 상황이 되도록 놔둘 수 없었다. 바로 그런 태도 때문에 샤이크는 총대주교의 수행원 중 일부와 아미르, 그리고 이집트 군사령관으로부터 체포하려는 시늉만 했다는 비난을 받았다.

사람들은 샤이크가 기마 수색대에 목이 터져라 지시하고 훈계하고 욕설을 내뱉으며 새벽까지 고군분투하는 걸 분명히 보았다. 그러나 그를 비방하는 사람들의 눈에는 그저 시늉으로밖에 보이지 않았다. 살해된 총대주교의 측근들은 샤이크가 필요한 조치를 즉시 내리지 않고 성직자가 살해되던 때의 상황에 대해 꼬치꼬치 물으면서 시간을 끌었으며, 게리오스를 알아보았다고 말했을 때도 믿지 않으려 했다고 주장했다. 집사를 불러오라고 보냈던 부하들이 헛걸음하고 돌아왔을 때 샤이크는 이렇게 말했다.

"그럼 타니오스를 찾아오너라. 그 아이에게 할 얘기가 있으니."

이어서 샤이크는 라미아를 접견실에 딸린 작은 방으로 따로 불러냈다. 몇 분 후 라미아는 눈물을 흘리면서, 샤이크는 벌겋게 상기된 얼굴로 나왔다. 하지만 샤이크는 확신에 찬 어조로 말했다.

"타니오스가 제 아버지를 찾으러 갔으니 틀림없이 데리고 올 것이다."

그래도 총대주교의 측근들이 불신하기 때문에 샤이크는 마을 안, 솔숲, 옛 마구간, 그리고 성의 구석구석을 뒤지라는 수색 명령을 내렸다. 하지만 그는 왜 게리오스와 타니오스가 도주했을 것으로 추정되는 골짜기 방향으로는 수색대를 보내지 않았을까? 샅샅이 수색하라는 지시를 내리면서도 유독 그곳만 제외한 것은 샤이크가 범죄자들에게 도망칠 시간을 주려는 의도가 있었음이 분명하지 않은가!

하지만 그렇게 함으로써 샤이크는 무슨 이득을 얻을 수 있을까? 이득이 되기는커녕 그의 영지는 물론이고, 그의 목숨과 영혼의 구원까지 위험에 처할 뿐이었다. 단, 타니오스가 정말로 그의 아들이라면 몰라도……

이 의혹은 끈적끈적하고 불길한 비구름처럼 샤이크와 라미아의 머리 위에, 성 위에, 산악 지대의 구석진 마을 위에 떠돌고 있었다.

다음은 스톨튼 목사의 일지에서 발췌한 것이다.

"살인 사건이 일어난 이튿날, 이집트군 분견대가 우리의 철책 앞에 나타나더니 장교 한 명이 나에게 학교 안을 뒤지는 것을 허락해 달라고 했다. 나는 그에게 수색은 문제가 되지 않으나 내 집에는 아무도 숨어 있지 않다고 남자와 목사의 명예를 걸고 대답했다. 장교가 몹시 불쾌한 표정을 지었기 때문에, 나는 그가 내 말을 믿고 순순히 돌아갈 거라고는 생각하지 않았다. 하지만 그는 어떤 지시를 받은 것이 틀림없었다. 그는 수상한 흔적이 있는지 살피면서 주변을 돌아보고는 부하들을 데리고 떠났다."

"크파리야브다의 주민은 나와 같은 대접을 받지 못했다. 마을은 파샤의 군대와 아울러 아미르의 군대 소속 군인들 수백 명에게 포위되었다. 군인들은 살인범과 그의 아들―내 학생―이 이미 멀리 달아났다는 걸 알면서도 광장에서 그들을 찾고 있다고 공표하더니 마을 안의 집들을 한 집도 빠짐없이 뒤지기 시작했다. 어느 집에서도 그들이 찾고 있다고 주장하는 인물을 발견하지 못한 것은 물론이지만, 어느 집에서도 그들은 빈손으로 나가지 않았다. 군인들은 보석, 외투, 카펫, 식탁보, 은, 술 또는 비축 식량 등 닥치는 대로 털었다."

"성에서는 게리오스의 사무실로 쓰던 방을 뒤졌다. 그들은 궤까지 강제로 열고 집사가 숨어 있지 않은지 확인했다. 타니오스의 부모가 기거하는 내실도 뒤졌지만, 다행히 라미아가 바로 그 전날 샤이크 프란시스의 충고에 따라 사제의 아내인 언니 집으로 피신하고 난 다음이었다."

"군인들이 저지른 약탈의 종류는 헤아릴 수 없이 많았다. 그러나 정말 다행스럽게도 나라에 전쟁이 일어나는 바람에 영광스러운 임무를 위해 징집되면서 군인들은 일주일 후 철수했다. 마지막으로 끔찍한 짓을 한 가지 더 저지르고 나서."

군인들은 샤이크가 피의자들인 '아버지와 아들'을 잡아들이는 노력을 늦추지 않도록 아미르가 '용의자'라고 명시한 라드를 인질로 데려갔다. 범행에 사용된 무기의 주인이 라드인 것은 사실이었다. 그리고 라드가 경솔하게도 총대주교가 이상한 중재를 하는 바람에 자신에게 이런 일이 일어났다며, 심문하는 장교에게 성직자를 원망하는 발언을 했기 때문이라는 소문도 있었다.

샤이크와 아들 사이는 여전히 좋지 않았다. 그러나 악당처럼 양손목을 뒤로 묶인 채 군인들에게 끌려가는 아들을 보면서 늙은 아버지는 피가 거꾸로 솟는 모멸감을 느꼈다.

탈 많던 1838년, 그해 말에 성은 거의 텅 비었다. 찾아오던 손님도, 접견실에서 흔히 볼 수 있던 언쟁도, 기대할 일도, 술책을 꾸밀 일도 없었다.

정면 벽에 균열이 가 있는 성의 미래는 절망적이었다. 하지만 충

성스러운 마을 사람들은 여전히 아침마다 크파리야브다의 샤이크,
그의 무력한 손을 '보러' 성으로 올라갔다.

일곱째 관문

층계에 굴러떨어진
오렌지

타니오스가 나에게 말했다. "한 여자를 알게 되었지요. 나는 그녀의 언어를 모르고, 그녀는 나의 언어를 몰라요. 하지만 그녀는 층계 꼭대기에서 나를 기다리고 있어요. 언젠가는 돌아가서 그녀의 방문을 두드리고 우리의 배가 곧 떠난다고 말할 거예요."

―《보부상 나데르의 잠언집》

I

그 사이 파마구스타에 자리를 잡은 두 도망자는 두려움과 회한 속에 새로운 생활을 시작했지만, 얼마 지나지 않아 대담하면서 태평하고 쾌락적인 생활을 하게 된다.

알레포 출신의 남자가 운영하는 여인숙은 떠돌이 상인들을 위한 일종의 대상 숙소였다. 가구가 거의 갖추어져 있지 않은 낡은 집이기는 해도 그 도시에서는 그나마 친절한 곳이었다. 게리오스와 타니오스가 묵고 있는 4층 방의 발코니에서 바다는 보이지 않아도 세관, 선창과 부두에 정박 중인 선박들은 내다보였다.

그들은 처음 몇 주 동안은 발각될지 모른다는 두려움 때문에 온종일 숨어서 지내다 어둠이 내린 후에야 함께 또는 타니오스 혼자 나가서 노점에서 먹을 것을 샀다. 그들은 발코니에서 가부좌를 틀고 앉아 키프로스섬의 특산물인 갈색 캐롭 열매를 씹어 먹으면서 활기찬 거리와 부산히 움직이는 하역 인부들과 여행객들을 관찰하며 많은 시간을 보냈다.

이따금 게리오스의 눈빛이 흐려지면서 눈물이 흘러내렸다. 하지만 망친 인생에 대해서도, 망명 생활에 대해서도 말하지 않았다. 게리오스가 한숨을 쉬면서 하는 말이라고는 고작 다음과 같은 말이 다였다.

"네 어머니한테 작별 인사조차 못 했구나!"

또는 이런 식이었다.

"라미아! 다시는 당신을 못 보겠지!"

그럴 때마다 타니오스가 어깨에 팔을 두르면 게리오스는 다음과 같이 말했다.

"내 아들아! 이렇게 너를 보고 사는 것만으로도 난 이제 죽어도 여한이 없다!"

게리오스도 타니오스도 살해 사건에 관해서는 입도 벙긋하지 않았다. 물론 두 사람 다 한 발의 총성, 피투성이 얼굴, 질겁해서 주인을 매단 채 전속력으로 달려가던 말, 이어서 깊은 골짜기, 바다, 키프로스섬에 오기까지 숨 가쁘게 달려왔던 도주 과정을 한시도 잊지 않고 있었다. 침묵의 시간이 길어져도 그 모든 것에 대한 기억은 점점 더 또렷하게 떠오르면서 엄습해 오는 두려움 때문에 그 일에 대해서는 언급도 하지 않는 것이었다.

그리고 두 사람 앞에서 그 일에 대해 말하는 사람도 없었다. 그들이 황급히 도망쳤기 때문에 "총대주교가 죽었다. 게리오스가 그를 죽였다!" 하고 외치는 소리도, 교회의 조종 소리도 듣지 못했다. 그들은 뒤돌아보지 않고 걸었고, 누구하고도 마주치는 일 없이 베이루트에 당도할 수 있었다. 아직 그 소식이 전해지지 않았는지 항구에도 살해범을 찾으러 다니는 이집트 병사들이 없었다. 배에서도 여행객들이 최근의 사건들을 들먹이면서 시리아의 산악 지대와 유프라테스강에서 벌어지고 있는 전투, 어느 드루즈파 마을에서 아미르의 유격대가 습격당한 사건, 서구 열강의 태도에 관한 얘기를 했지만 총대주교의 죽음이나 도망자들에 대해서는 전혀 언급하지 않았다.

자신이 저지른 범죄에 대한 소문을 전혀 듣지 못하다 보니 게리오스는 가끔 현실을 의심하기에 이르렀다. 항아리를 땅에 떨어뜨려서 박살이 났는데도 깨지는 소리는 듣지 못한 것 같은 느낌이라고나 할까. 그들이 밖으로 나가게 된 것은 특히 이 견딜 수 없는 침묵 때문이었다.

게리오스는 이상한 행동을 하기 시작했다. 입술을 들썩이면서 길게 무언의 대화를 하는 일이 점점 더 잦아졌다. 가끔은 그 말이, 일관성은 없지만 또렷한 음성으로 튀어나오는 때도 있었다. 그러면 자신도 소스라치게 놀라 타니오스를 돌아보며 겸연쩍은 미소를 짓는데, 그 모습은 보기 딱할 정도였다.

"내가 꿈을 꿨나봐."

하지만 그는 잠을 자고 있지 않았다.

이러다 게리오스가 정말로 미칠지도 모른다는 생각에 타니오스는 그를 여인숙 밖으로 끌고 나가기로 결심했다.

"여기서는 아무도 우리가 누군지 몰라요. 어쨌든 우리는 아미르를 상대로 전쟁 중인 오스만 제국의 영토에 있어요. 그런데 무엇 때문에 우리가 숨어야 합니까?"

처음에는 짧고 조심스러운 산책이었다. 크파리야브다와 사흘라인, 다이룬 말고는 다른 마을에 가본 적이 없는 그들은 낯선 도시를 다니는 것이 어색했다. 게리오스는 마치 마주치는 사람들에게 인사하기 위해 이마를 만지려는 듯 계속 오른손을 들고 있었고, 눈으로는 행인의 얼굴을 유심히 살폈다.

게리오스는 외모가 약간 달라져 있어서 누구도 그를 첫눈에 알아보기 힘들 정도였다. 몇 주 동안 면도를 안 하다 보니 이제는 귀찮아서 아예 수염을 기르기로 결심한 게리오스와는 대조적으로, 타니오스는 부지런히 면도하고 백발이 보이지 않도록 흰색 비단 스카프로 머리를 싸맨 다음 헝겊 모자를 썼다. 그리고 두 사람은 상인의 복장에 어울리는 소매통이 헐렁한 상의를 사서 입었다.

그들은 돈에 쪼들리지 않았다. 게리오스는 성의 금고에 넣어 두었던 엽총과 함께 예전부터 틈틈이 모아 두었던 자신의 돈주머니만 꺼내고 다른 돈에는 한 푼도 손대지 않았다. 원래 그 돈을 아내와 아들에게 남길 생각이었으나, 급히 서두르다 옷 속 깊숙이 찔러

넣고 뛰어나왔다. 한 푼 두 푼 정직하게 모은 순도 높은 금화들이어서, 파마구스타의 환전상들은 금화 한 개에 현지의 화폐로 두세 움큼씩 바꿔주었다. 그 돈이면 사치와는 거리가 먼 검소한 게리오스에게 2, 3년은 걱정 없이 숨어서 살 수 있는 액수였다. 해방의 태양이 떠오르는 날까지.

자신감이 생기면서 그들의 산책은 날마다 조금씩 길어졌다. 그러던 어느 날 아침에는 카페에 들어가서 앉는 용기까지 생겼다. 그들이 섬에 도착하던 날부터 눈여겨본 곳이었다. 카페 안의 사람들이 어찌나 즐겁게 시간을 보내고 있는지, 어깨가 움츠러든 두 도망자는 부러운 마음으로 바라보곤 했었다.

파마구스타의 그 카페는 간판이 없지만 멀리서도 눈에 띄었고, 심지어 정박하는 선상에서도 보였다. 엘레프테리오스라는 이름의 뚱뚱하고 쾌활한 그리스인 카페 주인은 늘 등나무 의자를 카페 입구에 내다 놓고 앉아 있었다. 그의 등 뒤로는 숯불 화로 위에서 커피포트 네댓 개가 김을 뿜으며 펄펄 끓고 있었고, 불붙일 준비가된 물담배들이 있었다. 그는 커피와 질그릇에 담은 시원한 물 말고는 아무것도 팔지 않았다. 감초 시럽이나 타마린드 시럽을 마시고 싶은 손님이 거리로 나가 노점상을 소리쳐 불러도 카페 주인은 전혀 상관하지 않았다.

뜨내기손님들은 등 없는 걸상에 앉아 있고, 단골손님들은 타울레 게임을 할 권리가 있었다. 모든 면에서 크파리야브다와 전 산악 지대 사람들이 하는 놀이와 아주 흡사했다. 손님들이 돈을 거는 일도 있었는데, 동전들은 테이블 위에 놓일 사이도 없이 이 손에서 저 손으로 옮겨 다녔다.

게리오스는 집사 일을 맡기 이전의 청년 시절을 제외하고는 블라타 광장에 있는 유일한 카페에 발걸음도 하지 않았다. 그는 타울레뿐만 아니라 다른 놀이에도 전혀 관심이 없었다. 그러나 그날 타니오스와 그가 옆 테이블에서 벌어지고 있는 게임을 유심히 눈으로 좇고 있자, 카페 주인이 그들에게 주사위들이 담긴 낡은 나무상자를 가져다주었다. 두 사람은 아주 자연스럽게 주사위를 던지고 동전을 딱딱 소리 나게 옮겨놓으면서 농담과 야유를 내뱉기 시작했다.

두 사람은 그러고 있는 자신들에게 놀라 크게 소리 내어 웃었다. 그렇게 웃어본 지가 언제였는지 기억조차 할 수 없었다.

이튿날 그들은 아침 일찍 카페에 가서 같은 테이블에 앉았고, 그다음 날에도 갔다. 게리오스는 타니오스의 예상보다 훨씬 빠르게 우울증에서 완전히 벗어난 것처럼 보였고, 심지어 친구도 사귀게 되었다.

어느 날 그들이 입씨름하면서 한창 게임에 빠져 있을 때, 한 남자가 다가오더니 방해해서 미안하지만 자신도 산악 지대 사람이며 두 사람의 억양을 듣고 동족이라는 걸 알았다고 설명했다. 그 사내의 이름은 파힘이었고, 얼굴 생김새며 특히 콧수염 모양이 샤이크와 아주 흡사했다. 그는 드루즈파의 중심 지역인 바루크가 고향이라고 말했다. 그 마을이라면 아미르와 그의 동맹을 적대하는 것으로 유명한 지역이지만 경계를 늦추지 않고 있던 게리오스는 가짜 이름으로 자신을 비단 장사꾼이라고 소개하면서, 아들을 데리고 키프로스섬에 잠시 체류하고 있다고 말했다.

사내가 말을 받았다.

"하지만 애석하게도 고향에 대해서는 그 이상 할 말이 없군요. 얼마나 많은 세월이 지나야 고향으로 돌아갈 수 있을지 모르겠습니다. 우리 가족은 모두 학살당했고, 집은 불타버렸지요. 나만 기적적으로 불구덩이에서 빠져나올 수 있었습니다. 우리는 이집트 군대를 함정에 빠뜨렸다는 죄로 문책받았지요. 우리 가족은 아무 짓도 하지 않았는데 우리 집의 위치가 마을 초입이라는 게 화근이었어요. 형님 셋이 모두 살해되었지요. 그 식인귀가 살아 있는 한 나는 산악 지대로 돌아가지 않을 겁니다!"

"식인귀라면?"

"당연히 아미르를 말하는 거죠! 반대파가 아미르를 '식인귀'라고 부르는 걸 모르셨습니까?"

"반대파라고 하셨습니까?"

"기독교도와 드루즈파로 구성된 수백 명의 반대 세력이 사방에 흩어져 있지요. 반대파는 그자를 쓰러뜨리기 전에는 휴식이란 없다고 맹세를 다지고 있습니다. (파힘이 속삭이듯 목소리를 낮추었다.) 그 식인귀의 측근들이나 심지어는 식인귀의 집안에도 반대파가 있답니다. 그들은 곳곳에서 비밀리에 활동하고 있지요. 하지만 언젠가는 그들이 승리했다는 소식이 들려올 겁니다. 그날이 바로 내가 고향으로 돌아가는 날이지요."

"최근에 들은 소식은 없습니까?" 잠자코 듣고 있던 게리오스가 물었다.

"식인귀와 가까운 조언자 중 한 사람인 총대주교가 살해당했다고 합디다. 하지만 그거야 당신들도 알고 있을 테지요."

"우리도 그 얘긴 들었지요. 필시 반대파가 한 짓이겠군요."

"아뇨, 크파리야브다의 영주를 섬기던 집사 게리오스라는 사람이 그랬다는군요. 존경받는 인물이었는데, 총대주교가 그 사람에게 무슨 잘못을 저질렀다고 하더군요. 지금까지 잡히지 않았대요. 이집트로 떠났다는 소문이 있어서 당국에서 그를 잡으려고 찾고 있답니다. 그 사람도 아마 그 식인귀가 살아 있는 한 고향에 발을 들여놓을 생각은 하지 않을 겁니다."

파힘이 생각을 바꾼 듯이 말했다.

"내가 너무 말이 많았군요. 본의 아니게 게임을 방해해서 미안합니다. 어서 계속하시지요. 내가 승자에게 도전할 겁니다. 하지만 긴장하십시오, 난 선수니까요. 청년이었을 적에 딱 한 번 패한 적이 있는데 그게 마지막이었지요."

사내의 허풍으로 분위기가 제법 흥겨워진 데다 충분히 즐겼다고 생각한 타니오스는 기꺼이 그 사내에게 자리를 내주었다.

그날 게리오스는 타울레 게임을 하면서 파힘과 떼려야 뗄 수 없는 사이가 되었다. 이날은 타니오스의 인생에 '오렌지 사건'이라 불리는 일이 일어난 날이기도 했다. 이 일화는 훗날 그의 수수께끼 같은 행방불명과 결정적인 관련이 있는데도 내가 참조하는 연대기나 일지에는 간접적으로만 언급되어 있다.

카페를 나온 타니오스는 여인숙으로 돌아가서 어떤 물건을 들여 놓고 방을 나오다가 머리에서부터 드리운 베일로 얼굴을 가린 젊은 여자를 보게 되었다. 그들의 시선이 마주쳤다. 그가 공손하게 미소를 보내자 여자도 눈웃음을 지어 보였다.

왼손으로는 물 단지를 들고, 오른손으로는 발에 걸리지 않도록 치맛자락을 거머쥔 채, 여자는 오렌지가 가득 담긴 바구니를 팔에 걸고 있었다. 양손에 짐을 들고 그렇게 아슬아슬하게 층계를 오르는 여자를 보면서 타니오스는 그녀를 도와주어야겠다고 생각했다. 하지만 어느 문에서 질투심이 심한 남편이 불쑥 튀어나올지도 모른다는 생각에 그는 그녀를 눈으로 좇는 것으로 만족했다.

타니오스는 4층에 서 있었고, 그녀는 계속 올라가고 있었다. 그때 오렌지 한 개가 바구니에서 떨어진 데 이어 또 한 개가 계단을 타고 데굴데굴 굴러떨어졌다. 여자는 오렌지를 줍고 싶어 보였지만, 허리를 구부릴 수가 없었다. 타니오스는 결국 뛰어 내려가서 오렌지 두 개를 주웠다. 여자는 미소만 지어 보일 뿐 걸음을 늦추지 않았다. 타니오스는 여자가 기다리지 않고 계단을 계속 올라가는 것이 낯선 남자와 얘기하고 싶지 않아서인지, 아니면 따라 올라오라는 것인지 알 수가 없었다. 그런 의혹 속에서 타니오스는 약간 불안해하면서 자신 없는 걸음으로 5층에 이어 맨 꼭대기 6층까지 여자를 따라 올라갔다.

여자는 마침내 한 방문 앞에서 걸음을 멈추었고, 물 단지와 바구니를 바닥에 내려놓은 다음 앞가슴에서 열쇠를 꺼냈다. 타니오스는 무슨 딴생각이 있어서가 아님을 분명히 보여주기 위해, 보란 듯이 오렌지 두 개를 쥔 손을 들어 보이며 그녀에게서 몇 걸음 떨어진 곳에 서 있었다. 여자가 방문을 열고, 물 단지와 바구니를 들고 들어가다가 돌아보며 그를 향해 또 한 번 미소를 지어 보였다.

문은 여전히 열려 있는 채였다. 타니오스가 들어서자 여자는 문간에 내려놓은 바구니를 손짓으로 가리켰다. 그가 오렌지 두 개를 바구니에 넣는 사이, 그녀는 지쳐서 등을 기대는 것처럼 슬며시 문을 닫았다. 천장에 낸 채광창 말고는 창문 하나 없는 비좁은 방이었고 의자도, 옷장도, 장식품도 없었다.

여자는 팬터마임 배우처럼 타니오스에게 숨이 가쁘다는 몸짓을 하면서 그의 손을 잡아서 자기 가슴으로 가져갔다. 그는 심장이 너무 세게 뛰는 것이 놀랍다는 듯 입을 삐죽거리면서도 여자의 가슴에서 손을 떼지는 않았다. 여자도 그의 손을 치우지 않았다. 여자는 한술 더 떠서 알아차리지 못할 정도로 슬그머니 그의 손을 치마속으로 잡아끌었다. 여자의 몸에서 4월의 과수원에서 나는 과일 향기가 풍겼다.

이번에는 타니오스가 용기를 내서 여자의 손을 잡아 자기 가슴으로 가져갔다. 그는 자신의 뻔뻔스러운 행동에 얼굴이 빨갛게 달아올랐고, 여자는 그가 경험이 전혀 없다는 것을 알았다. 그 순간 여자가 가슴을 펴더니 악의 없는 미소를 지으면서 그가 머리에 싸맨 스카프를 벗기고 하얗게 센 백발을 쓰다듬어주었다. 그러고는 풀어헤친 젖가슴으로 그의 얼굴을 끌어당겼다.

타니오스는 어떻게 해야 하는지 전혀 몰랐다. 아무것도 모른다는 것이 매 순간 드러나고는 있지만, 그게 잘못은 아니라고 확신했다. 어쨌든 여자는 그를 무안하게 하지 않았다. 그가 서투른 몸짓을 할 때마다 여자는 다정한 애무로 마음이 다치지 않게 세심하게 배려해주었다.

두 사람 다 알몸이 되자, 여자는 방문을 걸어 잠그고 쾌락의 길로 인도하듯 손가락으로 잠자리를 가리키면서 그를 이끌었다.

그들은 여전히 한마디도 나누지 않고 있었다. 두 사람 중 누구도 상대에게 어떤 언어로 말해야 하는지 몰랐지만, 그들은 한몸이 되어 잠들었다. 방은 서쪽으로 나 있어서 네모난 모양의 채광창을 통해 들어온 햇살이 뿌옇게 부서지고 있었다. 잠에서 깬 타니오스는 과수원의 향기를 느끼면서 자신의 오른쪽 뺨에 눌린 여자의 부드러운 젖가슴에서 느리고 평온하게 뛰고 있는 박동 소리를 들었다.

베일을 벗은 여자의 머리는 다이룬 일대의 철분이 함유된 흙처럼 붉은빛이 도는 오렌지빛이었다. 장밋빛 살갗에는 주근깨가 가뭇가뭇하고, 입술과 젖꼭지만 옅은 갈색이었다.

몸으로 시선을 옮기고 있을 때, 여자가 눈을 뜨더니 몸을 일으켜 시간을 알아보려는 듯 채광창을 쳐다보았다. 그리고는 타니오스의 허리띠를 잡아당기더니 멋쩍은 미소를 지으면서 전대를 톡톡 치는 것으로 동전을 짤랑거리게 했다. 그는 이런 일은 늘 이런 결말인가 생각하면서 허리춤에 찬 전대를 풀고 눈으로 물었다. 여자는 두 손을 들고 손가락 세 개씩을 펴 보이며 여섯을 표시했고, 그는 여자에게 6피아스터에 해당하는 은화를 한 개 주었다.

타니오스가 옷을 다 입자 여자는 오렌지 한 개를 주었다. 그는 거절하는 표정을 지었지만 여자는 오렌지를 호주머니에 집어넣었다. 그러고 나서 그녀는 방문 앞까지 타니오스를 배웅했고, 그가 나가는 순간 벌거벗은 몸 때문에 얼른 모습을 감추었다.

방으로 돌아온 타니오스는 반듯이 누워서 오렌지를 공중으로 던졌다 잡았다 하면서 방금 일어난 경이로운 일에 대해 곰곰이 생각하기 시작했다. '망명길에 올라 이국땅의 여인숙에서 희망 없는 날들을 보내던 내가 어떻게 낯선 여자를 따라 꼭대기 층까지 올라갈 수 있었을까? 내가 인생의 파도에 휩쓸려 이토록 멀리까지 온 것은 이런 행복한 순간을 맞기 위해서였을까? 이것이 내가 이런 모험을 하게 된 이유인가? 이것으로 모든 것이 끝나고 속죄할 수만 있다면……'

타니오스의 머릿속에 많은 사람이 떠올랐고, 그중 아스마에서 오랫동안 생각이 멈췄다. 그는 고향을 떠나온 뒤로 아스마를 거의 생각하지 않았다는 사실에 놀랐다. 살해 사건이 일어난 것도, 그들이 도망치게 된 것도 아스마 때문이 아니었던가? 그런데 그의 머릿속에서 그녀가 흔적도 없이 사라졌다. 물론 어린 시절에 함께 놀던 기억, 마주 잡았던 손, 달팽이의 더듬이처럼 살짝 내밀고 건드렸다 얼른 입술을 오므렸던 입맞춤, 은밀한 만남, 약속으로 충만한 눈빛까지 모두 기억하지만 그 모든 것은 좀 전에 맛본 희열과는 조금도 같지 않았다. 이제 그때의 행복은 과거가 되었다. 이스마 때문에 죽어버리겠다고 부모를 위협했고, 그녀 때문에 게리오스를 살인자로 만들었는데 이렇듯 간단하게 머릿속에서 지워버리다니!

타니오스는 그렇게 된 이유를 하나하나 따져보았다. 아스마를 마지막으로 보았던 날, 방문을 강제로 열고 들어갔을 때 아스마가 어떻게 했던가? 그녀는 라드와의 약혼 발표에 대한 축하를 받을 준비를 하고 있었다. 물론 아버지를 거역할 수 없었을 것이다. 하지만 그렇듯 순순히 순종하다니!

그리고 방으로 뛰어 들어온 타니오스를 보고 비명을 질렀다. 그 점에 대해서도 그녀를 비난할 수 없었다. 목욕하고 있을 때 남자가 갑자기 들이닥치면 어떤 여자인들 달리 행동할 수 있겠는가? 하지만 타니오스는 비명을 지르던 아스마의 모습, 그리고 뒤따라 달려온 루코즈와 경호원들이 그를 잡아서 밖으로 끌어내는데도 표정 하나 바뀌지 않던 그녀의 얼굴이 떠올랐다. 그것이 그의 머릿속에 남아 있는, 그토록 사랑했던 여자의 마지막 모습이었다. 그 순간에는 분노와 상처받은 자존심 때문에 오로지 한 가지 생각밖에는 없었다. 무슨 수를 써서라도 빼앗긴 것을 되찾겠다는 생각뿐이었다. 하지만 이제는 그 모든 일을 냉정하게 바라볼 수 있었다. 아스마에 대해서는 쓰라린 아픔밖에는 남지 않았다. 그녀 때문에 그의 인생과 온 가족의 인생을 망치지 않았는가!

게리오스에게 용서를 구해야 하지 않을까? 아니, 용서를 빌기보다는 그가 저질렀던 범죄는 고귀하고 불가피했다는 착각 속에 살게 두는 편이 훨씬 나았다.

II

그날 게리오스는 밤늦게 여인숙에 돌아왔다. 그리고 아침이 되자 눈을 뜨자마자 나갔다. 그때부터는 날마다 그랬다. 타니오스는 아버지를 눈으로 좇으면서 보일 듯 말 듯한 미소를 지었는데, 마치 이렇게 말하는 듯했다. '미칠까 봐 걱정했는데 무사태평하게 지내시니 천만다행이네요!'

비굴할 정도로 주인에게 충성하며 열심히 일하다 오십 고개에 이르러 중대 범죄를 저지르고 도망쳐서 쫓겨 다니는 신세가 된 집사 게리오스는 아침에 눈을 뜨는 대로 그리스인의 카페로 달려가서 같은 처지의 파힘과 주사위 게임을 하는 것이 유일한 낙이었다.

성에서 살 때 집사는 타울레 놀이를 몇 번 한 적이 있었다. 샤이크가 함께할 상대가 없을 때 부르면, 게리오스는 재미있어하는 체하면서 적당히 져주었다. 하지만 파마구스타에서는 달랐다. 범죄를 저질렀기 때문인지 그는 완전히 다른 사람으로 변해 있었다. 게리오스는 카페에 가는 것을 좋아했고, 진심으로 즐겼다. 절친한 친구가 된 파힘의 허풍에도 불구하고 주사위 게임에서 이기는 쪽은 대부분 게리오스였다. 게다가 게리오스가 어쩌다 실수해도 주사위들까지 그를 도와주는 쪽으로 굴러주었다.

두 친구는 카페에서 누구보다도 시끄럽게 떠들어댔다. 그들 주위로 구경꾼들이 모여들기 일쑤여서 주인은 자신의 카페가 그렇듯 활기에 차 있는 것이 흡족했다. 타니오스는 이제 거의 게임을 하지 않았다. 구경꾼으로 앉아 있다가 이내 지루해진 타니오스가 바람 쐬러 나가려고 일어서면 게리오스는 아들을 붙잡아 두려고 애를 썼다.

"네 얼굴이 나한테 행운을 가져온단 말이다!"

아버지의 만류에도 불구하고 타니오스는 늘 그 자리를 뜨곤 했다. 그렇지만 10월의 어느 날 아침에는 타니오스도 자리를 뜰 수 없었다. 아버지의 행운을 위해서가 아니라—그가 게리오스의 인생에 행운을 가져다준 적이 있기는 했던가?—그들을 향해서 다가오는 한 남자, 산악 지대의 유지들이 입는 복장을 하고 가는 콧수염을 기른 키가 큰 사내 때문이었다. 손가락에 잉크가 묻어 있는 걸 보면 문관 신분이 틀림없었다. 사내는 이름이 살룸이라고 했다.

"조금 전부터 두 분의 억양을 들으면서 동족이라는 걸 알고 인사하고 싶어서 참을 수가 없었지요. 고향에서는 나도 타울레 게임을 자주 했답니다. 하지만 다른 사람들이 하는 걸 보는 걸 더 즐기는 편이죠, 방해하는 게 아니라면요."

"키프로스에 온 지는 얼마나 되셨소?" 파힘이 물었다.

"그저께 도착했는데 벌써 이곳이 지루하군요."

"얼마나 머무를 겁니까?"

"신만 아시지요. 한두 가지 일만 해결되면⋯⋯."

"우리 산악 지대는 요즘 어떻습니까?"

"신께서 우리를 저버리시지 않는 한 모든 게 잘되겠지요."

신중한 표현, 지나치게 신중한 말이었다. 대화가 그 이상으로 진전되지 않았기 때문에 게임이 다시 시작되었다. 게리오스는 6이 두 번 나와야 이길 수 있었다. 그는 타니오스에게 주사위에 입김을 불어 달라고 부탁했다. 이윽고 주사위들이 데굴데굴 구르다 두 개가 다 6에서 멈췄다.

"식인귀의 수염에 걸고 맹세합니다! 제발⋯⋯." 파힘이 외쳤다.

그 표현이 재미있다고 생각한 살룸이 말했다.

"별의별 맹세를 다 들어봤지만 방금 하신 맹세는 처음 들어보는군요. 수염 달린 식인귀 얘기는 금시초문입니다."

"아주 긴 수염이 달린 식인귀가 베이테딘 궁전에 살고 있지요!"

"감히 우리의 아미르에게!" 안색이 바뀐 살룸이 중얼거리면서 벌떡 일어났다.

그는 파랗게 질린 얼굴로 카페를 나가버렸다.

"기분이 몹시 상했나 보군." 게리오스가 멀어져 가는 사내를 바라보면서 말했다.

"내 실수였어. 내가 왜 그랬을까, 우리만 있는 줄로 착각하고 그만……. 앞으로는 혀를 함부로 놀리지 않도록 조심하겠네." 파힘이 미안해하며 말했다.

그 이후로 게리오스와 파힘은 부둣가에서 여러 차례 그 사내와 마주쳤다. 그들이 사내에게 정중하게 인사를 하면 그도 답례 인사를 했지만, 인사는 경계하듯이 간단한 고갯짓에 불과했다. 타니오스는 어느 날 그 사내가 여인숙 층계에서 알레포 출신의 주인과 수군거리는 것을 보았다.

타니오스는 게리오스나 파힘보다 훨씬 더 불안했다. 살룸이라는 사내는 아미르의 신봉자가 분명했다. 그자가 그들의 진짜 신원과 그들이 키프로스에 있는 이유를 알아차린다면 이곳은 더는 그들에게 안전한 곳이 아니었다. 당장 피신할 곳을 찾아서 떠나야 했다. 그러나 파힘이 그를 안심시키며 말했다.

"어쨌거나 우리는 오스만 제국의 영토 안에 있으니 설사 그자가 우리를 해치고 싶다고 해도 그럴 수는 없어. 아미르의 팔이 아무리 길다고 해도 여기까지 미칠 수야 없지! 살룸은 내 입에서 자기 마음에 안 드는 말을 들었기 때문에 우리를 피하는 것뿐이야. 어디를 가나 그자가 보이는 것 같은 느낌이 드는 건, 외국 여행객들은 모두 같은 거리에서 볼일을 보기 때문이니 너무 예민하게 생각하지 말자고."

게리오스는 바로 설득되었다. "아내와 고향을 다시 보러 가는 것이 아니라면 난 여길 떠나지 않을 거야" 하고 입버릇처럼 말하던 그로서는 사실 키프로스가 아닌 다른 곳으로 떠날 마음이 전혀 없었다.

게리오스가 소원하는 날은 하루하루 다가오는 듯했다. 아미르의
반대 세력과 접촉하고 있던 파힘은 점점 더 낙관적인 소식을 가져
왔다. 산악 지대에서 이집트군의 영향력이 약해지면서 아미르를 반
대하는 세력이 커지고 있고, 전 지역에서 반란이 일어나고 있었다.
게다가 '식인귀'가 중병에 걸렸다는 소문까지 돌고 있다면서, 파힘
은 아미르의 나이가 일흔셋이나 되었으니 우리가 개선장군처럼 고
향으로 돌아갈 날이 이제 멀지 않았다고 말했다.

꿈에 부푼 게리오스와 파힘은 엘레프테리오스의 카페에서 주사
위 게임을 계속했다.

다른 곳으로 떠나고 싶지 않기는 타니오스도 마찬가지였다. 살
룸이란 사내가 마음에 걸리기는 하지만, 이 도시와 이 여인숙에서
더 오래 머물러야 할 이유가 있었다. 오렌지빛 머리의 여자 때문이
었다. 그 여인에 대해 유일하게 언급하고 있는 《보부상 나데르의
잠언집》에서 그녀의 이름을 알게 되었으니 이제부터는 '타마르'라
고 부르기로 한다.

타마르는 아랍어로 '과일'이라는 뜻이지만, 그루지야의 위대한
여성 군주의 이름이었다고 해서 그 나라 여인들이 갖는 이름 중에
서 가장 영예로운 이름이기도 했다. 그 여자가 아랍어도 튀르크어
도 할 줄 모르는 걸 보면, 그리고 오스만 제국 안에 그루지야에서
노예로 팔려 온 아름다운 여자들이 있었던 사실을 생각하면 '오렌

지빛 머리의 여자'가 그루지야 출신임은 의심의 여지가 없다.

타니오스는 돈 받고 몸을 파는 오렌지빛 머리의 여자에게 처음에는 욕정만 느꼈다. 마을 사람들에게서 받은 오랜 상처와 환멸, 열여덟 살 나이에 입은 사랑의 상처, 그로 인한 살해 사건 때문에 도망자 신세가 된 그는 조국에서 아주 가까우면서도 아주 먼 섬, 이 낯선 도시와 거의 흡사한…… 낯선 여자의 품에서 '기다림의 항구'와도 같은 안식처를 찾은 것이었다. 사랑을 기다리는 항구, 귀환을 기다리는 항구, 진정한 삶을 기다리는 항구라고나 할까.

돈을 주고받는 관계가 불순해 보일지는 몰라도 타니오스는 오히려 그것이 마음이 놓이는 것 같았다. 《보부상 나데르의 잠언집》에 적힌 한 구절이 그 점을 증명해준다.

"타니오스는 내게 말했다. '모든 쾌락은 그 대가를 치르게 마련이니 대가를 요구한다고 해서 경멸해서는 안 되지요.'"

한 번 크게 혼이 난 타니오스는 이제 약속이란 걸 하고 싶지도, 듣고 싶지도 않았고 미래에 대해서는 더더욱 생각하고 싶지 않았다. 그래서 그는 받고, 주고, 떠나고, 그리고 잊으리라 다짐했다. 그래서 낯선 여자가 주는 모든 걸 받았고, 그 대가를 돈으로 치렀고, 그리고 떠났다. 하지만 잊을 수는 없었다.

타니오스는 육체적 관계에서 연정이 싹틀 수 있다는 걸 믿고 싶지 않았다. 어쩌면 돈을 주고 욕망을 해소하면 그것으로 그만이라고 생각했는지도 모른다.

그래서 두 번째에도 똑같은 과일을 먹고 싶다는 저속한 욕망밖에는 없었다. 그는 계단에서 그녀가 나타나기를 엿보고 있다가 멀찍이서 뒤를 따랐다. 여자가 그에게 미소를 지어 보이고는 방으로 들어가면서 그를 위해 문을 열어 두었다. 오렌지 바구니만 없을 뿐, 첫 번째와 같은 절차였다.

그러고는 누가 먼저랄 것도 없이 그들은 연인처럼 포옹했다. 여자는 아무 말 없이 다정하게 그를 맞았고, 여자의 손에서는 과수원에서 방금 딴 베르가못 향이 풍겼다. 타니오스가 손가락으로 자신을 가리키면서 자기 이름을 발음하자, 그녀도 똑같이 손가락으로 자신을 가리키면서 '타마르'라고 이름을 말했다. 타니오스는 여자의 머리를 어루만지면서 몇 번이고 그 이름을 불렀다.

그렇게 서로 이름을 알려주고 나자 그다음은 당연한 순서인 듯 타니오스가 말하기 시작했다. 그는 타마르가 한마디도 알아듣지 못하기 때문에 그만큼 더 솔직하게 분개하고 흥분하면서 자신의 두려움, 불행, 먼 나라로 떠나는 여행 계획을 이야기했다. 하지만 그녀는 지루해하는 기색 하나 없이 푸근한 태도로 귀를 기울여주었다. 타니오스가 웃으면 그녀는 엷은 미소를 지었고, 그가 큰 소리로 뭔가를 저주하듯 욕설을 퍼부으면 그녀도 따라 눈살을 찌푸렸고, 그가 주먹으로 벽이나 바닥을 치면 그녀는 그의 분노를 함께 나누려는 듯 손을 부드럽게 잡아주었다. 그리고 그가 독백하는 동안 내내 눈을 쳐다보면서 고개를 끄덕이는 것으로 응원해주었다.

그러나 떠날 때가 되어 타니오스가 전대에서 6피아스터짜리 은화를 한 개 꺼내자 타마르는 거절하는 시늉도 하지 않고 돈을 받았고, 벌거벗은 몸으로 문까지 배웅했다.

자신의 방으로 돌아온 타니오스는 좀 전에 내뱉었던 말을 돌이켜보기 시작했다. 가슴속에 품고 있다고는 생각지도 못한 감정, 미처 깨닫지 못했던 사실들이 그녀 앞에서 말로 쏟아져 나왔다. 첫 만남에서는 육체가 진정되는 느낌이었고, 두 번째 만남에서는 영혼이 진정되는 것 같았다.

첫 관계를 하면서 쾌락의 절정에 달했다고 믿었던 타니오스는, 두 번째 관계에서 훨씬 더 강렬한 육체적 쾌락을 느꼈다. 타마르가 그의 말을 알아듣는다면 그는 분명 그렇게 마음을 털어놓지 않았을 터였다. 어쨌든 타니오스는 게리오스가 저지른 살인에 대해서도, 이곳으로 오게 된 이유에 대해서도, 자신의 출생을 둘러싼 뒷말에 대해서도 그렇게 솔직하게 말하지 못했을 터였다. 하지만 언젠가는 타마르가 알아들을 수 있는 언어로 그 모든 것을 다시 말해주고 싶다는 생각까지 하고 있었다.

타니오스는 타마르 없이 보내는 시간은 지루하고 공허하게 느껴지기 시작했다. 가슴속에서 그런 욕망이 싹트고 있음을 알아차리면서 그는 덜컥 겁이 났다. 이제는 그 여자에게 너무 집착하고 있는 것이 아닐까? 이런 말을 입 밖에 내고 싶지는 않지만, 타마르가 그가 알고 있는 그런 여자가 맞다면 어찌해야 할지 고민이 되었다.

그래서 그는 타마르가 다른 남자와 있는 현장을 잡아보려고 계단에 숨어서 엿보기도 했다. 하지만 정말로 그녀가 자신에게 그랬던 것처럼 다른 남자에게 미소를 보내고 방으로 따라오게 두었다가 남자의 더러운 손을 그녀의 가슴으로 가져가는 걸 봤다면, 그는 아마도 피눈물을 흘렸을 터였다. 타니오스는 타마르에게 남자가 많을 게 틀림없다고 생각하고 있었다. 어떻게 달리 생각할 수 있겠는가? 하지만 그는 끝내 그녀의 남자들을 보지 못했다. 더구나 타마르는 그가 생각했던 것만큼 자주 층계에 나타나지 않았다. 혹시 그녀에게 또 다른 집이 있는 걸까?

《보부상 나데르의 잠언집》에 그 무렵 타니오스의 불안과 혼란이 어렴풋이 반영되어 있다.

네가 꿈에도 그리는 그 여인은 다른 남자의 아내지만, 남편의 꿈에서는 이미 쫓겨난 여자였네.

네가 꿈에도 그리는 그 여인은 어느 선원의 노예였네. 그 선원은 술에 취해 에르주룸의 시장에서 그녀를 샀고, 술에서 깨어나자 그 여인을 알아보지도 못했네.

네가 꿈에도 그리는 그 여인은 너처럼 도망자였네. 그래서 너희는 서로에게서 은신처를 찾았느니.

타니오스가 타마르를 찾아갔던 시각은 두 번 다 낮잠 시간이었다. 그러던 어느 날 밤, 타니오스는 잠이 오지 않자 그녀에게 가 보기로 했다. 게리오스가 코를 골자 안심한 그는 방을 빠져나와 난간을 더듬으면서 어둠에 잠긴 층계를 올라갔다.

방문을 두 번 두드리고, 또다시 두 번을 두드리자 문이 열렸다.

방 안에는 불빛이 없어서 그를 맞는 얼굴이 어떤 표정인지 보이지 않았다. 하지만 그가 한마디를 하자마자 다시 만난 손가락들이 서로를 알아보았고, 그는 평온한 마음으로 방에 들어갔다.

타니오스가 손을 어루만지자 타마르는 손가락을 벌려 깍지를 끼고 자기 쪽으로 잡아당기면서 그의 어깨에 머리를 기댔다.

타니오스는 새벽녘에 눈을 떴다. 타마르는 앉아서 그가 일어나기를 기다리고 있었다. 그녀는 타니오스에게 할 말이 많았다. 아니, 하고 싶은 말은 딱 한 가지였다. 그녀는 갖은 손짓을 하면서 하고 싶은 말을 전달하려고 애쓰고 있었다. 그 몸짓은 이렇게 말하는 듯했다. '당신이 떠나면 나도 따라갈 거예요. 아무리 먼 곳이라도. 당신을 태우고 떠나는 배에 나도 탈 거예요. 당신도 그러길 바라죠?'

타니오스는 타마르에게 언젠가는 함께 떠나겠다고 약속했다. 그저 환심을 사려는 대답이었을까? 어쩌면 그랬을지도. 하지만 대답하는 그 순간에는 진심에서 나온 약속이었다. 그는 여자의 오렌지빛 머리 위에 손을 올려놓고 맹세했다.

두 사람은 뜨겁게 포옹했다. 이윽고 타니오스는 타마르를 더 자세히 보기 위해 몸을 약간 떼면서 양팔로 그녀의 어깨를 잡았다. 타마르는 그와 같은 또래인 것이 분명하지만, 얼핏 보면 그렇게 보이지 않았다. 타니오스는 그녀의 눈에서 비탄의 빛을 보는 순간 그녀가 이전에는 한 번이라도 그런 식으로 옷을 벗어본 여자가 아니라는 느낌이 들었다.

타니오스가 그녀를 남자의 욕망을 채워주는 여자라고 생각한 것일 뿐, 타마르의 미모는 그 정도로 완벽하지 않았다. 턱은 좀 길었고, 볼 아래쪽에 흉터가 있었다. 타니오스는 손가락으로 그녀의 긴 턱을 쓰다듬다가 엄지손가락으로 흉터를 어루만졌다.

타마르는 마치 결점을 인정해주는 것이 사랑의 고백이라도 되는 듯 행복한 눈물을 글썽였다. 그러고는 말보다 더 강한 몸짓으로 자신의 마음을 표현했다.

"바다 너머 그곳에서는 당신은 나의 남자가 되고, 나는 당신의 여자가 될 거예요."

타니오스는 또다시 고개를 끄덕이고 나서 그녀의 팔을 잡고 방 안을 천천히 걸었다. 마치 결혼식이라도 올리듯.

타마르는 슬픈 미소를 지으며 그를 따라 걷다가 그의 품에서 빠져나가더니, 타니오스의 손을 잡고는 한쪽 구석으로 데려갔다. 그녀가 손톱으로 바닥 타일 한 개를 들어내자 그 안에 오스만의 낡은 코담뱃갑 하나가 숨겨져 있었다. 천천히 코담뱃갑의 뚜껑을 열자 수십 개의 금화와 은화, 그리고 팔찌, 귀걸이 등이 보였다. 타마르는 타니오스가 주었던 6피아스터짜리 은화 두 개를 고운 손수건에 싸서 간직하고 있었다. 그녀는 그렇게 은화 두 개를 보여준 뒤 손수건에 다시 싸서 그의 전대 안에 집어넣은 다음, 코담뱃갑 뚜껑을 닫고 들어냈던 타일을 제자리에 덮었다.

타니오스는 그 순간 아무런 반응을 보이지 않았다. 게리오스가 코를 골면서 자는 방으로 돌아오고 나서야 타니오스는 방금 있었던 일을 곰곰이 생각하다, 타마르가 자신을 엄청나게 신뢰하고 있다는 걸 보여준 것임을 깨달았다. 타마르는 보물이 있는 위치를 알려주는 것으로 자신의 인생을 낯선 남자의 손에 맡긴 것이었다. 그는 그녀가 어떤 남자하고도 그런 행동을 한 적이 없었다는 확신이 들었다. 감격한 타니오스는 눈시울이 뜨거워졌다. 그는 타마르의 신뢰를 저버리지 않겠다고 다짐했다. 배신당한 아픔으로 그토록 고통받았던 그가 타마르를 배신한다는 것은 결코 있을 수 없는 일 아닌가!

그러나,

배가 항구에서 너를 기다리고 있을 때, 너는 작별 인사를 하러 그녀를 찾아갔었지.

하지만 그 작별 인사를, 네 연인은 원치 않았구나.

III

어느 날 이른 새벽, 방문 두드리는 소리에 깜짝 놀라 깨어난 게리오스와 타니오스는 몹시 당황했다. 하지만 이내 파힘의 목소리라는 것을 알고 안심했다.

"내가 가져온 소식을 듣고 나면 나를 그렇게 원망하는 얼굴로 보지 않게 될걸!"

"무슨 소식인데?"

"식인귀가 죽었어!"

게리오스가 벌떡 일어서서 친구의 손을 잡으며 말했다.

"한 번 더 말해보게, 내가 제대로 알아들은 건가!"

"식인귀가 죽었어. 그 괴물의 숨통이 끊어져서 그 긴 수염이 피투성이가 되었다는 소식이야. 닷새 전에 그랬다는데, 간밤에 소식을 들었지. 술탄이 공격 명령을 내려서 이집트군이 산악 지대에서 철수할 수밖에 없었다는 거야. 그 소식을 듣고 반대 세력이 달려들어 아미르의 목을 베고 그 일족까지 모조리 살육하고는 일반 사면을 선포했다는 거야. 근데 아무래도 내가 너무 일찍 두 사람의 잠을 깨운 것 같군. 나는 이만 갈 테니 잠이나 더 자든가."

"잠깐 여기 좀 앉게. 그게 사실이라면 우리가 고향으로 돌아갈 수 있다는 거잖아."

"야와크 야와크! 진정하게! 그렇게 당장 갈 수는 없을 거야. 수일 내에 떠나는 배가 있는지도 모르고, 지금은 11월이 아닌가!"

갑자기 더는 견딜 수 없을 만큼 키프로스가 지겨워졌다는 듯이 게리오스가 조급해하면서 말했다.

"이 섬에서 산 지가 벌써 일 년이 되어 오니, 일 년 동안이나 라미아 혼자서……."

"커피나 한잔 마시고 부두 쪽을 한 바퀴 돌면서 배편을 알아보자고." 파힘이 말했다.

그들은 그날 아침 그리스인이 운영하는 카페의 첫 손님이었다.

날씨는 쌀쌀했고 땅은 젖어 있었다. 그들은 카페 안으로 들어가서 화롯불에서 가장 가까운 입구에 앉았다. 게리오스와 타니오스는 설탕을 탄 커피를, 파힘은 블랙커피를 주문했다. 아침 햇살이 서서히 거리를 물들이면서 어깨에 밧줄 뭉치를 둘러맨 인부들이 등을 구부린 자세로 걸어왔다. 그중 몇몇이 카페 앞에서 걸음을 멈추자 엘레프테리오스가 그들에게 그날의 첫 커피를 내주었다.

그때, 행인들 속에 낯익은 얼굴이 보였다.

"저기 그 사람이 있네요." 타니오스가 중얼거렸다.

"저 사람을 오라고 하세." 파힘이 불렀다. "흐웨자 살룸, 이리 오시오."

남자가 다가와서 손으로 이마를 만졌다.

"우리하고 커피나 한잔합시다!"

"오늘 아침은 아무것도 입에 넣고 싶지 않소. 지금 곧 가야 하니 이만 실례하겠소."

"무슨 걱정거리라도 있나 봅니다."

"당신들도 모르는 것 같지는 않군요."

"우리가 뭘 안다는 겁니까?"

"아미르, 우리의 위대한 아미르께서 운명하셨소. 나라가 이 재앙을 딛고 일어설 수 있을지……. 그들이 아미르를 시해하고 사면령을 선포했으니, 이제는 살인범들이 활개를 펴고 다니는 꼴을 보게 되었소. 정의와 질서의 시대는 이제 끝난 겁니다. 혼돈의 시대가 될 테니 더는 아무것도 존중받지 못하는 세상이 될 거요!"

"엄청난 불행이지요." 파힘이 터지려는 웃음보를 간신히 참으면서 말했다.

"신께서 우리에게 자비를 베푸시기를!" 게리오스가 갑자기 콧소리를 내면서 말했다.

"나는 오늘 아침에 떠날 예정이었소. 라타키아로 가는 배가 있어서. 그런데 지금은 이렇게 망설이고 있소." 살룸이 말했다.

"그건 잘 생각하신 겁니다. 서두를 필요 없지요."

그러자 살룸이 생각에 잠긴 얼굴로 대꾸했다.

"아니, 서두를 필요가 없어서가 아니오. 날씨가 나빠지고 있으니 배를 언제 다시 탈 수 있을지 알 수 없기 때문이지요."

살룸이 고개를 숙이고 돌아서는 사이, 파힘이 친구의 팔을 움켜잡으며 말했다.

"나 좀 말려주게. 그러지 않으면 저자가 멀어지기도 전에 웃음이 터질 것 같으니!"

그러고는 벌떡 일어서서 말했다.

"자네들은 어떻게 할지 모르겠지만 난 오늘 아침 배를 타겠네. 방금 저자가 '사면령'을 말할 때의 얼굴을 보니 더는 망설일 이유가 없겠더군. 라타키아로 가서 하루나 이틀 머물고 있으면 산악 지대의 소식을 확인할 수 있을 테고, 그 후에 고향으로 가면 되니까. 자네들도 같은 생각이라면 나랑 같이 가든가. 거기 가면 슬란페의 고지대에 친구가 살고 있는데, 아마 우리 셋을 모두 환영해줄 걸세."

게리오스는 머뭇거리지 않았다.

"같이 가겠네."

게리오스는 라미아의 얼굴과 고향의 태양이 눈에 어른거렸다. 어쩌면 같이 놀아줄 친구가 없는 파마구스타에서 겨울을 보내는 것이 싫은 것일지도 몰랐다. 타니오스가 개입할 수도 있었지만, 어차피 최종 결정은 열여덟 살 먹은 그의 몫이 아니었다.

그래서 그들은 한 시간 후에 부두에서 다시 만나기로 하고 일단 헤어졌다. 파힘이 승선표를 책임지기로 하고, 그 사이 아버지와 아들은 방을 비우고 숙박비를 계산하러 여인숙으로 갔다.

각자 작은 봇짐 하나씩만 지면 되었다. 게리오스가 남은 돈을 절반씩 나누면서 말했다.

"내가 물에 빠져 죽을지도 모르니까……."

그러나 정말로 불안해서 하는 말은 아니었다. 그들은 항구로 향했다.

스무 걸음쯤 갔을 때, 타니오스는 걸음을 멈추고 뭔가를 방에 두고 온 것처럼 말했다.

"잠깐만 방에 올라갔다 와야겠어요. 먼저 가세요, 금방 따라갈게요."

게리오스가 그냥 놔두고 가자고 말하는데 아들은 이미 사라지고 없었다. 그래서 그는 연신 뒤돌아보면서 아주 천천히 걸어갔다.

타니오스는 6층까지 두 계단씩 성큼성큼 뛰어 올라가서는 숨을 헐떡이면서 문을 두드렸다. 두 번을 두드리고 또다시 두 번을 두드렸다. 문 하나가 빼꼼히 열렸지만, 타마르의 방 문이 아니었다. 낯선 눈이 그를 뚫어져라 쳐다보았다. 타니오스는 개의치 않고 다시 문을 두드렸다. 이어서 문에 귀를 대보았지만 아무 소리도 들리지 않았다. 열쇠 구멍으로 들여다봤지만, 그림자도 보이지 않았다. 타니오스는 타마르와 마주치기를 고대하면서 천천히 층계를 내려갔다.

여인숙의 마당 구석구석을 둘러보고, 노점들도 살펴보고, 길거리로 나가 여기저기 뛰어다녔지만 그날 아침 타마르는 어디에도 없었다.

한참을 돌아다니던 타니오스는 뱃고동 소리를 듣고서야 시간을 까맣게 잊고 있었음을 깨닫고 뛰기 시작했다. 백발을 감추기 위해 머리에 싸맸던 스카프가 바람에 벗겨졌다. 그는 배를 타고 나서 다시 싸매리라 생각하면서 스카프를 움켜쥐고 뛰었다.

트랩 앞에서 초조하게 기다리고 있던 게리오스와 파힘이 타니오스에게 손을 흔들고 있었다. 그들에게서 몇 걸음 떨어진 곳에 마침내 떠나기로 결심했는지 살룸도 있었다.

사람들이 이미 배에 오르고 있었다. 하역 인부들이 두세 명씩 짝을 지어 묵직한 철제 트렁크들을 배에 올리고 있었다.

파힘과 게리오스가 배에 오를 차례가 되었다. 게리오스는 튀르크인 세관원에게 승선표에 적힌 이름을 보여주면서 스무 명의 사람들 뒤에 서 있는 타니오스를 가리켰다.

두 남자가 갑판으로 막 올라갔을 때, 기마경찰대가 승선을 중단시켰다. 한 부유한 상인이 한 무리의 하인들에게 욕지거리와 함께 이런저런 지시를 내리면서 거의 뛰다시피 달려오자 세관원이 다른 여행객들에게 비켜서라고 명했다.

　세관원은 상인과 포옹하고 나서 몇 마디를 나누었다. 두 사람은 그들을 둘러싸고 있는 군중을 멸시하듯 거만하게 훑어보는가 하면 재미있다는 시선까지 던졌다. 그러나 11월에 배를 탄다는 자체만으로도 걱정부터 앞서는 선량한 사람들한테서 특별히 우스꽝스러운 점은 전혀 없었다. 굳이 재미있는 것을 하나 꼽자면, 자기의 트렁크 가방 중에서도 가장 큼직한 트렁크보다 더 뚱뚱한 부자 상인, 깃털 달린 커다란 모자를 쓰고 각진 얼굴에 귀 부근까지 끝이 올라가게 콧수염을 기른 왜소한 체격의 세관원, 그 두 사람의 대조적인 모습밖에는 없었다. 그러나 배를 타기 위해 차례를 기다리고 있는 사람 중에 감히 그 두 사람을 보고 재미있어하는 사람은 없었다.

　다른 여행객들은 그 부유한 상인이 트랩을 완전히 건너갈 때까지 기다리다가 배에 오를 수 있었다.

　타니오스의 차례가 되었을 때 세관원이 잠깐 기다리라는 손짓을 했다. 타니오스는 나이가 어리기 때문이라 생각하고, 뒤에 서 있는 나이 지긋한 사람들을 먼저 가게 했다. 마지막 사람까지 모두 앞질러 갔는데도 세관원은 여전히 그를 보내주지 않았다.

　"기다리라고 했으면 기다려야지! 너 나이가 몇이냐?"

　"열여덟입니다."

뒤에서 몰려오는 하역 인부들 때문에 타니오스는 비켜서야 했다. 배의 갑판에서는 게리오스와 파힘이 서두르라고 고함을 지르고 있었다. 타니오스는 두 사람에게 그럴 수가 없다는 손짓을 보내면서 슬쩍 세관원을 가리켰다.

트랩이 올라가는 걸 보고 타니오스의 입에서 외마디 소리가 흘러나왔지만 오스만 세관원은 태연하게 말했다.

"너는 다음 배를 타거라."

파힘과 게리오스가 더 요란하게 손짓하자 타니오스는 손가락으로 그들을 가리키면서 세관원에게 아버지가 배에 타고 있으며, 자신은 이 땅에 남아 있어야 할 아무런 이유가 없다고 서투른 튀르크어로 설명했다. 세관원은 아무런 대꾸 없이 부하 직원을 불러서 속삭였고, 직원이 와서 아랍어로 설명했다.

"네가 계속 무례하게 굴면 술탄의 공무원을 모욕한 죄로 감옥에 처넣겠다고 말씀하신다. 반대로 네가 순순히 복종하면 구속하지 않을 것이며, 다음 배를 탈 수도 있을 거라면서 커피 한잔 줄 테니 사무실로 따라오라고 하신다."

세관원이 미소를 지으며 자신이 정말 그런 제안을 했다는 표시를 했다. 이미 트랩이 거두어진 이상 타니오스에게는 선택의 여지가 없었다. 그는 발을 동동 구르고 있는 게리오스와 파힘에게 '나중에 간다'는 뜻의 마지막 손짓을 보냈다. 그러고는 따라오라고 명령하는 고약한 콧수염의 남자를 따라갔다.

세관원은 걸어가다가도 여러 차례 걸음을 멈추고 직원에게 지시를 내리거나 요청을 듣기도 하고 짐꾸러미를 검사했다. 타니오스는 돛을 펼치고 서서히 멀어져 가는 배를 이따금 바라보며 이제는 보이지 않을 줄 뻔히 알면서도 여행객들을 향해 손을 흔들었다.

타니오스는 세관원의 사무실에 들어서고 나서야 비로소 배를 타지 못한 이유를 알게 되었다. 목사의 학교에서 책으로 튀르크어를 배우기는 했지만 대화할 기회가 없었기 때문에 그는 세관원이 하는 말을 모두 다 알아들을 수는 없었다. 그렇지만 중요한 부분은 이해할 수 있었다. 좀 전에 보았던 그 상인은 섬에서 가장 영향력 있는 부자인데, 백발의 젊은이가 배에 타면 난파한다는 미신을 철석같이 믿는 사람이라는 것이었다.

그렇게 말하면서 세관원이 웃음을 터뜨렸기 때문에 타니오스도 덩달아 웃긴다는 시늉을 했다.

"그런 미신을 믿다니, 참으로 어리석지 않은가?" 세관원이 넌지시 말했다.

무턱대고 동의하는 것은 좀 경솔하다고 판단한 타니오스는 이렇게 말했다.

"나리께서는 현명한 결정을 내리신 것입니다."

"어쨌든 어리석은 믿음이야." 세관원이 다시 강조했다.

세관원이 자신은 조숙하게 하얗게 센 머리를 오히려 길조로 본다면서 타니오스에게 다가가 백발을 천천히 쓰다듬어주고는 물러가라고 명했다.

타니오스는 세관 건물을 나와 며칠간 더 방을 내줄 수 있는지를 물으러 여인숙 주인을 찾아갔다. 그가 자초지종을 얘기하자 주인은 아주 재미있다는 얼굴로 대답했다.

"아버지가 설마 여인숙비 정도는 주고 떠났을 테지!"

타니오스는 염려 말라는 뜻으로 자신의 허리춤 전대를 톡톡 쳤다.

"그럼 됐네. 자네가 이곳에 남게 된 것은 즐거운 관계……를 계속하라는 하늘의 축복이 아니고 뭐겠나?"

남자의 음탕한 웃음소리에 타니오스는 꼭대기 층을 드나든 것이 들통났다는 걸 알아차렸다. 그는 시선을 내리면서 다음에 타마르의 방문을 두드릴 때는 주위를 더 잘 살피고 조심해야겠다고 다짐했다.

"여기서는 자네의 고향 산악 지대보다야 훨씬 더 즐길 수 있지." 여인숙 주인이 여전히 능글맞은 미소를 지으며 말했다. "거긴 계속 전쟁 중이지, 안 그런가? 그리고 거기 아미르는 아직도 이집트 파샤에게 충성을 다하고 있을 테고!"

"아니에요, 아미르는 살해되었고 파샤의 군대는 산악 지대에서 철수했어요."

"무슨 소리를 하는 건가?"

"최근 소식이에요. 우리도 오늘 아침에 그 사실을 알았고, 아버지가 고국으로 돌아가신 것도 바로 그 때문이죠."

타니오스는 방으로 올라갔고, 곧바로 잠이 들었다. 간밤에 잠을 설쳤기 때문에 한잠 푹 자 둘 필요를 느꼈다.

타니오스는 점심때가 되어서야 눈을 떴다. 발코니에서 내다보니 튀김 장사가 보였다. 그 냄새가 식욕을 당기게 했다. 그는 길거리에서 전대를 잃는 일이 없도록 은화를 한 개만 달랑 꺼내 들고 나갔다.

타니오스는 맨 아래 층계에서 마침 그를 만나기 위해 올라오던 여인숙 주인을 만났다.

"이런 몹쓸 사람 같으니라고! 자네 때문에 큰 낭패를 볼 뻔하지 않았는가. 젊은이의 말을 그대로 믿었던 내가 잘못이지!"

주인은 잘 아는 오스만 장교들이 왔기에 기뻐할 거라 믿고 이집트군과의 싸움에서 거둔 승리를 축하했다가 그들이 오해하는 바람에 곤욕을 치렀다고 설명했다.

"하마터면 체포될 뻔했다니까. 결코 그들을 비웃은 것은 아니라고 맹세하며 사죄해야 했어. 사실인즉, 승리는커녕 오스만 군대가 또다시 패전했다는 거야. 자네 나라의 아미르는 멀쩡히 살아 있다고, 알았나?"

"최근 소식이라 그 장교들이 아직 모르고 있는 거겠죠……."

"나도 그렇게 말했어. 그리고 베이루트에서 막 도착한 여행객들에게도 물어보았지. 그 사람들이 모두 거짓말을 했거나 정말로 아직 모르고 있기 때문일 수도 있겠지. 하지만 그게 아니라면……."

'그게 아니라면…….' 그 말을 되뇌다 타니오스는 마치 간질 발작을 일으키듯, 갑자기 사지를 부들부들 떨기 시작했다.

IV

《산악 지대의 연대기》는 이렇게 적고 있다.

"파힘은 아미르 수하의 첩자들 가운데서 교활하기로 이름난 마흐무드 부라스의 가명이었고, 실명으로 활동하는 흐웨자 살룸 크라메흐가 지휘하는 디완 소속의 눈과 귀로 뛰어다니는 일원이었다. 따라서 이들은 총대주교를 살해한 범인을 송환하라는 특명을 받고 파견되어 공로를 세운 것이었다."

"이 특명의 성공으로 산악 지대 주민들과 이집트군들 사이에서 아미르의 위신이 한층 높아졌다. 이제는 늙어서 힘이 없다고 주장하는 이들에게 아미르는 산악 지대 밖, 바다 너머까지 위력을 떨치고 있음을 보여줌으로써 아직 건재하다는 걸 과시한 것이었다."

"라타키아에 도착한 게리오스는 이집트 군인들에게 체포되었다가 교수형을 받기 위해 베이테딘으로 이송되었다. 비열한 술책에 말려 배신당한 그는 체념 속에 죽음을 맞았다고 한다."

"집사의 최후를 접한 샤이크 프란시스는 인질로 잡혀 있는 아들 라드를 데려오기 위해 즉시 베이테딘 궁전으로 출발했다. 샤이크는 신분에 합당하지 않은 푸대접을 받으며 온종일 평민들과 함께 기다려야 했다. 아미르는 그를 맞아들이기를 거부하면서 다음 날 다시 오면 아들을 데리고 떠날 수 있을 것이라는 전갈을 보냈다."

"샤이크가 약속된 시간에 궁전의 문 앞으로 가자 두 병사가 그의 발치에 라드의 시신을 내려놓았다. 라드는 그날 새벽에 교수형을 당했고, 몸은 아직 싸늘하게 식지 않은 상태였다."

"샤이크 프란시스가 눈물을 글썽이며 왜 이렇게까지 했는지 디완의 대장에게 묻자, 그는 대답했다. '아미르께서는 그런 중대 범죄를 저질렀으니 아버지 한 명과 아들 한 명을 처형하는 것이 마땅하다고 하시면서 이번 기회에 본때를 보여주었노라고 말씀하셨소.'"

이 말을 한 사람은 흐웨자 살룸이었고, 살룸이 게리오스를 생포하러 떠났던 것을 샤이크가 이미 알고 있었다고 《산악 지대의 연대기》의 저자는 믿고 있었다. 샤이크와 살룸이 나눈 대화가 바로 그 점을 잘 나타내고 있다.

"'너는 아미르의 사냥개이니 그에게 가서 평온한 잠을 자고 싶거든 나도 죽이는 편이 나을 것이라 전하라.' 샤이크가 살룸에게 말했다.

그러자 살룸이 아주 침착한 어조로 응수했다.

"'나도 벌써 그렇게 말씀드렸지만, 아미르께서는 샤이크를 그냥 놓아주라고 하셨지요. 그분이 주군이시니……'

'나는 하느님 이외의 다른 주군을 알지 못한다!'

샤이크는 궁전을 떠나 베이테딘 궁전 부근의 오래된 교회에 들어가서 제단 앞에 무릎을 꿇고 기도를 드렸다고 한다.

'주여, 목숨과 향락은 이제 저에게 아무런 의미가 없습니다. 하지만 복수하기 전에는 저를 죽게 하지 마소서!'"

살룸과 파힘이 아미르의 첩자였다면, 튀르크인 세관원과 미신을 믿는 부자 상인, 그리고 오렌지빛 머리의 여자는 구세주가 보낸 이들이 틀림없었다.

하지만 타니오스는 불안한 나날을 보내면서도 자신에게는 예정된 죽음이 비껴간 거란 생각은 전혀 못 하고 있었다. 그는 여전히 거짓말에 속은 것이 아니며, '식인귀'가 정말로 살해당했는데 그 소식이 아직 알려지지 않았을 뿐이라고 생각하려고 애를 썼다. 그러면서 파힘은 아미르를 반대하는 세력의 비밀 조직원이기 때문에 일반인들은 내일, 아니 일주일 후에나 알 수 있는 특정 사건들을 알려줄 수 있었던 거라고 믿고 있었다.

그래서 타니오스는 엘레프테리오스의 카페와 시장, 부둣가, 항구 부근의 주점들을 배회하면서 생김새나 억양으로 산악 지대와 연안 지대 사람들이라고 판단되면 선원, 도매상인, 여행객 할 것 없이 누구든 붙잡고 물었다. 하지만 그를 안심시키는 말을 해주는 사람은 아무도 없었다.

타니오스는 저녁이면 방으로 올라가 발코니에서 밤을 보냈다. 파마구스타의 마지막 불빛이 꺼질 때까지 밖을 바라보면서 파도 소리와 순찰병들의 구둣발 소리에 귀를 기울였다. 그러다 새벽이 되어 길거리에 행인들이 보이기 시작하면 도시의 소음을 들으면서 난간에 이마를 댄 채 선잠에 빠졌다. 해가 중천에 떠서 눈이 부시고, 온몸이 쑤시고 배가 쓰려 오면 그제야 그는 일어나서 다시 수소문하러 나갔다.

타니오스는 여인숙을 나서다, 영국 국기를 달고 지나가는 마차를 보았다. 그는 마차에 뛰어들다시피 하면서 영어로 외쳤다.

"선생님, 선생님, 드릴 말씀이 있습니다."

마차가 멈췄고, 안에 타고 있던 사람이 커튼을 젖히고 어리둥절한 얼굴을 내밀었다.

"대영제국의 신하입니까?"

타니오스의 영어 발음에 감동한 듯 던지는 어조와는 달리, 남자의 얼굴은 몹시 반신반의하는 표정을 짓고 있었다. 어쨌든 그 남자는 얘기를 들어줄 사람으로 보였기 때문에 타니오스는 산악 지대에서 일어나고 있는 중대한 사건에 대해 알고 있느냐고 물었다.

남자는 타니오스가 말하는 동안 뚫어져라 쳐다보다가 말이 끝나자 대답 대신 반가워하는 목소리로 말했다.

"내 이름은 호브세피안이고, 영국 영사의 통역관이지요. 그리고 당신은 타니오스가 틀림없군요."

통역관이 깜짝 놀라서 눈이 동그래진 청년을 잠시 쳐다보다가 말했다.

"타니오스, 당신을 찾는 분이 있어요. 목사님인데, 그분이 영사님께 당신의 인상착의를 소상하게 알려주었지요."

"스톨튼 목사님이시군요! 어디 계세요? 정말 뵙고 싶어요."

"애석하게도 바로 어제 리마솔에서 배를 타고 다시 떠나셨지요."

제러미 스톨튼 목사의 일지에 기록된 1839년의 마지막 내용은 다음과 같다.

"나는 산악 지대, 특히 사흘라인에서 고조되고 있는 긴장 관계 때문에 내려야만 했던 임시 휴교 문제를 논의하기 위해 11월에 우리의 대사 폰슨비 경을 만나러 콘스탄티노플에 가겠다고 알렸다."

"그런데 출발하기 몇 주 전에 타니오스와 그의 아버지가 키프로스섬에 은거하고 있다는 소문을 들었다. 그래서 나는 가는 길에 그 섬을 들러야 할지 고민했다."

"내가 망설인 것은 여러 가지 이유가 있어서였다. 우선 개신교 목사로서 가톨릭 총대주교를 살해한 자에게 어떤 호의도 보이고 싶지 않았다. 하지만 한편으로는 내 제자들 가운데 가장 총명하고, 재능 있고, 열성적이었고, 아내와 내게는 양아들이나 다름없던 그 아이, 정신 나간 아버지에게 자식의 도리를 하고 있을 뿐 아무런 죄도 저지르지 않은 아이가 밧줄에 매달린 채 최후를 맞게 생겼는데 외면할 수 없었다."

"그래서 나는 아버지의 운명에서 아들의 운명을 떼어놓겠다는 단 한 가지 목적으로 키프로스섬을 경유하기로 했다. 그러나 나라는 하찮은 인간의 중개 없이도 전지전능하신 하느님의 지혜로운 개입 덕분에 그 일이 이루어지고 있었다는 걸 모르고 있었다."

"지금 생각하면 나의 그 순진함은 부끄럽기 그지없고 하느님께서 너그럽게 용서해주시기를 바라지만, 그때 키프로스섬에 도착한 나는 사람들에게 몇 가지 적절한 질문만 하면 몇 시간 이내에 내 제자를 만날 수 있다고 확신하고 있었다. 내 제자는 나이에 맞지 않게 백발이라는 눈에 띄는 특징을 지니고 있으니, 그 아이가 머리를 염색하지만 않았다면 쉽게 찾을 수 있으리라 생각했다."

"하지만 생각보다 상황이 훨씬 복잡했다. 키프로스는 내가 잘 아는 몰타섬보다 40배가량 더 넓고, 항구도 많았다. 게다가 주변 사람들에게 몇 가지 질문을 하다 내가 오히려 본의 아니게 그 아이를 달아나게 만들 위험이 있음을 깨달았다. 그 아이를 찾는 사람이 나 혼자만이 아니어서, 그를 잡으려고 혈안이 된 사람들을 내가 오히려 도와주는 꼴이 될 수 있었다."

"따라서 나는 이틀 만에 그 아이를 찾는 일을 단념하고, 영사의 아르메니아인 통역관 호브세피안에게 제자의 행방을 수소문해 달라 부탁하고 원래의 목적지로 출발했다."

"타니오스는 내가 떠난 바로 다음 날, 내가 찾아다녔던 리마솔 항구가 아니라 파마구스타에서 발견되었다. 호브세피안은, 나한테 전갈을 보낼 것이니 타니오스에게 묵고 있는 여인숙을 떠나지 말라고 당부했다. 그 전갈은 3주 후, 폰슨비 경의 비서를 통해 마침내 나한테 전달되었다……."

통역관과의 우연한 만남은 타니오스의 인생에서 큰 전환점이 되지만, 그 순간에는 아무런 위안이 되지 못했다. 통역관이 아미르가 죽지 않았다는 소식과 함께 산악 지대의 상황을 전해주었기 때문이다. 불만의 목소리가 커지면서 산악 지대 곳곳에서 반란이 일어나고 있으며, 유럽 열강들 가운데 특히 영국, 오스트리아, 러시아가 이집트군의 공격으로부터 술탄을 보호하기 위한 최선책을 협의하고 있었다. 군사적 개입을 제외하지 않았기에 모든 상황이 불쌍한 게리오스가 바라는 쪽으로 흘러가는 중이었는데, 변혁이 일어나기도 전에 그가 너무 빨리 체포되는 바람에 손을 쓸 수 없었다는 것이었다.

타니오스는 파힘과 살룸, 그들과 나눴던 대화를 돌이켜 보면서 그들의 말과 표정, 몸짓을 떠올리다 그제야 자신이 잘못 생각했다는 걸 깨달았다. 이어서 항구에 도착하자마자 군인들에게 체포되면서 진실을 알아차리고, 모욕당하며 교수대로 끌려가서 사형 집행인에게 목을 내밀고 있는 게리오스의 모습, 그리고 새벽 미풍에 흔들리는 시신을 상상했다.

그 모습이 머릿속에 그려지자 타니오스는 깊은 죄책감을 느꼈다. 자신의 변덕과 몽매함만 없었다면, 자살하겠다는 위협만 하지 않았다면, 게리오스는 결코 살인범이 되지 않았을 터였다. '어머니의 얼굴과 마을 사람들의 수군거림을 어떻게 다시 대할 수 있을까?' 타니오스는 가능한 한 멀리, 아주 멀리 떠나리라 생각했다.

하지만 타니오스는 생각을 바꾸고 게리오스를 생각했다. 총대주교를 살해한 날 겁에 질려 있던 눈을 떠올렸고, 배신행위에 치를 떨며 겁에 질린 눈으로 교수대의 밧줄을 바라보았을 게리오스를 상상했다. 그러고는 "아버지" 하고 중얼거렸다.

여덟째 관문

영광을 위해
무릎을 꿇고

그때 나는 타니오스를 따로 불러내어 내 의무가 시키는 대로 말했다. "잘 생각해서 결정해. 이 전쟁에서 네가 할 일은 아무것도 없어. 너의 나라를 이집트군이 다스리든 오스만군이 다스리든 프랑스군이 영국군에 이기든 그 반대의 경우가 되든, 달라질 건 없어."

하지만 그 아이는 다만 이렇게 답했다. "그들이 내 아버지를 죽였습니다!"

– 1840년 제러미 스톨튼 목사의 일지에서

I

아미르는 무슨 이유로 비통함에 빠진 샤이크를 그냥 놓아주었을까? 실수는커녕 동정심일 리도 없었다.

"아들의 죽음을 애도할 기회는 줘야지."

아무튼 이렇게 말하는 늙은 아미르의 긴, 너무 긴 속눈썹이 흡사 보이지 않는 거미줄에 걸린 곤충의 발처럼 파르르 떨리고 있었다.

크파리야브다로 돌아온 샤이크는 라드의 장례를 그 어느 때보다

장대하게 치르겠다고 말했다. 그런다고 위안이 되지는 않겠지만, 샤이크는 그렇게라도 해서 아들과 가문에 진 빚을 갚고 싶었다. 그리고 그것은 아미르에게 최후통첩을 날린 것이나 다름없었다.

"산악 지대의 온 마을에서 사람들이 몰려올 것이다. 그리고 가장 겸허하고 가장 고귀한 이들이 와서 애도와 분노, 그리고 폭군에 대한 증오를 표출할 것이다."

그러나 마을 사람들은 그 계획을 단념시킬 방법을 모색하기 위해 회의를 열었고, 언제나 그랬던 것처럼 사제가 그들의 불안을 대변하기 위해 성으로 올라갔다.

"아미르가 샤이크의 목숨을 살려준 이유가 뭐라고 생각하십니까?"

"베이테딘 궁전을 나오면서부터 나도 그 점이 의문이지만 아직 답을 얻지 못했네."

"만일 그 폭군이 바라는 것이 바로 샤이크께서 절친한 지인들과 모든 반대 세력, 그리고 세상이 바뀌기를 원하는 모든 이들을 소집하길 바라는 것이라면 어쩌시겠습니까? 그 사람들이 모두 크파리야브다에 모여들면 그 속에는 분명 아미르의 첩자들이 끼어 있을 겁니다. 그러면 첩자들이 장례에 모인 이들의 신원을 알게 될 것이고, 그들이 한 말도 기억할 것입니다. 그래서 며칠 후 샤이크의 지인들이 차례로 화를 입는다면 어쩌시겠습니까?"

"그럴지도 모르지, 부나. 하지만 아무리 그렇더라도 나는 내 아들을 개처럼 부랴부랴 땅에 묻을 수는 없네."

"개처럼 묻어버리자는 것이 아니라 그저 라드를 그리스도에 의한 속죄와 천벌을 믿는 신자라고 생각하고 장례를 치르자는 겁니다."

"종교인답게 지혜로운 말을 해주니 고맙고 위안이 되는군. 하지만 사랑하는 사람들과 함께 슬픔을 나누는 것까지 아미르가 막을 수 있다면 어디 그렇게 해보라지! 그러고도 아미르에게 어떤 영광이 따를지 두고 보겠어!"

"아니지요. 그가 아미르라고 해도 그럴 수는 없지요. 우리가 각 마을로 사람들을 보내 여기까지 오지 말고 우리와 동시에 기도해달라고 부탁하자는 겁니다. 그리하면 그들은 아미르에게 비난의 실마리를 제공하지 않으면서 우리와 함께 슬픔을 나눌 수 있습니다."

그러나 장례식 날 크파리야브다 마을 사람들만 모여 있을 때 사이드 베이크가 도착했다. 《산악 지대의 연대기》의 저자는 이렇게 적고 있다.

"사흘라인의 영주는 큰아들 카흐탄 베이크의 부축을 받으며 불편한 몸을 이끌고 끝내 장례식에 참석하러 왔다.

'수많은 친구가 곤경에 처할 것을 우려하여 장례식에 오지 말라고 부탁한 것은 샤이크 프란시스가 자신의 기품과 신의를 지키는 것이지만, 나는 여기 참석하는 것이 내 신의를 지키는 것이오!'

이 발언으로 인해 사이드 베이크는 목숨을 잃게 되고, 우리 마을은 새로운 고통을 맞게 된다."

두 늙은 영주가 어깨를 나란히 하고 서 있는 것은 그 장례식 날이 마지막이었다. 부트로스 사제는 라드의 무덤에서 긴 장례 미사를 드리면서 게리오스를 위해서도 죄를 사하여 달라고 하늘에 빌었다. 집사의 유해는 수거하지 못한 것이 분명했다. 내가 아는 한 그의 무덤은 만들어지지 않았다.

그로부터 2주도 채 지나지 않은 어느 날 새벽, 이집트군과 아미르의 병사들이 크파리아브다 주위를 겹겹으로 포위했다. 군인들이 블라타 광장과 인근 거리, 마을 진입로를 메우더니 성 주위에 텐트를 세웠다. 수장은 아델 에펜디였지만, 그의 곁에는 아미르의 위임장을 받은 흐웨자 살룸이 있었다.

그 두 남자가 샤이크를 만나겠다고 하자, 샤이크는 죽음을 애도하는 뜻으로 온 것이 아니라면 40일이 지난 뒤에 다시 오라고 말하면서 처소로 들어가버렸다. 그러나 그들은 강제로 문을 열고 들어가서 '폭군'의 말을 전했다. 아미르는 총대주교가 병사를 모집하라고 요청했던 일을 상기시키면서 이행할 채비가 되어 있는지 알고 싶어 했다. 샤이크의 대답에는 변함이 없었다.

"40일이 지나서 다시 오면 대답해주겠다."

하지만 그들은 샤이크를 도발하고 임무를 완수하기 위해서 온 것이었다. 성에서 살룸이 그렇게 샤이크와 교섭하는 척하면서 시간을 끄는 사이에 그의 부하들은 한 집 한 집 찾아다니며 포고령을 내릴 것이니 광장으로 집합하라고 외쳤다.

처음에는 경계하다가 무슨 일인지 궁금해진 마을 사람들이 어느

새 광장, 교구의 학교 마당에서 카페의 아치형 통로까지 가득 메우고 있었다. 태평한 꼬맹이들은 차가운 샘물에 손을 담그고 장난을 치다가 부모에게 따귀를 맞고 쫓겨났다.

한편 샤이크의 처소에서 아델 에펜디는 팔짱을 낀 채 말없이 문간에 서 있는 반면, 살룸은 성의 주인을 집요하게 괴롭히고 있었다.

"크파리야브다 사람들은 용맹하기로 평판이 높아서, 우리 아미르께서는 그들이 무기를 드는 날 내릴 임무를 이미 생각해놓으셨지요."

아마도 살룸은 샤이크가 어떤 임무인지 묻기를 바랐겠지만, 샤이크는 잠자코 계속 말하게 내버려 두었다.

"사흘라인 사람들이 날이 갈수록 방자해져서 바로 어제도 매복해 있다 우리 동맹의 순찰대를 습격하는 바람에 부상자가 세 명이나 된단 말이오. 이제 그들을 응징할 때가 되었소."

"그러니까 내 부하들을 데려가서 사이드 베이크의 부하들과 싸우게 하겠다는 것인가?"

"샤이크 프란시스, 우리가 샤이크의 부하들을 데려간다고요? 천만에요! 그건 크파리야브다의 전통이 아니지요. 그들을 이끌고 가는 사람은 다른 누구도 아닌 샤이크지요. 앞장서서 전쟁터로 이끌고 가는 사람은 언제나 샤이크가 아닙니까?"

첩자 대장 살룸은 창끝으로 상처 입은 맹수의 살을 천천히 파헤치는 역할을 즐기고 있는 것 같았다. 샤이크는 방문을 쳐다봤다.

무장한 군인 열 명이 대기하고 있었다. 샤이크는 자기를 고문하고 있는 살룸 쪽으로 고개를 돌리고 경멸적인 한숨을 내쉬었다.

"사이드 베이크의 가문과 내 가문은 이제껏 한 번도 피를 흘려본 적이 없으며, 내가 살아 있는 한 그럴 일은 없을 거라고 너의 주인에게 전하라. 반면에 너의 주인과 나 사이에는 이제 무고한 내 아들의 피가 있으니, 그 아이가 당했던 대가를 치르게 될 것이다. 네 주인이 지금은 자신의 권력이 절정에 있다고 믿고 있겠지만, 산이 높으면 골짜기도 깊은 법이거늘! 너희에게 품격이라는 것이 조금이라도 남아 있다면 당장 내 방에서 나가고 내 성을 떠나라!"

그러자 살룸이 눈을 내리깔면서 말했다.

"이 성은 이제 너의 것이 아니다. 나는 이곳을 장악하라는 명을 받았다."

그 순간 아델 에펜디가 문을 열고 부하들을 들어오게 했다.

몇 분 후, 샤이크 프란시스는 두 눈이 가려지고 두 손이 등 뒤로 묶인 상태로 두 병사에게 양팔을 잡힌 채 샘을 향해 성의 돌층계를 내려가고 있었다. 모자를 쓰지 않은 샤이크의 대머리에 드문드문 흰 머리칼이 보였다. 그러나 유일하게 그의 신분을 나타내는 금실로 수놓은 초록색 조끼만은 입고 있었다.

마을의 전 주민이 입을 멍하니 벌린 채 붙박인 듯이 서서 늙은 샤이크의 걸음걸이에 맞춰 숨을 쉬고 계단에서 발이 미끄러질 때마다 소스라치면서, 부축받아 몸을 가누는 샤이크의 모습을 지켜보고 있었다.

이윽고 살룸이 병사들에게 그만 멈추고 샤이크를 땅바닥에 꿇리라는 손짓을 했다. 그러고는 아델 에펜디와 살룸이 샤이크 바로 앞에 버티고 서서 군중이 샤이크를 볼 수 없게 했다.

아미르의 앞잡이가 연설을 시작했다.

"크파리야브다의 주민들은 들어라. 여기 있는 샤이크, 이 작자의 조상과 후손은 아무도 여러분과 여성의 명예, 그리고 소작인들의 권리를 조금도 배려하지 않았다. 그들은 세금을 징수한다는 명목으로 부당하게 거둬들인 돈으로 성에서 호사를 누리며 방탕한 생활을 했다.

더구나 내 뒤 땅바닥에 꿇어앉은 이 작자는 사악한 짓을 저질렀다. 이단과 결탁하고, 경애하는 총대주교 살인을 방조함으로써 이 마을과 주민들에게 하늘의 노여움과 통치자의 분노를 불러일으키게 하였다.

나는 봉건 영주의 시대가 끝났다는 걸 여러분에게 알리러 왔다. 교만한 인간이 권리를 남용하여 부인과 처녀 들을 농락하는 시대는 이제 끝났다. 이 마을은 이제 샤이크의 소유가 아니고 주민들의 것이다. 봉건 영주의 모든 재산은 이 순간부터 몰수되어 여기 참석한 호웨자 루코즈에게 맡겨져 여러분의 이익을 위해 안전하게 관리될 것이다."

말을 탄 채 경호원들에게 둘러싸인 전 집사 루코즈가 언제부턴가 군중에게서 조금 떨어진 곳에 와 있었다. 모두의 시선이 잠시 그에게 향했다. 루코즈는 반지르르한 수염을 매만지면서 엷은 미소를 지어 보였다. 그 사이에 살룸은 연설을 이렇게 끝마쳤다.

"신의 뜻과 경애하는 아미르의 슬기로운 호의로 인해, 그리고 우리 동맹국의 후원에 힘입어 오늘은 이 변방의 역사상 영광스러운 순간으로 기록될 것이다. 악독한 봉건 영주는 몰락하고, 민중은 환희의 날을 맞게 되었다."

군중은 여전히 침묵을 지키고 있었다. 샤이크도 입을 꾹 다물고 있었다. 그런데 단 한 사람 환호성을 지르는 사람이 있었다. 그러고는 즉시 후회해야 했던 그 사람은 바로 나데르였다. 살룸의 연설이 끝나 갈 즈음에 도착한 나데르는 아마도 프랑스 대혁명의 '특권 폐지'를 운운하다 큰 낭패를 당했던 일을 떠올린 모양이었다.

성난 시선들이 일제히 자신에게 쏠리자 군인들을 이끌고 온 아델 에펜디와 경호원에 둘러싸인 루코즈, 아미르의 앞잡이 살룸이 있는데도 나데르는 가슴이 서늘해지는 것을 느꼈다. 그는 바로 그날 크파리야브다를 떠나면서 다시는 그 땅에 발을 들여놓지 않겠다고 다짐했다.

보부상 나데르를 제외하고는 어느 한 사람도 그 '해방 선언'을 행복하게 받아들이는 기색이 없었다. 기뻐하기는커녕 온 마을 사람들의 얼굴에서 눈물이 흘러내렸다. 이집트 군인들은 어이없는 얼굴로 서로를 쳐다봤고, 살룸은 배은망덕한 군중을 위협적으로 훑어봤다.

군인들이 샤이크를 강제로 일으켜서 끌고 갈 때는 소중한 이의 장례를 치르는 날처럼 울음 소리와 기도 소리, 신음 소리가 들렸다. 탄식하는 여자들 속에는 샤이크에게 사랑받다 버림받은 이들도 있었고, 샤이크의 눈을 피해 다녀야 했던 이들도 있었다. 하지만 모든 여자가 울고 있었다. 물론 라미아도 예외는 아니었다. 계속되는 불행에도 여전히 아름답고 우아한 라미아는 검은색 옷차림으로 교회 부근에 서서 눈물을 흘리고 있었다.

그때 갑자기 울리는 교회의 조종 소리. 한 번. 고요. 그리고 또 한 번의 종소리가 천둥을 치듯 더 크게 울려 퍼졌다. 종소리는 이 마을 저 마을로 메아리쳤고, 세 번째 종소리가 울렸을 때는 귀가 먹먹해졌다. 두 팔로 밧줄을 힘껏 잡아당겼다 놓았다 하면서 흔들림 없이 연달아 종을 치는 사람은 후리예였다.

잠시 어리둥절해 있던 군인들이 다시 전진했다. 그 속에서 샤이크는 허리를 꼿꼿이 세우려고 애쓰면서 걸어가고 있었다.

그날 내 고향에서 일어났던 일을 사회 혁명으로 봤으면 좋았겠지만 나는 그럴 수가 없다. 하지만 내가 출처로 삼은 연대기와 일지는 그렇게 보고 있고, 노인들의 기억 속에도 그렇게 남아 있다.

선대인들이 했던 대로 나도 그 사건들을 혁명으로 가장해서 보았다면 좋았겠지만, 그랬더라면 내 이야기의 다음 부분은 이해할 수 없을 것이다.

II

샤이크가 끌려간 바로 다음 날, 루코즈는 너무 작아서 어울리지 않게 된 옷을 버리듯 자신의 호화 저택을 떠났다. 딸과 경호원들을 기느리고, 그리고 두려움과 치열함도 함께, 성으로 거처를 옮기기 위해서였다. 루코즈는 성에 도착하자마자 베네치아 출신의 뜨내기 화가에게 그려 달라고 한 자신의 초상화 한 점을 들고 접견실로 들어갔고, 지위를 박탈당한 샤이크의 계보가 그려진 패널을 떼어낸 자리에 초상화를 걸었다. 곰보 자국이 없는 것만 빼면 그의 얼굴을 쏙 빼닮은 초상화였다.

아스마는 예전에 안주인이 쓰던 방에서 기거했는데, 좀처럼 방에서 나오지 않는 것 같았다. 게리오스 집사가 살았고, 그 이전에 루코즈가 기거했던 곳은 비어 있었다. 라미아는 언니 후리예의 집에서 지내고 있었다. 사람들은 라미아를 거의 보지 못했다. 그녀를 볼 수 있는 것은 기껏해야 일요일뿐이었다. 신도들은 교회에 나났다 제의실로 사라지는 검은색 옷차림의 가냘픈 실루엣을 지그시 쳐다보지만, 정작 라미아는 신도들에게 눈길도 주지 않는 것 같았다.

어느 날 나는 게브라이엘 어르신에게 물었다.

"라미아는 죄책감이 전혀 없었나요?"

어르신은 내 질문의 뜻을 이해하지 못했다는 표정으로 눈살을 찌푸리면서 말했다.

"자네도 그 옛날 마을 사람들이 그랬던 것처럼, 9월의 어느 날 오후에 라미아가 침실에서 샤이크의 유혹에 굴복했고, 그 잘못으로 인해 마을에 불행이 잇달았다는 말을 나한테서 듣고 싶은 모양이군. 하지만 사람들이 아무리 타니오스의 어머니를 죄인으로 몰아가려고 해봤자 누가 뭐래도 그녀는 결백하고 아름답고 우아하고 당당한 여인이야. 그러니 앞으로 다시는 라미아에 대해 죄인이니 죄책감이니 하는 말은 꺼내지도 말게."

게브라이엘 어르신은 마치 그 여인의 명예를 지켜줘야 하는 의무가 있는 것처럼 말했다. 사암으로 지은 오래된 집, 나는 어르신의 응접실에 앉아 있었다. 어르신이 내 손을 잡더니 테라스로 데리고 나갔는데, 마당 한복판에 그 옛날의 뽕나무 한 그루가 살아남아 있었다.

"우리의 산을 잘 둘러보게. 완만한 경사, 숨겨진 골짜기, 동굴, 바위, 향긋한 바람, 철마다 옷을 갈아입는 여인처럼 아름답고, 라미아처럼 아름다운 산. 산도 자신의 아름다움을 십자가처럼 지니고 있으니.

산은 모든 이가 갈망하고, 능욕하고, 어지럽히고, 걸핏하면 점령하지만 때로는 사랑받고, 사랑에 빠지기도 하지. 세월의 관점에서 볼 때 간통, 정절, 사생아가 무슨 의미가 있을까? 그저 조물주의 농간일 뿐이거늘.

라미아가 남의 눈을 피해서 살았다는 소리를 듣고 싶은 건가?

루코즈가 지배하던 때에는 숨어 살았지. 당시 우리 마을은 꼭 거꾸로 된 시클라멘 같아서, 꽃은 흙 속에 묻히고 털북숭이 덩이줄기가 하늘을 향하고 있었으니까."

'털북숭이 덩이줄기'라는 표현은 루코즈란 이름이 언급되는 순간 내 고향 어른들의 머리에 떠오른, 그나마 덜 무례하고 덜 신랄한 비유였다. 루코즈에 대한 혐오감을 나타내는 이 표현이 부당하다고 볼 수는 없을지도 모른다. 하지만 내 눈에는 간혹 지나쳐 보였다. 물론 루코즈에게 비열한 면이 있었지만, 딱한 면도 있었다. 그에게 야망은 다른 사람들에게 도박이나 탐욕과 같은 것이었다. 하지만 점점 더 깊이 빠져들 수밖에 없는 야망의 역기능을 그도 괴로워하고 있었다. 물론 그가 타니오스를 배신하면서 저지른 잘못이 소중한 사람에게서 훔친 돈을 탕진한 노름꾼의 잘못과 같다고 할 수는 없다. 하지만 타니오스에게 정성을 들이던 때의 루코즈는 타산적이었던 것만은 아니었고, 성급하지만 타니오스가 자기를 좋아하고 존경해주길 바라는 마음이 있었다.
　내가 루코즈의 성격상 특징을 굳이 이렇게 언급하는 것은 그를 변호해주기 위해서가 아니라―그래줄 필요가 없는 사람이기에―이제는 그의 가신이 된 마을 사람들에게도 루코즈가 같은 방식으로 처신할 것이기 때문이다.
　루코즈는 음모, 타협, 뇌물 등 갖은 모략을 꾸며서 실추한 샤이크 프랑시스의 영지를 차지했다. 하지만 오랜 세월 기다리고 준비해 온 복수였건만 그는 기쁨을 누릴 수 없었다. 모욕당하는 샤이크의 모습을 보고 눈물을 흘린 마을 사람들 때문이었다. 아스마의 아버지는 그날 거만한 표정을 지었지만, 사실은 깊은 상처를 받았다. 그래서 무슨 수를 써서라도 가까운 시일 내에 마을 사람들의 사랑을 얻으리라 다짐했다.

루코즈는 봉건적 오만의 상징이던 손에 입을 맞추는 의식을 폐지하는 것으로 시작해, 농부들에게 '흉작으로 인한 어려움을 만회할 시간을 주기 위해' 연말까지 한 푼의 세금도 징수하지 않을 것이며, 만일 내야 할 세금이 있다면 자기 돈으로 낼 것이니 걱정하지 말라고 회유했다.

그리고 무너질 위험이 있는 교회의 종탑을 보수하고, 샘의 연못을 청소하며 위생에도 신경을 썼다. 게다가 마을에 내려올 때마다 자기가 지나가는 것을 기뻐하고 환호해주기를 바라는 마음으로 은화를 뿌리고 다녔다. 그러나 헛수고였다. 사람들은 은화를 줍기 위해 허리를 숙였다가 바로 세우고는 등을 돌려버렸다.

영주로 등극하고 나서 맞는 첫 일요일, 루코즈는 교회에 들어가면서 그때까지 샤이크의 자리로 정해져 있던 카펫이 깔린 좌석에 앉게 되리라 생각하고 있었다. 그러나 그 의자는 사라지고 없었다. 사제가 내린 결정이었다. 그리고 그날 사제가 설교의 주제로 선택한 성경 구절은 이러했다. "부자가 하느님 나라에 들어가는 건 낙타가 바늘귀를 통과하는 것보다 더 어렵다."

이 마을에서 제2의 세례명과도 같은 별명이 생겨나는 순간이었지만…… 내가 기대했던 별명은 아니었다. 루코즈에게 붙은 별명은 '낙타'가 아니라—사람들은 낙타에 대한 애정이 너무 크고, 낙타의 충직함, 지구력, 그리고 기질과 유용성을 높이 평가하고 있었다—바늘귀였다. 앞서 내가 성이 '바늘귀'라는 별명으로 불렸다고 했던 것이 바로 이때의 일 때문이었다.

그 일은 때로는 격하고 잔혹한 일화들이 만들어지는 계기가 되기도 했다. 그렇게 해서 당시에 만들어진 일화들 가운데 게브라이엘 어르신이 아직도 즐겨 이야기하는 것을 소개하면 이렇다.

"'한 마을 사람이 루코즈를 찾아가서 그의 초상화를 하루만 빌려 달라고 간청했지. 그 초상화가 있으면 금방 부자가 될 수 있다는 마을 사람의 설명을 듣고, 전 집사가 대단히 흐뭇해하면서 물었지.

'어떻게 그럴 수 있는가?'

'초상화를 벽에 걸어놓으면 마을 사람들이 줄을 이을 것이고, 그 사람들한테 돈을 받을 거예요.'

'돈을 받는다고?'

'초상화에 대고 욕설을 퍼붓는 데는 3피아스터, 침을 뱉는 데는 6피아스터를 받으려고요.'"

사람들이 자신을 비방할 궁리를 하고 있다는 사실에 너무 격분한 나머지 루코즈는 그만 훨씬 더 조롱거리가 될 방법으로 대응하는 잘못을 저지르고 말았다. 루코즈는, 그런 일화들은 단방에 만들어지는 것이 아니라 저녁마다 음모꾼들이 어느 집에 모여서 꾸며낸

이야기를 그 이튿날 퍼뜨리는 것이며, 그들 속에 변장한 영국인 첩자가 있을 것이라고 확신했다. 그는 부하들에게 마을을 샅샅이 뒤져서 무슨 수를 써서라도 일화를 만들어내는 '험담 공작소'를 찾으라고 명했다.

루코즈에게 적대적인 사람들이 꾸며낸 수많은 이야기 중에는 사실무근이라고 할 만한 것들도 있었다. 이런 이야기들은 루코즈에게 반감이 별로 없는 나데르가 들었더라도 사실로 보지 않았을 터무니없는 것이었다.

"루코즈에게 아첨하는 사람들은 샤이크 프란시스를 변덕스러운 폭군으로 만들었고, 루코즈에게 적대적인 사람들은 그를 샤이크의 자리를 빼앗은 미치광이로 만들었다."

"그자는 마을 사람들의 마음에 들기만을 바랐고, 그들이 용서해주기만을 바랐고, 고맙다는 말 한마디를 듣기 위해서라면 전 재산이라도 뿌렸을 것이다."

"그자는 마침내 밤에 미치광이처럼 험담 공작소를 찾아다녔고, 불빛 없는 온 마을의 집에서는 웃음소리가 터져 나오고 있었다."

"나는 사람들의 웃음소리에 따라 웃지 않으려고 그 마을을 떠났지만, 언젠가 나는 그들의 울음소리 때문에 울어야 할 것이다."

내 고향 사람들이 영주를 대하는 태도에는 늘 어리둥절하게 만드는 부분이 있는 것은 확실하다. 물론 인정하는 사람도 있고, 그렇지 않은 사람도 있다. 적법한 영주니 찬탈자니 말하는 것은 문제의 핵심을 딴 데로 돌리는 것일 뿐이다. 마을 사람들에게 적법성을 보장하는 것은 기간이 아니고, 그들이 거부하는 것은 혁신 그 자체가 아니었다. 마을 사람들에게 샤이크는 자기들의 일원이라서 설사 고통을 안겨주는 한이 있더라도 그들의 욕망, 공포, 분노에 따라 행동하는 가족과 같은 존재였다. 반면에 루코즈는 총독들과 군대 장교들, 아미르에게 복종하는 존재였으니…… 그가 전 재산을 나누어준다면 그들은 아마도 손가락으로 그 돈을 집기는 했을 테지만, 돈을 집었던 바로 그 손가락으로 그를 불명예스럽게 만들고도 남을 터였다.

게다가 사람들은 전 집사에 대해 의혹을 품고 있었다. 루코즈는 어쩌면 샤이크가 다스리던 때보다 마을 사람들을 더욱 온순히 복종하게 만들겠다는 약속을 그가 섬기는 통치자들에게 했을지도 모르고, 몇 주간의 유예 기간이 지나면 공모자들이 세금을 걷으러 나타날지도 모른다는 의심이었다.

샤이크는 사흘라인 마을과 싸우러 가지 않겠다고 했지만, 루코즈는 그러겠다고 약속했다. 아델 에펜디는 그 약속을 지키라고 강요했다. 민심을 얻겠다는 희망을 아직 단념하지 않은 크파리야브다의 새 주인은, 가신들에게 이웃 마을과 싸우라는 명을 내렸다가는 영원히 신망을 얻지 못하리라는 걸 알고 있었다. 그래서 아델 에펜디 사령관과 루코즈 간에 거친 대화가 오갔다.

"이 마을을 이제 막 장악했는데 나의 힘이 다져질 때까지만 좀 기다려주시오." 루코즈가 간청했다.

"당신의 힘은 우리요!"

"산악 지대 마을에서는 일단 복수가 시작되면 대대로 이어져서 그 무엇으로도 막을 수 없어서……."

그때 루코즈의 말을 중단시키면서 사령관이 했던 말을, 엘리아스 수도사의 고결한 펜이 이렇게 기록해놓았다.

"내가 사창가의 어느 술집 주인을 만나러 간다고 하면 그것이 순결의 가치에 대해 지껄이는 말을 듣기 위해서가 아니잖소!"

그러고는 이렇게 덧붙였다.

"내일 새벽에 부하들을 데리고 다시 오겠소. 당신 집에서 커피나 마시려고 오는 것은 아니니까, 당신은 징병한 마을 사람들을 데리고 밖에 나와서 대기하시오. 내가 그 수를 세어보고 당신의 운명을 결정할 것이오."

《산악 지대의 연대기》의 저자는 그다음에 일어난 일을 이렇게 기술하고 있다.

"어떤 날보다도 저주받은 그날 새벽, 아델 에펜디는 기병 40명과 보병 120명을 이끌고 마을에 도착했다. 그들이 성으로 올라가니 루코즈가 마당에서 기다리고 있었다. 그의 주위에는 경호원들과 소총으로 무장한 기병 30명이 있었다.

'이 사람들은 내가 이미 아는 얼굴들이고, 그럼 다른 사람들은 어디 있소?' 사령관이 물었다.

그러자 루코즈는 돈을 주고 모집한 남자 열 명을 가리키면서 그 중 여섯 명의 이름을 일일이 열거했다.

'그러니까 용맹하기로 이름난 이 마을에서 동원할 수 있는 사람이 이게 다란 말이오?' 사령관이 어이없다는 얼굴로 물었다.

사령관은 일단 사흘라인 사람들과 싸움을 끝내고 나서 조처하겠다고 선언한 뒤 병사들에게는 솔숲을 가로질러서 전진하라 이르고, 루코즈의 부하들은 그 뒤를 따르라고 명했다.

사흘라인에 도착한 그들은 사이드 베이크의 경비병들을 쉽게 무장 해제시켰고, 그중 여덟 명을 사살했다. 이어서 그들은 궁으로 들어가 무력을 행사했다. 사흘라인의 영주는 머리를 심하게 맞고 사흘 뒤에 사망했다. 그의 큰아들 카흐탄은 죽도록 얻어맞은 채로 방치되었으나 용케 살아남았다. 마을은 약탈당했고, 집 안에 있던 남자들은 살해되었으며, 여자들은 능욕당했다. 드루즈파는 물론이고 기독교도들한테서도 사랑받았던 덕망 높은 베이크를 포함해서 사망자가 무려 스물여섯 명에 이르렀다. 신께서 사이드 베이크의 영혼을 거두셨으니 분열을 일으키는 선동자들은 영원히 저주받으리."

《산악 지대의 연대기》의 저자는, 돌아오는 길에 루코즈가 자신이 느끼는 자책감을 사령관에게 이렇게 전했으리라고 기술하고 있다.

"우리가 저지른 일은 앞으로 백 년 동안 산악 지대를 전쟁의 불바다로 만들 거요."

그 말에 사령관의 대답은 이러했을 것이다.

"당신들은 두 종류의 전갈이오. 당신들이 마지막 순간까지 서로 물고 뜯고 싸워준다면 그보다 좋은 일은 없겠지."

이어서 이렇게 덧붙였을 것이다.

"우리가 가는 길에 이 빌어먹을 산악 지대만 없었다면, 우리 파샤께서는 지금쯤 이스탄불의 술탄이 되셨을 것이오."

"그런 날이 오겠지요. 그것이 신의 뜻이라면."

어느 모로 보나, 신께서 원치 않는다는, 아니 이제 더는 원치 않는다는 뜻으로도 들릴 수 있는 말이 아닌가. 사령관도 의식하고 있었는지 말투가 환멸에 찬 어조로 달라지는 걸 느끼면서 루코즈는 가슴이 졸아들었다. 점령군이 승리한다면 그들을 섬길 각오가 되어 있었는데, 내일이라도 이집트군이 산악 지대에서 철수하고 아델 에펜디가 가자나 아스완을 통치하러 돌아가버린다면 루코즈는 어떻게 될 것인가? 루코즈는 그날 사흘라인을 토벌하는 돌이킬 수 없는 죄를 지었으니 결코 용서받지 못하리라는 자책감을 느끼고 있었다.

하지만 지금은 그를 보호해주는 통치자들과 좋은 관계를 유지할 필요가 있었다.

"아델 에펜디 사령관, 승리를 축하하고 용맹하게 싸운 부하들에게 보답하는 의미에서 오늘 저녁 성에서 연회를 열겠소."

"내 병사들을 술에 취하게 해서 죽이려는 속셈이군!"

"당치 않으신 말씀! 누가 감히 그런 짓을 한단 말이오?"

"내 부하에게 아라크주를 한 방울이라도 마시게 했다간 당신을 반역죄로 교수형에 처할 것이오."

"에펜디, 나는 우리가 친구라고 믿었는데!"

"나는 친구를 사귈 시간도 없거니와 이 산악 지대에서는 우리의 친구가 될 만한 이들을 본 적도 없소. 인간, 동물, 나무, 바위, 모든 것이 적대적이고 모두 우리의 동정을 엿보고 있는데.

그리고 지금부터 내가 하는 말을 잘 들으시오, 루코즈! 나는 군인이라서 두 가지 말밖에는 모르오. 복종 아니면 죽음, 당신은 이 둘 중에서 어느 것을 선택하겠소?"

"명하시오. 복종하겠소."

"오늘 저녁에 내 부하들은 마을 밖 야영지에서 휴식을 취할 것이오. 그리고 내일은 마을 안의 모든 집에서 무기를 압수할 것이오."

"마을 사람들은 말썽을 피우지 않을 겁니다."

"여기 사람들은 전갈이라고 내가 아까 말했잖소. 그들이 독침을 갖고 있지 않다는 걸 확인해야 내 마음이 평온할 것 같소. 집집마다 다니며 당신이 책임지고 무기를 압수하시오."

"무기가 없으면?"

"우리 파샤의 말씀에 따르면 이 산악 지대에는 어느 집이나 무기를 소지하고 있다는데, 파샤께서 거짓말을 했다는 것이오?"

"아니, 파샤께서 그리 말씀하셨다면 그건 진실이지요."

이튿날 동이 트기가 무섭게 루코즈의 부하들은 아델 에펜디 사령관 수하 병사들의 감시를 받으며 마을의 모든 집을 수색하기 시작했다. 첫 번째 집은 광장 부근에 있는 이발사 루파엘의 집이었다.

대문을 두드리면서 무기를 내놓으라고 명령하자 이발사가 재미있다는 표정으로 말했다.

"면도날 말고 다른 무기는 없는데요. 그거라도 원하신다면 가져오지요."

이집트 사령관과 함께 서 있던 루코즈는 부하들이 수색하러 집 안으로 들어가려고 하자 루파엘을 밖으로 불러냈다. 주변에 사는 사람들이 집 안의 창문 혹은 지붕 위에서 눈과 귀로 경계하고 있었다. 루코즈는 모두가 들을 수 있도록 목청을 높여서 말했다.

"루파엘, 너한테 소총이 있다는 걸 나는 알고 있다. 가지고 나와라. 아니면 후회하게 될 것이다."

이발사가 대답했다.

"내 어머니의 관을 뒤덮은 흙에 대고 맹세컨대, 집 안에는 무기가 없습니다. 부하들에게 뒤지라고 하십시오."

"내 부하들이 뒤지기 시작하면 네 집과 이발소에는 돌맹이 하나 남지 않을 것이다. 그뿐만 아니라 정원의 식물 밑, 닭의 깃털 속, 네 아내의 치마 속까지 샅샅이 뒤질 것이다. 무슨 말인지 알아들었는가? 그런데도 정녕 네 눈앞에서 그 모든 일이 일어나는 걸 보겠는가?"

이발사는 그제야 겁을 먹었다.

"사용할 줄도 모르는 소총 하나 간직하겠다고 제가 그런 일이 일어나게 두겠습니까? 저한테는 무기가 없다는 걸 어머니의 무덤을 걸고 맹세하겠습니다. 제 말을 믿게 하려면 어떤 것으로 맹세하면 되겠습니까?"

"우리의 주인이신 이집트 파샤께서 말씀하시기를, 산악 지대에는 어느 집이나 무기가 있다고 하셨다. 파샤께서 거짓말을 하셨단 말인가?"

"당치도 않으십니다. 파샤께서 그리 말씀하셨다면 그건 진실입니다."

"그럼 내 말을 잘 새겨들어라. 우리는 계속해서 마을의 집들을 수색할 것이다. 15분 후에 네 집으로 다시 올 것이니 그때까지 잘 생각해보아라."

이발사는 이해하지 못하고 있었다. 그러자 루코즈는 지켜보고 있는 이웃 사람들이 그 충고를 잘 알아들을 수 있도록 크게 소리 내어 말했다.

"무기가 없으면 사서라도 내놓아라. 그러면 너를 더는 건드리지 않을 것이다."

주변의 사람들이 코웃음을 쳤다. 남자들은 낮은 소리로, 여자들은 대담하게 큰 소리로 비웃었지만 루코즈는 그저 미소를 지었다. 마을 사람들의 표현대로 그가 '쓸개 빠진 놈'으로 보일 만도 했다. 그의 부하 한 명이 이발사에게 다가와서 200피아스터에 자기의 소총을 팔겠다고 제안했다.

"총알은 빼고 주게." 루파엘이 말했다. "그러지 않았다간 누군가를 쏘고 싶은 유혹을 참을 수 없을 테니!"

집으로 들어갔다 나온 이발사는 병사가 요구한 금액의 동전을 뒤죽박죽으로 쏟았다. 병사는 소총을 건네주고 동전을 세었다. 그러고는 고개를 끄덕이더니 무기를 다시 빼앗으며 외쳤다.

"좋다. 우리는 이 집에서 무기 한 자루를 압수했다."

마을의 무기 압수는 엄청난 돈벌이가 되는 것으로 드러났다. 가택 수색은 그 이후로도 여러 날 동안 계속되었고, 이웃 마을에서도, 그리고 부자 상인들이 많이 모여 사는 다이룬에서도 비슷한 일이 벌어졌다.

그러나 무기도 돈도 넘겨주지 않으려고 하는 사람들이 있었는데, 프라리예 즉 '반란자'라고 불리는 이들이었다. 그들은 가택 수색이 광장 쪽에서부터 시작되었다는 소식을 듣고 여자들과 아홉 살 미만의 소년들, 그리고 욤엘 프라리예라 불리는 신체 장애인들만 집에 남겨 두고 소총과 검, 그리고 식량을 챙겨서 숲이 우거진 깊은 산속으로 들어갔다.

그들의 수는 얼마나 되었을까? 크파리야브다에서만 60명이 넘는 남자들이 떠났고, 인근 촌락들에서도 비슷한 수의 남자들이 집을 떠났다. 그들은 이미 오래전에 사흘라인에서 도망쳐 나왔던 남자들과 합류했고, 그 후 며칠 동안 다이룬과 그 마을에 부속된 촌락에서도 남자들이 속속 도착했다. 그들은 서로 돕기로 합의했으나, 각각 자기들 대장의 지시를 따랐다.

같은 시기, 전 산악 지대의 곳곳에서 비슷한 일이 일어나고 있었다. 그 반란자들이 모두 같은 상황에서 고향 땅을 떠난 건 아니지만 그 이유는 비슷했다. 산악 지대에 주둔하며 만행을 일삼는 이집트군, 세금 착취, 강제 징병, 무기 압수 때문이었다.

이윽고 영국과 오스만의 첩자들이 이 반란자들에게 접근하여 무기와 군수품, 돈을 공급해주었고, 파샤의 군대와 이집트군의 동맹 아미르를 괴롭힐 수 있도록 원조했다. 그 첩자들은 머지않아 유럽 열강이 이집트군을 무찌르는 일에 가세할 것이라고 단언하면서 반란자들을 부추겼다.

그리고 얼마 후에는 영국 함대가 곧 도착한다는 소문이 돌았다. 희망에 부푼 산악 지대의 반란자들은 등잔불을 들고 바다를 살폈다.

Ⅲ

타니오스는 여러 달 동안 고향 소식을 듣지 못해 반란군에 대해서도 전혀 모르고 있었다. 그러나 레반트에서 일어나고 있는 격변 상황은 곧 런던, 파리, 빈은 물론이고 카이로와 이스탄불에서도 화젯거리가 되었다. 당연히 파마구스타, 여인숙, 상인들의 거리, 그리스인의 카페에도 그 소식이 전해졌다. 결전이 시작된 것 같았다. 폰슨비 경이 예상한 대로 격전지는 산악 지대, 그리고 비블로스와 티레 사이의 연안 지대였다.

수백 명의 반란군에게 끊임없이 공격받고 있던 이집트 파샤의 야심을 완전히 꺾어버리기 위해 마침내 유럽 열강이 포함과 군대를 보내기로 결정을 내린 것이었다.

타니오스는 어느 편에 서야 하는지 알고 있었다. 어떤 날은 해협을 건너 반란군과 함께 싸우기 위한 무기를 장만하고 싶은 충동을 느꼈다. 이집트군을 상대로 싸우기 위해서? 그의 머릿속에서는 특히 아미르에 대항하기 위해서였다. 게리오스를 교수대로 끌고 가기 위해 첩자를 보냈던 아미르에 대항하기 위해서였다. 그리고 파힘과 살룸을 찾아내어 총구를 들이대고 싶었다. 타니오스는 바로 그런 순간을 꿈꾸고 있었다. 그는 주먹을 불끈 쥐었다. 그 순간 교수형에 처해진 게리오스의 모습이 다시 눈앞에 그려졌다. 꿈이 악몽으로 바뀌고, 분노가 혐오로 바뀌었다. 그러다 이내 싸우고 싶은 욕망을 잃었고, 떠나겠다는 생각밖에 남지 않았다. 완전히 반대 방향으로, 서쪽으로, 제네바, 마르세유, 브리스틀을 향해, 그리고 그 너머 미국으로.

타니오스는 두 세계 사이에서 고민하고 있었을까? 아니, 오히려 두 가지 복수 사이에서 갈등하고 있었다. 하나는 피를 통한 복수였고, 다른 하나는 경멸을 통한 복수였다. 그는 파마구스타에 머물면서 타마르 곁에서 지내고 있었다. 그들의 꿈과 육체가 뒤엉키고 있었다. 타마르는 방황의 동반자였고, 이국인 누이였다.

그러면서 타니오스는 스톨튼 목사가 돌아오기를 계속 기다렸다. 그러나 여름이 시작될 무렵에야 호브세피안을 통해 타니오스를 만나러 반드시 키프로스섬에 오겠다는 목사의 전갈을 받았다. 그리고 석 달 후에 목사가 리마솔 항구에 도착했다. 통역관을 통해 연락받은 타니오스는 목사를 만나러 리마솔에 갔다. 1840년 10월 15일이었고, 그로부터 3주 후 타니오스 키크는 영웅적 행위를 한 전설적인 인물이자 수수께끼 같은 주인공이 되었다.

그들의 재회는 리마솔의 바닷가에 있는 저택, 한 영국인 상인의 거처에서 이루어졌다. 저택은 밖에서 보면 평온한 안식처였으나 내부는 대상 숙소보다도 더 북적였다. 선원들과 삼각모를 쓴 장교들, 무기, 군화, 술. 타니오스는 책에서 읽었던 영국 희곡 작품들이 떠오르면서, 리허설 중인 무대에 잘못 들어온 것 같은 느낌이 들었다.

타니오스는 담배 연기가 자욱하지만 조용한 사무실로 안내받았다. 스톨튼 목사는 여섯 사람과 타원형 탁자에 둘러앉아 있었다. 오스만의 고관 한 명을 제외하고 모두 유럽식 복장을 하고 있었다. 타니오스는 대번에 그들이 유럽 열강에서 파견한 외교 특사들이라는 걸 알아차렸다.

의자에서 벌떡 일어난 스톨튼이 달려와서 아들을 맞이하는 아버지처럼 타니오스를 끌어안았다. 외교관들은 타니오스에게 고개를 까딱해 보이고는 파이프 담배를 피우면서 낮은 소리로 나누던 대화를 이어 갔다. 그런데 예외적인 사람이 있었다. 자리에서 일어난 남자가 만면에 미소를 지으며 손을 내밀었다.

타니오스는 그를 알아보기까지 잠시 시간이 걸렸다. 무성하게 자란 짙은 갈색 수염과 멋진 옷차림으로 보아 리처드 우드가 분명했다. 그 당시는 영사가 아니었는데도 마을 사람들이 무작정 영국 '영사'라는 칭호로 불렀던 바로 그 리처드 우드였다. 그 후로 그는 영국 정치계의 거장이자 산악 지대의 '바이런'*으로서, 배후에서 반란군에게 돈과 무기를 공급해주면서 습격을 독려하는 수장이 되어 있었다.

리처드 우드는 크파리야브다의 성에 와서 타니오스에게는 은으로 된 나전 필통을, 라드에게는 엽총을 선물했었다. 타니오스는 그날 이후로 한 번도 그를 만난 적이 없었다.

"우리가 만났던 게 4, 5년쯤 전이지……."

"네, 그렇습니다." 타니오스가 공손하게 대답했다.

우드는 여러모로 착잡한 얼굴로 말했다.

"이 젊은 친구의 마을을 방문했던 일은 내가 산악 지대에 체류하던 중 가장 놀라운 기억으로 남아 있지요."

우드는 이 말을 그 자리에 있는 사람들에게 프랑스어로 말했다. 그것이 외교관들 사이의 관례라고는 하지만, 그곳에 참석해 있는 유럽 열강의 특사들 가운데 프랑스 측 특사가 없는 걸 생각하면 모순이 아닐 수 없었다.

타니오스는 스톨튼 목사가 왜 이 외교관들 속에 있는지 궁금했

---

* 영국의 대표적인 낭만파 시인 조지 고든 바이런(1788~1824)을 가리킨다. 그는 1823년 그리스로 건너가 오스만 제국에 대항하는 그리스 독립 전쟁에 용병으로 참전하여 독립군에게 사기를 북돋워주었다.

다. 왜 이들이 있는 데서 만나고 싶어 했을까? 타니오스는 곧 그가 따로 불러내어 의문을 풀어줄 거라고 기대하고 있었다. 그러나 정원으로 나가 잠시 걷자고 제안한 사람은 리처드 우드였다.

대화를 나누기에 적합한 풍경이었다. 종려나무들이 바다까지 두 줄로 늘어서 있고, 초록빛 잔디와 푸른빛 바다 사이에는 시야를 방해하는 것이 아무것도 없었다. 황토색 흙조차 보이지 않았다.

"필요하면 요새를 폭격하라는 명령을 받은 영국 군함들이 베이루트에 정박 중이라는 얘기는 자네도 들었겠지. 다른 함대도 막 연안에 상륙했고 영국과 오스트리아, 오스만 연합군이 나흐르 엘 칼브강을 향해 진군하고 있지. 무함마드 알리 파샤가 우리의 경고를 이해하면 좋겠는데, 그는 심각하게 받아들이지 못하고 우리와 맞설 수 있다고 생각하는 것 같아. 프랑스군이 도와주러 달려올 것으로 믿는 모양이지만 천만의 말씀이거든."

우드는 영어로 말하고 있지만, 지명을 댈 때는 산악 지대 사람들의 억양으로 발음했다.

"현재 전개되고 있는 군사 작전을 우선 간략하게 언급했지만, 그게 다는 아니야. 유럽 열강이 여러 달 전부터 준비해 온 이번 작전은 법적·외교적인 면에서 세부적으로 협상할 것이 많지. 그중 하나가 자네 타니오스와 관련된 것이었네."

타니오스는 이게 꿈이라면 결론을 알기 전에 잠에서 깨어날까 두려워 감히 입도 벙긋 못하고 있었다.

"우리가 합의한 것 중 쉽지 않은 일을 이루려면 산악 지대의 아들이 우리와 함께 있어야 해. 그래야 때가 되면 모처에서 모종의 역할을 할 수 있거든. 지금은 이렇게 모호하게 설명할 수밖에 없어서 미안하네만, 배에 올라 바다에 있게 되면 그때 좀 더 명확하게 설명해주겠다고 약속하지. 하지만 우리가 콕 집어서 자네를 선택했다는 것만은 이 자리에서 말해주고 싶군. 자네는 우리의 언어를 배웠고 목사와 나는 자네를 잘 알고 있어서 그렇지 않아도 자네가 절실하게 필요하던 차에, 마침 자네가 키프로스섬으로 찾아와주기를 바란다고 해서⋯⋯.

이 결정을 내리기까지 많이 망설였다는 걸 숨기지 않겠네. 총대주교 살해 사건 때문은 아니야. 자네가 무고하다는 건 다 아니까. 자네 아버지가 당한 죽음 때문에 자네가 완수해야 할 일이 보복이 되어버릴까 봐 그것이 문제였지. 하지만 임무를 완수할 때까지는 사적인 원한은 잊어야 한다는 걸 명심해야 해. 나한테 그러겠다고 약속하겠나? 그것만 약속한다면 우리와 함께 떠날 수 있는데 어쩌겠나? 우리하고 가겠나?"

타니오스는 고갯짓과 눈짓으로 동의를 표시했다. 우드가 손을 내밀었고, 그들은 악수로 협약을 맺었다.

"미리 말해 두겠는데 사실은 목사가 이런 식으로 자네를 끌어들이는 걸 몹시 주저하고 있네. 우리가 사무실로 돌아가면 아마 목사가 배에 오르기 전에 충분히 생각하고 결정하라고 넌지시 말할 걸세. 심사숙고한 뒤에도 자네의 결정에는 변함이 없을 거라고 나한테 말할 수 있겠나?"

타니오스는 재미있는 표현이라고 생각하고 웃었다. 그러자 아일 랜드 출신의 악마 같은 인간도 따라 웃었다.

"함께 떠나겠습니다." 결심이 섰음을 보여주기 위해 타니오스가 웃음기를 없애고 엄숙한 표정으로 말했다.

"정말 기뻐군. 하지만 자네가 그렇게 대답할 줄 알고 있었지. 산 악 지대 사람들을 웬만큼 알게 되었으니까.

'HMS 커레이저스' 순양함이 두 시간 후에 출항할 거야. 파마구 스타에서 해결할 일이 있거나 계산할 것이 있으면 나한테 말하게. 호브세피안에게 사람을 보내 처리하라고 할 테니까."

타니오스는 찾아올 짐도, 계산하지 않은 것도 없었다. 돈은 허 리춤 전대 안에 있었고, 방세는 늘 일주일 분을 미리 계산했다. 해 결할 일이라면 함께 떠나겠다고 약속했던 타마르에 관한 것밖에는 없었다. 갑작스레 떠나게 되었으니 작별 인사도 못 하고 가게 되었 지만, 그렇다고 통역관에게 그 일을 부탁할 수는 없었다.

타니오스는 가까운 시일 내에 파마구스타의 여인숙으로 돌아와 서 꼭대기 층 그녀의 방문을 두 번, 그리고 또다시 두 번 두드리겠 다고 다짐했다. 타마르가 그때도 그 여인숙에 묵고 있어서 문을 열 어줄지는 모르지만.

한편 타니오스가 리마솔에서 목사와 리처드 우드를 만나고 있던 바로 그날이거나 아니면 그 전날, 내 고향의 솔숲과 마을 어귀와 이웃 촌락에 옹기종기 모여 있는 서른 채의 집이 화재로 잿더미가 되었다. 성이 위험하다고 판단한 루코즈가 대피할 채비를 하고 있을 때, 갑자기 불어온 남서풍이 이미 불타버린 대지 쪽으로 불길을 몰고 갔다.

오늘날까지도 풀 한 포기 나지 않는 산비탈은 한때 엄청난 화재가 있었음을 알려주고 있고, 그 화재는 회고록과 서적 속에서도 격렬한 논쟁을 불러일으키고 있다.

타니오스의 이야기를 재구성하고 있는 나는 마을 사람들이 '옛날에', '아주 오랜 옛날에' 일어났다고 하던 엄청난 화재가 바로 그때 일어난 것이었음을 알았다.

무기를 압수당할 때 숲속으로 숨어들었던 크파리야브다의 젊은이들은 무모하게도 9월 내내 마을에 난입했다. 친척 집으로 식량을 가지러 오는 이들도 있고, 감히 광장과 교회 앞을 버젓이 활보하는 이들도 두세 명 있었다.

산악 지대 곳곳에 흩어져 있는 이집트 군대들은 수세에 몰려 있었고, 때로는 패주하는 군대도 있었다. 하지만 크파리야브다와 바로 그 옆 마을에서는 아델 에펜디 사령관이 사태를 직시하고 철저히 방어하고 있었다. 사령관은 또한 반란자들을 혼내주기로 결심하고 병사들을 숲속으로 침투시켰다. 이에 반란자들은 총을 쏘며 더 깊은 산속으로 들어갔고, 이집트 군대는 그들을 끈질기게 추적했다.

반란자들은 열다섯 명에 불과했지만, 여러 곳에 매복해 있다가 모든 통로를 봉쇄하기 위해 미리 합의한 신호에 따라 몇 군데에 불을 놓았다. 불은 삽시간에 마른 가지로 번지면서 나무에 올라붙었다. 훤한 대낮에 벌어진 전투여서 병사들이 불길을 감지하기까지는 시간이 걸렸다. 마침내 함정에 빠진 걸 알아차렸을 때는 불의 장벽이 병사들을 포위하고 난 뒤였다.

불은 병사들이 빠져나갈 수 없게 가두면서 숲의 안쪽과 동시에 바깥쪽 마을 방향으로 번져 나갔다. 크파리야브다 마을 사람들은 피할 시간이 있었지만, 인근 촌락과 외딴 농가는 화마에 휩싸였다. 엘리아스 수도사의 《산악 지대의 연대기》에 따르면 그 화재로 주민 50명과 병사 30명이 사망한 것으로 집계되어 있다.

그 화재에 대한 논쟁이 일어났다. 점령군을 함정에 빠뜨리겠다고 그 많은 사람의 목숨과 집들, 심지어 그 소중한 숲마저 그렇듯 가볍게 앗아 가도 된단 말인가? 열다섯 명의 젊은 프라리예들을 영웅이라고 할 수 있나? 그들은 용맹한 저항 세력인가, 아니면 경솔한 싸움꾼들인가? 아무튼 그들은 죄를 범한 저항자들이면서 동시에 무책임한 영웅들인 것만은 틀림없었다.

어쨌든 그 불은 나흘 동안 기승을 부렸고, 보름이 지날 때까지도 시커먼 구름이 비극의 장소를 가리켰다고 한다.

멀리서도 보이는 대화재였던 만큼 연안 부근을 정찰하는 영국군 함대에서도 관측되었을 것이 틀림없었다. 마을에서 그 함정들이 또렷이 보였고 며칠 전에는 그 함정들이 프랑스인 술레이만 총독, 일명 세브가 이집트 파샤의 이름으로 방어하는 베이루트의 요새를 포격하는 소리까지 들렸는데 함대에서 그 불길을 보지 못했을 리가 없었다.

타니오스는 그 연기를 볼 수 있었을까? 나는 그렇다고 생각하지 않는다. 그가 탄 '커레이저스' 순양함은 곧장 사이다 쪽으로 항로를 잡아서, 크파리야브다에서 너무 멀리 떨어진 남쪽 해상에 있었기 때문이다.

리마솔에 모였던 사람 중에서 우드가 지휘하는 영국 특사들과 오스만 제국의 특사, 그리고 그의 부하들은 '커레이저스' 순양함에 승선했지만 나머지 외교관들은 다른 목적지를 향해 떠났다. 스톨튼 목사는 제자와 대화를 오래 나눈 뒤, 사흘라인으로 곧장 가는 베이루트행 영국 선박에 올랐다. 그는 일 년간 휴교했던 학교를 빨리 다시 열기 위해 서두르고 있었다.

타니오스에게 임무를 주기 위해 배가 먼바다에 이르기를 기다리던 우드가 말했다.

"우리는 아미르를 만나러 베이테딘 궁전으로 가야 한다."

타니오스는 다리에 힘이 빠지는 것을 느꼈지만 내색하지 않고 잠자코 들었다.

"유럽 열강은 아미르를 권좌에서 끌어내기로 했지. 아미르가 이집트군과 단절하고 연합군과 합류하지 않는 한 폐위시킬 수밖에 없어. 은밀히 조사해본 결과 이집트군과 단절할 가능성은 대단히 희박해. 따라서 아미르의 통수권을 박탈하고 추방하기로 합의한 우리의 결정을 통보해야 한다."

"어디로 추방합니까?"

"그 문제에 대해서는 그의 말을 들어보고 선택하게 해야겠지. 그래서 그 일을 자네한테 일임하려고 하네. 물론 어디나 갈 수 있는 것은 아니고……."

타니오스는 제대로 이해한 건지 확신이 없었다. 우드가 '자네에게 일임하려고 한다'고 말한 것이 맞나?

"열강의 대표자들은 그 결정을 아미르의 신하 중 한 명의 목소리로 그에게 통고하기로 합의했지. 반발을 줄이기 위해 되도록 그의 종교와 같은 기독교인으로, 그래서 그 적격자로 자네를 택한 것이네……. 자, 이것이 자네가 번역해서 아미르 앞에서 읽을 원문일세."

타니오스는 홀로 바람 부는 갑판을 걸었다. 운명이 이번에는 또 무슨 이상한 장난을 치는 것일까? 그가 고향을 도망쳤던 것이 바로 그 무시무시한 아미르를 피하기 위해서였고, 아버지가 바로 그 폭군의 명으로 처형되었는데, 이제는 그 자신이 아미르에게 추방 결정을 알리기 위해 베이테딘 궁전으로 향하고 있다니! 열아홉 살의 타니오스가 반세기 동안 산악 지대의 모든 주민과 농부들과 영주들을 두려움에 떨게 하던, 하얗고 긴 수염과 짙은 눈썹의 아미르 앞에서 '나는 당신을 이 궁 밖으로 쫓아내라는 임무를 받고 왔습니다!'라는 말을 하게 되다니.

영국 순항함을 타고 있는 지금도 벌써 떨리는데, 그를 마주하게 되면 임무를 제대로 수행할 수 있을까?

순항함이 사이다에 정박했을 때, 도시는 큰 혼란에 빠졌다. 이집트군 때문에 분위기가 황량하긴 했지만, 사이다는 아직 점령된 건 아니었다. 약탈당할까 두려워서 시장의 점포들은 모두 문을 닫았고, 주민들도 바깥출입을 거의 삼가고 있었다. 그런 때에 커레이저스 순항함 도착은 굉장한 사건이었다. 각국의 영사를 동반한 외국인 거류민들과 터번을 두른 고관들, 당국자들, 주민 상당수가 열강의 특사단을 영접하러 나와 있었다. 오스만 외교관이 사이다를 점령하러 온 것이 아니라 베이테딘 궁전으로 가기에 앞서 경유하는 것뿐이라고 설명했을 때 사람들의 얼굴에는 실망하는 빛이 역력했다.

그런데 열강의 특사단 속에 끼여 그들과 대등한 모습으로 당당하게 걸어가는 젊은이, 산악 지대의 자식이 분명한 백발의 청년이 그들 눈에 띄지 않을 리 없었다. 사람들은 청년을 반란자들의 두목이라고 추측했고, 어린 나이 때문에 더더욱 그를 높이 찬양했다.

오후 늦게 사이다 부두에 하선했기에 그들은 그 도시와 요새를 굽어보는 언덕 위, 영국 영사관 관저에서 그날 밤을 보냈다. 우드의 지시를 받은 부하가 타니오스에게 그 지방의 유지들이 평소에 입는 검은색 사르왈 바지와 흰색 비단 셔츠, 수를 놓은 빨간색 조끼, 검은색 스카프가 장착된 흙색 헝겊 모자를 가져왔다.

그 이튿날 연안 도로를 따라 다무르강가에 이른 그들은 거기서 잠시 휴식을 취한 다음, 베이테딘 궁전으로 향하는 산길로 접어들었다.

IV

아미르의 베이테딘 궁전에서는 몰락의 냄새가 풍겼다. 아치문들만 차가운 장중함을 보이고 있을 뿐, 숲을 이룬 정원에서는 노새들이 유유히 풀을 뜯어 먹고 있었다. 방문객들이 거의 없어서 회랑은 고요했다. 궁정의 고관들이 나와 대표단을 영접했다. 열강의 대표단을 어떻게 맞이해야 하는지 알고 있기에 예의를 차리고는 있으나 침통한 분위기였다.

타니오스는 사람들의 눈에 자신이 보이지 않는 것 같다는 느낌이 들었다. 그에게 말을 거는 사람도, 그를 따로 불러내는 사람도 없었다. 그렇다고 리처드 우드에게 바짝 붙어서 따라가고 있을 때 그에게 물러서 있으라고 하는 사람도 없었다. 그의 두 동행자는 이따금 자기들끼리 시선을 교환하며 몇 마디를 주고받았지만, 타니오스에게는 아무 말도 건네지 않았다. 그들도 모르는 체하는 것 같았다. 타니오스는 유럽풍 복장을 하는 것이 나을 뻔했다는 생각이 들었다. 늘 입던 복장, 거리에서 마주치는 사람들 대다수가 입고 다니는 산악 지대의 복장을 하고 있어서 눈에 띄지 않는 것 같았다. 하지만 고향의 복장을 하고 모국어로 말하는 것은 열강의 대표단에서 맡은 그의 역할 때문이 아닌가?

앞장서서 가는 오스만 특사는 아미르가 두려워할 존재였다. 술탄이 대대로 산악 지대의 주인으로 군림해 온 지가 300년이 넘었다. 한때 이집트의 파샤가 본국인 오스만 제국을 상대로 하여 전쟁을 벌여 산악 지대를 장악하긴 했어도, 이집트의 세력 확장을 견제하는 유럽 열강이 이번에는 오스만 제국을 지원하면서 술탄은 권위를 회복하는 과정에 있었다. 아미르의 궁정에서 지나칠 정도로 정중하게 예의를 표하는 것을 보면 확실히 오스만 특사를 두려워하고 있는 것이 역력했다.

그렇다고 해서 영국 특사에 대한 예의가 오스만 특사와 비교해서 정중하지 않은 것은 아니었다. 누가 봐도 당시 영국은 유럽 열강 중 최고 강대국이었고, 게다가 우드는 산악 지대에서는 이미 명성이 높은 인물이었다.

현관 앞에서부터 오스만 특사 옆에서 걸어가던 궁정의 한 고관은, 아미르가 특사단을 맞이할 채비를 하는 동안 커피를 대접하겠다면서 자신의 집무실로 그를 초대했다. 또 다른 고관은 우드를 자신의 집무실로 초대했다. 두 사람이 거의 동시에 사라지는 바람에 당혹스러워진 타니오스는 어쩔 줄 몰라 하며 어정쩡하게 서 있었다. 그때, 앞서 두 사람보다는 지위가 낮아 보이지만 고위층인 관료 한 명이 타니오스에게 다가오더니 정중하게 자기를 따라오라고 말했다. 처음으로 누군가가 관심을 보여주자 우쭐해진 타니오스는 관료를 따라 복도를 지났고, 작은 방으로 들어가 따뜻한 커피 한 잔을 앞에 놓고 홀로 앉았다.

공식적인 방문의 관례적인 절차인가 보다 생각하며 타니오스가 산악 지대 사람들의 방식대로 소리를 내면서 커피를 조금씩 마시고 있을 때 방문이 열리더니, 그 누구보다도 마주치고 싶지 않던 사람이 들어왔다. 살룸이었다.

타니오스가 벌떡 일어서는 바람에 커피가 절반쯤 엎질러졌다. 그는 복도로 달려 나가 무슨 악몽을 떨쳐버리듯 '미스터 우드, 미스터 우드!' 하며 소리쳐 부르고 싶었다. 하지만 공포, 아니 자존심 때문에 꼼짝도 하지 않았다.

살룸은 고양이처럼 교활한 미소를 짓고 있었다.

"마침내 섬을 떠나 아름다운 우리 나라를 보러 왔구나."

타니오스는 후들거리지 않으려고 두 다리에 힘을 주었다. 이번 에는 자신이 함정에 빠지는 걸까?

"너의 불쌍한 아버지도 네가 있는 바로 그 자리에 서 있었지. 그리고 지금 네가 마시고 있는 것과 똑같은 커피를 가져다주게 했었지."

타니오스는 다리가 후들거렸다. 이 모든 것이 현실 같지 않았다. 지금까지 일어났던 일, 열강의 특사들, 영국 순양함, 사이다에서 있었던 환영회, 그 모든 것들이 오로지 자신을 함정에 빠뜨리기 위한 것이었다면! 그건 절대로 아니라고 그는 속으로 되뇌었다. 하지만 두려웠고, 턱이 덜덜 떨리면서 판단력이 흐려지고 있었다.

"앉아라." 살룸이 말했다.

타니오스는 무겁게 앉았다. 그러고는 문을 쳐다보았다. 문을 지키고 있는 병사, 그 병사는 그가 방을 나가게 두지 않을 터였다.

타니오스가 자리에 앉자마자, 아무런 설명 없이 살룸이 하나밖에 없는 문으로 나갔다. 그리고 또 한 명의 병사가 들어왔는데, 문을 지키고 있는 병사와 쌍둥이인 듯 똑같은 콧수염에 체격도 똑같고, 똑같은 단검을 허리춤에 차고 있었다.

타니오스의 시선이 한순간 단검에 머물렀다. 그러다 조금 있으면 낭독해야 할, 배에서 열심히 번역했던 문서를 꺼내려고 조끼 안으로 손을 집어넣었다. 뒤지고 또 뒤지다가 그는 일어났다. 가슴, 옆구리, 등, 다리에서 발꿈치까지 더듬었지만 문서가 감쪽같이 사라지고 없었다.

타니오스는 몹시 당황했다. 마치 그 종이가 있어야만 자신의 임무가 현실성이 있고, 그것이 없으면 현실성이 없다는 듯. 그는 욕설을 내뱉으면서 제자리에서 맴돌며 단추를 풀기 시작했다. 병사들이 허리춤에 손을 올리고 그를 노려보고 있었다.

그때 문이 열리고 살룸이 둘둘 말아서 묶은 누런 종이를 들고 돌아왔다.

"복도에 떨어져 있기에 주웠는데, 네가 떨어뜨린 것 같구나."

타니오스가 낚아챌 듯이 잽싸게 손을 뻗었다가 헛손질하고 나서는 허망한 표정을 지었다. 어떻게 그 종이를 떨어뜨릴 수 있단 말인가! 혹시 살룸이 손놀림이 뛰어난 부하를 시켜서 날치기한 것은 아닐까?

"방금 우리의 아미르를 뵙고 왔다. 네가 누군지, 그리고 우리가 어떻게 알게 된 사이인지 말씀드렸다. 아미르께서는 총대주교를 살해한 자는 이미 처벌하였으니 그 죄인의 가족에 대해서는 이제 반감이 없다고 하시면서 '청년에게 들어올 때와 마찬가지로 이 궁전을 자유롭게 나갈 수 있다고 전하라' 하셨다."

이 말이 사실이든 아니든, 타니오스는 살룸이 자신을 체포할 작정이었으나 그의 주인이 그러지 못하게 한 것이라고 이해했다.

"아미르께서는 내 손에 있는 이 문서를 보셨다. 이것을 번역한 사람이 너고, 아미르 앞에서 읽을 사람 또한 네가 분명하겠지."

타니오스는 자신을 살해범의 아들이 아니라 특사단의 일원으로 여기고 있는 것에 안도하면서 고개를 끄덕였다.

"곧 회의가 시작될 겁니다." 타니오스가 헝겊 모자를 고쳐 쓰고 문 쪽으로 한 발짝을 떼면서 말했다.

병사들은 그가 나가게 비켜주지 않았고, 살룸은 문서를 쥐고 있었다.

"그런데 여기에 우리 아미르의 마음에 들지 않는 문장이 하나 있다. 나는 그 문장을 수정하겠다고 약속드렸다."

"그건 미스터 우드와 얘기하셔야 합니다."

살룸은 타니오스의 말은 들은 척도 않고 책상 앞으로 걸어가서 방석 위에 앉아 둘둘 말린 문서를 풀었다.

"여기 네가 '아미르는 망명을 떠나야 한다'라고 낭독할 이 부분, 이건 좀 딱딱한 표현이라고 생각하지 않나?"

"그것은 내가 작성한 문서가 아닙니다. 나는 번역을 했을 뿐입니다." 타니오스가 강조했다.

"우리 아미르께서는 네 입에서 나온 말이라고만 생각하실 것이다. 만일 네가 그 원문을 살짝 수정한다면 너에게 고마워하실 것이다. 그러지 않는다면 그다음부터 일어나는 일은 내 소관 밖이다."

바로 그때 두 병사가 위협을 주듯 헛기침했다.

"내 옆에 와서 앉아, 타니오스. 글쓰기가 훨씬 편할 테니까."

타니오스는 복종하면서 손에 깃털 펜을 쥐었다.

"'아미르는 망명을 떠나야 한다'라는 글 뒤에 '자신이 선택하는 나라로'를 덧붙여."

타니오스는 시키는 대로 해야 했다.

그 말을 덧붙여 쓰는 동안 살룸이 그의 어깨를 토닥였다.

"두고 봐, 영국인은 알아차리지도 못할 테니."

이윽고 살룸은 병사들에게 타니오스를 아미르의 접견 대기실로 데려가게 했다. 우드가 화난 얼굴로 기다리고 있었다.

"어딜 갔다 오길래 우리를 이렇게 기다리게 하나, 타니오스?"

그러고는 목소리를 낮추어 덧붙였다.

"자네를 어느 지하 감옥에라도 가둬버린 게 아닌가 하고 얼마나 걱정했는데!"

"아는 사람을 만났습니다."

"어째 표정이 이상하군. 그 문서를 꼼꼼히 훑어보긴 했겠지?"

타니오스는 병사들의 단검처럼, 아래쪽이 꾸겨지거나 말거나 두루마리를 허리춤에 밀어 넣고는 단검의 손잡이를 잡듯 왼손으로 두루마리 위쪽을 쥐었다.

"그 늙은 악마 앞에서 그걸 읽으려면 용기가 필요할 거야. 패자는 아미르이고, 자네는 승자에 걸맞은 태도로 말해야 한다는 걸 명심하게. 그에 대한 감정이 안 좋다는 거 알고 있어. 동정은 해도 좋지만 증오나 두려움 따위는 절대로 내색하면 안 돼. 알겠나?"

그 말에 힘이 난 타니오스는 자신 있는 발걸음으로 '마즐리스'라고 불리는 거대한 알현실로 들어갔다. 여러 개로 이뤄진 반구형 천장, 강렬한 색으로 칠해진 벽에는 파란색, 흰색, 황토색의 굵은 줄이 가로로 새겨져 있었다. 아미르는 작은 연단 위에 가부좌를 틀고 앉아 은쟁반에 받쳐서 바닥에 놓인 화롯불에 대고 긴 파이프 담배를 한 모금 빨아당기고 있었다. 우드에 이어 타니오스, 그리고 오스만 특사가 멀찌감치 떨어진 자리에서 먼저 손을 이마에 대었다가 가슴에 댄 다음 몸을 약간 숙이면서 인사했다.

산악 지대의 주인도 똑같은 몸짓으로 인사했다. 아미르는 일흔네 살이었고, 통치한 지 51년째를 맞고 있었다. 하지만 그의 용모나 말투에서 무기력함이라고는 전혀 찾아볼 수 없었다. 아미르는 영국 특사와 오스만 특사에게 자신의 앞에 놓아둔 걸상 두 개를 가리키면서 앉으라는 손짓을 했다. 이어서 타니오스에게는 무심한 손짓으로 아미르와 영국인 사이, 자신의 발치에 깔린 카펫에 앉으라는 표시를 했다. 타니오스는 꿇어앉는 수밖에 없었다. 타니오스는 더부룩한 눈썹 아래 몹시 긴장한 폭군의 눈빛에서 차가운 적의를 느꼈다. 아미르는 아마도 그 지방 사람들이 하는 대로 자기 손에 입을 맞추지 않고 외국인들과 똑같이 멀찍이 떨어져서 인사한 타니오스를 괘씸하게 여기고 있는 것 같았다.

타니오스가 불안한 얼굴로 우드 쪽으로 고개를 돌리자 영국인은 고개를 끄덕이며 안심시켜주었다.

영국 특사 리처드 우드는 정중하게 공식적인 인사를 늘어놓은 다음에 본론으로 들어갔다. 우드는 먼저 그 지역의 언어인 아랍어로 말했다. 하지만 아미르는 머리를 기울이고 귀를 세우다 눈살을 찌푸렸다. 우드는 아미르가 말을 알아듣지 못하고 있음을 알아차리고는 얼른 헛기침을 하면서 느닷없이 영어로 바꾸었다. 타니오스는 자신의 차례라는 걸 알아차리고 통역하기 시작했다.

"유럽 열강의 대표자들은 산악 지대와 이 나라의 미래에 관한 문제를 놓고 오랫동안 논의해 왔으며, 전하의 현명한 궁정이 오랜 세월 이 산악 지대에 구축해놓은 질서와 번영을 높이 평가하고 있습니다. 그러나 엄연히 오스만 제국의 지배하에 있는 전하의 궁정이 모국을 상대로 공격하는 이집트의 파샤를 지지한 것에 관해서는 실망을 표하지 않을 수 없었습니다. 하지만 전하께서 지금이라도 오스만 궁정을 지지하는 쪽으로 입장을 분명히 정하시고 서구 열강의 결정에 동의하신다면, 우리는 전하에 대한 신뢰를 회복하고 전하의 권위를 세워드릴 것입니다."

타니오스는 아직 활로가 열려 있다는 것에 위안을 얻고 기운을 차린 아미르의 모습을 보리라 기대하고 있었다. 그러나 마지막 문장을 통역했을 때 아미르의 눈빛은 그가 들어오면서 보았던 눈빛,

즉 자신의 운명은 이미 결정되었고 추방지를 선택하는 것 말고는 다른 선택의 여지가 없다고 생각할 때보다도 더 깊은 비탄에 잠겨 있었다.

아미르가 타니오스를 뚫어져라 쳐다보자 타니오스는 시선을 내렸다.

"너는 몇 살이냐?"

"열아홉 살입니다."

"내 손자 중 셋이 네 나이와 엇비슷한데, 그 아이들이 모두 우리 가문의 다른 자식들과 마찬가지로 파샤의 야영지에 붙잡혀 있다."

아미르는 무슨 비밀 얘기라도 하듯 나직한 소리로 말했다. 그러더니 타니오스에게 그 말을 통역하라는 손짓을 했다. 리처드 우드는 타니오스의 통역을 들으며 여러 차례 고개를 끄덕였지만, 오스만 특사는 냉정을 잃지 않았다.

아미르가 큰 소리로 말을 이었다.

"평화로울 때에는 우리 산악 지대가 질서와 번영을 누렸소. 그러나 강대국끼리 서로 싸울 때는 우리에게 결정권이 없소. 그래서 우리는 한쪽의 야망을 가라앉히고, 다른 쪽의 화를 입지 않으려고 노력해 왔소. 7년 전부터 파샤의 군대가 온 나라와 이 궁전을 에워싸고 있을 뿐만 아니라, 심지어 궁전의 담장 안에까지 들어와 있소. 그래서 나의 권위는 내 발이 놓인 이 카펫 너머를 넘지 못하는 때가 있소.

나는 강대국 간의 전쟁이 끝나는 날, 여러분 같은 귀빈들이 이 산악 지대에서 이야기할 상대를 찾을 수 있도록 이 궁전을 지키려고 줄곧 노력해 왔으나…… 이것으로는 여러분을 만족시키지 못하는 모양이오."

타니오스는 아미르의 눈에 맺히는 눈물을 보면서 눈시울이 뜨거워지는 것을 느꼈다. 우드가 동정심은 가져도 괜찮다고 하지 않았던가? 하지만 지금은 때가 아니라고 생각했다.

아미르가 긴 파이프 담배를 빨아당기고는 먼 천장을 향해 연기를 내뿜었다.

"이제 전쟁이 종식되고 있다고 하니 나는 신하들을 불러 유럽 열강의 뜻에 따르라고 명하고 중립을 선언하겠소. 그리고 우리의 주인이신 술탄께서 장수하시기를 기원하겠소."

우드는 아미르의 타협적인 발언에 관심을 보이는 듯했다. 그가 오스만 특사에게 의견을 묻자, 특사는 고개를 가로저으면서 아미르를 향해 아랍어로 퉁명스럽게 말했다.

"우리 주인의 장수뿐 아니라 이집트 파샤의 장수를 기원하는 것이겠지요! 이제는 더 지체할 시간이 없습니다. 아미르께서는 7년 동안 우리에게 대항하셨으니, 일주일의 말미를 주는 동안 우리 편에 섰다는 걸 분명하게 보여주셔야겠습니다. 이집트군의 진영에서 가문의 자식들을 불러들여 우리의 깃발 아래 모이게 하라고 하면 무리한 요구가 되겠습니까?"

"내 손자들이 자유롭게 왕래할 수 있다면 지금 이 자리에 있을 것이오."

아미르가 힘없이 손짓하자 우드는 이제 얘기가 끝났다고 판단했다.

"전하께서 그 점에 관해 우리에게 만족을 주지 못하셨기에 유감스럽게도 유럽 열강의 결정을 통고하지 않을 수가 없습니다. 그 결정문을 우리의 젊은 친구가 번역하였으니 그가 읽어줄 것입니다."

일어서서 읽어야 한다고 판단한 타니오스가 똑바로 서서 우렁차게 낭독했다.

"열강의 대표자들은…… 런던과 이스탄불에 모여서 회의를 열고…… 논의한 끝에…… 추방하기로 결정을 내리되……"

문제의 문장에 이르자 타니오스는 잠시 망설였다. 그러나 결국 살룸이 시킨 대로 수정한 글을 읽었다.

'자신이 선택하는 나라로'라는 대목을 듣고 깜짝 놀란 오스만 특사가 기만당했다는 표정으로 타니오스와 우드를 차례로 쳐다보았다. 그러다 낭독이 다 끝나자 경고 투의 어조로 물었다.

"아미르께서는 어느 곳으로 떠나실 생각입니까?"

"내 측근들과 상의해서 심사숙고한 뒤에 결정을 내리겠소."

"우리 정부는 조금도 지체하지 말고 즉각 이 일을 매듭지을 것을 요구합니다."

몹시 긴장한 아미르가 얼른 말했다.

"파리로 가겠소."

"파리! 그건 절대로 안 됩니다! 미스터 우드께서도 내 의견에 반대하지 않으실 것이라 확신합니다!"

"네, 그곳은 안 됩니다. 프랑스와 이집트는 추방지로 선택할 수 없습니다."

"그럼 로마로 하겠소." 아미르가 마지막 타협이 되기를 바라는 어조로 말했다.

"유감스럽지만 그곳도 불가능합니다." 우드가 미안하다는 어조로 말했다. "열강은 전하가 계실 곳이 자기들의 영토이기를 바라고 있음을 이해하시기 바랍니다."

"그것이 열강의 결정이라면 따르겠소."

아미르가 잠시 생각하다 말했다.

"그렇다면 빈으로 가겠소!"

"빈도 안 됩니다." 오스만 특사가 퇴장하려는 것처럼 일어서면서 말했다. "우리가 승자니까 결정은 우리가 해야 합니다. 이스탄불로 가시오. 거기서는 신분에 맞는 대접을 받을 것이오."

오스만 특사가 출구 쪽으로 두 걸음을 떼었다.

이스탄불은 아미르가 무슨 수를 써서라도 피하고 싶은 곳이었다. 살룸은 무슨 일이 있어도 가장 무자비한 적의 손아귀에 들어가는 것만은 피하라고 조언했었다. 이스탄불에 가더라도 그간의 묵은 감정들이 모두 진정되고 난 뒤라면 술탄의 옷자락에 입을 맞추고 용서받을 수 있을 터였다. 하지만 지금 당장 그곳으로 간다면 그에게서 모든 재산을 빼앗고 목 졸라 죽일 것이 뻔했다.

타니오스는 아미르의 눈빛에서 죽음의 공포를 보았다. 그 순간 타니오스의 머릿속이 혼란스러워지면서 이상한 심적 변화가 일어났다.

그의 시야를 가득 채우고 있는 노인의 길고 흰 수염과 눈썹, 입술, 특히 눈. 그토록 두려움에 떨게 하던 인물이었건만 지금은 그저 겁에 질린 힘없는 늙은이에 불과했다. 그 순간 타니오스는 게리오스와, 눈앞에 닥친 죽음을 맞이하며 지었을 그의 표정을 생각했다. 불현듯 아버지를 교수형에 처했던 사람이, 사형 집행인의 손에 밧줄을 쥐게 했던 사람이, 밧줄을 잡아당기게 했던 사람이 이 늙은이가 맞는지조차 알 수가 없었다.

아미르가 잠시 망설이다 타니오스 쪽으로 몸을 기울이면서 목멘 소리로 속삭였다.

"네가 한마디만 해다오, 아들아!"

《산악 지대의 연대기》의 저자는 이 대목을 이렇게 언급하고 있다. "굴욕을 당한 노인의 말을 들으면서 크파리야브다의 아들은 마치 이미 천 배로 한을 푼 듯 복수심을 누르면서 큰 소리로 말했다. '전하께서는 몰타섬으로 가시는 게 좋겠습니다!'"

왜 몰타섬이라고 했을까? 그 섬에서 오랫동안 체류했던 스톨튼 목사에게서 얘기를 자주 들었기 때문임이 틀림없었다.

몰타섬은 세기 초부터 영국령이었기 때문에 우드는 즉시 그 제안에 동의했다. 그리고 오스만 제국의 특사는 깜짝 놀랐지만 마지못해서 찬성했다. 그 제안이 달갑지는 않았지만, 영국은 열강 연합의 중심 국가이기 때문에 그는 감히 몰타섬을 반대하고 나서는 것으로 갈등을 초래할 수 없었다.

"아미르는 술탄의 특사가 생각을 바꿀지도 모른다는 두려움 때문에 안도감을 보이지 못하고 있었다. 하지만 크파리야브다의 아들을 향한 그의 눈빛 속에는 놀라움과 감사하는 마음이 담겨 있었다."

최후의 관문

사라진 영웅

얼굴은 아이로되 머리는 육천 살인 너 타니오스,

너는 피와 진흙의 강을 건넜는데도 흠 없이 나왔구나.

너는 한 여인의 육체 속에 몸을 담갔고, 그리하여

너희는 순결을 버렸구나.

오늘, 너의 숙명은 종료되고 마침내 너의 인생이 시작되는구나.

네 바위에서 내려와 바다에 몸을 담그라, 적어도 네 피부가 소금 맛
을 볼 수 있도록!

－《보부상 나데르의 잠언집》

I

"아미르는 마지막 순간에 이집트의 파샤에게 반기를 들기보다는
망명길을 택했다. 그리하여 아미르는 며칠 후 몰타행 배에 올랐다.
그 옆에는 콘스탄티노플 시장에서 사들인 시르카시아 출신의 노예
였으나 지금은 누구에게나 존경받는 귀부인으로 신분 상승한 아내
호슨지안이 있었고, 자식과 손자, 집안의 식솔, 고문관, 경호원, 하
인들…… 백여 명이 실추된 아미르를 수행하고 있었다."

"이상한 오해 때문인지, 아니면 과장하여 말하길 좋아하는 습성 때문인지 동방 사람들은 타니오스가 아미르를 나라에서 추방하는 것으로 목숨을 살려준 걸 보면 열강의 대표자들에게서 엄청난 역할을 부여받았을 것이라고 해석했다. 마치 크파리야브다의 특출한 아이와 그의 아버지를 교수형에 처했던 폭군 간의 싸움에서 육군과 해군, 그리고 외교관들과 첩자들을 거느린 유럽의 열강과 오스만 제국은 보잘것없는 단역에 불과하다는 듯이."

"이 과장된 해석이 기독교도와 드루즈파 사이에 널리 퍼지면서 내 제자의 명성은 스승인 나한테까지 미쳤다. 날마다 사람들이 찾아와서 내 정원에 '아주 진귀한 꽃'을 피운 나를 축하해주었다. 나는 그 해석을 부인하려고 애쓰지 않고 축하받았다. 그리하여 나는 물론이고 아내도 그 찬사에 우쭐해지지 않을 수 없었다……."

이 글은 목사가 1840년 11월 2일 일지에 기록해놓은 것이다. 그리고 그 이튿날 목사는 이렇게 덧붙여놓았다.

"…… 아미르가 사이다 항구에서 리처드 우드와 타니오스를 태우고 왔던 바로 그 배를 타고 떠나는 사이, 타니오스는 크파리야브다를 향해 떠났다. 타니오스는 도중에 들르는 마을마다 영웅을 보기 위해, 새신랑을 맞이하듯 장미수와 쌀을 뿌리기 위해 몰려드는 군중으로부터 열렬한 환영 인사를 받았다. 그에게 아주 가까이 다가서 있던 사람들은, 마치 그런 기적이 일어날 수 있었던 것은 그의 백발 때문이라는 듯이 그의 머리칼과 손을 만졌다."

"타니오스는 신이 베푸는 과분한 은혜가 믿기지 않는 듯 잠자코 그 열렬한 환대에 행복한 미소로 화답하면서도, 누군가가 와서 이제는 그만 꿈에서 깨어나 현실로 돌아오라고 하는 게 아닐까 불안했다."

"그토록 갑작스러운 영광을 누렸으니, 이 나약한 존재가 과연 태어나면서 예정된 평범한 인생을 살아갈 수 있을까?"

고향의 광장에 이른 타니오스는 다른 마을에서처럼 영웅으로 환호를 받았다. 고향 사람들은 그를 무동 태워 성으로 올라갔고, 이전에는 샤이크가 앉았고 최근에는 찬탈자 루코즈가 차지했던 권위 있는 의자에 앉았다. 타니오스는 잠시라도 어머니와 단둘이 만나 그간에 겪었던 고초를 듣고 싶었다. 하지만 마을 사람들이 쏟아내는 푸념과 하소연을 들어야 했다. 그는 지금 반역자들의 운명을 결정하는 최고 재판관으로 와 있는 것이었다. 샤이크가 어디에 있는지 아무도 아는 사람이 없었다. 샤이크가 헤르몬산 아래 와디 알 타임의 한 요새 안에 갇혀 있다고 말하는 사람도 있고, 감금되어 있다가 사망했다고 말하는 사람도 있었다. 샤이크가 없는 마당에 이날의 영웅 말고 누가 그 자리를 차지할 수 있을까?

라미아의 아들은 기진맥진해 있으면서도 그 영예를 기꺼이 받아들이는 것 같았다. 만일 타니오스의 과거에 보답해주려는 것이 신의 뜻이라면 그가 왜 그것을 마다하겠는가? 샤이크의 방석에 앉은 타니오스는 샤이크의 느리고 당당한 몸짓, 꼬나보는 시선, 무뚝뚝한 말투를 흉내 내고 있었다. 그는 자신이 성에서 태어난 것은 우연이 아니었다고 생각하면서, 과연 이 자리를 버리고 평민으로 돌아갈 수 있을지 의문이 들었다. 그런 생각을 하고 있을 때 갑자기 마을 사람들이 쇠사슬에 묶인 사내를 끌고 와서 영웅의 발치에 꿇어앉혔다. 여기저기 찢기고 퉁퉁 부어오른 얼굴에 붕대로 눈을 가린 루코즈였다. 이집트군이 철수할 때 도주하다 '반란자'들에게 붙잡힌 것이었다. 화재로 인해 사망한 이들을 포함한 모든 사상자, 무기를 압수하면서 일어났던 약탈, 샤이크를 능멸한 짓, 수많은 수탈. 너무 명백해서 재판이라는 절차도 필요 없을 정도로 악행을 저지른 루코즈는 그동안에 마을이 겪었던 온갖 시련에 대한 대가를 치르고 있는 것이 틀림없었다. 타니오스는 즉시 처형하라고 판결만 내리면 되었다.

루코즈가 시끄럽게 앓는 소리로 구시렁거리자, 영웅은 더는 듣고 있을 수가 없다는 듯 버럭 소리를 질렀다.

"조용히 하시오, 내 손으로 때려눕히기 전에!"

루코즈는 즉시 입을 다물었다. 타니오스는 박수갈채를 받을 권리가 있었다. 하지만 그는 만족스럽기는커녕 마음의 상처가 되살아나듯 가슴 아래쪽에서 통증을 느꼈다. 그가 그렇게 호통을 친 것은, 루코즈가 어디 해볼 테면 해보라는 식으로 불평하는 바람에 형을 선고할 수 없을 것 같은 느낌이 들었기 때문이다.

사람들은 기다리다 소곤거렸다. "조용! 타니오스가 선고를 내릴 거야! 들어보자고!"

타니오스가 무슨 말을 할지 아직 망설이고 있을 때 소란스러워지더니 사람들이 웅성거렸다. 아스마가 들어오고 있었다. 그녀가 달려와 타니오스의 발치에 무릎을 꿇고 그의 손을 잡고 입을 맞추며 애원했다.

"타니오스, 우리를 불쌍히 여기고 자비를 베풀어줘!"

타니오스는 이제 어떤 말도, 어떤 눈길도, 귓가에 들리는 숨소리마저도 고통스러웠다.

옆에 앉은 부트로스 사제가 혼잣말하듯 중얼거렸다.

"주여, 저를 이 고난에서 벗어나게 하소서!"

타니오스가 사제 쪽으로 고개를 돌리고 말했다.

"죽겠다고 단식 투쟁할 때도 이보다는 덜 고통스러웠어요."

"아들아, 하느님은 멀리 계시지 않아. 증오심에 불타는 이 사람들의 뜻대로 끌려가지 말고, 너 자신과 조물주 앞에서 부끄럽지 않은 일을 하면 된다!"

그래서 타니오스는 목청을 가다듬기 위해 헛기침하고 나서 말했다.

"나는 이 산악 지대를 재앙으로부터 지키지 못한 아미르에게 나라를 떠나라는 말을 하러 바다를 건너 돌아왔습니다. 나는 주인보다 종에게 더 엄한 벌을 내리지는 않을 것입니다."

타니오스는 잠깐이지만 그 말이 제대로 전해진 거라고 느꼈다. 군중이 침묵했고, 루코즈의 딸이 그의 손에 뜨거운 입맞춤을 했기 때문이다. 그는 약간 신경질적으로 손을 뺐다. 왕처럼 위엄 있게 말했다고, 적어도 그렇게 믿었는데 그것도 잠시뿐 반대의 목소리가 터져 나왔다. 무기를 들고 은닉처에서 돌아온 젊은 프라리예들이 가장 먼저 불만을 터뜨렸다.

"루코즈가 재산을 갖고 이집트로 떠나게 두었다가 10년 후 갑부가 되어 복수하러 돌아온다면, 우리는 아마 겁쟁이였느니 경솔했느니 하는 소리를 들을 겁니다. 이자의 패거리 여럿이 이미 죽었는데, 무엇 때문에 가장 악독한 자를 용서해준단 말입니까? 루코즈는 죽음으로 속죄해야 합니다. 이 마을에 잘못을 저지르는 사람은 누구든 죗값을 치러야 한다는 걸 반드시 보여주어야 합니다."

그때 한 늙은 소작인이 외쳤다.

"너희 프라리예들은 우리 크파리야브다에 이자보다 훨씬 더 큰 잘못을 저질렀다. 너희들은 마을의 삼분의 일을 불태웠어. 그 화재로 수십 명이 사망했고, 솔숲이 전소되었다. 그러면 너희들도 재판받아 마땅하지 않은가?"

접견실이 술렁거리기 시작했다. 타니오스는 당황스러웠지만, 그 어수선한 틈을 이용해서 말했다.

"내 말을 잘 들어보십시오! 최근에 일어난 여러 가지 범죄와 중과실로 인해 수많은 사람이 무고하게 목숨을 잃었습니다. 자기에게 잘못을 저지른 사람, 가까운 친척을 죽음으로 내몬 사람, 그들을 저마다 처벌하려고 한다면 우리 마을은 영원히 평화를 되찾지 못할 것입니다. 만일 나에게 결정권이 있다면 나는 이렇게 명하려 합니다. 루코즈의 모든 재산을 몰수하고, 그 돈은 그의 강요로 약탈당했던 사람들에게 줄 보상금으로 쓸 것입니다. 그리고 루코즈를 이 지방에서 추방하는 것입니다.

그리고 나는 너무 피곤하여 이만 쉬어야겠습니다. 샤이크가 비워 둔 자리를 원하는 사람이 있다면 나는 막지 않을 것입니다."

그때, 구석에 있어서 아무도 알아보지 못했던 한 남자가 외쳤다. 그가 머리에 싸매고 있던 체크무늬 스카프를 벗으며 말했다.

"나는 사이드 베이크의 아들 카흐탄입니다. 나는 줄곧 여러분의 결정이 끝나기를 기다리고 있었습니다. 여러분은 루코즈가 여러분에게 저질렀던 죄에 대해 추방하는 것으로 결정을 내렸습니다. 그건 여러분의 권리입니다. 이번에는 내가 심판할 차례입니다. 루코즈는 덕망 높은 내 아버지를 죽인 자입니다. 따라서 그 행위에 대해 심문할 수 있도록 루코즈를 제게 넘겨주실 것을 요청합니다."

타니오스는 흔들리는 모습을 보이고 싶지 않았다.

"이 범죄자에 대한 처벌을 이미 내렸으니 사건은 종결되었습니다."

"이 마을의 희생자들에 대해서는 마음대로 할 수 있겠지만, 우리 마을의 희생자들까지 마음대로 할 수는 없지요. 이 사람은 내 아버지를 죽였으니 이자를 용서하느냐 용서하지 않느냐는 내가 결정합니다."

타니오스는 사제 쪽으로 고개를 돌렸다. 사제 역시 그 못지않게 당황하고 있었다.

"너는 안 된다고 말할 수 없다. 그렇다고 루코즈를 그에게 넘겨줄 수도 없다. 일단 시간을 벌도록 해."

두 사람이 논의하는 사이, 사이드 베이크의 아들이 사흘라인의 비밀 집회에 참석하려면 서둘러 떠나야 한다면서 말했다.

"여러분이 나와 함께 사흘라인으로 간다면 내가 방금 한 말을 이해하게 될 겁니다. 내 아버지를 살해한 자가 형벌을 면할 수 없는 것은 당연합니다. 설사 내가 그를 용서해준다고 하더라도 내 형제들과 사촌들이 용서하지 않을 것이고, 내가 동정심을 베풀었다는 것 때문에 나를 죽도록 원망할 것입니다. 부나 부트로스께서는 내 아버지를 잘 아시지 않습니까?"

"물론, 나는 자네 아버님을 잘 알고 존경하였네. 가장 현명하시고 가장 공정한 분이셨지!"

"나는 아버님이 내게 보여주셨던 길을 따르려고 노력하고 있습니다. 내 가슴속에는 증오심이 전혀 없습니다. 하지만 이 사건에 한해서는 여러분에게 한 가지 충고를 드리고자 합니다. 여러분에게는 내가 이 남자를 넘겨 달라고 강요하는 사람으로 보이겠지만, 만일 기독교인이 드루즈파에 의해 살해되었다면 그 사건은 내가 바라지 않는 결과를 초래했을 것입니다. 따라서 내가 언성을 높였던 것은 잊으시고, 내 충고를 이성적으로 판단하시기 바랍니다. 여러분 스스로 루코즈에게 사형 선고를 내리십시오. 누구나 자신이 속한 공동체의 법대로 죄인을 처단합니다. 드루즈파는 드루즈의 법으로 죄인을 다스리고, 기독교인들은 기독교의 법으로 죄인을 다스립니다. 이 남자를 처단하십시오. 그러면 나는 가족에게 여러분의 심판이 우리의 심판보다 먼저 집행되었다고 말할 것입니다. 오늘 당장 그를 죽이십시오. 우리 마을 사람들을 내일까지 통제할 수 없기 때문입니다."

그러자 사제가 말했다.

"카흐탄 베이크의 얘기가 틀린 말은 아니다. 그런 충고를 따르는 것이 꺼려지기는 하지만, 가장 경건한 군주들도 때로는 사형 선고를 내려야 한다. 우리의 불완전한 세상에서는 이러한 가혹한 벌만이 때로는 공평하고 현명한 것이 되기도 하니까."

부나 부트로스의 시선이, 겁에 질려서 벌벌 떨면서 여전히 무릎을 꿇고 있는 아스마에게 향했다. 사제가 후리예에게 눈짓하자 그녀가 아스마의 팔을 잡아서 데리고 나갔다. 이제 최종 선고가 불가피해진 만큼, 아스마가 없는 것이 아마도 타니오스에게 한결 덜 괴로우리라고 판단한 것이었다.

II

루코즈의 재판은 이상하게 전개되고 있었다. 접견실에 있는 사람들은 서로 재판관이자 사형 집행인이 되어 떠들어대고 있는데, 유일한 재판관 자리에 앉은 타니오스만 괴로운 얼굴을 하고 있었다. 그 순간 타니오스는 머릿속으로 자신을 힐책하고 있었다. '아버지를 교수형에 처한 아미르도 처단하지 못하고, 너를 배신하고 마을을 배신한 악당도 죽이지 못할 거면 도대체 뭘 하러 돌아온 거

야? 죄인의 목을 단칼에 베지 못할 거면 이 자리에 왜 앉아 있는 건데?'

타니오스는 회한에 사로잡혀 있었다. 군중의 웅성거림과 시선 속에서 숨이 막혀서 도망치고 싶은 생각밖에 없었다. 그의 기억 속 파마구스타는 얼마나 평온했던가! 그 여인숙의 층계를 오를 때 얼마나 달콤했던가!

"타니오스, 어서 선고를 내려야지. 사람들이 흥분해 있고 카흐탄 베이크가 초조하게 기다리고 있잖아."

그때였다. 부나 부트로스의 속삭임이 갑자기 뛰어 들어온 한 남자의 고함에 묻혀버렸다.

"샤이크가 살아 계시다! 돌아오시는 중이다! 오늘 밤은 타르치히에서 보내고 내일 도착하신단다!"

군중은 환호성으로 기쁨을 나타냈고, 타니오스는 미소를 되찾았다. 샤이크의 귀환이 기뻤고, 제때 자신을 곤경에서 구해준 하늘이 진심으로 고마웠다. 그는 잠시 군중이 환희의 순간을 보내게 두었다가 조용히 시키면서 말했다.

"이 성의 영주께서 모진 고통과 굴욕을 극복하시고 이제 우리에게 돌아오고 계시다니 우리 모두의 기쁨입니다. 샤이크께서 제자리로 돌아오시면, 부재중일 때 내가 내린 판결을 샤이크께 고할 것입니다. 샤이크께서 동의하시면 루코즈는 재산을 몰수당하고 이 나라에서 영원히 추방될 것입니다. 만일 의견이 다르다면 샤이크께서 최종 결정을 내리실 것입니다."

타니오스는 손가락으로 맨 앞줄에 있던 네 젊은이를 가리키며 말했다. 교구의 학교에 다니던 시절의 동무들이었다.

"루코즈를 옛날 마구간으로 데려가서 내일까지 지키는 건 너희 들 책임이다."

그렇게 의젓하게 마지막 권한을 행사한 뒤 타니오스는 도망치듯 접견실을 나갔다. 사제와 카흐탄 베이크는 거의 뛰어가다시피 빠 져나가는 그를 붙잡을 수 없었다.

밖은 이미 석양이 물들고 있었다. 타니오스는 예전처럼 인적이 드문 외딴 오솔길을 홀로 걷고 싶었지만, 이날 저녁은 마을 사람들 이 성 부근과 광장, 골목길, 어디에나 있었다. 그들은 저마다 타니 오스에게 말을 걸고 손을 잡거나 포옹하고 싶어 했다. 어쨌든 그는 축제의 주인공이었고, 그들의 영웅이었다. 그러나 그의 마음속에서 는 끈적끈적한 먼지구름이 일고 있었다.

타니오스는 불빛 없는 복도로 슬그머니 빠져나가서 예전에 가족 이 기거했던 곳으로 갔다. 잠겨 있는 문은 하나도 없었다. 골짜기 쪽으로 나 있는 창문을 통해 불그스름한 빛이 비쳐 들고 있었다. 거실은 거의 비어 있었다. 먼지가 뿌옇게 앉은 방석들, 옷가지를 넣 어 두던 커다란 궤, 녹슨 화로. 그는 아무것도 만지지 않았지만, 화 로에 다가가서 몸을 숙이고 한참을 내려다봤다. 가슴 아팠던 기억, 즐거웠던 기억 할 것 없이 온갖 기억들이 물밀듯이 밀려왔다. 그중 에서도 별다른 의미가 없어서 까맣게 잊고 있던 기억 하나가 또렷이 떠올랐다. 어느 겨울, 혼자 화롯불 옆에 있다가 담요에서 두꺼운 털실 한 올을 잡아 빼서 우유 사발에 담갔다가 숯불에 떨어뜨렸다. 그건 오그라들다 시커메지고 불그스레한 빛을 내는 털실을 보면서 지글지글 타는 소리를 듣고, 숯 냄새에 섞여 우유와 털이 타는 냄새를 맡기 위해서였다. 고향에 돌아온 뒤로 그가 맡은 냄새는 다른 어떤 것도 아닌 바로 이 냄새였다.

타니오스는 그렇게 화로를 내려다보고 있다가 허리를 펴고 다른 방으로 들어갔다. 예전에 라미아와 게리오스가 쓰던 침실이었다. 그 방 위로 그의 다락방이 있었다. 웬만한 개집보다도 못한 변변찮은 방이지만, 겨울에는 따뜻했고 여름에는 시원했다. 어린 시절을 보낸 곳도, 단식 투쟁을 하던 곳도, 총대주교의 중재 결과를 기다리던 곳도 그 방이었다.

타니오스는 예전에 게리오스가 만들어준 5단 사다리가 자주 생각났었다. 그 사다리는 여전히 벽에 기대어져 있었다. 그는 체중을 견뎌낼까 불안해하면서 조심스럽게 발을 올려놓았다. 사다리는 끄떡없었다.

다락방으로 올라간 타니오스는 낡은 시트로 싸서 말아놓은 얇은 매트를 찾았다. 그는 매트를 펼치고 표면을 천천히 쓰다듬다가 그 위에 누워 벽에 발이 닿을 정도로 기지개를 쭉 펴면서 어린 시절로 되돌아가 망각의 세계로 들어가게 되기를 기도했다.

어두운 고요 속에서 한 시간이 흘렀다. 문 하나가 열렸다가 닫혔다. 또 다른 문이 열렸다. 타니오스는 귀를 세우고 있지만 불안하지는 않았다. 어디 숨어 있을지 알고 그 어둠 속으로 그를 찾아올 사람은 단 한 사람밖에 없었다. 라미아. 그리고 라미아는 그가 얘기하고 싶은 유일한 사람이기도 했다.

까치발로 살금살금 다가온 라미아는 사다리 중간까지 올라서서 아들의 이마를 쓰다듬었다. 그리고 다시 내려갔다가 낡은 궤에서 꺼낸 담요를 들고 올라와서 타니오스가 어렸을 때처럼 배와 다리를 덮어주었다. 그러고 나서 라미아는 벽에 등을 기댄 채 바닥에 놓인 낮은 걸상에 앉았다. 그들은 서로 얼굴을 보지 않고서도 예전처럼 나직한 소리로 이야기할 수 있었다.

그동안 어떻게 살았는지, 그가 이국땅에서 들었던 좋은 소식과 나쁜 소식…… 그는 어머니에게 물어볼 것이 많았다.

하지만 라미아는 일단 마을에 도는 소문부터 전하고 싶어 했다.

"타니오스, 사람들이 얼마나 떠들어대는지 내 귓속에 매미가 백 마리쯤 들어 있는 것 같구나."

타니오스가 다락방에 피신해 있는 것이 바로 그런 소문을 듣지 않기 위해서였다. 그렇지만 어머니가 걱정해주는 말에까지 귀를 닫을 수는 없었다.

"매미들이 뭐라고 하는데요?"

"네가 자기들처럼 루코즈의 약탈 때문에 고통받았다면 그에게 그렇게 관대하지는 않았을 거란다."

"그럼 어머니는 그 사람들한테 고통이 어떤 건지 모르는 거라고 말하세요. 루코즈의 배신, 이중인격, 거짓 약속과 지나친 야심 때문에 나, 타니오스가 그동안에 어떤 고통을 겪으며 살았는데 그런 말을 한단 말입니까. 그렇다면 내 아버지가 살인자로 전락하고, 내 어머니가 과부가 된 것이 루코즈 때문이 아닌가 보군요……."

"잠깐만, 애야, 진정해라. 내가 사람들의 말을 잘못 전했나 보다. 그들은 정확히 이렇게 말했어. 루코즈와 그의 일당이 이 마을을 탄압했을 때 네가 이곳에 있었다면 그 사람을 경멸했을 거라고."

"그러니까 내가 그를 경멸하지 않아서 재판관의 임무를 제대로 수행하지 못했다는 얘기잖아요?"

"또 네가 그의 목숨을 살려준 것은 그의 딸 때문이라고들 하더구나."

"아스마요? 그 아이가 와서 내 발밑에 무릎을 꿇었지만 나는 쳐다보지도 않았어요! 나를 믿으세요, 어머니. 만약 판결하는 순간에 내가 아스마에게 품었던 사랑이 기억났다면 내 손으로 루코즈를 죽였을 겁니다!"

라미아가 갑자기 어조를 바꾸었다. 마치 전령의 임무는 다했으니 지금부터는 자신이 하고 싶은 말을 하려는 것 같았다.

"그게 바로 내가 듣고 싶었던 말이야. 나는 네 손에 피를 묻히는 걸 원치 않아. 불쌍한 네 아버지가 저지른 범죄만으로도 우리는 고통을 받을 만큼 받았어. 네가 루코즈의 목숨을 살려준 것이 아스마 때문이라고 해도 아무도 너를 비난할 수는 없다."

타니오스가 팔꿈치에 의지해서 몸을 일으켰다.

"아스마 때문이 아니라고 분명히 말씀드렸는데……."

하지만 그의 어머니는 그가 말을 채 끝맺기도 전에 말했다.

"그 아이가 나를 만나러 왔었다."

타니오스는 아무 말도 하지 않았다. 그래서 라미아는 말을 꺼내기가 부담스러운 듯 힘없는 음성으로 말을 이었다.

"그 아이는 성에서 딱 두 번 나왔는데, 나를 만나기 위해서였지. 아버지가 집요하게 결혼시키려 하고 있지만 자기는 절대로 원치 않는다고 했어. 그러고는 네 얘기를 하면서 울더구나. 그 아이는 내가 예전처럼 성에 돌아와서 살기를 바랐다. 하지만 나는 언니 집에서 지내는 것이 더 좋았어."

라미아는 아들이 무슨 말이라도 물어봐주기를 기다렸지만, 다락방에서는 상심한 아들의 숨소리밖에 들리지 않았다. 아들이 난처해할까 봐 걱정된 그녀가 계속했다.

"네가 접견실에서 샤이크의 자리에 앉아 있을 때, 멀리서 너를 지켜보면서 생각했지. 루코즈는 살찐 악당에 지나지 않지만, 사형선고만 내리지 않는다면 그 딸의 영혼은 다치지 않을 거라고."

라미아는 입을 다물고 기다렸다. 하지만 타니오스는 입을 열 것 같지 않았다. 그래서 그녀는 혼잣말하듯 덧붙였다.

"다만 사람들이 불안해하고 있어."

타니오스가 꺼칠한 음성으로 물었다.

"뭘 불안해하는데요?"

"그들은 루코즈가 마구간을 지키는 청년들을 매수해서 탈출할 거라고 수군거리고 있어. 그렇게 되면 누가 사흘라인 사람들의 분노를 가라앉힐 수 있겠느냐면서."

"어머니, 절구통에 머리가 짓눌리는 것처럼 무거워서 좀 쉬어야겠어요. 오늘은 그만 가시고 내일 다시 얘기해요."

"그래, 지거라, 이제부터는 아무 말도 하지 않으마."

"아뇨, 어머니도 후리예 이모 집에 가서 주무세요. 이모가 기다리실 거예요. 전 혼자 있고 싶어요."

라미아는 일어났다. 고요 속에 어머니의 발소리와 문 닫히는 소리가 들렸다. 타니오스는 어머니가 위안을 줄 거라고 기대했지만, 어머니는 또 다른 고뇌만 안겨주었다.

타니오스는 망명 생활을 하는 2년 동안 아스마가 떠오를 때마다 욕설을 내뱉었다. 누가 그 아버지의 딸 아니랄까 봐 루코즈를 쏙 빼닮은 그녀는 천사의 탈을 쓰고 있는 믿지 못할 영혼이었다. 아스마는 그날 루코즈의 경호원들이 타니오스를 사정없이 때려 내쫓는데도 자기 방에서 비명을 질렀을 뿐이었다. 그날의 모습이 뇌리에 박혀 있어서 그는 아스마를 저주하면서 머릿속에서 그녀를 추방했다. 그래서 그녀가 발밑에 꿇어앉아 아버지의 목숨을 살려 달라고 애원했을 때 본 척도 하지 않았다. 그런데 타니오스가 고향 땅에 없는 동안 아스마가 어머니를 위로해주러 왔었고, 그에 대해 말하면서 울었다고 하니…….

아스마를 부당하게 대한 걸까? 타니오스는 오랫동안 접어 두었던 기억을 더듬었다. 공사 중이던 접견실에서 처음으로 아스마와 입을 맞추던 날, 그리고 수줍은 손가락들이 스쳤을 때 느꼈던 그 짜릿한 행복, 그 순간들이 떠오르면서 그는 이제 자신이 아직도 그녀를 사랑하고 있는 건지 아니면 증오하고 있는 건지 분간할 수가 없었다.

타니오스는 혼란스러워하다 깜박 잠이 들었다가 깨었다. 몇 초가 흘렀을까, 아니 어쩌면 몇 시간이 흘렀는지도 모른다.

팔꿈치에 의지해서 상체를 일으킨 타니오스는 몸을 돌려 뛰어나갈 듯한 자세를 취하다가 매복할 때처럼 엎드린 자세로 가만히 있었다. 무슨 소리를 들은 것 같기도 하고, 마을 사람들의 불안을 생각하는 것 같기도 했다. 그렇게 한동안 어찌할 바를 모르던 그가 느닷없이 밖으로 뛰쳐나갔다. 그는 성의 마당을 가로질러 옛 마구간으로 이르는 왼쪽 오솔길로 접어들었다. 새벽 5시경이었다. 보름달이라도 떠 있는 듯, 땅에는 하얀 바위들과 그 그림자들밖에는 보이지 않았다.

타니오스 키크란 존재의 마지막 날은—적어도 그에 대해 알려진 바에 따르면—바로 그 희미한 빛 속에서 시작되었다. 그렇지만 나는 그에 대한 추적을 중단하고, 그 몇 시간 전으로 되돌아가서 그의 마지막 밤을 다시 언급하지 않을 수 없다. 나는 최선을 다해서 그 밤을 재현하려고 노력했다. 하지만 그 밤에 대한 또 다른 진술이 존재한다. 내가 참조하는 연대기나 일지에는 그 밤에 대해 확증할 만한 내용이나 사실로 간주할 만한 것이 전혀 없다.

그런데도 내가 그 밤에 대해 말하는 것은, 만일 내가 생략해버린다면 게브라이엘 어르신이 나를 원망할 것이기 때문이다. 내가 의구심을 내비쳤을 때 어르신이 얼마나 화를 냈는지 아직도 생생히 기억하고 있다. "그건 그저 전설일 뿐이라고 말하고 싶겠지? 자네는 사실만 원하지? 사실은 소멸하게 되어 있지만 전설은 남는 거야. 육신은 떠나도 영혼은 남듯, 여인이 지나간 자리에 향기가 남듯." 나는 어르신이 해주는 이야기를 쓰겠다고 약속해야 했다.

접견실을 도망치듯 빠져나와 다락방으로 피신해 어릴 적의 잠자리에 누워 잠들었다가 이마를 쓰다듬는 어머니의 손길을 느끼고 깨었을 때, 타니오스는 어머니와 이런저런 얘기를 하다 좀 쉬어야겠으니 혼자 있게 해 달라고 말했었다.

그리고 얼마 후 타니오스는 또다시 어루만지는 손길을 느끼고 잠에서 깨었다.

"어머니, 가신 줄 알았어요." 그가 말했다.

하지만 그건 어머니의 손길이 아니었다. 어머니는 일단 이마에 손바닥을 댄 다음 머리칼을 빗질하듯 쓰다듬는 습관이 있었다. 두 살 때나 스무 살 때나 머리를 쓰다듬는 어머니의 손길은 늘 그렇게 변함이 없었다. 그런데 이번에는 달랐다. 손길이 이마에서 눈 주위, 얼굴, 턱으로 내려가고 있었다.

"아스마!" 그가 이름을 부르자, 그녀가 손가락 두 개로 그의 입술을 막으면서 말했다.

"아무 말도 하지 말고 그대로 눈 감고 있어."

그리고 그녀는 그의 옆에 누웠고, 그의 어깨에 머리를 기댔다.

타니오스는 그녀를 팔로 감싸 안았다. 그의 어깨가 드러나 있었다. 둘은 아무 말도 없이 격렬하게 부둥켜안았고, 서로를 쳐다보지도 않고 그들이 처한 불행 때문에 눈물을 흘렸다.

이윽고 아스마가 일어났다. 타니오스는 그녀를 붙잡으려 하지 않았다. 사다리를 내려가면서 아스마는 다만 이렇게 말했다.

"내 아버지를 죽게 내버려 두지 마."

타니오스가 대답하려고 했지만, 아스마가 또다시 손가락으로 그의 입술을 막으며 믿는다는 표시를 했다. 어둠 속에서 치맛자락 스치는 소리가 들렸다. 그리고 그녀가 남긴 야생 히아신스 향기를 느꼈다.

타니오스는 소맷자락으로 눈물을 닦고 몸을 일으켰다. 그러고는 밖으로 뛰쳐나가 옛날 마구간 쪽으로 달려갔다.

루코즈가 청년들을 매수해서 탈주하지 않았는지 확인하기 위해서였을까? 아니면 그 반대로 샤이크가 도착하기 전에 그를 풀어주기 위해서였을까? 아니, 이제 곧 이런 의문은 조금도 중요하지 않게 될 터였다.

옛 마구간은 성에서 멀리 떨어져 있었다. 그래서 샤이크 시대에 성 가까운 곳에 마구간들을 새로 짓고 그곳을 폐쇄해버린 것 같았다. 그 뒤로 그 마구간은 양 우리로 사용되었고, 이따금 발작을 일으키는 미치광이들이나 위험한 범죄자들을 감금하는 임시 유치장으로 사용되기도 했다.

단순하고 튼튼하게 지어진 마구간이었다. 두꺼운 벽에는 굵은 쇠사슬들이 둘러쳐져 있고, 반달 모양의 육중한 문에는 철책까지 박혀 있었다.

타니오스는 가까이 다가가다가 벽에 기대고 앉아 머리를 어깨 쪽으로 기울이고 있는 청년 한 명, 땅바닥에 누워 있는 또 한 명을 보았다. 그들을 깨우지 않으려고 발소리를 죽이다가 이내 생각을 바꾸고 발소리를 내면서 목청을 가다듬었다. 하지만 그들은 꿈쩍도 하지 않았다. 그 순간 타니오스는 문이 활짝 열려 있음을 알았다.

유치장을 지키던 청년들은 모두 죽어 있었다. 두 명은 문 앞에서, 나머지 두 명은 거기서 조금 떨어진 곳에 쓰러져 있었다. 타니오스는 한 사람 한 사람에게 다가서서 그들의 손과 목에 깊게 베인 상처를 확인했다.

타니오스는 "루코즈, 이런 저주받을 놈!" 하고 내뱉으면서 루코즈의 패거리들이 와서 탈출시킨 것이라고 확신했다. 그러나 마구간 안으로 들어서다가 반구형 천장 아래 쇠사슬에 발이 묶인 채 널브러져 있는 시신을 보았다. 타니오스는 시신의 의복과 뚱뚱한 체격으로 아스마의 아버지라는 걸 대번에 알아볼 수 있었다. 습격자들은 전리품으로 그의 머리를 베어가버렸다.

스톨튼 목사는 그날의 일을 아주 적나라하게 표현하고 있다.

"바로 그날 루코즈의 머리는 군인들의 총검에 꽂힌 채 사흘라인의 거리를 행진했다."

"살인자의 머리를 갖고자 그들은 무고한 사람을 네 명이나 살해했다. 카흐탄 베이크는 자신은 원치 않은 일이었지만, 그렇게 하게 내버려 두었다고 내게 말했다. 이제 내일이면 크파리야브다 사람들이 또 다른 무고한 사람들의 목을 베러 몰려갈 것이다. 늘 그렇듯 그럴싸한 이유를 내세우면서 그들의 복수전은 대대로 이어지고, 오랜 세월 그렇게 계속될 것이다."

"하느님은 인간에게 '이유 없이 사람을 죽이지 말라'고 말씀하지 않으셨다. 하느님은 그저 '절대로 사람을 죽이지 말라'고 말씀하셨다."

목사는 두 문단 아래에 이렇게 덧붙였다.

"산악 지대에는 수백 년 전부터 박해받는 여러 교단의 공동체가 숨어들어 같은 산자락에 모여 살았다. 여러 공동체가 이 은신처 안에서마저 서로 헐뜯고 싸운다면, 파도에 부딪히며 휩쓸리는 바위처럼 공동체들은 주변 상황에 휩쓸리고 말 것이다."

"이렇게 된 것에 가장 큰 책임을 져야 할 사람은 누구일까? 산악 지대 사람들을 서로 대립하게 만든 사람은 이집트의 파샤가 틀림없다. 하지만 이곳에 와서 나폴레옹의 전쟁을 연장하고 있는 우리 영국인들과 프랑스인들 역시 그 책임에서 자유로울 수 없다. 그리고 태만과 자만을 일삼은 오스만 튀르크인들의 책임도 빼놓을 수 없다. 하지만 이 산악 지대를 제2의 고향으로 사랑하게 된 내가 보기에 누구보다 용서할 수 없는 사람은, 기독교도들이든 드루즈파

든…… 이 고장 사람들이다."

마치 옛 스승의 이 글을 읽기라도 한 듯, '이 고장 사람'인 타니오스는 스승과 같은 생각을 하고 있었다. 루코즈를 처형하지 않는다면 반드시 이런 비극이 일어날 거라고 말해준 사람이 아무도 없었을까? 아니, 부트로스 사제조차 그렇게 경고했다. 하지만 타니오스는 그 말을 들으려고 하지 않았다. 그래서 그는 청년 넷을 죽음에 이르게 했다. 그리고 다스릴 능력이 없었던 그로 말미암아 학살 행위가 연달아 일어나게 될 터였다. 타니오스는 결단을 내리지 못한 죄, 가슴에 남아 있는 한 가닥의 애정과 연민 때문에 호의를 베푼 죄, 자비를 베푼 죄를 지었다.

죄책감을 사무치게 느낀 타니오스는 곧장 마을로 돌아가서 옛 마구간에서 일어난 일을 알릴 용기가 나지 않았다. 그는 최근에 화마가 휩쓸고 간 솔숲으로 들어갔다. 숯덩이가 된 채로 서 있는 나무들, 그는 마치 그 나무들만이 자신의 심정을 이해해줄 수 있다는 듯 나무를 어루만지고 있는 자신에게 놀랐다. 시커멓게 탄 덤불을 밟으면서 그는 예전에 사흘라인의 학교에 가기 위해 지나다녔던 오솔길을 찾아봤지만 허사였다. 매콤한 연기 때문에 눈이 따가웠다.

서서히 하늘이 밝아 오고 있었다. 산악 지대의 가장 높은 봉우리들 가운데 하나인 크파리야브다는 동쪽에서 떠오른 해가 오는 데 시간이 오래 걸리는지라, 그렇게 서서히 하늘이 밝아 오다 해가 나타났다. 해가 질 때는 그와 반대로 어느새 어두워졌고, 집집마다 램프를 밝히는 사이 지평선에 걸린 채 붉은빛에 이어 푸른빛으로 변해 가는 해가 바다 우물 속으로 떨어지는 해넘이를 창문 너머로 볼 수 있었다.

그날 아침, 해가 나타나기 전에 많은 일이 일어났다. 타니오스가 아직 잿더미가 된 숲속을 헤매고 있을 때, 교회 종소리가 울렸다. 첫 번째 종소리, 그리고 고요. 두 번째 종소리, 또다시 고요. 타니오스는 괴로웠다. '시신들을 발견했구나.'

그러나 타니오스가 조종이라고 생각했던 종소리는 기쁨을 알리는 소리였다. 샤이크가 도착한 것이었다. 샤이크가 광장을 걸어오고 있었다. 사람들이 고함을 지르며 달려와 샤이크를 에워싸고 있었다. 타니오스가 있는 곳에서도 군중에 둘러싸인 샤이크가 보였다. 그렇지만 그는 속삭이듯 전해지고 있는 소리는 들을 수 없었다.

"샤이크가 앞을 못 봐. 놈들이 눈을 멀게 했어!"

Ⅲ

샤이크는 경악하는 마을 사람들을 감지하고 깜짝 놀랐다. 그는 감금된 첫 주에 벌겋게 달아오른 쇠꼬챙이에 눈을 잃었다는 사실이 마을에 알려졌을 거라 생각하고 있었다.

마을 사람들은 샤이크의 귀환을 기뻐하고 있다는 걸 보여주려고 서로 떼밀며 가까이 다가서서 손을 '보려고' 했지만, 눈을 잃은 샤이크를 차마 예전처럼 쳐다볼 수는 없었다.

샤이크는 완전히 다른 사람처럼 보였다. 덥수룩한 하얀 콧수염에 헝클어진 머리칼, 불안정한 걸음걸이, 경직된 듯 뻣뻣해진 손짓과 고갯짓, 몸짓, 안면 경련, 심지어는 목소리마저도 앞이 보이지 않아서 자신이 없다는 듯 약간 주저하는 듯했다. 샤이크는 이전의 모습과 달랐지만, 푸른 사과색 조끼만은 여전히 입고 있었다. 간수들이 조끼만은 벗기지 않은 모양이었다.

그때, 검은색 옷차림의 여자가 다가가서 다른 사람들이 하는 것처럼 샤이크의 손을 잡았다.

"너로구나, 라미아."

샤이크는 두 손으로 그녀의 머리를 감싸고 이마에 입을 맞추었다.

"내 곁에 있거라. 내 왼쪽에 서서 내 눈이 되어다오. 그토록 아름다운 눈을 나도 한번 가져보자꾸나."

그렇게 말하면서 샤이크가 웃었지만, 주변 사람들은 모두 눈물을 훔치고 있었다. 라미아의 눈에서도 하염없이 눈물이 흘러내렸다.

"타니오스는 어디 있느냐? 어서 그 아이와 얘기하고 싶구나!"

"샤이크께서 돌아오셨다는 소식을 듣고 달려오고 있을 거예요."

"그 아이는 우리 모두의 자랑이고 마을의 명예야."

라미아가 샤이크의 장수와 건강을 기원하는 말로 응답하고 있을 때, 고함 소리에 이어 공중에 대고 쏘는 총성이 울렸다. 한바탕 소란이 일면서 남자들이 사방에서 뛰어왔다.

"무슨 일이냐?" 샤이크가 물었다.

헐떡거리며 뛰어온 사람들이 동시에 대답했다.

"무슨 소린지 알아들을 수가 없구나. 한 사람만 말하고 다른 사람들은 입을 다물라!"

"제가 말하겠습니다." 한 남자가 말했다.

"너는 누구냐?"

"저는 투비야입니다, 샤이크!"

"그래, 투비야, 무슨 일이냐?"

"사흘라인 사람들이 간밤에 습격했습니다. 그들이 루코즈를 죽이고 보초를 서던 청년 넷까지 죽였습니다. 모두 무기를 들고 보복하러 가야 합니다!"

"투비야, 내가 뭘 해야 하는지 너한테 가르쳐 달라는 것이 아니니까 무슨 일이 일어났는지 그것만 말하면 된다! 그런데 사흘라인 사람들이 습격한 것인지는 어떻게 아느냐?"

사제는 투비야에게 자기가 말하겠다는 손짓을 했다. 그러고는 몸을 숙여 샤이크의 귀에 대고 전날 타니오스가 내린 결정과 카흐탄 베이크의 개입 등 그간에 있었던 일을 짤막하게 얘기했다. 부트로스 사제는 라미아의 아들에 대한 비판을 삼갔지만, 마을 사람들이 비난을 퍼부었다.

"타니오스가 우리 샤이크의 자리에 앉은 것은 단 하루에 불과한

데 벌써 마을을 유혈의 도가니로 만들었습니다."

샤이크의 얼굴이 굳어졌다.

"충분히 들었으니 모두 입을 다물라! 나는 앉아야겠으니 모두 성으로 올라가자. 위에 가서 다시 얘기하자."

누군가가 종지기에게 기쁨의 시간은 이제 끝났다고 알렸는지, 샤이크 프란시스가 성의 문턱을 넘어서는 바로 그 순간에 교회 종소리가 멈췄다.

접견실에 들어가서 자신의 자리에 앉은 샤이크가 벽 쪽으로 몸을 돌리면서 물었다.

"내 뒤에 그 도둑놈의 초상화가 있느냐?"

"아니요, 우리가 떼어내고 태워버렸습니다!" 누군가가 대답했다.

"애석하구나. 그게 있으면 우리의 금고를 가득 채울 수 있을 텐데."

샤이크의 표정은 엄숙했지만, 모여 있는 사람들 중에서는 미소를 짓는 이도 있고 키득거리는 이들도 있었다. 샤이크는 마을 사람들이 찬탈자를 조롱했던 일을 모두 알고 있었다. 다시 만난 영주와 가신들은 그렇게 그간에 있었던 일들을 공유하면서 시련에 대처할 채비를 하고 있었다. 이윽고 샤이크가 말했다.

"크파리야브다와 사흘라인 간에 일어난 일은 내 눈을 잃은 것보다 더 슬프구나. 나는 한 번도 좋은 이웃을 멀리한 적이 없었고, 특히 사흘라인 마을과는 우정을 쌓으며 살았다. 무고한 이들의 죽음은 가슴 아픈 일이나, 그래도 전쟁은 피해야 한다."

술렁거리는 소리가 들렸다.

"내 말에 동의하지 않는 자는 당장 내 집에서 나가라. 내가 쫓아내는 수고를 하지 않도록!"

아무도 움직이지 않았다.

"아니면 입을 다물고 있으라! 내 뜻을 거역하고 싸우기 위해 떠나려는 자가 있다면 드루즈파가 죽이기 전에 내가 먼저 교수형에 처할 것이다."

침묵이 흘렀다.

"타니오스는 와 있느냐?"

타니오스는 벌써 도착해 있었지만, 그에게 내준 의자를 마다하고 접견실의 기둥 중 하나에 기대고 서 있었다. 자신의 이름을 부르는 소리에 소스라치게 놀란 타니오스는 샤이크에게 바짝 다가서서 그가 내미는 손에 몸을 숙였다.

라미아가 아들에게 자리를 내주려고 일어서자 샤이크가 막았다.

"네가 필요하니 내 곁을 떠나지 말라. 타니오스는 아까 있던 자리에 그냥 있으면 된다."

라미아는 약간 거북해하면서 다시 앉았지만, 타니오스는 전혀 기분 상한 기색 없이 되돌아가 기둥에 기대고 섰다.

샤이크가 말을 이었다.

"어제, 내가 돌아올 걸 아직 모르고 있을 때 너희는 여기 모여서 타니오스에게 루코즈를 심판할 권한을 주었다. 타니오스는 판결했고, 불행하게도 그 판결은 참담한 결과를 가져왔다. 너희 중 몇몇은 내게 타니오스는 분별력과 결단력이 부족하다고 말했다. 그 말에 동의한다. 타니오스에게 용기가 부족하다고 귀엣말한 사람도 있었다. 하지만 나는 이렇게 말하고 싶다. 아미르의 면전에 대고 통수권 박탈과 추방을 통고한다는 것은 결박된 남자의 목을 베는 것보다 백 배의 용기가 필요하다는 걸 알아야 한다."

샤이크는 그 마지막 말을 우렁차고 격앙된 음성으로 외쳤다. 라미아는 자리에서 일어났고, 타니오스는 고개를 숙였다.

"나이를 먹으면서 경험이 쌓이면 타니오스의 분별력은 용기와 지혜와 걸맞은 수준에 이를 것이다. 그날이 오면 나무랄 데 없는 사람으로 이 자리에 앉을 수 있을 것이다. 왜냐하면 내가 세상에 없게 되는 날 타니오스에게 뒤를 잇게 하는 것이 내 의지와 내 뜻이기 때문이다.

나는 내 아들을 부당하게 죽인 폭군이 몰락하기 전에는 나를 죽게 두지 말아 달라고 하늘에 빌었다. 하느님께서는 내 기도를 들어주셔서 분노와 심판의 도구로 타니오스를 선택하셨다. 이 청년이 하나밖에 없는 내 아들이 되었으니, 이제 나는 타니오스를 내 후계자로 지명한다. 나는 이 결정에 아무도 이의를 제기하지 않도록 모두 모인 자리에서 말하고 싶었다."

사람들의 시선이 선택된 인물에게 쏠렸지만, 정작 타니오스는 자기와는 전혀 상관이 없다는 듯한 얼굴이었다. 소심하고 지나치게 겸손한 표시, 그것이 영예로운 일을 받아들이는 그의 방식이었을까? 내가 참조하는 연대기와 일지에는 한결같이 그날 아침 타니오스의 태도에 참석자들이 어리둥절해했다고 기록되어 있다. 타니오스는 비판에 대해서도, 찬사에 대해서도 무심한 태도로 일관하면서 절망적인 표정으로 침묵하고 있었다. 하지만 나에게는 그 이유가 간단해 보였다. 참석자 중에는 아무도, 라미아조차도 중요한 것을 모르고 있었다. 청년 넷의 시신들을 발견한 타니오스는 피투성이가 된 그들의 모습이 눈에 어른거리고 죄책감에 시달리고 있어서 다른 생각을 할 수 없고, 샤이크의 유언이나 자신의 빛나는 미래에 대해 하는 말이 귀에 들어오지 않았다는 것을.

그렇게 말하고 나서 샤이크는 잠시 후에 이렇게 덧붙였다.

"이제 좀 쉬어야겠으니 오늘 오후에 다시 오도록 하라. 이웃 마을 사흘라인과의 문제를 어떻게 풀어 갈지는 그때 다시 논의할 것이다."

그 말에 물러가던 사람들이 지나가면서 아래위로 훑어보는데도 타니오스는 몹시 낙담한 얼굴로 여전히 기둥에 기댄 채 동상처럼 멍하니 서 있었다.

소란스러운 발소리가 마침내 조용해지자, 샤이크는 라미아에게 팔을 잡아 달라고 부탁했다.

"모두 나갔느냐?"

라미아는 "네" 하고 대답하면서도 여전히 같은 자리에 서 있는 아들을 불안한 마음으로 지켜봤다.

이윽고 두 사람은 샤이크의 거처를 향해 천천히 걸어가기 시작했다. 그 순간 고개를 든 타니오스는 껴안은 듯 팔짱을 끼고 멀어져 가는 한 쌍을 바라보면서 불현듯 그 두 사람이 진짜 부모일지도 모른다는 생각이 들었다.

그 생각에 정신이 번쩍 들면서, 타니오스는 무기력 상태에서 벗어났다. 눈빛에도 생기가 돌았다. 그 눈빛에 담겨 있는 것은 무엇이었을까? 애정? 비난? 그는 마침내 삶을 짓누르고 있던 수수께끼의 열쇠를 가진 느낌이 들었다.

바로 그 순간에 라미아가 뒤를 돌아보았다. 어머니와 아들의 눈이 마주쳤다. 그러자 수치심 때문인지 라미아가 샤이크의 팔을 놓고 아들에게 돌아와 어깨에 손을 얹으면서 말했다.

"루코즈의 딸이 마음에 걸리는구나. 아무도 그 아이의 슬픔을 달래주지 않을 거야. 이런 날 너만은 그 아이를 홀로 둬서는 안 돼."

타니오스는 고개를 끄덕였지만, 바로 움직이지 않았다. 그의 어머니는 꼼짝도 않고 그녀를 기다리고 서 있는 샤이크에게 돌아갔다. 라미아는 샤이크의 팔을 다시 잡기는 했지만, 좀 전보다는 약간 거리를 두었다. 이윽고 두 사람이 복도 모퉁이로 사라졌다.

타니오스는 입가에 묘한 미소를 머금으며 밖으로 나갔다.

나는 여기서 다시 스톨튼 목사의 일지를 인용한다.

"타니오스가 애도의 뜻을 전하기 위해 흐웨자 루코즈의 딸이 사는 집으로 가는데 블라타 광장 부근에서 소동이 일고 있었다. 마을의 청년들이 보부상 나데르에게 우르르 달려들어서, 샤이크를 비방하는 것으로도 모자라서 루코즈와 이집트 군인들과 결탁한 주제에 감히 어떻게 마을에 발을 들여놓을 수 있냐고 몰아붙이고 있었다. 나데르는 오직 샤이크의 귀환을 축하하러 온 것뿐이라고 항변하면서 몸부림쳤다. 그의 얼굴은 피투성이였고, 노새에 실려 있던 상품들이 땅바닥에 나뒹굴고 있었다. 타니오스는 영웅이라고 칭송된 위력이 아직은 남아 있는 걸 이용하여 그들을 뜯어말린 다음, 보부상과 노새를 마을 어귀까지 데리고 갔다. 돌아오는 길은 기껏해야 5킬로미터이건만 내 제자는 네 시간이 지난 뒤에 돌아왔다. 타니오스는 아무에게도 말하지 않고 한 바위에 올라가서 앉았다. 그러고 나서 마치 기적이라도 일어난 것처럼 온데간데없이 사라졌다."

"그날 밤, 그의 어머니와 사제의 아내가 내게 달려와서 타니오스를 보았는지, 그 아이에 대해 들은 얘기가 있는지 물었다. 크파리야브다와 사흘라인, 두 마을 간에 팽팽하게 흐르는 긴장 관계 때문에 아무도 두 여자를 동행하지 않았다."

《산악 지대의 연대기》는 이 대목을 이렇게 기록하고 있다.

"타니오스는 영지의 경계 밖 지역인 크라즈까지 보부상을 데리고 나갔고, 안전을 확인한 다음에 마을로 돌아와서 곧장 오늘날 그의 이름이 붙은 바위에 가서 앉았다. 그는 그 바위에 기대고 앉아 한동안 꼼짝도 하지 않았다. 마을 사람들이 이따금 가까이 다가가서 그를 살펴보고는 지나쳐 갔다."

"낮잠을 자고 일어난 샤이크가 타니오스를 찾았다. 사람들이 바위 밑에 가서 샤이크의 말을 전하자, 타니오스는 잠시 후에 가겠다고 말했다. 한 시간이 지나도 그는 성에 나타나지 않았다. 샤이크는 화가 난 얼굴로 다른 사람을 또 보냈지만, 타니오스는 바위에 앉아 있지 않았다. 하지만 그가 바위에서 내려와 떠나는 걸 본 사람은 아무도 없었다."

"그래서 사람들은 그의 이름을 부르며 찾기 시작했다. 남자, 여자, 아이들 할 것 없이 온 마을 사람들이 그를 찾아 뛰어다녔다. 최악의 경우를 생각하는 사람도 있었다. 현기증이 일어나서 혹시라도 바위에서 떨어졌을지도 모른다는 생각에 절벽 아래까지 살피러 가는 사람도 있었다. 그러나 그곳에도 그의 흔적이라곤 없었다."

나데르는 그 이후로 다시는 마을에 발을 들여놓지 않았다. 게다가 산악 지대를 떠돌아다니는 보부상 생활을 청산하고, 베이루트에 정착해서 상점을 열었다. 입심이 좋은 그는 거기서도 돈을 잘 벌었고, 20년을 더 살았다. 다만 크파리야브다 사람들이 이따금 찾아가서 라미아의 아들에 대해 물으면 나데르는 모두가 알고 있는 사실, 즉 그들은 마을 어귀에서 헤어졌고 나데르 자신은 그가 갈 길로, 타니오스는 오던 길로 되돌아갔다는 것 이외에는 어떤 말도 하지 않았다.

그가 간직하고 있는 비밀, 그 비밀을 기록해놓은 그의 공책을 베이루트아메리칸 대학의 한 교수가 1920년대에 한 다락방의 잡동사니 속에서 우연히 발견하게 된다. 《보부상 나데르의 잠언집》이란 제목으로 영어로 번역되어 출판된 그 책은, 타니오스의 행방불명에 대해 아무런 관심이 없는 곳에서 유통되고 있었다.

그렇지만 시적인 글귀로 쓰인 그 잠언집을 자세히 읽어보면, 그날 마을 어귀에서 나데르와 타니오스가 나눈 긴 대화 속에서 두 사람이 헤어진 뒤 무슨 일이 일어났는지 이해할 수 있는 실마리들을 찾을 수 있다.

"오늘은 네 운명이 막을 내리고 마침내 네 인생이 시작되는구나." 또는 "타니오스, 네 바위는 너를 받쳐주는 데 지쳤고, 바다는 너의 공연한 눈길에 지쳤구나." 하지만 그 어느 것보다 중요한 구절은, 어느 날 밤 백 살이 넘어서도 맑은 정신을 유지하고 계신 게브라이엘 어르신이 뼈마디가 굵은 손가락으로 구구절절 밑줄을 그으면서 나한테 읽게 했던 글이다.

다른 사람들에게는 네가 실종이지만, 친구인 나는 알지.
살인을 저지른 아버지와 달아났던 그 길을 따라
너는 아무도 모르게 해안으로 향했지.
너를 기다리는 보물 같은 여인, 석양빛 머리칼의 여인이
있는 섬을 향해.

이 명쾌한 구절을 읽으면서 처음에는 이 이야기의 끝이 눈앞에 펼쳐지는 느낌이 들었다. 그럴지도 몰랐다. 하지만 아닐 수도 있었다. 어쩌면 이 글은 보부상의 상상에 지나지 않을 수도 있었다. 그

러나 다시 읽어보고 나니 다만 사라진 친구의 운명에 대해 언젠가
는 알게 되기를 바라는 그의 희망이 담겨 있는 글로도 보였다.

아무튼 세월이 흐를수록 점점 더 모호해지고 있을 뿐이었다. 먼
저, 타니오스는 왜 보부상과 함께 마을을 나갔다가 다시 돌아와서
그 바위에 앉았을까?

오랜 대화 끝에 나데르가 산악 지대를 떠나라고 한 번 더 부추겼
는데 타니오스가 주저했을 거란 추측을 해볼 수 있다. 나데르는 아
마도 여러 가지 이유를 열거하면서 떠나라고 독려했거나 그와 반
대로 타니오스를 만류했을 수도 있다. 하지만 그게 무슨 소용이 있
을까? 떠나는 결정은 어차피 스스로 하는 것이거늘. 이러쿵저러쿵
평가할 일도 아니고, 장단점을 늘어놓을 일도 아니다. 어느 순간에
흔들릴지 모르는데. 또 다른 삶을 향해, 또 다른 죽음을 향해, 영광
혹은 망각을 향해 떠났을 수도 있다. 고향 사람들 속에서 갑자기
자신이 이방인으로 느껴져서 불쑥 멀리 떠나고 싶은, 아니 영원히
사라지고 싶은 마음이 일어났다고 말한다고 누군들 비웃을 수 있
을까?

그 뒤로 여러 사람이 타니오스의 보이지 않는 발자취를 따라 마
을을 떠났다. 똑같은 이유 때문이었을까? 똑같은 충동에 이끌려
서? 내 고향 산악 지대는 그런 곳이다. 정착하고 싶으면서도 떠나
고 싶은 곳. 피난처이자 잠시 머무는 곳. 젖과 꿀과 피의 땅. 내 고
향은 천국도 지옥도 아닌 연옥이다.

어림짐작으로 자취를 찾다가 혼란에 빠진 나머지 나는 타니오스가 빠져 있던 혼란을 약간 잊고 있었다. 나는 전설 너머에서 진실을 찾으려고 하지 않았던가? 그런데 내가 진실의 핵심에 이르렀다고 믿었을 때, 그것은 전설로 끝나고 말았다.

결국 나는 타니오스의 바위에 어떤 마법의 주문이 걸려 있을 거란 생각을 하기에 이르렀다. 내 생각에 타니오스가 마을로 돌아와 그 바위에 가서 앉은 것은 생각을 가다듬기 위해서도, 득실을 따지기 위해서도 아니다. 그는 그런 것과는 전혀 다른 욕구를 느끼고 있었다. 명상? 묵상? 그보다는 영혼을 정화하기 위해서였다. 그는 그 '왕좌'에 올라앉아 풍광에 빠져들면 자신의 운명이 봉인될 걸 본능적으로 알고 있었던 것 같다.

나는 어른들이 그 바위에 올라가지 못하게 금했던 것을 지금은 이해한다. 그러나 바로 그 바위를 둘러싼 미신과 경계심이 전혀 근거 없는 의혹이 아니라는 것이 이해됐기 때문에, 아니 내 이성에 반하여 설득되었기 때문에 그만큼 더 금기를 거역하고 싶은 유혹이 강해진 거라고 생각한다.

나는 아직 내가 한 맹세에 얽매여 있었던 걸까? 너무 많은 일이 일어났었다. 내 할아버지가 살던 시대, 그 이전부터 마을은 너무 많은 분열과 파괴와 고통을 겪었다. 어느 날 나는 유혹에 빠져서 모든 조상에게 용서를 빌고 나서, 이번에는 내가 그 바위에 앉으러 올라갔다.

그 느낌과 기분을 뭐라고 형언할 수 있을까? 시간의 무중력 상태, 가슴과 지성의 무중력 상태.

내 어깨 뒤로 가까이 있는 산. 해 질 녘, 발밑 골짜기에서 올라오는 익숙한 자칼의 울음소리. 그리고 그 너머 멀리 보이는 바다, 나는 수평선을 향해 길처럼 좁고 길게 뻗은 바다의 조각을 보고 있었다.

이 책은 19세기에 한 총대주교를 살해한 아부-키크 말루프란 인물이 아들과 함께 도망쳐서 키프로스섬에 은신해 있다가 아미르가 보낸 첩자의 계략에 걸려들어 결국 조국으로 끌려가서 처형되었다는 실화를 바탕으로 삼아 자유롭게 쓴 것이다.

그 밖의 화자, 화자의 고향 마을, 화자가 참조하는 출처, 작중 인물들은 순전히 상상으로 지어낸 것만은 아닌 픽션이다.

1949년 레바논의 베이루트에서 태어나 그리스 정교도 가정에서 성장한 아민 말루프는 베이루트의 프랑스예수회학교를 거쳐 대학에서 정치경제학과 사회학을 전공했다. 기자였던 부친의 뒤를 이어 아랍어권 주요 일간지에서 국제부 기자로 사회에 첫발을 내디딘 이후 12년 동안 에티오피아, 소말리아, 방글라데시, 베트남 전쟁터 등지를 취재했으며 인도에서 인디라 간디를 인터뷰하기도 했다. 그러나 1976년 4월 고국으로 돌아왔을 때는 레바논 내전이 한창이었다. 종교 분쟁으로 인한 내란의 참혹한 현실에 혐오감을 느낀 말루프는 결국 조국을 떠나기로 결심하고 아내와 세 딸을 데리고 키프로스섬을 거쳐 파리에 정착했다. 제3세계에 대한 풍부한 지식 덕분에 8년 동안 잡지 〈죄네 아프리크〉의 편집장을 역임했으며, 현재는 소설에만 전념하면서 '영감을 받은 작가'라는 찬사를 받고 있다. 특히 중근동 지역의 찬란한 문화와 정신적 자산, 종교적 전통을 그린 소설들을 통해 서구 중심의 사고방식을 지닌 우리에게 강렬한 지적 충격을 주고 있다.

여기 소개하는 《타니오스의 바위》는 1993년에 공쿠르상을 받은 작품이며, 작가가 그동안 침묵으로 일관하고 있던 조국에 관한 이야기, 즉 격동하는 세계 정세에 힘없이 휘말린 19세기 레바논을 조국의 바위산에 내려오는 전설을 통해 신화적으로 그린다.

고대 히브리어로 '희다'라는 뜻의 '르바논'에서 유래했으며, 고산의 만년설이 그 어원인 '레바논'. 고대 해양 민족 페니키아인의 나라로 천혜의 항구를 둔 레바논은 예로부터 교역의 중심지로 번영을 누렸다. 바빌로니아, 페르시아 제국, 로마 제국의 지배를 받았고, 로마 시대에 티레를 중심으로 기독교가 널리 퍼지면서 동로마 제국의 일부분이 되었다. 그러다 7세기에 이슬람교를 신봉하는 아랍인들에게 정복된 이후 아랍화, 이슬람화가 진행되면서 산악 지대는 시아파, 드루즈파 등 이슬람교 분파와 마론파 기독교인들의 피난처가 되는가 하면, 11~12세기에는 셀주크 튀르크와 십자군의 주요 전쟁터가 되기도 했다. 1516년에 레바논을 정복한 오스만 제국은 독자적 사회와 정치를 발전시켰다. 연안 지역과 베카 계곡은 이스탄불에서 직접 관리했고, 산악 지대는 반(半)자치적 지위를 지니고 지역 자체 왕국을 영위했다. 레바논산 남부 지역에는 마론파 기독교도와 드루즈파 이슬람교도가 거주하고 있었는데, 지역 통치자인 아미르는 드루즈파 가문 출신이 세습했으며 1841년까지 레바논 산악 지대를 다스렸다.

《타니오스의 바위》는 1830년대 오스만 제국과 이집트, 영국, 프랑스가 정치적·외교적 이권 대결을 벌이며 군침을 흘리던 레바논의 산악 지대를 배경으로 전개되는 이야기다. 표면적으로는 19세기 초반 레바논의 한 마을에 관한 흥미진진한 연대기처럼 보이지만, 내저으로는 한 국가의 운명에 관한 아름답고도 가슴 아픈 잠언으로 볼 수 있다.

아민 말루프는 그 시대가 우연처럼 만들어주는 위험한 관문들을 통과하는 타니오스의 기구한 운명을 통해 오늘날에도 분열과 내전으로 혼란이 계속되고 있는 레바논의 운명을 조명한다. 고향 사람들 속에서 자신이 이방인으로 느껴져 홀연히 사라져버리는 타니오스의 모습을 통해 끊임없는 민족·종교 간의 갈등과 대립을 견디다 못해 끝내 조국을 떠나야 했던 작가 자신의 처절하고 비통한 심정을 드러내고 있다. 마치 순수한 가슴을 지닌 이는 그 땅에 설 자리가 없음을 암시하는 듯이……

작가는 분쟁과 반목의 시대를 사는 우리를 향해 평화와 화해의 메시지를 던지고 있다. 그는 외친다. 이제 더는 싸우지 말자고. 종교가 다르다는 이유로, 태어난 곳이 다르다는 이유로, 생각이 다르다는 이유로 서로 등을 돌리지 말자고. 인간이 나아가야 할 길은 용서와 포용과 화해며, 싸움의 끝은 공멸이라고.

작가가 제기하는 주제의 무거움과 그 무거움을 가벼운 위트와 시적인 문체, 그리고 실제와 환상을 절묘하게 결합한 수사로 풀어내는 능수능란한 기교는 가히 '거장'이라는 이름에 값한다. 피압박

민족 출신으로서 오늘날 인류가 안고 있는 가장 근본적이고 궁극적인 정신의 문제를 뛰어난 상상력으로 파헤치고 있는 이 시대의 탁월한 이야기꾼에게 어찌 찬사를 아끼지 않을 수 있으랴.

작가는 작중 인물의 입을 빌려 이렇게 말한다. "사실은 소멸하게 되어 있지만, 전설은 남는 거야. 육신은 떠나도 영혼은 남듯, 여인이 지나간 자리에 향기가 남듯." 그리고 작가는 이렇게 말한다. "나는 전설 너머에서 진실을 찾아내려고 하지 않았던가? 그러나 내가 진실의 핵심에 이르렀다고 믿었을 때, 그것은 전설로 끝나고 말았다."

전설은 역사보다 강하고, 상상은 현실보다 강한 것인가! 역사를 전설로 만들고, 기억을 향기로 간직하고 있는 작가의 목소리가 그래서 더 간절하게 와닿는 것일까.

이원희

프랑스 아미앵대학에서 〈장 지오노의 작품 세계에 나타난 감각적 공간에 관한 문체 연구〉로 석사 학위를 받았다. 옮긴 책으로 장 지오노의 《언덕》《세상의 노래》《영원한 기쁨》, 장자크 상페의 《사치와 평온과 쾌락》《각별한 마음》, 다이 시지에의 《발자크와 바느질하는 중국소녀》, 장 크리스토프 뤼팽의 《붉은 브라질》《아담의 향기》, 칼릴 지브란의 《예언자》, 카트린 클레망의 《테오의 여행》《세상의 피》, 마르크 레비의 《그녀, 클로이》《고스트 인 러브》《달드리 씨의 이상한 여행》, 소피 오두인 마미코니안의 《타라 덩컨》 시리즈, 엘레오노르 드빌푸아의 《아르카》, 아민 말루프의 《마니》《사마르칸트》 등 다수가 있다.

타니오스의 바위

2024년 2월 23일 초판 1쇄 발행

■ 지은이 ─────── 아민 말루프
■ 옮긴이 ─────── 이원희
■ 펴낸이 ─────── 한예원
■ 편집 ─────── 이승희, 윤슬기, 양경아, 김지희, 유가람
■ 본문 조판 ─────── 성인기획
■ 펴낸곳　교양인
　　　　　우 04015 서울 마포구 망원로6길 57 3층
　　　　　전화 : 02)2266-2776 팩스 : 02)2266-2771
　　　　　e-mail : gyoyangin@naver.com
　　　　　출판등록 : 2003년 10월 13일 제2003-0060

ⓒ 교양인, 2024
ISBN 979-11-93154-22-9　03860

* 잘못 만들어진 책은 바꾸어드립니다.
* 값은 뒤표지에 있습니다.